走出中东

全球民主浪潮的见证与省思

周铁君 —— 著

中信出版集团·北京

图书在版编目（CIP）数据

走出中东：全球民主浪潮的见证与省思 / 周轶君著
. -- 北京：中信出版社，2017.8（2026.1重印）
ISBN 978-7-5086-7706-4

I. ①走… II. ①周… III. ①随笔－作品集－中国－
当代 IV. ①I267.1

中国版本图书馆CIP数据核字（2017）第128282号

走出中东：全球民主浪潮的见证与省思

著　　者：周轶君
出版发行：中信出版集团股份有限公司
（北京市朝阳区东三环北路27号嘉铭中心　邮编　100020）
承 印 者：北京利丰雅高长城印刷有限公司

开　　本：880mm×1230mm　1/32　　印　　张：14　　字　　数：301千字
版　　次：2017年8月第1版　　印　　次：2026年1月第17次印刷
书　　号：ISBN 978-7-5086-7706-4
定　　价：48.00元

目　录

前　言

近些年，地球上一些看起来稳定安全、一成不变的地方，接二连三动荡起来。惊涛怒浪、山河变色的一章，发生在2010年年末开始的“阿拉伯之春”，并由突尼斯迅速波及埃及、巴林、也门、利比亚、叙利亚等。然而，稍微把视线放宽些就会看到，突如其来的变革不仅限于阿拉伯国家，2009年伊朗“绿色革命”，2011年俄罗斯人抗议普京，2013年土耳其100多座城市闹翻天、巴西数十万人上街、乌克兰总统出逃，2014年委内瑞拉、匈牙利……世上年年有示威，但如此密集、此起彼伏的抗争之间，是否有共通之处？

一

“阿拉伯之春”声势最大，变化最剧烈，很容易被单独归类，被认为要么是中东在地缘和宗教上百年恩仇的延续，要么就是石油闹的。

诚然，中东任何风吹草动，都会撕开旧冲突的疮疤，但这一次，一种新的因素不但贯穿“阿拉伯之春”前后，更把这世界的不安分连成一片。

2011年，埃及企业主艾哈迈德举着受伤的手臂告诉我：“这不是为了面包的斗争，而是关于自由。”他把那场革命定义为“中产阶级抗争”。在巴林，我看见人们开着奔驰、举着iPhone出来游行；土耳其抗议爆发前10

年，人均国民收入（GNI per capita，世界银行资料，以购买力平价计算）翻了接近3倍，国内生产总值（GDP）在全世界第15至17位之间，超过西方一些发达国家。

这些年我走过的抗议现场，几乎都能见到，不是吃不饱肚子的人揭竿而起，反而是经济条件尚可的人，站出来要求更多权利。国内生产总值反映宏观经济，而人均收入、货币购买力、失业率等综合考量，大致可以衡量一地人民的生活水平。以“阿拉伯之春”发生前10年计，埃及人均收入翻了一倍。突尼斯经济增长有起伏，但以购买力计，10年间人均收入增长40%，涨速最快的时期，恰恰发生在推翻本·阿里统治前3年。仅仅从资料来理解，两国人民本该是“奔向好日子”才对。

变革发生前，突尼斯与埃及的失业率虽然常年较高（10%以上），但没有突然升高，埃及的失业率自2001年以来甚至一路下降，只在2008年全球经济危机影响下略微增高。也许有理由怀疑官方资料是否准确，但可以肯定的是，两个最早发生政权更迭的阿拉伯国家，革命前没有出现特别严重的萧条。经济原因或有助推，但不能单独构成抗争的导火线。

贫困人口亦非抗议主体。2011年，当开罗城里的抗议如火如荼，我在郊外的“死人城”——贫困人群聚居的墓园——看到人们犹豫旁观，置身事外，大规模游行爆发当天，“死人城”里的一家人正筹办女儿婚嫁，对未来所求，不过是能不能搬进城里住。

日子好过一点的人要求获得更多的政治权利，在人类历史上并不新鲜，18世纪法国大革命、1848年席卷欧洲的革命，乃至中国现代革命一开始也是由知识分子领头，农民、工人后来才成为主体。然而，这一次全球中产兴起，潮流浩荡今非昔比，一个深刻的变化正在酝酿：接下来的十多年里，人类历史上中产人数将第一次超过贫困人口总和。

总部设在巴黎的欧盟安全研究所发表“2030年全球趋势”，预言全球中产阶层人数将从2012年的20亿，增加到2020年的32亿，到2030年，更会增加到49亿。整个地球村正在脱贫奔小康。

二

讨论这股趋势带来的变化之前，我们先要解决一个问题：谁是“中产阶级”？字面意思是社会中间段收入的人。但各国衡量标准不同，目前为止，并不存在“中产”定义的普世标准。经济学家们用来衡量“中产”的指标超过 20 个，但没有一个放之四海而皆准。

其中，最宽泛的定义是“非穷人”。世界银行划定的贫困线，是每天可支配收入两美元。如果在这个标准线之上就算“中产”，那么发展中国家已经出现 30 亿中产，但他们有的还没有用上电和洁净水。这个指标设定显然太低了。如果以接近或超过发达国家中等收入、每天可支配收入 85 美元计，那么全世界只有 12% 的人算“中产”，这个标准又定得太高。

两位曾在世界银行工作的学者布兰科 · 米拉诺维奇和什洛莫 · 伊札奇，设定的中产收入标准获得过广泛引用：把巴西（发展中国家代表）和意大利（发达国家代表）2000 年的平均收入，定为全球中产收入的下限和上限：年收入 4000—17000 美元。除去货币购买力因素，他们定义“中产”的每日可支配收入大概在 10—50 美元之间。

卡内基国际和平基金会的两名研究员乌里 · 达迪什和希莫什 · 阿里认为，无论怎么算，以收入来定义中产阶级都会碰到现实障碍，如汇率波动、申报不准确等。他们提出了一个更加便捷直观的算法：拥有一辆汽车的家庭，就算中产。车虽有普通豪华之分，比如在印度，一部二手汽车价格也许只要 500 美元，但即使如此，负担得起一辆汽车的人，多数情况下，算得上当地中产。

欧盟安全研究所报告采用的中产定义，是除去购买力因素外，每天可支配收入 10—100 美元的人，比米拉诺维奇、伊札奇的算法上限更宽。而联合国经济及社会理事会在研究“阿拉伯中产阶级”的报告中，使用“三分之一原则”：满足基本食物、住所开支之后，剩余三分之一收入可自由支配。

计算方法五花八门，但各种统计都认同这样的趋势：全球中产阶级增长之快，大大超出预料。而近年来新增中产人数，几乎全部来自发展中国家。

以汽车数量估算中产规模的方法，存在诸多缺陷。比如，不适用于中国香港、新加坡这样公共交通发达、私人汽车税率极高的地方——当地中产未必买车。如果一个家庭拥有不止一辆车，以汽车数目代替中产人数，也会不准确。但是，过去10年间，全世界汽车拥有量增长最快的10个国家，其中9个是发展中国家，这与其他计算方法推导的中产兴起趋势惊人吻合。

三

依我所见，各地广场上的抗争者，未必各个都拥有汽车，也不清楚他们口袋里有没有三分之一的闲钱。但相同的一点是，他们对信息的掌握、争取自身权利的意识，超过了当地统治者的预期。

掌握信息终究有赖一定程度的经济收入。你需要钱来买报纸、买收音机电视机或者手机计算机，需要积攒旅费出去见世面……全球范围内，获取信息的经济门槛正不断降低，这形成了我对“变革型中产”的理解：解决了温饱而对生活产生更多要求的人。他们有一定的经济能力，使用智能手机、互联网，收看卫星电视，甚至四处旅行。说到底，全球中产阶级兴起，改变的并非只是钱包，还有头脑。

这一轮变革，是中产浪潮与信息革命的交汇。历史上，新技术的产生，往往首先为统治者所用，比如铁的发现，被用来打造盔甲、制造兵器，壮大王的军队。20世纪前20年里，收音机、电视机、扩音器，几乎都为掌权者服务，当时任何一场变革，都以夺取当地电台电视台开场。但20世纪末期开始向公众开放的互联网，本质恰恰是反权威、反垄断，人人相联，却无人掌控。尽管统治者仍然能够实施控制并加以利用，但互联网生来是博弈的工具，而非独占的资源。

另一股变革冲击力，来自人群更大规模、更快速度的移动。以稳定著称的新加坡，引进外来劳工比例持续上升；2013年年末，印度劳工挑起建国40年来的首宗骚乱。以这些劳工的收入，在新加坡算不上“中产”，在故乡却是受人艳羡。他们每天与新加坡本地人谋面，自然产生对照：为什么我们不能像他们一样享受平等？无论网上会面，还是不同背景的人群相遇，人类历史上从未像今天这样，能够随时随地把各自的生活境遇、经历的管治手段，摊在同一个平面上对比。

全球中产阶级兴起，按理说是好事。各国国内消费需求增加，促进经济发展。全球富豪榜上，目前财富增长最快的不是垄断性资源的掌握者，也不是奢侈商品供应商，而是“为中产阶级服务”的商家，如西班牙平价时尚品牌Zara的老板阿曼西奥·奥特加、宜家创始人英格瓦·坎普拉等。中产消费者的壮大是他们致富的源泉。美国学者法里德·扎卡瑞亚在《自由的未来》一书中说：“经济权力，几百年来集中在少数商人、银行家、大亨手中，如今却向下分配。大部分公司，乃至整个国家，都在竭力讨好中产阶层，而非金字塔顶端的少数富人。”

通常我们认为，中产阶级倾向安逸的生活，政治主张温和。“全世界中产阶级联合起来”时，世界应该更加和谐、富饶才对。可是，当2030年的历史转折点越来越接近时，为什么我们首先看到的竟是一场接一场的动荡和危险？

究其原因，是一些政治制度的设计原本建立在“少数精英+少数中产+大多数穷人”的国情之上。中产阶级的数量急剧增长，注定要求在政治上具备更多代表性，要求政府的管治更合理和有效，由此形成了对旧制度的冲击。比如在巴西和土耳其，民主选举已经实行多年，但执政党始终是以贫困人口为票仓的“穷人党”——政策往往讨好低收入者，民粹主义宣传在选举中也比较管用，真正的获益者却是上层权贵资本和裙带关系。但当这些国家的中产阶级膨胀起来后，他们的诉求却没能及时得到满足，甚至遭到刻意忽视，于是不得不向“穷人党”讨个说法。埃及第二波反穆斯林兄弟会[①]执政的抗争，就是类似情况。利比亚、委内瑞拉的石油财富分配

① 起源于埃及的逊尼派组织，由哈桑·班纳创立于1928年，倡导以《古兰经》与先知穆罕默德的圣行（Sunnah）为穆斯林个人、家庭、小区与国家的唯一参考指南。以其慈善工作与积极的政治参与而在阿拉伯世界有广大的号召力，然而，也因为它与政府对抗的立场与恐怖攻击活动，目前已被巴林、埃及、叙利亚、俄罗斯等国列为恐怖组织。

不公，少数上层发动多数贫困人口挤压中间人群的模式，也在此列。

可以预见，未来全球不稳定因素之一，正是飞速增长的中产阶级与落后的管治之间的冲突。

但是这种冲突本身，很难单独带来彻底、积极的改变。中产阶级革命改变不了什么。他们通常手无寸铁，跟传统势力缺乏联系。在土耳其，几个月的抗争只保住几棵树，而抗议对象埃尔多安仍然在选举中获胜；在伊朗，江山未改颜色，抗争一朝受到压制，余温几乎尽散；在埃及，“不为面包为自由”的抗争者，眼见变革的结果南辕北辙镜花水月，代价却是昂贵的鲜血；在列支敦士登，号召限制君主权力的人，争取不来大多数选民的支持；委内瑞拉和巴西的“穷人党”根基稳固，继续执政……

更不幸的是，中产抗争一旦牵扯地缘政治，触动暗伤隐患，注定搅起翻天覆地的变革。乌克兰的一场反贪腐示威，造成俄罗斯乘虚而入，几乎二分乌克兰疆土；埃及三年两次政变，重新定义东西方力量对比；而在利比亚，内乱招来北约兵临城下，演变为真正意义上的战争。

中产革命本身力道不足，但它可能是雷霆巨变的燎原之火。街头怒火一旦点燃，沿着历史、信仰、地缘、利益的裂缝，烧出谁也无法预料的图景。

广场上的埃及人，并不知道 18 天后，做了 30 年总统的穆巴拉克会倒台，更料不到后来的权力反复、生灵涂炭。乌克兰人也不知道亚努科维奇真的会出逃，更无法预见民主抗议会招来强邻觊觎。

另一重惊讶是，推动变革的是受惠于经济增长的中产阶级，但他们却对主政者没有感恩戴德之心。埃尔多安执政时期，土耳其经济腾飞，国际影响力上升，分享这些好处的人却站出来叫埃尔多安“别插手我们的生活”！政府与民众之间“多一点经济好处、少一点个人自由”的协议，恐怕保质期有限。

诸多不确定中，如果说谁有多一点的主动权，应该说是统治者本身。变革突发由下自上，但由上自下的传统管治塑造了它的走向。在突尼斯和埃及，统治者在执政后期给予了公民社会一定的空间，因此人们对和平示威并不陌生，初期变革和转型也才相对平稳，不像利比亚，没有一丝公共空间允许表达，一上来就是内战。

经济不是催生变革的决定性因素，但是统治者手中如果有经济这张牌，就可以拖延变革的发生。土耳其、巴林闹得再凶也无法翻天，列支敦士登的富裕令大多数人安于现状。经不起“阿拉伯之春”吹拂的，往往是推行经济改革的共和体制，而躺在石油上的君主制国家，最多是吹皱春水，却兴不起浪潮。中国向委内瑞拉提供的数百亿美元贷款，客观上令查维斯和他的继承者两手不空。

除了施以恩惠，统治者压制变革的办法还有“恐惧”。伊朗2009年发生“绿色革命”之后，再没受到周边抗争鼓动。铁腕镇压的记忆、日常生活中无处不在的监控，固然加深了人们的反感，却也真的消磨了他们的勇气。一个伊朗抗议者告诉我，他停止示威的原因，竟是最高精神领袖发出了“回家”的号召：“在这里长大，你就明白，他们真的有能力叫你停……”统治者的技术管制，也能够阻挡信息传播的威力。过去我们认为反映社会贫富差距的“基尼指数”，能够衡量社会突变的可能，但是2010年以前，突尼斯和埃及的“基尼指数”反而比伊朗还要低。综合世界银行及其他机构的资料（不是每年都有统计），突尼斯“基尼指数”为0.366（2010年），埃及0.308（2008年），伊朗0.445（2006年）。0.4是所谓爆发社会冲突的“警戒线”，但线下的突尼斯和埃及率先乱起来，在线上的伊朗反而相对稳定。

假定不用“基尼指数”衡量，而是对比这3个国家网络的使用与管制，结果就有趣起来。2001年以后10年间，突尼斯和埃及网民增长速度远超伊朗，伊朗对互联网内容的限制指数为“32”，世界第一。尽管伊朗几乎人人翻墙，但这并不意味着所有的信息都在网上。突尼斯抗议爆发的导火线，除了小贩自焚视频迅速传播外，还有维基解密揭发的本·阿里家族的荒淫历史。信息时代的“不平等”，未必是绝对财富值的比较，而是群体感受的不公。

	2001 年网民占总人口比例（%）	2010 年网民占总人口比例（%）	互联网内容限制指数
突尼斯	4.3	36.8	8
埃及	0.8	31.4	12
伊朗	1.5	14.7	32

外来势力在中产变革初期几乎难觅踪影。埃尔多安、穆巴拉克、本·阿里都是铁铮铮的西方盟友。美国前总统小布什曾经制定“自由中东计划”，要求埃及等国政府给予民众更多自由，但在这个高高挂起的旗帜下面，口气轻重、措施缓急却是分时段、看对象，突如其来的政权更迭，绝不是最有利于西方的选项。卡扎菲怪诞到没朋友，但要不是国内起了风波，法国前总统萨科齐也不敢轻易重划“地中海版图”。“阿拉伯之春”初期，西方反应迟缓，甚至错判，美国在巴林问题上的双重标准，更是令自身蒙羞。但正如前文所述，中东乱局很快便陷于陈疾窠臼，令人忘记了中产变革的元气。事实上，冲冠一怒的中产，最后发现身处国内传统势力与国际博弈的夹缝中，初时短暂的狂喜过后，迎接他们的是更长久的失败与痛楚。中产阶级无法单独创造更好的未来，要不要与传统势力联手，更是一个非常痛苦的道义问题。争取传统势力中的改良派，难保换汤不换药，一旦取得胜利，中产阶级的利益可能会立即被牺牲掉，比如埃及人就在反复错选中备受打击。而另一个难题是，要改善自身际遇，是否一定要首先改造世界？

还是仅仅为自己找个舒适的小环境，所谓“小确幸”即安？

四

这本书中收录的是我过去几年的现场采访，讲述的并非变革原理，而是人的故事，是从个体命运与情感中，看到听到嗅到变革的姿态和味道。新兴中产阶级的诉求或许相似，但每个人在历史转折中的处境各有不同。

这里记录下的是他们的愤怒与骄傲、泪水和血水，更有拉开时间的距离，看他们如何面对变革的曲折与失意。

这些年，我见到中国读者对别国变革的品评，常以成败论。眼见他楼塌了，扔下一两句冷嘲热讽背过脸去。然而在现场的不同角落，在对人物的反复采访中，我看到变革过程的复杂。同一个人，在不同时期做出不同选择，同一事件以不同角度切入，滋味迥异。需要说明的是，为了保护受访者，书中部分人物使用的并非真名。

除了中产人群本身，书中也涉及值得思考的管治模式。迪拜的“中央计划 + 自由市场”经济，需要造出一个神秘难测的君主；而超然稳定的瑞士，却没有人坐在权力顶端；同样号称“全民直接管理”的利比亚、委内瑞拉模式，则少了法律保障和程序限定；走向共和的尼泊尔，尚未形成中产阶级，我看到新阶层身影朦胧，但步履兴奋；而伊拉克人虽然首先要解决的是安全问题，可是关于民主的讨论从未缺席……战后十多年，新的中产正在形成，却成分复杂，又常常被教派标签模糊诉求。

书中也收入了我在英国留学时的见闻。800 多年前，英国《大宪章》签订。英国贵族要求限制王权，大概是有钱人争取政治权利的最早例子。虽然《大宪章》初次签订之后几经反复，但却被视为近代民主与自由的起始。

受时空所限，我无法到达每一个抗议现场。虽然没能亲历叙利亚，但书中仍然收入对变革起因的探索，因为它提供了一个统治者的经典难题：改革的门，能不能半开半关？叙利亚总统巴沙尔曾经主导“大马士革之春”，引入全面改革，却很快发现失控的危险，只得急急踩下刹车。不幸的是，“对一个糟糕的政府而言，最危险的时刻，是它开始了改革”。

“阿拉伯之春”已成噩梦，始发地突尼斯却不声不响走出暴力怪圈。2015 年诺贝尔和平奖也授予了突尼斯内部对话机制。在去往利比亚的途中，我几次经过突尼斯，却始终没有机会好好研究它的转型。突尼斯在本 · 阿里出走后，也曾经历混乱与杀戮，但它的成功似乎还因为国情特殊：军队不强大、宗教团体较温和、世俗派不极端、社会气氛开放。换句话说，传统势力不强，传统包袱不多。而恐怖组织也看出了突尼斯可能成为“另类”的端倪，存心制造袭击。成功的故事要留待时间检验，希望将来有机会另篇详论。

书中少不了我在各地遇到的中国同胞。变革发生在他们眼前，在他们的不同反应中，一幅中国世界观越发清晰。各种趋势报告都认同，这一波全球中产潮，浪花掀起的最高处在中国。欧盟安全研究所报告指出，中国的中产阶级比例在2030年之前将跃升至74%，居全球第一。

畅想未来，全球中产的生活方式、穿衣戴帽、读的书看的电影听的音乐，很可能越来越接近，甚至我们的胃都变得越来越fusion（美味混搭）。然而，即便没有新兴中产与旧制度的矛盾，全世界中产阶级就真的能够团结起来吗？文化、信仰、历史、地理，这些基因里的记忆会不会在彼此对比之下，反差更加鲜明？

伊拉克人终于有了上街抗议的权利，但我见到的一次示威，竟然是要求政府立即处死狱中的“基地”成员。事实上，国际人权组织批评伊拉克政府不审讯而直接枪毙被捕武装人员的情况已经够多了。2015年1月，《经济学人》杂志一则极短的报道，措辞别具深意：“斯洛文尼亚终于出现公民社会大规模游行，遗憾的是，这是一次反同性恋权益游行……”在自由了800年的英国知识分子看来，斯洛文尼亚人有了公民意识是好事，但没想到首先宣讲的是保守价值观。全世界中产阶级在争取权利的战壕里并肩，但很难讲他们能手把手多久。更不用说，生产与消费全球化后，发展中国家中产人数暴增，西方发达国家却是中产身价贬值、规模缩小。美国总统特朗普的支持中，很大一部分正是全球中产此消彼长潮流对冲中的失落者。新型中产首义中东，四处激起回响。互联网与急速全球化（人类祖先走出非洲就开始了全球化，但当下互联网等多种因素助推，速度大大加快）的脚步没有停，发达国家未做思考就行动的排外情绪高涨，可看作中产变革的第二篇章：西方中产的失落。

美国作家托马斯·弗里德曼曾经站在开罗解放广场上，感慨埃及变革“如巨象起飞，如果你没有预见到它的发生，也就别瞎猜它将飞向何处”。全球中产阶级兴起，作为一种现象，俨然也是一头腾飞的巨象，无人能够预言它的方向，甚至可能连它自己都不知道。但是仅仅从眼下来看，那些觉悟起来的中产阶级，那些起而抗争的中产人士，仍然在旧世界沉重的阴影下，匍匐在地，难以飞升。急速全球化的故事，一切才刚刚开始。

01

土耳其

善治经济的政府

1923年

凯末尔就任土耳其共和国首任总统，被尊为“国父”。奥斯曼帝国不复存在。

1928年

凯末尔发动“世俗化”运动，将“伊斯兰教为国教”从宪法中移除。

1938年

凯末尔去世。

1950年

土耳其首次选举，在野的民主党获胜。

1960年

土耳其军队兵变，推翻民主党执政。

1980年

再次兵变，维护土耳其世俗体制。

1984年

库尔德工人党在东南部展开游击战，谋求独立。工人党也在其他土耳其城市发动袭击，土耳其军队亦展开大规模剿灭。

1999年

库尔德工人党首领奥贾兰被捕，后被判终身监禁。

2002年

为加入欧盟，土耳其国会批准改革。

2002 年

宗教色彩浓厚的正义发展党在议会选举中大胜。埃尔多安随后成为总理。

2008 年

埃尔多安一系列宗教化措施引发抗议，包括恢复女性在公开场合蒙头巾。

2010 年

一艘国际援助船在加沙地带外海遭以色列士兵拦截，冲突中船上多名土耳其人死亡。土耳其与以色列关系恶化。

2011 年

正义发展党再次赢得选举，埃尔多安开始总理第三任期。

2013 年 5—6 月

政府强拆盖齐公园，土耳其各地爆发大规模抗议，造成 11 人死亡，8000 多人受伤。

2014 年 8 月

埃尔多安在第一次总统直选中获胜，但得票率远低于预期。

2015 年 6 月

库尔德人政党在国会取得十分之一席位，正义发展党不再是国会绝对多数党。

土耳其的大国梦

一

伊斯坦布尔市中心广场，一栋13层楼，朝向街道的两侧，整个都刷成埃尔多安的脸：一张含笑，一张坚毅。头顶一串数字：2023、2053、2071。

纳吉和我一起仰望：2023年，土耳其共和国建立100年；2053年，奥斯曼苏丹穆罕默德二世[①]定都伊斯坦布尔600年；2071年之前1000年，被蒙古人赶出中亚的土耳其人，重回故地安纳托利亚。

数字左边写着："HEDEF"（目标）。在伊斯坦布尔经营旅行社的纳吉解读，埃尔多安会在这些历史时刻"与土耳其同在"。我吃了一惊，长谋远虑对于当代民主政治是个稀缺。2014年埃尔多安60岁，2023年他将69岁，可是2053年？ 2071年？

答案也许并不重要。这些年份把埃尔多安与土耳其人纯正光荣的历史串联在一起，还将未来打上自己的烙印。数字和面孔上方，土耳其语写着"民族意愿，民族力量"。

2003年以来，埃尔多安一直以总理身份主导这个国家。眼看不能再次参选，他改变游戏规则，倡导全民直选总统。过去10多年，选举一直是埃

---

① 穆罕默德二世（Mehmed II）一般也称"征服者穆罕默德"（Faith Sultan Mehmet），在他统治的30年间，共亲率大军出征26次，几乎年年征战。他在21岁时攻占君士坦丁堡、消灭拜占庭帝国，并定都于此。

尔多安和他领导下的正义发展党（AKP）的专长，不论是议会换届，还是某个议题的公投，总能获得大多数支持。我离开土耳其之后半个月，埃尔多安果然赢得52%选票当选。土耳其总统是象征性质，他的下一步路人皆知，就是推动总统制，赋实权于虚位，继续执掌国家最高权力。

大楼第13层，单词“民族”背后的窗户支开了，里面的人大概想透透气，见见阳光。

“埃尔多安的ego（自我）很大。”纳吉说。记得2010年第一次见面时，他满心拥护这位领导人。就在同一个广场上，背向国父凯末尔建国群雕，纳吉愉快地告诉我，最近几个月阿拉伯游客猛增100多万，土耳其旅游行业协会说那是埃尔多安叫板以色列的结果。今年再见，他竟转了调：“我不喜欢埃尔多安了，他的权力太大，这次我不打算投票给他……”

“可你的生意还很好啊，不是托埃尔多安的福？”

纳吉学过中文，但平时用英语交流更顺畅，这时拍拍胸口，突然换了中文对我说：“这是心的事情，跟生意没关系。”

顺着埃尔多安画像的眼睛，望过对面，百米开外就是盖齐公园——埃尔多安完美执政履历上的一块疮疤。2013年5月末，那里爆发抗议，蔓延近百座城市。警方强压之下，盖齐集会几个月后散去，但各地抗争此起彼伏。

公园在广场边隆起来的一块小高地上。没有围墙，青草斜坡连通广场，三三两两坐着人。曾经热爱埃尔多安的纳吉，去年抗议期间也来过盖齐，挨过催泪弹。他的办公室就在附近，很自然走过去“看热闹”。这会儿他却不肯陪我过去：“你自己去吧，那里太多警察了。”

塔克西姆广场和延伸出去的独立大街，构成了伊斯坦布尔最繁忙的商业区。游人如织，昼夜沸腾，盖齐公园如同喧闹中的一星绿洲。来到才发现，给埃尔多安惹上大麻烦的，竟是一座很小的公园，10分钟足可以绕个圈。这里的树木并不粗大，但足以成荫。一早有人坐在长椅上，闭目享受微风与晨光。北角是个儿童游乐场，滑梯、秋千，小贩挑着粉红色的棉花糖等待哭闹的孩子。造成11人死亡、8000多人受伤的抗争，好像从未在这里发生过。标语、涂鸦，一点都没有留下。

仅容一人的警察哨所把着公园南角，看上去很新。“Hello，游客？”穿白制服的警察大叔站在门口，笑容可掬。“是的，这里真美。”我掂量着要“套”多久的“瓷”，才可以把话题引到去年发生的事情——可惜我们能够沟通的词汇有限，于是单刀直入，试探反应：“听说这里发生过抗议？”警察突然收了脸：“No English.”（“不讲英语。”）眼睛望向别处，身体站得更直。

广玉兰树下坐了两个穿橙色反光衣的保安，在我走过的时候，友好微笑。我做出伸胳膊的动作，问记不记得“抗议”，他俩齐声回答“No English”。

推车卖红茶的小贩，主动跟我打招呼：“一块钱一杯，欢迎来伊斯坦布尔！”小贩的英语听上去更流利，就算我已经放弃打听去年的事，也不妨一问。更何况我刚刚成为他的顾客，端着微烫的红茶正好聊天：“新闻里说，这里发生过抗议？”小贩转身低头：“No English.”对面走来一个戴墨镜的男子，也要了杯茶。我离开茶摊继续在公园里转，他不远不近同向而

盖齐公园风平浪静。造成11人死亡、8000多人受伤的抗争，好像从未在这里发生过。

行。早晨，开阔的公园里没什么行人，我无法不察觉他正在身后。几分钟后，我在一张长椅上坐下。他也坐在隔壁椅子上，喝茶。

2013 年抗议起因，正是埃尔多安政府宣布拆除这座公园，改建成购物商场。盖齐虽小，却是附近唯一一块绿地。近些年土耳其政府大兴土木，基础设施发展眼花缭乱。埃尔多安曾经告诉外国记者，自己最骄傲的政绩，就是"把 81 个省全部变成建筑工地"。城市旧貌换新颜，却也叫居住其中的人渐感不安。推土机开到的那天，50 名环保人士到盖齐公园静坐阻挡，附近科技大学学生加入，抗议队伍如水面上的涟漪迅速扩大，封锁广场周围 11 条街道。抗议者的诉求很快超出环保，对埃尔多安执政的各种不满一齐迸发。

盖齐公园和塔克西姆广场周围，国际酒店林立，四方游客往来，示威无疑伤了埃尔多安的脸面。政府反应激烈，第一天就动用水枪催泪瓦斯，毫不犹豫地称示威者为"恐怖分子""犹太间谍"。

一轮又一轮的抗争之后，公园竟保住了，绿树还在。喝完茶，我看了一眼墨镜男，起身离开。经过儿童乐园时，身后有动静，一回头，一辆警车缓缓移动，两侧门都拉开，四个防暴警察端着枪，扫视周围。宽阔的轮胎压过窄窄的公园小道，静悄悄游走。

盖齐公园还给大众，但从此禁止集会。密布的警力提醒人们，"恐怖分子"和"犹太间谍"随时可能回来。

警车并没有理会我，转了几圈，驶回广场上的警察局。警局大门正对停车场，五六辆大巴趴在那里，一旦出动可以装下许多人。守门的警察两只手都在冲锋枪上。

塔克希姆是繁华地段，警戒严密确有必要。只是埃尔多安极度自信的眼神中，流露了不必要的威慑。终于明白纳吉临别时说的："他们仍然害怕。"

二

博斯普鲁斯海峡，一丸酡日，万缕金线。

在土耳其旅行，史诗般的壮丽俯仰皆拾。哪怕只是20分钟的摆渡——独立大街走到头，我刚跳上的这趟市内摆渡，跨越欧亚两大洲。落日余晖，水汽袅袅，索菲亚教堂[①]、蓝色清真寺[②]、托卡比皇宫[③]，摇曳生姿，渐行渐远。这3栋建筑的弧线，囊括了奥斯曼帝国统领欧亚非600年荣光、基督教与伊斯兰教划分世界、东西文明的交战与交融。我在脑海中为此情此景寻找音乐，总觉得应该恢宏些，再恢宏些。

对一个平日坐惯渡轮从尖沙咀到中环的人，博斯普鲁斯渡轮之旅，犹如河伯遇见北海若。然而，"史诗般壮丽"，也是土耳其人挥之不去的自我催眠。奥斯曼帝国余晖像一个未竟之梦，每天都在海峡上幽怨出没。诺贝尔文学奖获得者、土耳其作家奥尔罕·帕慕克做了最好的自嘲："福楼拜在我出生前102年到访伊斯坦布尔，他惊叹'未来100年，伊斯坦布尔将成为世界的首都'，但接下来发生的一切刚好相反，'一战'结束、奥斯曼土耳其帝国崩塌之后，世界忘记了伊斯坦布尔的存在。贫穷，破烂，与世隔绝。像我一样，每个伊斯坦布尔人，都要跟这种'悲情'斗争。"

帕慕克出生前54年的1898年，梁启超把中国与土耳其比作"同种"——这个词过去只用来指中国与日本之间的渊源。在《俄土战记叙》一文中，他写道，奥斯曼与中国是欧洲人眼中并存的两个"病夫"。同年5月，康有为上书光绪皇帝《进呈突厥削弱记》："横览万国，与中国至近形似，比拟同类，鉴戒最切者，莫如突厥（奥斯曼帝国）矣。"他认同突厥人是匈奴之后，"盖殷人淳维之后，而吾同种也"。不仅如此，两国发展阶段相似，遇到的问题也相同，可谓"同形同病"。他一口气列举奥斯曼帝国愚昧落后16处"与我国同"：

其国地芜茀，与我国同；道路污秽，与我国同；无自来水，无排

① Hagia Sophia，罗马帝国皇帝查士丁尼大帝于公元532年下令兴建，直到1453年都是希腊东正教的大教堂。穆罕默德二世征服君士坦丁堡之后，将它改建为清真寺。

② Sultan Ahmed Mosque，建于17世纪初，因其内部采用的蓝色壁砖而闻名。

③ Topkapi Palace，穆罕默德二世于1459年下令兴建，随后一直到1853年约4个世纪中它都是奥斯曼土耳其帝国苏丹的住所。

泄，无电灯煤灯，无机器，与我国同；全国少铁路电线，交通不便，与我国同；人民愚昧笃旧，于读回教[①]经典外，地球大势，惘无所知，其学校皆无世界学，无各专门化光、电、重工程、机器学，无商船驾驶学，与我国学子昧昧于八股试帖楷法同；人民无权，国无议院，县乡无议局，无选举，与我国同；其财政困乱，人民穷苦如牛马，与我国同；其讼武断，其狱黑苦，与我国同；其负外国债累数万万，与我国同；英俄德法奥意六国大使，外揽收其财，内干预其政，日迫压取其利权，国民愁怨咨嗟，与我国同；于是革命四起，人人思易朝逐君矣。

康有为一边彷徨泪下，一边激昂宣称，大清如果不想陪奥斯曼等死，唯有"且决立宪"。一个月后，戊戌变法到来。

当时的奥斯曼，属国纷纷独立，欧洲列强环伺。一群不想陪帝国等死的军校学生兵变，征战几回终于推翻封建王朝。1908 年，27 岁的军官穆斯塔法 · 凯末尔支持起义，但还没有领衔变革。第一次世界大战期间，他的身份类似军阀，出兵抵御协约国进攻，保全土耳其核心疆土和主权，最终建立共和国。土耳其人期待的与衰亡悲情抗争的英雄出现了。

开国元首凯末尔，带领新生共和国一路向西。在他看来，奥斯曼帝国所有的不幸归咎于它的"东方性"。他不满足于"西学为用，中学为体"那种实用主义变革，而是行霹雳手段，从里到外全盘西化。宗教学堂关了，伊斯兰法废了，阿拉伯文版《古兰经》只能藏在地板隔层，钉上钉子，没人的时候再起出来读。男子必须西服礼帽，妇女不准戴头巾，政教分离成为土耳其立国之本，守旧者治罪。

环顾东方世界，变革最彻底的当属土耳其。凯末尔甚至废除了沿用千年的阿拉伯字母，土耳其语拍拍翅膀，破茧而成拉丁文（相当于中国摒弃汉字，只保留拼音）。他不要梁启超眼中"亚洲的土耳其"，要做欧洲的新成员。

凯末尔废神运动的一个结果，是自己成了新的神。土耳其人世世代代

① 回族人信奉的是伊斯兰教，说"回教"是不准确的。——编者注

感激他从奥斯曼帝国灰烬里拯救出一脉余存的民族尊严。直到今天，土耳其每一处营业场所必须悬挂他的照片，否则不许开张。“因凯末尔之名”，成了后继政府的合法性来源。20 世纪 60 年代以来，土耳其 3 次军事政变，都打着“重回凯末尔之路”的名义，博取民众拥护。

这就是为什么 2010 年我第一次来到土耳其，看到执政党正义发展党办公室还有街道上埃尔多安的画像与凯末尔并肩悬挂，感到惊愕不已。埃尔多安从未掩饰自己对宗教的热忱，他曾经因为公开吟诵宗教诗句，被忠于凯末尔主义的军人抓进监狱。他的对外政策也更倾向中东，而不是欧美。怎么可能同凯末尔并列？

埃尔多安并不是第一个试图在凯末尔的背影里改道向东的。凯末尔去世之后，土耳其出现过阿德南·曼德列斯（Adnan Menderes）、图尔古特·厄扎尔（Turgut Özal）等倾向伊斯兰价值观的领导人。曼德列斯被将军们吊死，厄扎尔怀疑被投毒，案情至今不明。聪明如埃尔多安，尽管他的主张跟凯末尔南辕北辙，但“国父高悬”是他推行政策的一张护身符。

正义发展党女议员艾迪布·瑟增（Edibe Sozen）告诉我：“说我们要背叛凯末尔是个笑话。”她自己不包头巾，西方留学归来，以此说明这个党派虽然有点保守，但绝不是塔利班，远比马来西亚更开放。那是 2010 年，埃尔多安政府正推行修改宪法的公投，在一系列保护老人、男女平等的条款之中，挟带废除兵变、妇女有权戴头巾等实质更改。埃尔多安可没把军方势力当“笑话”，公投之前突然抓捕两百多名军官。近 100 年来，土耳其文职政府第一次收回兵权。

凯末尔像不仅用来护身，埃尔多安还有无法明言的雄心，常常被外国媒体道破：“第二国父。”以这个谜底倒推，凯末尔像、2023、2053、2071，都是同一组密码。

今年再来伊斯坦布尔，我没见到并肩悬挂的埃尔多安和凯末尔。塔克西姆广场上，在 13 层楼高的埃尔多安的注视下，国父雕塑矮了下去。他不再需要别人做护身符了，2002 年以来正义发展党在所有选举中立于不败之地，选票箱不是最无可争辩的合法性来源吗？军队、法院、媒体，都在他

“合法的权力”下低头，不需要担忧什么了——除了盖齐公园那些手无寸铁、不知所谓的人。

然而，这么多年来，正义发展党的常胜战绩，是不是也说明大部分土耳其人并不反感埃尔多安的雄心，相反，是时候欢迎新国父了呢？

埃尔多安领导下的土耳其，与凯末尔当年一心脱贫的心境迥然不同。阿德南·曼德列斯在20世纪50年代贯彻工业化、城镇化，土耳其经济起飞。80年代，图尔古特·厄扎尔改革国有企业，奠定今日土耳其自由市场经济基调。在他突然离世之后，国家陷入10年困顿，过多倚重外资闹出2001年债务危机。在西方工作多年的经济学家凯末尔·德尔维什（Kemal Derviş）临危受命，开出改革药方，筹得紧急贷款。一年半后，德尔维什使命完成卸职。正义发展党像他们的名字一样，以清廉公正、经济建设为口号，幸运地在2002年接棒执政。德尔维什的改革药方，在2005年全面见效，外资银行回归，土耳其经济开始获得前所未有的发展。

接下来，埃尔多安执政十余年间，数百万人脱贫，人均收入翻了将近3倍（也有其他计算方法认为是5倍）。土耳其近年国内生产总值总量排名全球第15至17位，埃尔多安在美国讲演时，称他管理着“全球十大经济体之一”。

走在伊斯坦布尔高档商业区，很容易让人忘记这是一个“发展中国家”。阿拉伯游客惊叹土耳其的安康，拿不到欧美签证的伊朗人，把这个邻国当作放纵之地。我住的酒店里几乎全是伊朗游客。吃早饭的时候，一对青年男女坐在对面，女友着低胸紧身衣。他们来伊斯坦布尔专程看一场美国摇滚乐队的演出。我没听过这个乐队的名字，他们睁大眼睛表示不敢相信。

2008年金融危机蔓延全球，土耳其安然度过，实现近9%的经济增长，与中国同速。这个事实给了土耳其人空前信心。2010年我在伊斯坦布尔街头采访时，说到加入欧盟路漫漫，不止一个受访者反问：“那个闹危机的欧盟？他们加入我们还差不多！”历史悲情，或许如缕难绝，但今日土耳其人，因钱包鼓胀涌起一股豪情。

•• 13 层高楼，朝向街道的两侧，整个刷成埃尔多安的脸。

•• 锡壶顶上，一面小国旗上下翻飞。锡壶在游客中穿梭，拖出一道红线。

•• 奥斯曼帝国皇宫一隅。

•• 伊斯坦布尔是胸怀欧亚两洲的城市。对于一个平日坐惯渡轮从尖沙咀到中环的人，博斯普鲁斯渡轮之旅，犹如河伯遇见北海若。

初到伊斯坦布尔，我眼见的第一道风景是国旗遍地。几乎每条街道，每一个阳台，各种尺寸、新旧不一的国旗四季飘红。在城里任何一处站定，视线内一定出现布的、纸的或鲜花拼成的星月旗。旗帜不是政府发的，大多是人们自己掏钱买的。

很多人向我提起总理的英勇事迹。他在政要巨贾云集的瑞士达沃斯年会上，与以色列总统一言不合，拂袖而去，像个骄傲的牧羊人。回国后，受到英雄般的欢迎，红旗铺满机场。一艘土耳其救援船在加沙附近与以色列士兵冲突，9 名土耳其人死亡，阿拉伯世界一片崇拜。我采访过当时在船上的奥萨曼 · 阿帕特雷（Osaman Apatri），他承认自己所属人道救援组织（IHH）出发前就告知了土耳其政府，也预见到会遭以军阻拦。就是在那几年，埃尔多安“向东转”的姿态为土耳其带来更多阿拉伯游客，打开更多中东市场。

埃尔多安显然看到遍地红旗里的信号，足够点燃一团民族主义火焰。叫板以色列，他的个人威信高涨。这位硬汉还对国旗展现过柔情：G20 元首合影时，他从地上捡起标明站立位置的小小新月旗，对着镜头仔细折叠，放进上衣口袋。2009 年之后连续 3 年，正义发展党在地方选举、修宪公投和议会选举中屡战屡胜。

以土耳其标准来说，埃尔多安相貌端正，虽算不上十分出众，但人们赞赏他的“领袖气质”。4 年前，纳吉告诉我，前任总理比伦特 · 埃杰维特（Bülent Ecevit）见到美国总统“像犯错的小学生”，而土耳其媒体管埃尔多安叫“那个高大的男人”。

纳吉的这种振奋，我是熟悉而有戒心的，但尽量不在他面前流露。纳吉 40 来岁，是个热情爽快的人，当时帮了我和同事很多忙。这次重逢，我由衷高兴，却没想到他似乎保持距离。

纳吉的前妻是中国人。至于分手原因，他说对方不肯生孩子。“我们结婚都 10 年了，她还是说要先‘奋斗’，晚点再安定下来。”最近他在家族逼婚压力下，跟一名本地女孩成亲。而他自己也认可，不能再找“奋斗不息”的中国人。我似乎有些明白了，接待一名来自中国的女性朋友，也许会惹土耳其妻子不高兴。不过，纳吉的新婚妻子也在学中文，将来好帮他一起在北京开办事处。“我的生意总有办法做。”纳吉一再说自己没有直接受埃尔多安的气，只是看不惯他为所欲为。纳吉家附近一间私立学校突然被关，传言跟埃尔多安的政敌有关。“那家学校的学生刚拿了国际数学比赛第一名，说关就关了。”

渡轮徐徐。我搭的不是两小时的游客航线，而是本地短途摆渡，上层站人，下层载车。韩国现代、日本丰田很常见，也不乏奔驰宝马。纳吉提醒过我留意土耳其人富起来的标志：“10年前，土耳其人在欧洲街头羡慕到处是私家车，现在我们的车比他们的好。”与渡轮航线平行，海底列车刚刚开通。埃尔多安还承诺再建一座跨海大桥。

眼前的土耳其繁荣稳定，比地区绝大部分国家更开放，甚至在“西方的中东代理人”以色列面前硬气，还有什么可抱怨的呢？所以2013年盖齐公园抗议，如冷水泼面，任谁都意外。国际媒体立刻转向，言之凿凿地认为，全国抗议也许无法推翻埃尔多安的统治，但注定毁掉他的“总统梦”。

可对不起，他又赢了。

海鸥鸣叫不断，落日、史诗、红旗，还在我脑海中盘旋，渡轮已把欧洲留在身后，轻抵亚洲。

三

艾明在码头等我。这个白皮肤绿眼珠的年轻人，混合伊拉克、叙利亚、车臣多重血统。地理位置决定了土耳其民族复杂多样。一个奥地利朋友介绍我认识艾明，说他去了盖齐公园抗议，或许是我要找的人。我们原本约在一个小餐馆见面，可艾明的妈妈说，正好是斋月，你为什么不带人家到家里吃开斋饭呢。

一栋5层高的居民楼，艾明和父母、妹妹住三楼一间公寓，外婆跟还是单身的舅舅住二楼。现代生活拆散了大家庭，但是有能力的穆斯林还是习惯把全家人安排在一栋楼里。

隔博斯普鲁斯海峡相望，伊斯坦布尔欧洲区更加富裕，亚洲区这几年也热闹起来，房价跟着飞涨。从艾明家阳台望下去，是一条商业街，咖啡馆餐馆，霓虹灯五光十色。来的路上，我还看见附近一块地用广告画围起来，画面上是一个新的商务中心。

“这里买楼一定很贵吧？”我问。艾明却说：“15 年前爸爸买的，只能说买对了。”眼见楼下街宽了，灯亮了，15 年来，自己的生活却没有太多改善。

这套公寓有 4 个房间，20 出头的艾明兄妹各有独立空间，外加客厅和宽大的阳台。“伊斯坦布尔公寓通常只有两到三个房间。”妹妹博拉萨的说明，加重了我的艳羡之情。这家有两部小汽车。“其中一辆是我爸爸公司的。”艾明提高嗓门，似乎有必要说明，家里买不起两部车。我一再追问，国家经济大好对他家的影响，兄妹俩连连摇头，仿佛承认了分享其中好处是件羞耻的事情。“应该这么说，我们的收入提高了，消费也增加了，整体上没觉得家庭变得更富有。”爸爸打圆场。家里的装修确实朴素，毫无炫目新颖之处。客厅电视机旁裱起来的书法“安拉”（真主）很显眼。我进门的时候，爸爸正在客厅角落跪地礼拜。

艾明的姨妈姨夫，带着 3 个儿子，从土耳其东部尚勒乌尔法来小住。那里靠近叙利亚，“夏天太热了”。10 岁的表弟骑着玩具自行车转圈，T 恤上印着New York，时不时冲我表演几句英语。外婆正制作传统食品 Çiğköfte[①]——这种小吃的历史据说可追溯到先知时代。它需要用切得极碎的洋葱、辣椒、香料、西红柿、薄荷叶，混上完全没有肥肉的牛肉末等食材。外婆用杵捣了一个小时才告成。

好客的气氛一下子让我放松下来。我已经独自旅行了 10 多天，突然被一个盛情满溢的大家庭收留，真想好好吃顿饭，不用讨论什么抗议或是选举。

---

① köfte 意为“肉丸”，Çiğ 为“生”，因此表面意思为生肉丸。但今天一般土耳其人在制作时已经不用肉类，而改用谷物或蔬菜。

“开饭啦！”表弟喊了一嗓子。开斋宣礼声隐约传来，并不像我在中东听惯的那样响彻全城。伊斯坦布尔的斋月跟平时没太大分别，白天餐馆照开，只是晚上的家庭聚会更隆重。

阳台上支起长桌。一家人按男女分了两头，我被安排在分界线上——艾明和妹妹两位翻译中间，爸爸对面。男人们负责跟外人聊天，女人们保持我的餐盘不空。Çiğköfte裹进生菜叶子，或者涂在大饼上，微辣喷香。主菜是节瓜炖牛肉。每道菜上来，女人们都等着我送进嘴之后的反应。我不断冲着外婆和妈妈的方向打手势表示“好吃”。

话题很快转到我的来意。我担心打搅吃饭气氛，没想到艾明一家根本不介意，不断大声提到“埃尔多安”“盖齐公园”，也不担心邻居会听见。

妹妹博拉萨提起这位大人物气得发抖，认为他的“罪行”罄竹难书：规劝女人至少要生3个孩子，不要堕胎，不要因为上学而推迟结婚，不准男女生混住宿舍，不准公开接吻，叫一名足球运动员洗掉文身，还规定土耳其人应该吃全麦面包而不是白面包。有段时间还关了博拉萨常常泡在上面的推特和YouTube，说社交媒体传播谣言。“他像个黑社会老大。”博拉萨总结。土耳其本地媒体受审查，互联网却不封，年轻人一般在国际平台上沟通。

“午夜12点以后不准卖酒。”艾明补充，他说自己并不嗜酒，但是政府“凭什么样样都管”。我们的餐桌上没有酒。对待酒精的态度，常可一窥伊斯兰国家的世俗化程度。

外婆从老花镜背后看着，一摊手说了句什么。艾明指指外婆：“她是埃尔多安的粉丝。她说，埃尔多安盖了大楼，修了地铁，干了很多好事。”跟外婆列举的“好事”相比，艾明和妹妹提到的似乎都是些“小事”，但他们的愤怒显然比外婆的满意来得具体，来得猛烈。

艾明一边飞速翻译，一边跟外婆急促争论，“她根本不愿知道真相”。网上流传着埃尔多安的贪腐证据：11分钟的手机窃听录音。电话里，埃尔多安焦急通知他的儿子比拉拉，警察正前往几名部长和商人的家（一一点名）搜查，叫儿子做好准备。录音后段，比拉拉提到还剩“3000万欧元现金”没有转移走。

录音的真实性从来没有获得证实。埃尔多安反攻，说录音是合成的。这件事并没有拿到土耳其法庭裁决。事实上，这位总理随即撤换一大批警察和法官，还要修改警方办案程序。他曾经说土耳其经济成功的基础在于“反腐”，如今他把一切关于自己以及亲信圈子爆出的腐败丑闻，归结为“海外势力作乱”——长期生活在美国宾夕法尼亚州的一名土耳其裔伊玛目费特胡拉·居伦（Fethullah Gülen）和他带有神秘性质的组织“Hizmat”（服务），曾经在正义发展党与军方的权斗中助力，在竞选中撑场，但这些年对埃尔多安的内政外交不满，盟友反目。居伦否认自己跟土耳其的事情有任何牵连。但众所周知，他的组织在警方司法和媒体中很有势力。①

艾明走向盖齐公园抗议，是被政府的粗暴镇压激怒了。埃尔多安对个人生活的种种限制累积了愤懑，武力回应和平示威是“压垮骆驼的最后一根稻草”。像他这样的年轻人积攒了怨气，终要冲冠一怒。

艾明大学毕业时打定主意不在政府系统工作，“因为没有‘关系’”。他说，在国家部委或国营企业找份好工作，首先要在复杂的资格考试中获得高分。但他认识一些“不知道怎么可能考及格”的同龄人，捧到金饭碗。“‘背景’比能力更重要，进去之后也要凭关系上去。”所以他选择留在民营企业——爸爸工作的医药公司。

“国家富裕了，但钱都到了执政党口袋里。”艾明抱怨正义发展党的“关系网”把持经济利益。眼下他打算跟几个朋友创业，做电信数据服务，尽管这跟他的化工专业不搭界。土耳其电信被国营资本和大财团垄断，我小心翼翼问艾明，涉足这个领域是不是得“认识什么人”？他难为情地笑了：“哈哈，当然。”他的“关系”来自反对党。我也笑了，人们跟“关系”的关系常常很复杂。

父亲一开始反对艾明去公园，拗不过，就跟儿子去了。他给我看手机

① 2016 年 7 月 15 日土耳其发生兵变，很快遭到埃尔多安的镇压。此后，埃尔多安在国内展开更大规模的行动，肃清居伦的势力，关闭报纸、辞退数千法官、警察、数万名教师及公务人员。

拍摄的视频。那是与警方的第一轮冲突过后，抗议者铁了心不走，警察退到外围对峙，现场出现几周平静期，盖齐成了自由表达的乐园。

视频中一片红旗海洋。公园里挤满了人，但没人发表宣言。时不时响起掌声，欢迎新人和新的团体加入。抗议者没有特定的“主义”，人们打着国旗出来，表达对未来的担忧。埃尔多安的红旗是跃动的民族主义火焰，盖齐公园的红旗则是一片丹心。

我在埃及也见过这样的情景。运动一开始，并没有领袖，个体站出来表达非常具体的不满。土耳其专业舞蹈演员埃德姆·京迪兹（Erdem Gündüz）的“静默抗议”最能表现这个特点。他突然出现在塔克西姆广场，不言不语一动不动站了6小时。一开始人们当是玩笑，明白之后越来越多人站出来，警察不知如何是好。但是，京迪兹事后对媒体说，他没打算启发其他人跟随，只想代表自己一个人的诉求。但盖齐的抗议终究启发了全国，此后一年间，350万土耳其人在不同城市走上街头。

画面中看不到武器。土耳其官方媒体也没有说过抗议者有任何武装。反倒是国际间的评论谴责土耳其警方“过度使用武力”。示威期间，我曾给安卡拉的中国朋友打电话，对方说：“很安全啊，晚饭过后大家敲着锅碗瓢盆出来，当是散步，然后各回各家。”

艾明的父亲蓄着小胡子，深肤色，笑容真诚。他在一家制药厂工作了30多年，当上地区经理，跟艾明的母亲是尚勒乌尔法同乡，后来到伊斯坦布尔上大学，在这个经济中心扎下根来。今天他仍相信知识改变命运，两个孩子都被送到了最好的私立学校念书。关于埃尔多安，他最担心他的权力不正当扩张。医药公司分明是民营，却也难免压力，这几年招聘新人，多考虑录用亲正义发展党的人士，“这些人得了好处，到头来又会投票给他”。

父亲说话平和。他认为每个家庭成员的看法因记忆而不同。68岁的外婆经历过土耳其最动荡的时期：20世纪90年代库尔德人四处制造恐怖袭击，20多年来造成4万人死亡；七八十年代，土耳其左右两派政党争权，街头每天发生劫掠、烧杀；自凯末尔的政党1950年输掉选举以来，土耳其一直由不同党派组成的联合政府经营，分分合合，风波不止，直到正义发展党拿下议会半数以上席位，一党包揽政府，才稳定下来。外婆这般年纪的人，自然珍惜这10来年的好日子。

这让我想起，母亲是土耳其人的英国女记者阿勒夫·斯科特（Alev Scott）写过一个细节：今天伊斯坦布尔治安很好，但土耳其人对“乱”的恐惧根深蒂固。她看见房东执意把木制百叶窗换成铝合金的，忍不住笑出声来，“好像夏天裹着棉被”。但是只有经历过动荡的人，才能理解这份恐惧。

艾明的父亲亲历了1980年政变，确切来说，是军队镇压学生反政府行动，传言数万名大学生惨死，但这在土耳其仍是个禁忌话题，确切数字不详。所以当艾明走向盖齐公园，父亲就知道政府不会忌惮动武，跟上去保护儿子，却终究没有让女儿去现场。博拉萨到现在都生爸爸的气。

艾明和妹妹打记事起，大部分时间生活在埃尔多安时代。他们经历的土耳其，既没有乱过，也没有穷过，通过卫星频道互联网络，他们的生活跟欧洲年轻人零距离。艾明几个月后要去奥地利，跟我的那位朋友周游。2001年的经济危机只是小插曲，博拉萨说“根本不记得”。她无法感念埃尔多安的好处，只讨厌他侵犯“个人自由”——比照欧洲各国，一个政府搞好经济不是理所应当吗？“这个老家伙怎么不明白，我们是不一样的人？”如果说埃尔多安开创了富强的土耳其，他却认不出富强起来的土耳其人。

外婆隔上一段时间，插播一句“埃尔多安是好的”，像交响乐团里定时敲响的三角铁。她认定埃尔多安“有功”，艾明兄妹反说“有过”，功过能不能相抵？

舅舅一直在听我们讲话，他用一个流行的笑话回答：夜里有贼入室，夫妻惊醒。丈夫说要过去抓贼，妻子偷偷一看，贼人虽然撬开柜子拿钱，但居然顺手把桌子擦了：“至少还帮我们做了事，就由他去吧。”

怕我听了更加困惑，舅舅说，这个笑话的意思不是土耳其人容许腐败，而是批评执政党的小偷逻辑。他在一家酒店式公寓打杂，强调自己

“在英国待过一年”，本该有更好的发展。埃尔多安政府没给他带来什么好处，回国后换了好几份工作。外婆出声怪舅舅自己不安分，到现在也结不上婚，这账不能算到政府头上。

来自东部农村的姨夫不怎么说话。他脸庞黝黑透红，身材微胖，以种棉花为生。棉花是尚勒乌尔法最主要的经济作物。问老家情况怎么样，他鼻子里“哼——”出声。桌上的人笑称他是全省“最愤怒的人”。

自凯末尔时代，土耳其政府有意修一条水渠，引幼发拉底河和底格里斯河的水，改善东南安纳托利亚地区的灌溉，缩小全国贫富差距。但是多年来经费不足、局势动荡，致使水渠无法贯通，直到埃尔多安接棒，才告完成。官方网站称这项耗资320亿美元的工程，是“全世界最雄心勃勃的计划之一”。水渠蜿蜒流经9省，包括尚勒乌尔法，却偏偏没有淌过姨夫的棉花地。

像他这样“被遗漏”的农民不在少数。正义发展党说水渠“全面提升当地纺织业”，棉农直骂是“谎言”。尚勒乌尔法宗教气氛浓郁，又是土耳其最贫困的地区之一，多年来是正义发展党的票仓。姨夫承认这些年当地经济也有进步，甚至出现了豪华汽车——但亲近执政党的农民更能得到“好处”。水渠不流过的地方，如果跟正义发展党搭上关系，或者付钱，也能引水过来。如果两者都不沾，就只能像姨夫那样“哼——”出声：“我都见过，我身边就有。”

姨夫和姨妈每次来伊斯坦布尔都不愿四处转，他们觉得伊斯坦布尔太大太吵，哪里也不想去。

妈妈端上水果，煮了红茶分甜点，又拿来披巾问我冷不冷。“她是个母亲。”艾明的重音放在了“母亲”上，意思是他的妈妈符合所有关于“母亲”的温暖定义。兄妹俩都像极了妈妈，皮肤白皙，脸庞圆润。楼下商业街的霓虹灯，在阳台墙上投射各种颜色。夜风渐凉，我们挪进屋里看电视。

这一家三代女性的装束反差极大：外婆黑头巾褐色罩袍，在自己的孩子面前都包起头发；她的外孙女、艾明的妹妹背心牛仔短裤，十分清凉，金色发丝散落肩头；妈妈穿一套湖蓝色连衣裙，扎马尾，出入不包头；老家来的姨妈，深蓝色头巾，牛仔衬衣袖长松身，深蓝色长裙拖地，遮得严严实实。姨妈并不加入我们的对话，自顾在手机上玩脸书，忽然“扑哧”笑出声，指给艾明的妈妈看一个关于婆媳的段子。

“土耳其家庭就是这样，什么都有，什么都可以共存。”父亲听我问起装束差异，颇为骄傲地说。

土耳其30年来的经济发展，成就了人们对命运的不同选择。即便是一家人，有的到大城市发展，有的留在农村。整个国家在进步，不同人群的物质差异在缩小，但生活方式和精神世界的差异并没有消失，当他们见面时，这种差异就更明显。

我决定把艾明的姨妈拉进谈话中。“您怎么看盖齐公园的抗议？”姨妈放下手机，小声对大家说了句什么。妹妹翻译：“她说，你可真会问问题。”我也没想到，这句话挑起了更大的家庭争执。

“我不知道有这回事，也没见过，根本就不存在。”姨妈说。

“你难道不看电视吗？”爸爸突然有些生气，他的亲身参与，对艾明的姨妈来说，竟然没有发生过：“土耳其官媒不报，CNN土耳其频道不是24小时直播现场吗？”

“那都是编的吧。”姨夫说。这句话触痛了爸爸，一敲沙发扶手，“你没看怎么就说是假的呢？”示威期间，土耳其广电最高委员会关闭了所有播出抗议画面的媒体。博拉萨小声告诉我，姨夫住的村里没什么人看卫星电视。

妈妈终于加入，正视自己的姐姐：“我去了现场，那就是一群孩子，跟我的孩子一样，可是我们的政府怎么对待他们？你觉得我们都是恐怖分子吗？”

我感到尴尬，赶紧转移话题，问姨妈是否爱戴埃尔多安。姨妈说，她的看法不必跟从丈夫——从来没有一届政府像埃尔多安那样关心偏远地区：给长者发补助金，给婴儿送免费奶粉，连教科书都免费。

20年前，她自己准备上大学的时候，政府规定在校园里不准戴头巾。公共场合不戴头巾，对她来说近乎赤裸。在大学与头巾之间，她选择了安全感。是埃尔多安废除了凯末尔以来的头巾禁令，妇女可以自由选择。她感慨，要是自己上学的时候就赶上埃尔多安执政，命运早已不同。

“您这次准会投票给他了？”

“以前会，但这次不。”姨妈的回答出人意料。

尚勒乌尔法住着大量库尔德人。埃尔多安为了在议会通过提案，赋予总统更多权力，有意拉拢有 33 个席位的库尔德人党。姨妈听到村里传言，秘密谈判正在进行，她担心埃尔多安会用权力做交易，把尚勒乌尔法划入库尔德自治区。“下次你来玩，我家可能就变成库尔德斯坦了（部分库尔德人要求建立的国家）。”

选票箱里博输赢的政党，常常抓牢乃至扩大人群间的差异。本来这种差异有可能自然缩小——在艾明家里，所谓“世俗者”并没有割裂传统与信仰，外表上的“保守宗教人士”，也不是来自中世纪，土耳其人大多温和包容，但是政党往往高举“敬神”或者“爱国”大旗分化选民；埃尔多安不断提倡遵守教义的生活方式，号召“培养信仰纯洁的下一代”。不过，大旗之下，埃尔多安的传统票仓正在分化，人们也在选票箱里做出自己的判断。

“埃尔多安！”土耳其官方电视新闻上，出现了我们一直在谈论的人。距离总统选举投票还有 10 多天，埃尔多安在议会宣布，送给索马矿难死难者家属每户两套住房。

索马是埃尔多安失去传统支持者的又一例证。安纳托利亚西部山区，也是正义发展党多年耕耘的票仓。两个月前一口矿井坍塌，301 人死亡。埃尔多安在保镖簇拥下去现场，在那样悲痛的时刻，他竟然说：“矿井就是会死人的。”

矿工们愤怒了，有人冲上去抗议，被保镖按住，埃尔多安的秘书还飞脚踹上去，被记者拍了下来。天空电视台的自由撰稿人伊西尔·西里尤斯（Ishil Sirriyuce）当时在现场。她采访了那个被踹的矿工。工人说自己没想冲出去，是后面人群骚动，把他挤了出去。

怒火不仅仅因为埃尔多安一句话。伊西尔告诉我，在政府主导的私有化浪潮中，这家国有煤矿前几年承包给私人经营。新业主不断提高产量，但工人工资维持原有低水平。安全帽是5年前的技术，不能给氧，只能过滤尘土。井下甚至没有避难所。一个矿工指着自己脏兮兮的T恤衫说，他工作了12年，只有身上的衣服，他在反对派报纸上看到，埃尔多安的儿子有好几艘游艇。“我不指望比拉拉到这里劳动，但至少他们得体会我们的生活。”

总统选举前，伊西尔再去索马，发现分给索马矿工家属的“两套房子”，只是为了“安抚情绪”，却没人真正要解决井下安全的问题。伊西尔告诉我，索马的家属对分房很不满意，因为失去亲人的家庭住在同一栋楼里十分尴尬，但政府规定两套房子只能用来住，不能卖出去。分房之后的事情，执政党不管了，他们只负责用利益交换选票。后来总统选举中，埃尔多安在索马得票没有超过半数。

埃尔多安的经济华服下面，露出赤脚：盖齐公园抗议者要求自由，憎恨贪腐；像艾明的姨夫一样，很多人感到自己没搭上发展的快车；而那些矿工，根本就觉得自己是经济大潮淘下来的沙子。没有人仅仅因为GDP的增长而满意，“标签”不足以确认投票者的心向。埃尔多安在总统选举中虽然得票过半，但低于他自己预期的70%。

四

回看整个盖齐抗议，艾明非常失望，除了保住几棵树，“什么都没有改变”。问到在公园里待了多久，他吐吐舌头，说只去了两三次，没有过夜，“我不是英雄”。

公园抗议的主体异常年轻，年龄介于15至30岁之间。艾明叫我想起另外两个抗议青年。

一个是4年前陪我去土耳其最东边卡尔斯的翻译穆斯塔法。当时他即将大学毕业，无拘无束地表达对国家崛起的亢奋。这有时让我们之间的对话陷入尴尬，因为每次都要顾及“土耳其至大”。他说话行事又有些自负。

在卡尔斯，我们去库尔德和平民主党办公室。穆斯塔法从进门开始，就梗着脖子。土耳其政府为了加入欧盟，改善了与库尔德族的关系，允许一些小型党派存在。但是，大多数土耳其人对他们的暴力袭击念念难忘。采访中，和平民主党发言人滔滔不绝，攻击政府刚刚展开的和解计划缺乏诚意。我正暗想，这是害怕政府改善民生，瓦解库尔德人对他们的拥戴吧，突然，穆斯塔法站起，速记本往地下一扔："我不翻了！这人是骗子！全是谎话！"冲出房间。他不给反政府的人传声。

4 年后见面，得知他也参加了抗议时，我非常惊讶。穆斯塔法长得更壮实了，蓄着络腮胡，声音更低沉。他在网上做进出口贸易，置了房，买了车，衣着也更加精致时尚。工作经历令他自信十足，举手投足，表现出他知道自己是少有的聪明人。

"当时我正跟朋友喝酒，看到有人在网上说盖齐要砍树，需要人手阻挡，我马上在街上登高一呼，召集了 5000 人一起去。"我对他讲的数字不敢确定，但可信的事实是，他最反感埃尔多安的禁酒令。走向公园的时候，他还想起毕业那年，同班同学有个正义发展党的"好爸爸"，于是免试进入外交部，而他虽然中文更流利，却落选了。

穆斯塔法自称共产主义者，一到盖齐就施展领导才能，研究地形，策划如何阻挡警察。他上推特发布图片，指导其他街区的人设置路障——我不敢确定他的"孤胆英雄"形象，但可信的事实是，抗议者相互不认识，在公共信息平台上沟通。作为无畏的共产主义者，穆斯塔法率先使用了最高程度的暴力——朝警察扔石头。

"抗议的目标不是内战，不是搞坏经济，甚至不是拉倒执政党，但是理想的社会应该有自由和平等。"穆斯塔法的行动不乏指导纲领，再具体一点，他的理想社会，就是"埃尔多安别管那么多，医院不用排队，普及免费教育"。眼前的他，更愿意谈论生活，而不是国家。

聊了两个钟头之后，我抱歉地说，还要见一个人，第一个"读书抗议者"。盖齐公园展示了和平抗争的丰富形式，呆站、哑剧还有读书。穆斯塔法没什么兴趣，但还是陪我走向跟哈桑的见面地点。

当哈桑走来——他瘦得像一根竹竿，背心垂在身上晃荡。满头小辫，耳钉鼻环，刺青从脖子一路延伸。我感到穆斯塔法射过来的狐疑眼光。

哈桑对我还带来一个人，也有些惊讶。我赶紧向这两位抗议者解释，是分头聊天。哈桑带我去后街一个咖啡馆。不明白为什么要绕这么远，直到他说："我是同性恋，很多地方不欢迎我，这家是熟客。"怎么能从外表看出性取向呢？他说自己的打扮已经让大多数同胞觉得不正经。咖啡厅大麻味萦绕，呛得我想吐，搬到门外临街的桌前。

《古兰经》说，同性恋者"确是过分的人"。如果哈桑出生在周边邻国，等待他的命运大多是绞刑。土耳其虽是伊斯兰国家，但对同性恋展现出了罕见的宽容，每年六七月间还默许游行。

因为有一线空间，土耳其的同性恋群体遇到抗议时，都会去展示自己。哈桑朝警察喊口号累了，坐在树下休息，包里正好有一本高尔基的《在人间》。"只想逗逗他们。"他走上去，冲着全副武装的警察大声朗读，很快成为一景。盖齐抗议发生一个月后，伊斯坦布尔举行了这里有史以来最大规模的同性恋游行，10 万人出席，其中很多来自盖齐公园。抗议者互不相识，未必相互喜欢，但也会做短暂聚合。

艾明、穆斯塔法、哈桑，差不多在同一个时间点离开了盖齐，那就是各大反对党打着旗帜姗姗而来时。以个人名义参加抗议的青年，不想被反对党的政治意图劫持。最大反对党共和人民党[①]的主席来到盖齐，青年们嘘声相迎。艾明传统上是共和人民党的支持者，但在这个时候，他担心反对党加入颠倒了抗议目的："我们并不想推翻政府，只是想向埃尔多安讨得尊重。"

即将到来的总统选举，让曾经的抗议者更加为难。除了埃尔多安，其他两名主要候选人一个出自库尔德党，另一个是共和人民党和另外两党联合推选的宗教学者。为了"阻击"埃尔多安在保守人士中的受欢迎程度，反对党把伊赫萨诺卢（Ekmeleddin Ihsanoğlu）的宗教色彩宣传得比埃尔多

① Republican People's Party，共和人民党为土耳其历史最悠久的政党，乃凯末尔于 1923 年所创。目前为土耳其最大的反对党。

安更加浓重。艾明很不满意这个候选人，但还是会做无奈之选。穆斯塔法和哈桑则拒绝投票。

反对党同样为了“赢”而设计自己的候选人。他们知道宗教保守人士仍然在选民中占大多数，而不是盖齐的抗议者。

抗议者不想让反对党染指盖齐公园纯洁的诉求，但是选举临近，他们又必须附属某个政党来表达意见。土耳其共和国建立以来，政党名目纷繁复杂，但权力本质上还是在凯末尔政党和宗教保守两派间轮替。

这是抗议蔓延全球中的普遍规律了：代议制民主框架内，一部分人——姑且称之为“中产”，经济地位改善，思想日渐自由——有了诉求，却很难组织起来实现目标。如果埃尔多安面前摆着这样的数字，就不会放下身段，给予抗议者“尊重”，反会更加强硬地“说了算”：示威人数占总人口 4%，生活在贫困线下的人口仍有近 17%，宗教保守人士占全国一半。而那“4%”缺乏政党领导，甚至互不相识，拿什么与传统势力抗衡？更何况，面对一个经济成功的政府，怒火尚不足以燎原。外部舆论对埃尔多安的观感，并不是他判断形势的内在逻辑。

道别艾明一家，我深感不安，外婆可能会反感这个外来者挑起家庭争论。没想到，合影的时候，她一只手暖暖圈住我后腰，欢迎我下次再来。爸爸说，“家里经常争论，才是民主”。

“看来你家里，外婆是唯一会投票给埃尔多安当总统的人了？”我问艾明。他开“爸爸公司的车”送我回酒店。“不见得。”小伙子狡黠一笑。上次地方选举时，他身在外地不能投票，外婆替他去了票站，以自己的名义投给反对党。外婆说，未来不是她的，是外孙的，要听从他的选择。

五

希腊地产开发商雅尼斯 10 年前来到土耳其，第一天就找到了家的感觉。“我们管相同的食物叫不同的名字，还为此打嘴仗，当我在这里吃到熟悉的东西，才明白‘管他妈叫什么呢’！”

介绍我们认识的朋友事先告知，雅尼斯卷发深目，非常帅气，很容易认出来。而当我们迎面走来，还是他从土耳其人中挑出一个中国人，比我从土耳其人中找出一个希腊人快捷得多。雅尼斯最好的朋友都是土耳其人，顺理成章在伊斯坦布尔找了一名土耳其妻子。

希腊跟土耳其隔地中海相望，历史纠缠不清，人民行事方式也有很多共性，外人评价两者都是天生商人。雅尼斯觉得土耳其人比希腊人“勤快得多”，是中东穆斯林中少有不把迟到当美德的，欧洲人来这里做生意没有隔阂。土耳其劳动力质优价廉，建筑队伍出名，在欧洲很受欢迎。他说俄罗斯 80% 的工程都由土耳其施工队包揽。

与此同时，基础设施建设是埃尔多安政府拉动国内经济最重要的动力。雅尼斯的德国母公司——他要求不公开名字——在土耳其投资这一行可真是有眼光。我去官方网站一查，这家公司在土耳其兴建 27 个项目，大部分已经完工。2008 年全球一片愁云惨雾，工地纷纷烂尾，他们在土耳其新开 4 项工程，“最多延迟五六个月，从没取消”。2009 年希腊债务危机爆发，雅尼斯又承接一座大型商场。看看土耳其这些年的发展，回到深陷危机的希腊，“我的妈呀。”他说，太民主的地方不好做生意，外商欢迎埃尔多安这样能拍板的政府。

我跟雅尼斯在伊斯坦布尔欧洲区佐鲁购物中心（Zorlu Center）见面。这个庞大的建筑群汇集写字楼、酒店、世界名牌商店，欧洲美食琳琅光鲜。意大利食品专区整整有 3 层，我们在里面举着电话相互找了半天。商场地下直通地铁，周围房产兴旺。雅尼斯说，伊斯坦布尔市场“已经饱和”，生意要向二三线城市扩张。我趁机问，这是不是说明盖齐公园真的没有必要改建成商场？他低头喝咖啡：“要看谁在做。”传言盖齐那一区的开发承包给了埃尔多安女婿的公司，雅尼斯说全然不知情。“不过，这种事情，不只土耳其有吧？”

作为外国人，雅尼斯抽身旁观土耳其人对埃尔多安政府的复杂心情。他说自己有个做工程的当地朋友，“我看见他敲着脸盆上街抗议，但这次又打算投票给埃尔多安”。原因是土耳其人有一句谚语，“比赛中途不换马”。

埃尔多安已经带领土耳其冲出去，谁也不想摔下来。

对于一年多前发生的盖齐公园抗议，雅尼斯竟感觉久远。抗议的非暴力手段和政府压制的决心，令外商普遍相信出不了什么大事，极少有人撤资。雅尼斯在一个商场揭幕式上见过埃尔多安，“很高，很有魅力”，可惜没说上话。他相信，穷过、乱过的国家，需要埃尔多安这样的人物。

或者说，普京那样的人物。有人总结普京的管治模式“民族主义+宗教+保守价值观+权贵资本主义+控制媒体”。普京和埃尔多安都喜欢选票箱，都对走上街头的反对者嗤之以鼻。普京在叙利亚、乌克兰局势中树立强人形象，国内支持度暴增。美国学者罗伯特·卡普兰（Robert D. Kaplan）在一篇分析中写道：“当西方记者嘲笑普京时，埃尔多安却在认真做笔记。”是的，连交替出任总理总统都学会了，埃尔多安已经指定一名心腹总理。也许，埃尔多安不会愿意当谁的学生，他对自己的执政成功自有说法。访问埃及、突尼斯、利比亚等“后阿拉伯之春”国家时，他在公开讲话中给同行们上课：“管好你的人民，管好科技，管好经济，那你做什么都行了。”这种经过投票箱的专制，对统治者越来越有吸引力。

雅尼斯不担心埃尔多安政府对“民主选举”越来越得心应手，但发现他们对于民意越来越不敏感，以致决策也愚蠢起来。比如在夏天快到的5月末，宣布铲除盖齐公园的树。又如抗议刚起时，埃尔多安不以为然，离开土耳其按计划访问非洲，更激怒了抗议者。

这种“不敏感”，也引来土耳其各地对建设工程的抗议：垃圾处理站、核电厂、煤电站、水坝。政府推进工程很少咨询民意，公开的信息有时也语焉不详。一次，政府公布伊斯坦布尔某城区“改建计划”，两年后快开工的时候，居民才明白自己的住房将被推倒。“这可真把我吓到了。”雅尼斯庆幸自己不是那个可怜的开发商，还得面对怒不可遏的居民。

土耳其经济也不能永远高速向前。2011年增长8.8%，2012年迅速滑落到2.2%。埃尔多安曾经暗中支持ISIS（伊斯兰国组织），但这个激进组织很快失控，搅得天下大乱，搅丢了土耳其最重要的出口市场——伊拉克。埃尔多安支持宗教色彩浓重的埃及穆斯林兄弟会，跟新任军人总统闹僵。等到伊拉克通道封闭，土耳其需要借用埃及与以色列的港口向外运输，才发现那些风波都是“要还的”。土耳其无法成为中东问题的解决者，因为它本身是问题的一部分。雅尼斯问我有没有注意到最近土耳其外交“安静多了”，“希望埃尔多安赢了总统选举以后，能放松些，别搞得大家太紧张”。

埃尔多安的经济神话，还掩盖着一个巨大的风险——中等收入陷阱。土耳其人均收入已临近发达国家，但经济下一步发展，需要释放生产力，需要更先进的技术，这些只能来自真正自由的思想环境，来自更多妇女投入生产力，而不是待在家里——也就是埃尔多安常常出来管的“小事”。

埃尔多安对“工地”的热情仍然没有减退，尽管有人批评他上马不必要的项目，一些城市的住房空置率超过一半。在可能的经济痛楚来临前，雅尼斯说，真正叫他紧张的是商人卷入政治斗争。他清楚说出了“2013 年 12 月 17 日”，也就是网上披露埃尔多安与儿子电话录音的日子，警察突然逮捕包括官员、部长的儿子、建筑承包商共 47 人，搜出千万现钞，指控他们行贿、洗钱。埃尔多安迅速反扑，撤换几百名警察，包括伊斯坦布尔警长。法制缺席，这样的权斗，用雅尼斯的话说，“惊心动魄”。

雅尼斯的妻子本来要一起见面。她来自土耳其少数派别阿拉维，更加世俗开放。妻子反对埃尔多安，打算投票给同属少数族裔的库尔德候选人。可惜她最终无法前来，电话里连声抱歉，说不然我会听到“完全不同的评论”，还笑着提醒我“雅尼斯没有投票权”。

雅尼斯对这样的家庭“内部矛盾”习以为常。他说自己也不喜欢埃尔多安对大众的钳制，不想自己的孩子生活在一个不自由的社会。“可是跟卡扎菲、萨达姆比，埃尔多安不是个独裁者，他没有踩到我的底线。”

“什么时候你会觉得踩到底线呢？”我问。

“直到我的妻子必须戴头巾，”雅尼斯掐灭了烟头，“那时候我就搬回希腊住。”

六

黄昏的塔克希姆广场人头攒动。从盖齐公园高处一望，广场中心支起几十张圆桌，铺好白色桌布，舞台上有人调试麦克风，似乎马上有演出。外围一圈拒马，印着“贝伊奥卢区政府”字样，两头入口拉起绳子，绳子外挤满了人。

舞台上的横幅，我认出两个单词“斋月吉祥”，想来圆桌是要上开斋饭。走到人群中，这些人的装束、面貌跟我这几天在伊斯坦布尔采访过的人，甚至街头所见的人都不一样，好像突然从城市某个角落聚拢到市中心。妇女们包裹严密，很多人穿黑罩袍，表示她们来自极端保守的群体。男子们有的衣衫褴褛。当中还挤着一名叙利亚难民。他一边惊喜地跟我讲阿拉伯语，一边提防着有人插到他前面去。他不知道谁筹备的开斋饭，看到街上有横幅广告就来了。

我向几个包头巾的女孩子打听，知不知道谁办的斋饭。“AKP。”她们说出正义发展党的名字，又指指不远处埃尔多安的巨幅海报。这时我想起来，下午一直给正义发展党总部打电话，希望过去采访，通过翻译对方说忙着安排开斋饭，没空接待。原来斋饭就在眼前。贝伊奥卢区区长，是埃尔多安的党内密友。

隔着绳索，我看见两个衣着光鲜的人指指点点。男的穿米色西服套装，女的一身白色套裙，挎白色皮包。会不会是正义发展党的人？守卫见一个外国人比画着要进去，就放我钻过绳索。

回头看，仍然被绳子拦住的人，无不焦急望向圆桌。最前排有老人、少年，双手交叉在胸前。一个幼儿骑在大人脖子上，眼睛也随人群盯着圆桌。现在，他们眼神愤愤地，注视着提前入内的我。

打扮光鲜的男女，不愿搭话，把我交给一名略通英语的侍者。侍者告诉我这里大概可以容下 2000 人，斋月里每天都办免费晚餐。

每张座位前都有一个四方纸盒。他打开盒子叫我看：面包、蛋糕、果汁，没有肉，像大一号的廉价航空飞机餐。“你要来一份吗？”想想外面还

•• 仍然被绳子拦住的人，无不焦急望向圆桌。他们眼神忿忿，注视我提前入内。

•• 开斋时间到，绳子松开，人群潮水般冲泻进来。男子甩开大步，争抢座位。

在等待的人，我坚决摇头。

突然，侍者一把拉住我后退，惊喝一声：“他们来了！”

开斋时间到，绳子松开，人群潮水般冲泻进来。男子甩开大步，争抢座位。黑袍女性跑不快，其中一个手里抱着孩子，后边还跟着一个蹒跚学步的，差点摔倒，幸好被人扶住。

侍者拉我退后，眼前的圆桌前瞬间坐满了人。只消10分钟，大部分人就吃完了。光鲜男女不见了。舞台上，歌舞表演开始。吃饱的人们露出笑容。

十几米开外，就是盖齐公园。如果那里代表愤怒的中产，我眼前就是饥饿的更多数。13层楼高的埃尔多安，注视着这一切，微笑而坚毅。

02

伊朗

不只是伊斯兰

约公元前 549—前 529 年

居鲁士建立波斯帝国，开创阿契美尼德王朝。

公元前 330 年

马其顿的亚历山大大帝征服波斯。

636 年

阿拉伯人征服波斯，伊斯兰教传入。

1220 年

蒙古人入侵。

19 世纪初

伊朗、阿富汗成为俄英博弈的战场。

1890 年

纳赛尔丁国王向英国商人出让全国烟草专卖权，引发宗教力量与巴扎商人联手抗议。

1908 年

英国人在伊朗发现石油。这是中东石油资源首次被开采利用。

1926 年

军官礼萨 · 汗黄袍加身，开创巴列维王朝。

1963 年

礼萨 · 汗长子巴列维国王实行亲西方政策，石油美元收入滚滚，国内依靠秘密警察加强监管。

1979 年

巴列维国王一家出逃，伊斯兰教士霍梅尼回到伊朗，建立伊朗伊斯兰共和国。

1980 年 9 月

两伊战争爆发，伊朗陷入 8 年苦战。

1989 年 6 月 3 日

霍梅尼去世，哈梅内伊继任最高精神领袖。拉夫桑贾尼出任总统。

1995 年

美国指责伊朗从事“恐怖活动”并秘密发展核武器，由此实施经济制裁。

1997 年

改革派哈塔米赢得总统选举胜利。

2005 年

保守色彩浓重的艾哈迈迪·内贾德赢得总统选举。对西方态度强硬，坚持发展核技术。

2007 年

美国对伊朗进行更为严重的制裁。

“绿色革命”遭到镇压，内贾德正式就职。

2013 年 6 月

西方制裁步步加紧，伊朗经济每况愈下。支持改革的鲁哈尼在新的总统选举中胜出。

2015 年 7 月

多年谈判之后，伊朗与伊核六方（中美俄英法德）达成历史性全面协议。

主题公园

到处都是领袖像。白胡子的霍梅尼（Ruhollah Khomeini）和花白胡子的哈梅内伊（Ali Khamenei）。看多了，我竟不记得德黑兰街头还有商业广告。繁华路口，有一幅描绘的是 1979 年伊斯兰革命场景，尺寸惊人，几乎把相邻的两栋楼都包了进来：惊涛骇浪的漫天怒潮之中，万众坚毅前行，将领袖像捧在胸口。文字说明："众志成城，劈开大海！"听说有伊朗人从画中看到了自己，但革命那年他还没出生。想来画师真是费了功夫，拿活人相片比照画的。又或许说明，不管生于哪年，今天的伊朗人仍然活在 1979 年。

当时，伊朗巴列维国王的现代化改革已经推行了 15 年[①]。改革初衷，字面上看都是好的：穷人有地、国家富强、实行民主。但是王室腐败、监督不力、措施过激，良好意愿溃败，民怨沸腾。极具煽动力的布道者和国王最坚定的反对者霍梅尼，在那年 2 月以革命领袖身份回国，巴列维出逃，伊朗变幻了政教合一、伊斯兰共和国的旗帜。

今日德黑兰街头，1979 年主题的延续是两伊战争。1980—1988 年，伊朗和邻国伊拉克打了 8 年仗，手段惨烈无度，牺牲 60 余万人，最后以各自宣称胜利结束。近 30 年过去，首都仍随处可见死难者像——这里称他们为"烈士"，意思是"为真主赴死的人"——电线杆上，房子外墙上，涂料画的，马赛克拼的。画像多为成年男子，也有婴孩，眼睛像无底黑洞，逼视

---

① 巴列维王朝共两任国王，分别为礼萨 · 汗（Reza Shah Pahlavi，1925—1941 年在位）与其子穆罕默德 · 礼萨 · 巴列维（Mohammad Reza Pahlavi，1941—1979 年在位）。

行人。

“两伊战争对伊朗，相当于中国的朝鲜战争。”一名常驻当地的中国记者分析说，都是新生政权第一次遭遇对外战争，必倾性命一搏。霍梅尼曾经流亡伊拉克宗教圣地纳吉夫。迫于伊朗国王压力，伊拉克总统萨达姆逐他出境。虽转投巴黎，如鱼得水，但革命成功后，霍梅尼没有忘记萨达姆落井下石，而萨达姆更惦记着在邻国政权更迭时乘虚而入。

德黑兰街头，那场战争的绘画生动细腻：伊朗士兵头盔上鲜血殷殷，缴获的伊拉克坦克排开如海滩上的死鱼。去年还有伊朗战士遗骸从边境运回来，提醒人们伊斯兰政权是血与肉铸成的，生死存亡的斗争并没有远去。

一

我打算在贯通德黑兰南北的ValiAsr大街上搭巴士，纵览全城。捎我去车站的侯赛因在一家外资机构工作，收入中高。我问他车票多少钱。“这可难倒我了，”侯赛因骄傲地说，“我到哪儿都开车坐车，真的不知道。”

ValiAsr大道笔直如书脊。车行其上，德黑兰就成了一本摊开的书。这条大街最早由巴列维的父亲、老国王礼萨提议兴建，设想它能成为中东的香榭丽舍，直追古罗马的凯旋大道。ValiAsr起初以王室姓氏命名为“巴列维大道”，1979年废除王室之后，改名“摩萨台”，纪念被美国中情局密谋推翻的前总理。但没过一年，“革命教父”霍梅尼抹去了所有国王时代的痕迹，改定现在的名字ValiAsr——第十二伊玛目的一种称呼。伊斯兰教什叶派相信，先知的第十二顺位继承人，暂时隐藏了起来，将在未来某个时刻重临人间。

本该是帝国耀武扬威的大道，却从未迎接过真正的凯旋，而是成了伊朗所有政治运动的中心：集会、游行、庆贺、葬礼，呐喊声、欢呼声、哀号声、枪声……都曾令这条大街沸腾。“革命”在波斯语中的原意为“倾覆、颠倒”。巴列维国王的现代化改革，称为“白色革命”，要把国家原有的生产关系翻个个儿。1979年的伊斯兰革命，又来了一场倒转。也有人说，伊朗的近代历史就是几十年必有一场大变。这种划分虽然算不上细腻可靠，却也可知“倒转”并不鲜见。

平日里，ValiAsr是条普通巴士路线，但也像闲置的舞台，随时等待革命队伍再次浩荡。它的名字又像在期待救世主降临，要挣脱革命的怪圈。

巴士车厢被一条细细的栏杆分成男女区。上来一男一女，手搭在分离栏杆上，含情脉脉聊了一路。车站上下，女士头巾色彩斑斓，流行额前多露一缕，染成金黄或棕红，撩拨风纪警察的底线。或是马尾扎到头顶，拿发卡垫高，头巾松松挂在马尾上，前边的头发空门大开。

初到德黑兰几天，一个风纪警察都没看见。可能因为斋月气氛缓和，也可能因为新任总统鲁哈尼比较开明。当地朋友提醒，这只是暂时怪象——譬如某地暖冬，并不代表那里从来不下雪。但至少可以看到，伊朗人对温暖信号的捕捉极其敏锐。

德黑兰虽不比开罗繁华丰饶，不比伊斯坦布尔开阔洋气，但千万人的都城，也是高楼林立、车水马龙。都市病症也很明显，拥堵、废气、噪声，整座城市灰蒙蒙，巴士窗外偶尔掠过公园绿地。巴哈广场（Baha Square）可能是个大站，很多人下车，很多人上车。横向街道的名字，往北多见人名：受迫害的教士、反国王的异见者。从这里往南，宗教色彩则越发浓重：“圣城耶路撒冷”、“大马士革”、“伊斯兰革命大街”（原名“国王大街”）……彩色头巾越来越少，直到我身边和站台上几乎全成了黑色。

巴列维国王的父亲礼萨废除了面纱。这位骑兵出身的将军不以伊斯兰教为生活准则，相信伊朗的出路在于全面西化。20世纪初，东方文明国度或主动或被动，认可现代化道路的面貌就是西方化。告别面纱，就是告别过去与落后。

20世纪70年代，在反对巴列维国王的抗议中，许多城市妇女主动包上头巾——不是因为赞同伊斯兰生活方式，而是表达对王权的不满和对宗教女性的同情。但是她们没有料到，推翻王权之后，戴不戴面纱不再是一个选项——底层宗教热情释放出来，铺天盖地呼应霍梅尼政教合一的设想。

突然，有人敲我的膝盖。对面一个陷在黑色里的伊朗大妈冲我比画：

你的领口松了。我微笑感谢她的善意：风纪警察不在，群众高度自律。

一个多小时后，我在“伊斯兰共和国大街站”下了车。不知在哪里付车费，塞给司机，好像才几毛钱。由北到南的巴士线，也是德黑兰由富及贫的渐变线。城南伊斯兰共和国大街比起城北起始站，楼房更密集，商店橱窗更小，满是花里胡哨的廉价小商品，贴满打折的红字。黑袍妇女推着婴儿车进进出出。警车更多了。

墙上标语：“我们永远继续伊玛目霍梅尼领导的革命”、“独立、自由、伊斯兰共和国”、“真主保佑领袖永远健康”……领袖像、烈士像、标语口号，把视觉和心灵围在革命的主题公园里，留在对政权的持续记忆中。

可是，我没有看到 2009 年“绿色革命”的痕迹。那一年总统选举，决战在前总统艾哈迈迪·内贾德（Mahmoud Ahmadinejad）和锐意改革的穆萨维（Mir-Hossein Mousavi Khameneh）之间展开。当局宣布，内贾德赢得超过 60% 选票，穆萨维得票只有他的一半多，但这个结果遭到广泛质疑，8 个月里，400 万人先后走上 ValiAsr 大街，高声质问：“我的选票呢？”他们与警方、革命卫队发生冲突，数十人死亡，约 4000 人被捕。那是 1979 年以来，伊朗伊斯兰政权遭遇的最严重挑战。

可是，我什么痕迹都没看到。35 年前的革命栩栩如生，5 年前的，却不见了。

二

我在伊朗的时候，赶上巴西世界杯半决赛。伊朗人酷爱足球，但是政府有令，不得聚众围观。2009 年事件以来，“人多”是个敏感词，足球也变得政治起来。2010 年南非世界杯，伊朗国家队球员手腕上缠着绿丝带上场，表达对穆萨维的支持。但既然政府有令，大部分伊朗人就在家关起门看电视。基于伊朗人对“暖冬”的灵敏，我相信必有人“聚众围观”图个热闹。果然，朋友介绍的当地青年晚上来电：“找到了。”

米夏在咖啡馆门前等我。瘦长脸，圆眼镜，一抹忧郁，符合关于文艺青年的普世想象。他正在学习电影导演。

米夏转了好几个地方，才确认这家小电影院兼咖啡厅“有戏”。我们在临街小桌前坐下，先点些吃食。咖啡厅菜谱推介意大利菜，米夏曾经在意大利留学，念着菜谱提醒我别期望过高。没关系，我的心思在看人。环顾四周，景象与街头的庄重肃穆迥然不同：四五张长桌，几个散放的小圆桌，火车车厢式座位上，男男女女紧挨着坐，少数勾肩搭背，情侣互喂意粉。女孩们的头巾，显然比街上又退后几厘米。

窗外就是ValiAsr。我来的路上看到不远处摩托车骑警密集，但置身这间咖啡馆，仿佛外面的世界有个后门，精灵们都躲进来了。

投影屏幕光影离合，借来打量咖啡馆里的人。斜对面桌一个女孩，黑头巾歪到一边，露出发髻上的一朵白花。德黑兰女性爱用绚烂的颜色井喷式表达，黑白配却是少见的优雅。她背对屏幕，跟3个男生坐在一起，笑声响亮，手里一支细细的烟。“我朋友圈里也有这样男孩气的女孩，久了忘记性别，不过，漂亮女孩总是知道自己漂亮。”米夏也在打量那个女孩。

这一场四分之一决赛由荷兰对阵哥斯达黎加。伊朗世界杯转播尽显本地特色。中途插入巴西风景，很可能是切换了袒胸露背的外国女球迷。中场休息不播广告，阿訇①诵经接管屏幕。头上戴花的女孩招呼我和米夏坐过去。她叫达拉，24岁，从美国回来休暑假。咖啡馆是坐在她身边的那个光头开的。“她从前讲英国腔调的英语，现在改了美国口音。”光头说起达拉一脸仰慕。“是波特兰口音。”达拉吐了个烟圈。

她从小跟父亲讲英文，正是这个习惯招惹了麻烦。“绿色革命”期间，她几次跟着朋友上街。最后一次是参加一个学生的葬礼。“在我前面，就这么远。”达拉比画说大概有50米，一个男人“嘭”地脑袋开花，“like pink mist”（像是团粉红色的雾）。她和朋友躲进路边餐厅，父亲刚好打来电话，达拉惊魂未定，颤抖着答了一句“I am fine，I will be home in no time”（我没事，马上回家），结果被旁边便衣听见，怀疑她是外国间谍，抓进监狱关

① 波斯语对伊斯兰教士的尊称，也用于中国回族。

了 7 天，直到他们发现她“谁也不是”。出狱后，达拉跟一个在美国的伊朗人结了婚，不久便定居到了俄勒冈州的波特兰，一座 200 万人口的城市。

光头向我介绍，咖啡馆里都是熟客。身后那桌，一个男生顶着非洲“爆炸头”，茂盛得旁若无人。另一个留长发扎小辫，过时艺术家范儿。第三桌都是德黑兰大学学生，学艺术、哲学、社会学、工商管理的……女生面对面坐在中间，男生围拢在两旁。咖啡馆里的人无一例外都参加了 2009 年抗议。

绿色革命展区在这里，活的，我心想。艾哈迈迪·内贾德担任总统的 8 年，于眼前这些 20 多岁的年轻人，是漫长的灾难。经历了前总统哈塔米时代的开放，社会气氛突然收紧，更严厉的国际制裁损害了日常购买力，更多年轻人找不到工作。

其实，内贾德并非最高领袖哈梅内伊最初中意的对象，但他与革命卫队[①]、巴斯基（伊朗民兵、便衣组织）[②]关系密切。内贾德在担任地方官员和德黑兰市长期间，曾把大批建设工程项目承包给革命卫队，当哈梅内伊内定的候选人图谱发生变化时，一束光照亮了艾哈迈迪·内贾德。

从 1979 年到 2005 年，伊朗总统全是披着黑袍的教士。内贾德却爱穿廉价夹克衫，经常跑到首都以外的偏远贫苦地区，用大老粗的语言宣讲。执政头几年，幸运地赶上油价上涨，“国家的石油收入应该放到穷人的餐桌上”，而这些“穷人”就包括革命卫队和巴斯基家庭。他以分发现金的方式改善了部分贫困人口的生活，但整体经济欠缺章法，通胀、失业困扰着更多人。

艾哈迈迪·内贾德借助打击社会自由风气，扩大了革命卫队和巴斯基

---

① 伊朗革命卫队属于伊朗军队的一部分。不同于军队主要是对付外侮与内乱，革命卫队的宗旨在于保护伊斯兰政体。

② 巴斯基是霍梅尼创立于 1979 年的民兵组织，当初主要是为了对抗伊拉克，但两伊战争之后仍被保留下来，协助军警维持治安。任何人只要忠于伊斯兰教与政权，都可以加入巴斯基。但成员主要还是以穷人为主。大多伊朗政府公务人员都有巴斯基民兵身分，但正常上下班，战时接受军事动员。巴斯基接受革命卫队与最高领袖的指挥。

的权力，着装要求更严，言论受到空前压制。爱国主义也被用来挑衅反对者。他积极寻回两伊战争遗骸，特别安置在青年男女偷偷约会的公园和大学校园，多次引发抗议。德黑兰人说，别人“种树”，内贾德“种烈士”。

2009年选举来临，气氛明显有利于改革派代表穆萨维。但是计票过程出现了各种怪象：空白选票、突然禁止逐省统计、一场大面积停电。当街头骚动起来后，最高领袖哈梅内伊表态支持内贾德。

达拉被便衣当作“外国间谍”抓进去后，单独羁押。囚室很窄，四周都是高墙，只在靠近天花板的地方，有个小铁窗透进来一点空气。室内总是亮着灯，令她难以入睡。走廊里通宵传来凄厉的哭号，伴随鞭子抽打的声音。“那很可能是放录音，来制造恐怖气氛……我宁可相信是那样的。”

走出囚室，她的眼睛必须被蒙上，双手也要绑在身后。狱卒们咆哮、辱骂着，还有人狠狠踢她的腿肚子，因为达拉穿了一双美国军靴。“那阵子伊朗黑市时兴美军军靴，从伊拉克和阿富汗阵亡的美军身上扒下来的，伊拉克的比较多。”她招惹革命卫队的另外一大嫌疑是，包里有很多香烟，不像好姑娘。其实，那时候达拉还不会抽烟，她和另一个同去抗议的女孩，听说“抽烟可以中和催泪弹烟雾”。

几天后，审讯者改变策略，以“可疑的亲切”姿态盘问：“我们知道你不是伊斯兰革命的敌人，究竟谁派你来的？”在她即将崩溃的时候，审讯者给她点上一支轻万宝路——那是一个星期以来最好的待遇，后来竟戒不掉了。

达拉说起这些事，近乎平静。有时她瞪大眼睛，表现出“怎么可以这样”的愤怒，但大部分时候，更像是讲述一件时隔久远、细节在记忆中固定下来的事情。达拉记忆中绿色革命的终结，是人们“用光了力气”。第二年2月，一场密集警力保护之下，盛大的35周年国庆，荡平了抗议的余勇。

“死亡、监禁、抓捕、殴打，所有这些耗尽了我们的能量。”达拉说。即便是2011年阿拉伯抗议风潮骤起，伊朗也没有重演绿色革命。桌上其他人纷纷点头。人心疲累，现在学生们在一起不大谈论政治。瘦黑寡言的萨满是德黑兰大学的学生，他明天要在这个小电影院，为他的观念摄影展揭幕。宣传单上印着几幅照片：防毒面具、断裂的身体、沼泽中的手臂，逼人的隔离与困惑。我问这些照片的含义，他反问："有没有注意到街上女孩子戴头巾的方式？"伊朗官方发布的标准方式是盖住头发、脖子和胸部，但姑娘们的日常抗争，就在两三厘米的头发上。警察不管，就往后退，管了就往前拉。"还有，她们会把上衣弄得特别紧。"这下我想起来，曾经在城北商店试一件当地女式衬衣，深蓝色，长袖、及膝，样子很保守，穿上身照镜子却差点笑出声：细细的腰带高高系在胸下。

"In Iran，we don't say it，but show it."（"在伊朗，我们不说，只秀出来。"）萨满得意地笑了。

政治抗争平息，他们只为生活中的一点点自由辩护。"爆炸头"不止一次被警察拦下，以致发明了标准回答。警察问："干什么的？"答："话剧演员。""演什么？""一棵树。"有次一个年轻警察跟他聊天，说不喜欢这份工作，月收入不到100美元，还觉得爆炸头蛮好看。

扎小辫的舞台剧导演，为这过时的艺术家发型蹲过几天监狱。最近他排了一出剧，按达拉的说法，"分明是舞蹈"，但不能叫"舞蹈"，因为伊斯兰政府严禁跳舞。"小辫"改了名字叫"韵律活动"，希望掩人耳目通过审查。当他们议论政府管制的愚蠢时，脸上会露出兴奋之色，你可以感受到他们的苦闷和无奈，但也夹杂一丝游戏的快乐。

我问光头为什么敢聚众看球，他指指角落里一个背对大伙、逆着光吃比萨饼的老头："他负责跟警察搞关系。"咖啡馆惹过很多次麻烦，关门，抓人，久了却打通了警民关系，缴点保护费，互守默契。光头说，今年世界杯期间，新任总统允许公共场所经营时间从午夜零点延长到凌晨4点。"4点，球赛刚好结束。"他迅速领会政策。

看球，本来也不是目的。咖啡厅里的人玩手机，玩填字游戏，聊天取乐，为的是享受凌晨不回家的自由。当比赛越来越精彩，他们才放下手机，停了游戏，"哎呀——""哦——"，惊叹声像只气球，在人们头顶掂来掂去，此起彼伏。

最后，荷兰点球淘汰哥斯达黎加。米夏和"爆炸头"高举双臂唱起歌来，光头提醒他们小声点。本不相识的人们互相拥抱道别。到门口，女孩们各自整理头巾。街上的车，比我来的时候更多了。

三

达拉和米夏是德黑兰艺术学院的校友，但不同级。达拉念的是“大型纪念碑”专业，如果不出国，可能要为伊斯兰政权设计“丰碑”。到了美国以后，她被波特兰的西北太平洋艺术学校录取，研读艺术批评与研究，还兼职为初到美国的伊朗难民做翻译。

美国人介绍达拉时爱说：“这个姑娘为了信仰勇敢斗争，终于抵达美利坚。”可是达拉并不认同自己是什么“英雄”，只是“出现在错误的地点”（被便衣听到电话）。以美国公民身份出入德黑兰并非难事，她说，好多伊朗毛拉（泛指“宗教学者”）、政客、富商的孩子都持有美国护照，国籍不会成为不能入境的理由，只要你“不惹事”。

自 2011 年离开后，她曾两次回国，这里有她爱的父母、弟弟和朋友们。这次她回来住两个月，我们见了好几次面。其中一次，应我的要求，去 Golestan 商场转转。那里离达拉父母家很近，有她少年时的回忆，也是伊朗经济发展地标。商场的波斯文名字，中文译作“玫瑰园”，一度是德黑兰乃至伊朗全国最出名的消费场所。

玫瑰园正式竣工还是在两伊战争之后，但“商场”概念的引入者，却是末代国王巴列维。他希望借此打击巴扎商人与伊斯兰教士的势力。“巴扎”指的是中世纪以来中亚、北非的集市，不仅仅是贸易场所，更是当地商人、手工制造者和银行（或借贷者）的一张关系网。在伊朗，巴扎控制着国内三分之二的批发销售，也把持着本地毯子和坚果的出口。巴扎商人自然不喜欢外国商品进来竞争。国际封锁伤害了伊朗产品外销，但实际效果又保护了巴扎商人在国内的垄断。

几个世纪以来，巴扎商人捐钱给教士，教士们负责将伊斯兰教义解释得有利于他们的生意和生活模式。很多清真寺就建在巴扎里面。“金钱与教义”结盟，在1891年发起“烟草抗议”，抵制吸食英国商人专营的水烟，在1905年参与立宪革命，削弱国王特权。而在1979年反对国王的革命中，这种联盟的效果更是决定性的。

生活在瑞典的伊朗学者沙赫拉姆·霍斯拉维，大约10年前曾考察过玫瑰园商场，他指出这个商场与巴扎在任何层面上都是对立的：商场里卖的是外国时尚，没有礼拜场所，有的是西式咖啡馆、翻版洋快餐厅和网吧，消费者也是“西化的中产家庭”。玫瑰园经营者倾向于伊斯兰政府中的改革派，2001年改革派总统哈塔米连任时，整个商场还打折庆贺。总之，商场卖的是跟传统割裂的生活方式，赚的是不经巴扎商人之手的钱。

我和米夏到得比达拉早，便四下转了转。商场是一个4层的土黄色建筑，内里装饰、墙砖还有几分巴扎的影子。中庭有一个小喷泉，水柱指向霍梅尼与哈梅内伊的标准挂像。米夏一进门就撞见熟人，那个女孩的彩色头巾下是齐耳短发，还大胆染成了白色。中庭也有不少黑纱遮盖全身的女性和她们的丈夫，在围观索尼手机和电视机的演示。看起来，这里与霍斯拉维10年前所见，发生了一点变化：伊朗整体经济在发展，所谓“西化”和“传统”生活方式不再是井水不犯河水，在这家商场里，变成了统一在伊斯兰领袖监管之下的“莫非王土”。

连排的名表店门口，商业世界更加和谐：乔治·克鲁尼为欧米茄做的广告海报，尺寸跟领袖像差不多。美国影星和伊朗神学领袖，在消费主义屋檐下奇妙共处。

2012年，新一轮制裁出台，欧洲和美国企业全面停止了与伊朗的生意，玫瑰园里看到的任何西方舶来品都来路可疑。名表店门面很小，我撇下米夏自己走了进去。一名蒙黑纱的妇女面前摊开一排金表，左挑右选。店主热情招呼。我问：“这些表是从瑞士来的吗？”“当然。”他手指关节轻叩玻璃，指点着琳琅满目的货品。

我的好奇战胜了理智：“不是有制裁吗？手表怎么来的呢？”老板笑意冻结，直视着我。我知道该走了。

推门出来，达拉正站在喷泉前等我们。她穿着湖蓝色的长袍，配同色

玫瑰园商场里，乔治·克鲁尼的广告海报，尺寸跟领袖像差不多。美国影星和伊朗神学领袖，在消费主义屋檐下奇妙共处。

耳环。听说了表店经历，她瞪大眼睛：“你去问店主？他当然不会告诉你都是走私来的。”

走私在今天伊朗经济的比重难以计算。后来我渐渐发现，iPhone手机在德黑兰很普遍，街上还有苹果专卖店，仿佛整个从美国加州钻地道大摇大摆地走了进来。店员穿的也是蓝色T恤，胸前悬挂白色卡片。但谁都知道，苹果和伊朗尚未“建交”。倒卖外国产品的走私生意，经手者很可能是掌握特权的革命卫队，也可能跟巴扎商人有关。钱，令政治界限模糊，利益图谱变得复杂。

走私生意满足了封锁之下的伊朗人对外来物质的极度渴望。从某种程度上说，一些人制造了封闭，再从封闭中牟利。他们要证明自己比国际制裁更聪明。玫瑰园满眼熟悉的国际品牌，从日常用品到奢侈品。一家皮具店橱窗，醒目摆着路易威登最新款大红色皮包。我鼓动达拉问价，小贩眼露金光：“两百美元，最好付美金。”显然这个价格不可能是真货。

在这里，原装品牌、仿冒货混杂呈现。事实上，在德黑兰，钱几乎能够买到一切，禁止的不禁止的，合法的违法的。来伊朗前，我问一个刚刚生了孩子的当地朋友，是否需要从香港买婴儿用品。谁知她家对面就有两家欧洲名牌婴儿用品店。那位酷爱中国的朋友，只请我捎了瓶酱油。

两伊战事消停后，伊朗经济开始复苏并不断增长。在内贾德执政期间，经济增速有所放缓，也是到了2012年西方猛下制裁后，才第一次出现负增长。过去20年，领袖画像没变，伊朗人的物质生活与时俱进。

米夏记得，真正把伊朗人和世界拉近的是卫星电视。几乎每个家庭都花不多的钱（100美元左右），“违法”装了卫星电视。法不责众，当局似乎放弃了追查。有一次，社区警察不知怎么知道了米夏的父亲会酿私酒，暗示要来尝尝。父亲心领神会，把他领到家中。“警察直奔酒坛去了，旁边就是卫星天线，他视而不见。”伊朗人对外部世界的信息并不陌生，但这更激起了他们真实地去触摸世界的欲望。

“你想不到他们会托我从美国带什么。”达拉每次回国，朋友们点名要的是“真的星巴克纸杯、原装可口可乐”。玫瑰园商场有店铺卖仿制的星巴克马克杯，被当作高档工艺品摆在黑丝绒软垫上展出。而伊朗的可口可乐，来自1979年美国人落跑时留下的配方和工厂。“见过世面”的米夏讲了一个更好笑的故事：他在意大利的时候，接待过父亲的同事和他的儿子。这对伊朗父子每天都点名要吃麦当劳。“我劝他们意大利菜好吃，但他们只想吃麦当劳。”一次去乡村，没有麦当劳，不得不吃了一回当地餐。伊朗父子承认非常美味，可是第二天回到城里，他们又要求吃麦当劳。米夏很生气，当真实世界摊开在眼前，伊朗老乡竟执着寻找臆想中的那一个。他们对那个世界的想象相当狭隘，缩小到美国，缩小到美国流行文化，缩小到芝士汉堡。

我们跟着达拉转到玫瑰园二楼，身后传来一阵上海话。我喜出望外，上去用乡音跟3个中国人搭讪，他们竟有些警惕，点头哈哈，边说话边后退。后来听说，这一区附近有一些中国国有企业。欧美公司撤出伊朗后，市场自有人填补空白。目前伊朗石油出口的主要买家是：中国、印度、土耳其、韩国和日本。

国企的中国人喜欢在伊朗买手表，水货价格有时比欧洲原产地还便宜。美国制裁伊朗银行对外交易，地下钱庄应运而生。伊朗巴扎还撞上了中国小商品冲击：市场里花花绿绿的紧身裤袜，林林总总的小家电，摊主会用中文告诉你：“义乌。”制裁下的伊朗人，还在臆想美国，而一回头，中国已近在咫尺。

达拉父母住在商场附近一个富裕社区，名字叫“小西方”，是巴列维国王时代建的，有意仿造了美式住宅风格。1979 年，伊斯兰政府将其改名为“小圣地耶路撒冷”，但民间叫法怎么也拗不过来，还是“小西方”。达拉的父亲是材料工程师，早先为一家英国公司工作，发明过一项专利技术。1979 年革命后，伊斯兰政权要求他提供这项技术，他起先拒绝了，还因此坐了几年牢。达拉的母亲生于优渥家庭，从小跟着外婆去柏林度周末。改朝换代之际，旧时代精英很快在政治上被边缘化，能保全生活已是幸运。

少年时，玫瑰园是达拉的乐园，“因为容易逃跑”。风纪警察追过来的时候，钻进某个店铺衣架背后，或者飞跑上四通八达的楼梯。当时，社会上所有地方都成功实现了男女隔离，唯独在西式商场里，很难控制异性接触。达拉还记得这一区少男少女开着家里的汽车出来，摇下车窗相互扔写着电话号码的纸条，或是去商场网吧，说好时间一起上聊天室。

现在，商场二楼正对霍梅尼和哈梅内伊画像的地方，贴着“免费无线上网”。几乎所有人都能娴熟地使用捷克产的翻墙软件，越过政府在互联网上设置的障碍，连最高领袖本人都在“被屏蔽”的海外社交媒体上开了账号。技术的发展似乎站在了反抗者这一边，但当局并不打算放弃。如果没有特殊软件，直接在伊朗互联网上搜索西方歌曲、电影或敏感政治，都会被立即链接到“伊斯兰政府网站”的主页。有时你觉得伊朗人与外面的世界就隔了一层纸，但那层纸是铁打的。

达拉认出一个穿制服的保安，指着他对我说：“这是个好人！”“哈，我认得你。”保安穆罕默德说起话来左摇右晃。他常替孩子们望风，见到风纪警察进来，就提醒他们“小心”。现在，警察仍然搞突击检查，或敦促保安“自查”。

我们离开玫瑰园的时候，迎面来了一群样貌惹眼的孩子。十四五岁，女生头巾的颜色用刺目的荧光橙，男生头发上似乎打翻了整瓶发胶。擦身而过时，达拉有些嫌恶地说，一看就是来自“小西方”高速公路另一头的一个新社区，大半是革命卫队的新富家庭。内贾德当政后给予革命卫队很多好处，客观上制造了新的富人和中产阶层。

但这些“革命的下一代”，面貌也变了。

走出玫瑰园，天色渐暗。商场外的气氛变得更加认不出来。侧门空地停着一辆崭新的玛莎拉蒂。两人乐队在拐角演奏西方歌曲——平克·弗洛伊德的《愿你在此》(*Wish you were here*)。这首歌的年纪比伊斯兰革命还大4岁。几米开外，两个女孩的笑声一浪一浪传来。她们化着浓妆，倚在电线杆上，手伸到长袍底下，脱去平底鞋，换上尖细的高跟，不知要去哪里。她们飘过时，空气中留下了浓得化不开的香水味道。

四

仅仅从德黑兰街头宣传画看，这个国家自1979年以来只有两个领导人：霍梅尼和哈梅内伊。事实上，他们的头衔是最高领袖，集宗教与政治权威于一身，而负责国家日常运作的，是选举产生并获得领袖认可的总统。哈梅内伊自己曾经在1980—1989年间担任总统。霍梅尼去世后，他接任了“最高领袖”。

霍梅尼的学生和长期追随者拉夫桑贾尼（Akbar Hashemi Rafsanjani），成了哈梅内伊的第一任总统，被称为“伊朗邓小平”。在许多发展中国家，“邓小平”是“市场经济启动者”的代名词。两伊战后百废待兴，拉夫桑贾尼推出两个“五年计划”，对超过1000家国营企业实行私有化。伊朗出现了股票市场、自由贸易区，农业国家开始向工业化转变。

但是，经济转型也出现了许多问题，企业私有化只进行了一年，就因丑闻频发而暂停，政府介入后，以“革命贡献”分配股权，结果引起一阵混乱。热钱涌入房地产后，德黑兰房价飞涨。拉夫桑贾尼执政后期，又遭到美国克林顿政府经济制裁，改革成果有限。

拉夫桑贾尼奉行的是市场经济，但政治上不做任何开放的打算。1981 年，伊朗法律规定可以组建政党，但是在拉夫桑贾尼与哈梅内伊这对组合执政时期，没有一个政党注册获得批准。相反，言论大胆的报纸被纷纷关停。1993 年油价急跌，石油工人暴动，拉夫桑贾尼毫不犹豫地以武力镇压。哈梅内伊还支持保守派人士掌握情报、文化、宗教、官方媒体等重要政府位置。

拉夫桑贾尼以革命元老的威信和个人的实干主义风格推行经济改革，难免会遇到意识形态的瓶颈，当私有化触动保守派人士利益时，他们就拿伊斯兰教义来批评改革，但改革也鼓舞了另一部分人。中产阶层正是在那个时候装上了卫星电视，社会风气也逐渐开放。记者顶着言论禁忌，提出“政治改革”，要求减少保守派对社会的干预。他们本来会成为拉夫桑贾尼对抗保守派的帮手。

1997 年，拉夫桑贾尼任期结束时，伊朗似乎走到十字路口：继续经济开放，同时松开意识形态管制，还是要回收随经济改善而渐渐流失的政治权威？

最高精神领袖哈梅内伊从没说过改革的步子是不是太急，但当 1997 年总统选举决战在两个候选人中展开时，他公开支持保守派纳泰格·努里（Ali Akbar Nategh-Nouri），努里倾向回归巴扎商人与宗教的结盟。在哈梅内伊的支持下，努里获得了最多的电视宣传时间，一早便开始以获胜者的姿态演说。

另一名冲入决赛的候选人哈塔米，曾经是霍梅尼“钦点”的清真寺伊玛目，同时也是西方哲学学者，担任过记者、报纸编辑，撰文批评伊朗处于 10 世纪以来的保守，赞扬西方的进步。哈塔米在竞选中，大胆释放政治改革梦想，经常提到“公民社会”和“自由”。他走遍全国与民众见面，青年和妇女都成为哈塔米最忠实的支持者。投票结果是，哈塔米意外大胜，比努里得票多出近 5 倍。最高领袖接受了选举结果。这时，几乎所有人都以为伊朗将要进入政治经济齐头改革的时代。

米夏最后一次见到哈塔米，是在德黑兰艺术学院讲演时。台下学生嘘声四起，温文尔雅的总统面色难堪。米夏记得他说："你们不要这样对待我，在我卸任之后，下一个总统只会更糟。"

哈塔米 1997 年上任之初，气象一新。他缓和报禁，热烈讨论妇女权益、法治与宽容。哈塔米时代，街上的头巾有了颜色，款式越戴越松。电影人重新开始活跃。米夏记得当时有部电影，男主人公扇了女主人公一个耳光，电影院里有人轻声喊起来："啊，他们碰到了！"那很可能是伊朗电影史上第一次出现两性接触。

哈塔米还积极改善对外关系。他是 1979 年革命以后第一个收到欧洲各国邀请的伊朗领导人。他接受美国媒体访问时，呼吁"文明对话"，两国随后还互相派遣摔跤队进行交流。美国结束了对伊朗经济的制裁，除了关乎巴扎利益的毯子和坚果，伊朗产品也可以出口到西方。

然而，巴扎商人不愿放弃经济特权，保守教士仍然把持高位。哈塔米欢迎外资，但外国公司到伊朗投资困难重重，因为最高法院不肯放松对宪法的解释。与此同时，哈塔米的支持者受到更猛烈的攻击。报纸被关，记者入狱，异见作家被杀。在相关案件审理中，哈塔米向保守势力低头。一家改革派报纸被封，触发学生抗议。警察杀死一名学生，打伤无数。哈塔米起初还谴责警察暴行，但当示威扩大，要求"媒体自由和实行民主"时，哈塔米又改口宣布游行非法了。

哈塔米鼓励人民追求自由，但支持他的人却认为遭到了他的背叛。哈塔米开启了政治改革，但最后却在过于强大的保守势力面前败下阵来。等到 2005 年他任期结束的时候，改革派支持者早已心灰意冷，纷纷拒绝投票。投票率的低迷，加上选举委员会的刻意筛选，混合着保守和民粹主张的艾哈迈迪·内贾德登上了政治舞台。

五

如果说那家看世界杯的咖啡馆是"后门"，达拉带我去的公园简直就是个“黑洞”——不仅因为天光已暗，而是公园一角，达拉的朋友们面貌奇异。头发染成绿的、红的、紫的，佩耳钉鼻环，还有张开嘴露出的舌钉，胳膊上刺青连片。这个角落，是少年时他们被警察追出商场逃逸的目的地，现在也是他们碰头的老地方。离开这里，他们会披好头巾，穿上外套，尽量扮回“正经”样子。

达拉也发现朋友们的扮相越来越夸张。“可能是社会气氛越来越偏激。”她说最近两次回国，感觉人与人之间越来越不友善，“经济变差，你必须踩着其他人，才能给自己找条路”。

两个玩滑板的男生迎向达拉左拥右抱，他们是10多年的朋友了。其中一个叫范尔西的男生告诉我，德黑兰第一个玩滑板的人是自己用木头锯出了一块板，但“现在有了好几家进口滑板店”。没什么好奇怪的，想想那家苹果商店。滑板有了，范尔西他们却找不到合适的地方训练。“德黑兰不是没有滑板设施，但都叫革命卫队的人占了，他们自己玩，不给我们这样的人用。”他在我的笔记本上写下联络方式，还工整地附上他理解的滑板运动精神：“爱与和平，尊重全世界。”

这些年轻人都来自中上收入阶层，甚至是保守派家庭。比达拉小几岁的霍尔芭，父亲是牙医兼宗教学者，兄弟姐妹都是“正经人”。但她的黑袍更像是一件女巫的斗篷，头发全部染成绿色，大半露在外面，嘴角一颗小圆钉。几年前，她想在德黑兰组建一支女子朋克乐队，但是凑不齐人。后来她打算去德国学动漫，学了德语，拿下签证，什么都办妥了，但最后父亲却切断了她的经费。在伊朗，得不到父亲或者兄长的批准，女性不得单独出国。飞出去的梦想被一刀剪断，霍尔芭跌落到水泥地上，变成了一棵浑身带刺的仙人掌。为这身打扮，她无数次被风纪警察拦下。在妈妈劝说下，她曾试着穿戴得规矩些，结果浑身不舒服，“那就不是我了”。霍尔芭和男友站在一起让我拍照。男友手臂上爬满刺青，黑T恤衫上印着白色骷髅。他们望向镜头，眼睛里有种奇怪的确定感。伊斯兰革命发生时，这些人的父母还是中学生，而等到他们降生后，睁开眼睛打量周围时，革命与战争都已结束，自己在主题公园与外面的世界之间。

霍尔芭和男友站在一起让我拍照。男友手臂上爬满刺青，黑T恤衫上印着白色骷髅。他们望向镜头，眼睛里有种奇怪的确定感。

跟达拉和她的朋友们在一起，我尽量忍住不要问"下面做什么"、"确切几点钟见"。他们时间概念很淡，不做计划，有时站着闲聊一两个小时，等我问了，他们如梦方醒："啊，我们还在等人。"德黑兰没有都市生活的紧张感。

这天最后一个到的，是达拉在玫瑰园扔纸条结识的朋友"外星人"。他本来的名字是什叶派救世主"马赫迪"，但他更乐意自称异类。"外星人"的主要时间都用到了滑旱冰上。跟大家打过招呼之后，他钻进汽车换衣服。我以为要换成轻便运动装，没想到他走出来的时候，仿佛是赶去参加婚礼的新郎——白衬衫、小硬领、黑色领结、西裤笔挺。

蹬上旱冰鞋，耳机里播放着《婚礼进行曲》——没别的，他说仅仅是好玩。他喜欢飞快从女孩们身边掠过，引起阵阵惊呼和欢笑。他随时拐进窄巷子，警察也追不上。"外星人"打算出国，可又不清楚出去干什么，英语也不过关，所以只得暂时靠父母度日。他带我们到一条小街，见证他如何在车流中快速穿行。出发前，趁着夜色，他对附近一个监控摄像头伸出中指。

天完全黑了，街道成了真正的乐园。“外星人”踩着旱冰鞋御风而行，汽车头灯在他身后打出金色的轮廓。这一代人早就学会了在革命主题公园里，玩自己的游戏。

站在朋友们中间，达拉的外表是最正常的。没有染发，没有文身，在德黑兰穿着规矩的长袍。可能因为她身在美国，不需要过分表现自己。我问她，留在伊朗会怎样？她笑了：“如果我是个同性恋，就来伊朗住。因为这是最大的禁忌，也就会有最大的快感！”

“嘿，听着，我们要搞派对！”达拉转头对大伙儿喊。她上一次回来的时候，参加了一场（关起门来搞的）比基尼派对。德黑兰没有海滩，但派对着装之火辣，她在美国从未见过。德黑兰的派对比波特兰酷多了。

米夏临时充当我的翻译。当达拉和她的朋友们用英语跟我交谈时，他就在旁边看着，并不介入。米夏衣着简单干净，仔细看，才发现每天都在用心搭配。在意大利的时候，他住在时尚之都米兰。米夏坦诚相告，回伊朗来，是因为他在国外过得并不好。从德黑兰到米兰，他换过 3 个专业：采矿工程、工业设计、传媒设计，每个都没能念完。在石油公司做工程师的父亲，威胁要切断经济来源，所以他必须返回伊朗。姐姐原先做一份翻译工作，因为照顾孩子，介绍米夏顶替。虽然未必是兴趣所在，27 岁的他总算有了稳定收入。电影是他新的尝试，也是最后的坚持。他迄今为止唯一的作品，是在一个免费视频网站上，发表了一段 7 分 28 秒的旅行短片，题目是“Fly there，stay”（《飞去那里，住下来》）。他的老师这样评价：“里面缺少 hero（主角）。”

我以为米夏跟达拉都在国外生活过，是相似的人。但是米夏纠正我：达拉离开了伊朗，是个“局外人”，而他接受了必须在这里住下来的现实。

达拉斗争经验不足，米夏更像是在抗议洗礼中长大。在德黑兰艺术大学念书时，他崇拜一个高大壮实的学长——差不多有两米高。米夏说起来的时候，还要向上仰望。学长是政治活跃分子。一天午餐，学长突然来到食堂，说不要吃今天的肉，那是国王时代就存在冰箱里的。肉怎么可能保存30年？学长拿出从食堂偷来的一条牛后腿，一看印章，真是巴列维时代的。不管怎么说，大家发现那天午餐的味道确实古怪。学长号召绝食，敲盘子绕着校园游行。坚持三天，校方道歉承诺改善伙食。那一次，米夏看到了反抗的力量。

后来，米夏领导过一次抗议——一场无预谋的即兴反应。他和一个女生坐在校园里聊天，风纪女警冲过来，气势汹汹地责问女生的头巾为什么用花色。女生悻悻从书包里掏出一条灰的——通常都会准备一条黑色或灰色的头巾，以备这样的时刻。米夏抢过灰头巾，包在自己头上。周围路过的男生哈哈大笑，纷纷向女生们讨了备用头巾戴上。面对几十个戴头巾的男人，中年女警张口结舌，不知如何收拾——她从未遇到这样的状况，更没有权力指挥男性，只得掉头离开。

2009年选举结果一出，米夏站到ValiAsr大街上，以静默抗议。“喊口号不是我的风格。”他说。学校附近人潮汹涌，却不见大个子学长，“至少，我不记得见过他，但那时，我也不需要再跟着谁出来”。

在我们的相处中，米夏对现实的不满显而易见。有一天见面时，他刚刚从上司办公室出来，满脸羞怒。上司好意提醒，在同事面前说话要小心，担心会有人向情报部门打小报告。办公楼走廊灯管散发绿光，米夏指着灯管对我生气：“为什么连灯光都是伊斯兰的？”（伊斯兰教推崇绿色。）

我问他2009年的抗议会不会再来一次。他说“不知道”，至少新任总统鲁哈尼带来了善意和希望。不过，米夏没有忘记在哈塔米时代，人们的希望是怎样落空的。他最怕反抗与镇压的轮回，希望与失望的重复。

六

收到费耶兹回复，约我在霍马酒店（Homa Hotel）吃早午餐，颇感意外：斋月里，一个来自保守派家庭的女孩公然邀我破戒。见了面后，费耶兹澄清：“我的亲戚是巴扎商人，不等于我是保守派！”她的父亲是影视制作人，母亲家庭与巴扎相关。

霍马是德黑兰最有名的酒店，眼下却因为生意不景气，一片颓唐和沉闷。偌大一个餐厅里，自助餐餐桌在中间缩成一圈，仿若孤岛。大概只有四五个客人。侍者的制服夸张得像典礼上的军装，他们举手投足保持着高傲，讲起话来拿腔拿调。肉尚能吃，虾似乎登陆很久了，我尝了一口，悄悄将它埋在餐巾里。

我想了解巴扎商人的想法，朋友推荐了费耶兹。我问有没有可能见见她的商人舅舅们，费耶兹果断拒绝："他们不会跟你说话的，你是外国人，外国女人。"有一种观点认为，2009 年绿色革命失败，是因为没能获得巴扎商人的支持，他们与掌权教士的联盟牢不可破。费耶兹同意这个看法，但是在艾哈迈迪 · 内贾德连任总统之后，情况起了一些变化。

伊朗政府在核问题上表态强硬，2012 年国际制裁陡然严厉。伊朗货币突然贬值 70%，没有什么生意能够幸免。巴扎商人罢市，抗议内贾德政策失调。怨气甚至指向了允许内贾德连任的最高领袖。但也有流言说，是最高领袖默许他们迁怒总统。

2013 年总统选举，巴扎商人有没有转变态度？"我认识好多巴扎商人投票给鲁哈尼，也有不少投给其他候选人的，也有人根本没去投票。"费耶兹说，"过去'巴扎商人'也许有一个整体意见，现在不见得有了，至少最近这次选举我看不出有什么统一的意向。"

"那你亲戚投了哪个？"

"最保守的那个——"费耶兹似乎替他们不好意思，低头说得很轻，还扑哧笑了。"最保守那个"是国家安全委员会秘书长贾利利。他曾经是革命卫队成员，负责跟西方的核武谈判。他还有一些教学经验，授课名称是"先知穆罕默德的外交政策"。2013 年投票结果，贾利利在 3 名主要候选人中得票最低，予人温和开明印象的鲁哈尼当选。

说起来自巴扎商人家庭的表姐表妹，费耶兹摇头："她们想法跟我不太一样。"忽然她又想起了什么："但是，我最近参加表妹的婚礼，没想到听到了禁歌！"那是伊朗"孩子"乐队的《苏珊 · 卡农》，把一个女孩子从头发歌颂到脚趾。官方禁止传播这首歌，但是卫星电视、网络上都能找到。

“居然她们也爱听。”她又扑哧笑了。

德黑兰当代艺术馆正举办一场罕见的展览：国王时代西方艺术收藏。

末代王后法拉赫豪掷石油收入，购买了大批西方美术珍品。伊斯兰革命后，“西方艺术”被关进地库闲置，几十年来只展出过一两次。艺术馆入口摆上一张木桌售票，对面摆了张一模一样的木桌，背后坐着一名戴头巾的妇女，头上挂着牌子“革命委员会”。

展品包罗万象：梵高、毕加索、莫奈、米罗……这样的展出，有人解读是伊朗向西方示好，或者缓和国内社会气氛。在一幅达利的画作面前，米夏认为允许夸张的生殖器描绘挂在墙上，仅仅是因为“革命委员会”没看明白。在美国艺术家罗伯特·劳申贝格高度抽象的作品前，一个年轻人指指点点，自信地向朋友们解释。他在大学念天文专业一年级，对作品中密若星空的线条很感兴趣。我们简单聊了几句，年轻人说新任教育部长很开明，这让他感到乐观。他笑起来露出满嘴牙套。

一条小走廊上，挂满安迪·沃霍尔的玛丽莲·梦露。披黑头巾的女子站在梦露前，一名男子正用手机给她拍照。

“你喜欢她？”我问。

女子说：“不是我要拍，是我老公叫我站过来的。”

“你知道这是谁吗？”

丈夫答：“玛丽莲·梦露。”

“你看过她的电影？”

“当然，她的形象很性感。”

“为什么叫你妻子跟她合影呢？”

“我觉得金发很美。”

意识到这是测试伊朗人世界知识的好机会后，我指着走廊另一侧安迪·沃霍尔的作品问：“那你知道这是谁吗？”

“一个独裁者。”

我的心几乎提到嗓子眼：“你知道世界上还有其他独裁者吗？”

•• 玛丽莲·梦露与戴头巾的伊朗女观众。

他眼神淡定，毫无异样地又报出两个外国人名。

“你们经常来美术馆吗？”或许转换话题比较安全。

“当然，像我们这样的知识分子喜欢文化。只是这样的展览不多。”黑纱女子拽拽老公的胳膊，两人耳语着离开了。

等他们走远，米夏鄙夷地说：“知识分子？谁还会自称‘知识分子’？”由于言论受制，“知识分子”在伊朗早就沦为了贬义词，有时还会用来专指官方喉舌。“还有，看他穿的蝙蝠侠T恤，哪个知识分子穿蝙蝠侠？”

我不在意知识分子穿不穿蝙蝠侠，但关键在于，这位“蝙蝠侠”并不认为本国政治体制归于“独裁”类。其实不少西方学者也认同这一点。伊朗民众广泛参与选举，一定程度上疏导了社会情绪。更妙的是，最高领袖在不同候选人中左右逢源，两只手主导政策松紧：在拉夫桑贾尼和哈塔米的改革接力之后，由艾哈迈迪·内贾德改道而行，社会转回保守。

但是，这种“顶层设计”在2009年遭到了抵制。所谓的“左右逢源”，在那时更像是“逆潮流而动”。伊朗政府虽然足够强硬，扑灭了抗议，但到了2013年选举时，还是稍稍做了让步，允许中间派掌权。

国际货币基金组织2012年10月做过统计，比较拉夫桑贾尼、哈塔米、艾哈迈迪·内贾德执政头7年（3人都连任两届总统）的国民生产总值、人均国民生产总值增长速度，两个指数的最高位，都出现在政治较开明的哈塔米时代。艾哈迈迪·内贾德时代经济增长最慢。

然而，最高领袖很清楚，若任由经济与政治同时开放，统治者的权威终将失效。实际上，伊朗的"顶层"并不是最高领袖哈梅内伊一个人说了算——霍梅尼式的绝对权威早已不在，代表各种利益的教士、商人、军人、专业人士都左右着最高领袖的判断。有时，他们并不固定在一个阵营，立场、主张、利益都在变。

快离开美术馆时，我发现地下一层有日本艺术家原口典之1977年的作品：钢材打造的水池里，灌满石油。当我探头张望，不由浑身一震：艺术馆大厅中央，高悬的霍梅尼和哈梅内伊画像，倒映在平滑如镜的石油上。

这是一个巧合。作品在伊斯兰革命前就完成了。但这投影，无意间赋予作品新的象征：石油成就了伊斯兰政权。就算国内政策不符合客观规律，只要能把天赐的能源卖出去，伊朗政权就能两手不空：把现金分发到贫困选民手中，买回军队和核实验室的装备，或是支持黎巴嫩和巴勒斯坦的武装组织。石油，能为这个政权换来时间和空间。

石油是最强大的武器，却也是最脆弱的缺点。它可以满足伊朗的地区雄心，但禁运、价格波动、新能源的出现，也会令它陷入被动与孤立。面对外部世界，伊朗高度依赖，却又深深疑惧。

七

赛义德·雷拉兹在2009年抗议中被捕，判刑9年。他是名经济学家，常给国际媒体写文章、接受采访。伊朗政治光谱的划分，自1979年以来变化得让人眼花缭乱，比如带头冲击美国大使馆劫持人质的学生，10多年后疾呼民主、人权、改善对外关系。而霍梅尼的孙子公开反对伊斯兰共和国，还跑去美国跟巴列维王室的后裔会面。48岁的雷拉兹则一直待在"改革派核心圈子”里。他在不同的改革派媒体当过记者、总编，做过前总统哈塔米的顾问，2009年时，还是穆萨维的竞选幕僚。美国《时代周刊》形容他“总是第一个知道消息”。绿色革命期间，他遭逮捕的罪名除了“非法集会”，还有“窝藏机密信息”、“里通外国”。

我到他位于城北的公寓见面。半年前他出狱了——2010年德黑兰上诉法庭准他减刑至3年。雷拉兹个子不高，神采奕奕，唇上一抹短髭像毛笔字里浓重的“一”。一见面，他就透露了最新消息：新任总统鲁哈尼邀请他去吃开斋饭。

“这是要跟改革派和解吗？你会跟他谈什么呢？”我问。绿色革命领导者穆萨维还在软禁之中。

雷拉兹决定摆摆架子：“我还没答应去呢。”然后又笑笑，“再说，去了也肯定是很多人一起。”他对鲁哈尼上任以来的经济表现感到满意：前10个月，通货膨胀下降了三分之二。

雷拉兹从未停止过对艾哈迈迪·内贾德的批评：“石油收入拿去喂人民，这种一味讨好贫穷人口的民粹主义手段，破坏了投资和生产。”他认为伊朗“最多只有两三年时间”与西方周旋了，因为“必须要有正常的外资进来，不能再等了”。

雷拉兹的妻子在客厅里准备了酸奶、葡萄干待客。我们说话的时候，戴蓝色头巾的她，待在开放式厨房里忙活，也不过来说话。雷拉兹被带走的那天早上，便衣闯进家里，妻子还平静地给他们上了茶。

抓走头两个月，家人完全不知道雷拉兹的下落。当时，他18岁的儿子对媒体说，觉得父亲“不值”，生活应该比政治更美好，他打算出国。我来的时候，雷拉兹的两个孩子都不在家。

监狱经历令他疲累，但并没有打击他的乐观和坚定。雷拉兹说，他经常跟狱卒聊天，鼓励他们不要恐惧权威。有些狱卒爱听他讲话，待他不错。

在他记忆中，绿色革命的结束，不仅仅因为政府的铁腕镇压，还因为“抗议者和政府都惧怕国家动荡，上下一起停了”。

也许我流露出了些许惊讶，他接着说：“伊朗人和中国人一样害怕国家动荡。”雷拉兹曾经是一家国有企业厂长，很早就到广州考察过，对中国这些年的情况很熟悉。他仰慕中国经济成就，10 年前就预言中国应该在国际关系中领头。

雷拉兹不满前任总统，同时，又是伊朗利益坚定的捍卫者。他写文章批评国际制裁伤害了伊朗中产和低收入者，而不是少数权贵。在英国《卫报》的专栏文章中，他呼吁“20 国集团”（G20）邀请伊朗参加，扩容为 G21。“20 国集团”指在世界上最具影响力的国家俱乐部。可见，在伊朗，无论哪一派政治家，都把伊朗的国际地位看得很高。

“是这样。”他直言，“说到底，安全比自由更重要。看看我们的邻居，我们不想伊朗变成叙利亚、伊拉克或者阿富汗。2009 年，改革派只是反对艾哈迈迪 · 内贾德，从没说过要推翻政权。”

他承认现在的管治手段很有问题，“什么都管，权威就越来越弱”。谈话间，我不时拉高滑下来的头巾，雷拉兹终于忍不住了，伸出胳膊阻止我：“拜托，别管它了！”

我问他出狱后有没有见过哈梅内伊，提前获释恐怕得有最高指示吧。“我可没说想见他，”雷拉兹眼镜背后闪过调皮的表情，“他也未必想见我。”

八

最后一次见到米夏，是在玫瑰园小广场。我们坐在那里等待开斋，讨论去吃商场里的意大利餐馆，还是隔壁蒙古排档。广场石头台阶上，错落着坐满了人。挨着广场是一家叫“Boof”的本地快餐连锁店，漆成麦当劳一样的红色，卖的也是汉堡包、薯条和可乐。

我向米夏说起我的困惑。上一次斗争的疲惫、对稳定的共识、物质生活的改善，还有新任总统吹拂的希望，糅合一处，像一大团松脂包裹了“绿色革命”这只寻觅方向的甲虫。它渐渐停止了挣扎，变成一块琥珀，装饰了人们的记忆。与此同时，你又看到社会不可阻挡地发生着变化，技术、观念、人心、权力关系，什么都在变。这个国家将近一半的人口在 25 岁以

•• 那群“惹眼的孩子”又出现了。他们占据广场一角，喝水、抽烟，大声说笑，男女手牵手。

下，主题公园里的游戏会一直玩下去吗？挣扎在自由民主的社会与繁荣稳定的国家之间，究竟怎样是最好的平衡？

正说着，那群“惹眼的孩子”又出现了。他们占据广场一角，喝水、抽烟，大声说笑，男女手牵手。米夏竟不反感那些孩子，反而羡慕他们，异性间从小便没有隔膜。“我这么大的时候，社会上男女完全隔离，到现在都不知道怎么跟女孩打交道。可你看他们，谁也不怕……”

突然，一个手持对讲机的保安出现，大声呵斥，挥舞拳头，赶鸭子一样轰他们走开。那群孩子竟瞬间没了声音，不作反抗，三三两两悻悻离去。米夏怒了：“他们犯了什么错？我真想去揍那个保安！”他没有。他只是冲着我喊。

孩子们离开后，我才发现，他们刚才坐的地方，头顶正对着一盏硕大的监控探头。

我曾电邮米夏，告诉他我在写他的故事，希望核实几个细节。过了好几个月，才收到回复。原来，他辞去了翻译工作，专心学习电影，很长时间没上网。“我是一个不断放弃的人，不过我挺开心的……关于绿色革命，哦，也许我没有告诉你，我是在什么时候停止的。当最高领袖在电视上呼吁停止游行，我就再没有上过街。不是我听他的话，当时我是个桀骜的小孩，而是，在这里长大，你就明白，他们真的有能力叫你停……”

他接着写道：“幸好游行没有变成真正的‘革命’，如果我们推翻了政权，相信余生将不得安宁。还记得那个麦当劳的故事吗，我其实跟那对父子一样狭隘。人们看到我不停换事情做，其实正因为我害怕新鲜事物。不知道这样解释你能明白吗？……”

那一大团松脂里，也许还有一种成分：与生俱来的恐惧。在主题公园里长大，他们自然看懂了底线在哪里，看懂了顺从的必要。

离开伊朗前，我参加了一次派对——不在“海滩”，而在臭水沟边。没有谁组织，达拉的朋友都知道我们在Blenz咖啡馆门口见，但是这些人到齐大概用了3个小时，只好取消晚餐，但也没有人不高兴。两个“海归”女孩，从瑞典回德黑兰休假。穿梭两个世界之间，她们体验其中的乐趣。

“明天去德黑兰北部山上露营吧，那里没有警察。”

“可是会有狼或者熊。”她们笑作一团。

我在德黑兰没喝到过这么像样的拿铁。可是达拉说，这家咖啡店“所有一切都是非法的”。Blenz是加拿大一个连锁品牌，有点像星巴克，但是在海外没有分店。一个在加拿大的伊朗人，拿到当地分店特许经营权，偷偷搬了一套到德黑兰。所以，这里从店内装饰到纸杯，全是走私的。而伊朗人从来没有“coffee to go”的概念，那是给忙碌都市人设计的。Blenz的咖啡要拿到店外面喝，反而成了时髦，卖得比普通咖啡更贵。Blenz还推销另一种时髦饮品：中国产“人参蜂王浆”，英文介绍写的是“皇家人参”（Royal Ginseng）。我上一次看到这种红纸包装、插吸管喝的小瓶子，大概是10多年前的事了。

咖啡店门口有条水渠，窄窄流过，尽头是个垃圾桶，臭气徐来。没有人在意，两边坐了30多个人，好几个派对在这里举行。一个保安负责张望。

达拉指给我看，街对面比玫瑰园高出许多的一座新建商场。Tandis（意思是“美丽的雕塑”）全身玻璃幕墙，霓虹灯招牌，在夜空里凄迷闪耀。“玫瑰园过时了，Tandis的东西更贵，去的人更时尚。”

想到很快要回美国，她竟有些伤感。“你知道吗，在美国的时候，有时我会想戴头巾，毕竟我是这样长大的。”美国人很友好，但这个伊朗女孩敏感察觉，无微不至的关怀中，包藏着居高临下的优越感。“美国人听说你是中东来的，以为你还骑着骆驼，他们会问‘那里有干净的水吗？’……”我问她，伊朗会不会有一天改变，变得她愿意回来生活？她坚定摇摇头：“这个政权的本质是自私的、教条的，这不会改变。”

道别时，大家拥抱。达拉转身离开，我忽然想起来：“嘿！我还从来没问过你们对核问题的看法！”臭水沟派对的人面面相觑。

“这个我们很少谈，就像我们从来不会讨论要去清真寺一样。”瑞典回来的女孩说。达拉想了想说：“我只能祷告他们别造核武器。谁说有了核武就安全了？2003 年美国打伊拉克的时候，伊朗三面都是美军，我们也没觉得危险，现在，以色列成天嚷嚷着要炸我们……”

“伊朗还是不应该有核武器？”

“谁都不该有，美国和伊朗，难道不是吗？”

爱在德黑兰

一

背后脚步急促。来不及回头，后腰被人重重推了一把。一个黑影，迈开两条长腿，飞身弹开。朋友追过去用波斯语呵斥，黑衣少年竟在街角停下来，扮个鬼脸，一闪就不见了。

我和朋友都穿着长袍，自然跑不过他。一辆汽车戛然停在我们面前，中年男人探出头，问要不要帮忙。少年已不见踪影。这样的事情在德黑兰每天都会发生，朋友和车里的男子齐声骂了几句不良少年，也就作罢。“因为你是外国人。”朋友说，虽然本地女子也会遭黑手，但外国人是过客，更容易被欺负。

“伊朗35%的男子性压抑。”贾维尔这样向我解释这件事。他坚称是官方统计数字，但又找不到出处。反正，这情况很普遍就是了。

找贾维尔聊天，起初是为了了解德黑兰地下音乐。很快我发现没有外界想象的那么“地下”。他的四人乐队，常在一个展览馆门前演出。那里有一片草地，参差几棵树，天气好的晚上，路人聚拢来听歌，还可能留下一点钱。乐队有一杆银笛，两把吉他，有时玩爵士，有时由贾维尔唱些欧美流行歌曲。他自己也写歌，还在练习吉他。

他们在这里演出已经3年。伊斯兰共和国成立之初，禁止音乐创作和表演。宗教音乐的演奏者要躲在布帘后面，不让观众看见乐器。30多年来，情况发生了很大的变化，尽管法律表述没有松动，在德黑兰见到街头乐队、海外唱片的概率还是很高。一些异常生猛的波斯乐队跑到欧洲或者迪拜出唱片，再走私回伊朗。风向时紧时松，贾维尔他们跟地区警察混熟了，警察就不专门找碴儿。用他的话讲，伊朗街头音乐表演是“非法而公开”。但今年他们惹怒了附近一个新住户。这位高等法院法官冲下楼威胁：“太吵了！信不信我把你们关起来！”乐队答应小点声。“法官也不能直接抓走我们，还是得交给警察。”贾维尔说起来满不在乎。

第一次见贾维尔和他的乐队时，刚聊了一会儿，一个当地摄影师急匆匆赶来，拉我去看一个“地下乐队”排练，说是只此一次机会。贾维尔和我们同去。汽车七拐八绕，40多分钟后仍不知身在何处。就在我开始紧张时，摄影师指着一扇居民楼铁门：“到了。”按门铃响，里面的人警告：最多两个人进去，停留不超过10分钟。

贾维尔留在外边。我和摄影师转上三楼，厚厚的门板背后，整个房间隔音良好，还有一间调音室。其中一位老家在阿富汗，用传统乐器演奏。问他们唱的内容，“鱼乐队”主唱说，只是乡村生活。大概是我问了两遍歌词内容，主唱有些敏感：“你是想问政治吗？我们不唱政治。”

他们急着要走，不是有什么风险，而是要赶去看世界杯球赛。走出来的时候，贾维尔倚在车上吃冰激凌，带点嘲讽地问我：“怎么样？”他说给其他搞音乐的朋友打了电话，了解到这支乐队的背景：“他们是有钱人，不愁吃喝，现在玩音乐的都管自己叫‘地下’，时髦罢了。”

贾维尔写下他的歌词：

> 如果我们没钱／打倒美国
>
> 如果我们吸毒成风／打倒美国
>
> 如果梨树结不出苹果／打倒美国

“不管伊朗发生什么，政府都会迁怒于外来势力。”他还写过一首《狼与狗》，讽刺伊朗总统选举候选人都差不多，“他们只是俄罗斯的马前卒”。正当我惊讶于他犀利的政治批判，贾维尔又转入伊朗式阴谋论：“世界不过是由 100 来人统治着，我们说什么做什么都微不足道。”

我们在乐队经常演奏的草地上坐着，吉他盒摊开在旁边。贾维尔嫌自己弹得不够好，不像乐队另一个成员阿拉达旺，玩吉他 14 年，技艺纯熟。“他自己就是把乐器，而我的武器是想象力。”贾维尔非常享受和乐队在一起。

同一片草地，几年前，他曾捅下大娄子：一个巴斯基跟弟弟发生口角，向他喷胡椒水。贾维尔过去打成一团。巴斯基落跑后，贾维尔情绪失控，沿着公园高声叫骂霍梅尼和哈梅内伊。警察闻讯抓人，关到深夜，直到爸爸过来领人。他还记得警察说：“赶紧回家吧，别出来闹了。”贾维尔很感激，警察也有好人。

“为什么要骂精神领袖呢？”

回忆那天的突然崩溃，他说是因为多年和父母弟弟挤在狭小的房间，逼仄难忍。“那年我 21 岁，从来没交过女朋友。”

“如果没有女朋友 / 打倒精神领袖。”我替他续了一句歌词。

贾维尔笑了：“这真得怪他们。”他在我的笔记本上画了一个“马斯洛需求层次金字塔”，顶层是“自我实现”，最底层是“呼吸、食物、性、住房、健康”。他在“性”上画了个叉：“我们的政权非常聪明，管住人最基本的需求，于是我们满脑子就剩下这些，其他什么都不想了。”

伊朗禁止公开恋爱。尽管女人戴面纱、男女授受不亲等伊斯兰习俗，在 1979 年革命之前就在伊朗社会存在，但是革命之后才写进法律，出动风纪警察监管。性禁忌还常常与政治联系在一起。异见者不管做了什么，对他们的谴责首先跟性丑闻扯上关系，并迫使他们向公众忏悔。“我们的传统文化还是比较保守，一提‘性丑闻’，大家马上觉得这是个坏人。”贾维尔说。

性有时比政治还危险。贾维尔有一本乔治·奥威尔《1984》——这本书刻画了一个处处受到监管的虚拟社会，在伊朗翻译并出版的波斯文版，删去了几处温斯顿与朱丽叶温存的性描写，其他都保留了下来。

“我的生活全在上面，可是竟然在伊朗出版了。”贾维尔觉得不可思议，而且发行日期是在 1979 年革命之后。

跟巴斯基打架之后没多久，贾维尔有了第一个女朋友。他们“找来一本书”才知道该如何亲近，经常更换约会地点，出门走在一起要非常小心，说不好什么时候警察上来检查身份证。非正常交往令贾维尔焦虑，“女朋友像毒品一样，越交往越空虚”。他的女友换了好几茬，最后认定一个人清净。“在这里什么都是不自然的，笑话也不能乱讲。爱情，不是我们现实生活中的东西，它更像是一种需求，因为得不到，我们只想要它。”

他说自己追求的快乐其实很简单，就像上星期乐队表演的西班牙语歌——他们不懂西班牙语，只是从网上下载不知谁的歌来模仿。晴朗的夜晚，树下人越来越多，最后聚集了两三百。贾维尔从手机里翻出录音，放给我听：乐队重复一句歌词“哈比落罗罗罗、鸟哪儿多多”，所有人跟着唱，录音里传来年轻女子银铃般的笑声，水波一样荡漾开来。没人知道唱的是什么，只是不知所谓、纯粹的快乐。“那是我最美好的夜晚。”他嘴角带着笑意。那晚，法官没有出现。

二

有天我经过车站广场，3 个中年人在街边演奏。唱的是波斯语，舒缓曲折。主唱有时放下吉他，盯着过往的人放声，肩膀微微震动。对面石护栏上，坐着一个年轻人，全神贯注地听着，手里攥住一叠广告传单。

乐声暂停。他转过头来，满面光彩，对我说：“我喜欢街头乐队，他们把人内心的情感释放出来。”

21 岁的赛义德，翻译刚才那首歌的结尾，反复唱的是“我感到很假，就像你说你爱我”。“可是我的爱情并不空洞。”他的眼睛亮起来。他想跟陌生人聊聊爱情。

“你知道，这里不能公开谈恋爱。”他没有犹豫，甚至没有问我想不想听。有天他跟女朋友约在商场碰面——赛义德平时在伊朗北部念书，放假才回德黑兰，俩人 3 个月没见了，赛义德激动得抱起她亲吻。“你猜怎么

•• 贾维尔带着吉他，经过领袖像前。

•• 3个中年人在街边演奏。唱的是波斯语，舒缓曲折。主唱有时放下吉他，盯着过往的人放声，肩膀微微震动。

样？周围竟然响起了掌声！商场里的人为我们鼓掌！不过我赶紧拉着她逃走，这会惹麻烦的。”

说到恋爱的惩罚，他的一个朋友带女友回家，遭邻居举报。在伊朗，比警察更危险的是邻居，所以很多人家白天都拉着窗帘。警察冲进来抓走两人，验身发现女孩不是处女，各判150鞭。结果，女孩在家庭压力下，上法庭指证男孩蓄意侵犯她。男孩受了鞭挞，遍体鳞伤，3个月下不了床。

“那恋情当然无法继续，他只记得他喜欢的人满嘴谎言。”赛义德和女友萨巴见面非常小心。他对她一见钟情，那时女孩才16岁。3年来，他们密会的地点，在一个咖啡馆顶楼废弃的天台上，只有一次被人撞见训斥，两人迅速逃脱。他们情感的障碍在于，女友家庭不能接受。“我只是个穷小子，她家很富有。”

为什么愿意告诉我这些呢？“你是外国人。”他相信我会把这些故事带走，像一个装了秘密的漂流瓶。他也不介意我写他们的故事，只要不用真名，相爱的人有宣之于世的冲动。这真是难得的信任。在伊朗，我感受到当地人热情待客的传统，但同时，他们的担惊受怕又是那么强烈。有时他们向你敞开心扉，又慌忙合拢，那是高压底下形成的自我保护。我建议赛义德下次带女朋友一起来，他说萨巴一定很高兴跟我交谈。

三

“打倒美国”的宣传画并不容易找。走了很久，再打了一趟车，才找到朋友推荐的这一幅，它已经成了德黑兰人民反美意志的标准像：居民楼水泥外墙上，刷出星条旗，“条”的尾端挂上炮弹，“星”变成骷髅。“条”的间距，尺子量过一样齐整，配上横向标语“打倒美国”。马路斜对面，是更大的一幅，奥巴马穿着闪亮蹩脚的西服，跟一个穿中世纪头盔铠甲、临时演员模样的人靠在一起。寓意解释起来很曲折，跟什叶派宗教故事有关，讽刺美国总统言而无信。而“反美宣传画”大展，就是美国大使馆门前了。1979年11月，伊朗人冲击美国大使馆，抗议卡特政府允许流亡的巴列维国王去美国治病。2012 年奥斯卡获奖影片《逃离德黑兰》讲的就是这段故事，不过电影细节与真实情况多有出入。现在，美国大使馆还封存着，围墙上国徽模糊，有斧凿痕迹。原本插美国国旗的地方，换上一面黑色方布，画着星条旗包裹的老鹰在燃烧，下面“USA”3 个字母冒起白烟。左上角和最底端各有一行英文字“伪善终将消亡”、“终结独裁”。德黑兰的反美宣传总是做得那么细致。使馆外围，每一片水泥墙都是一幅 16 × 9 的美术作品：自由女神的脸变成骷髅、伊朗国旗覆盖倒下的士兵、霍梅尼在鲜花丛中。颜色鲜艳，可能定期涂抹。每一幅都不像是愤怒的野火喷发，而是精心修饰的成果。闲置 30 多年的美国使馆，看上去像个来自 1979 年的纪念品。

除了特意寻找的这几个地点，我还在一家西饼店老板的T恤衫上看到前后两面印着“9 · 11”事件飞机撞大楼的画面。问他为什么穿这个图案，老板伸出大拇指朝下，“打倒美国”。但实际上，伊朗政府在“9 · 11”事件之后是支持北约的。这家是全城最出名的西式曲奇店，卖得很贵。

当地朋友说反美标语不只我看到的这些，还有直白朴实些的，比如“我们把美国踩在脚下”等，但终究没有我想象中满街“反美话语的海洋”。10 多年前伊朗学者搞过一次民意调查，74%受访者愿意跟美国谈判，64%支持跟美国复交。结果，组织调查的人被关起来了。

伊朗的“性禁忌”常跟“西方文化渗透”联系在一起。霍梅尼说：“公共场合男女混杂，是外国人的阴谋，用来瓦解穆斯林青年的意志。”“外国”很多时候单指美国。

街边居民楼屋檐下，凹进去的门洞里，站着一个小伙子，两只手抱在胸前，眼神空空望向前方。我和女伴走过的时候，扫了我们一眼。擦肩而过，在我回头的瞬间，他的右手从左臂下抽出，手里光碟一闪，又迅速塞回。我拉住女伴转回去，小伙瞬时笑容满面，一把光碟塞进我们手里，“稍等——”他跑进看不见的角落，回来时多了一麻袋光碟。这时，旁边两个蹲在地上的路人甲乙，也好像被吹了一口气似的，忽然活了，不知从哪里变出自己的光碟麻袋。

最新最热门的好莱坞片，应有尽有。我帮朋友选了几张，自己留下一张《华尔街之狼》，封面上莱昂纳多高高举起红酒杯，波斯文写着："高清、配字幕。"

小伙子阿富辛，19岁，平均每天能卖出50张碟，赚十几美元。他抱怨盗版影碟业竞争激烈："你看这扇门里头就有3个。"伊朗人对电影的口味跟其他人没什么两样，女生喜欢言情片，男生爱看动作片。正说着，两个戴头巾的女生走进屋檐下，左挑右选。

盗版业服务周到，甚至可以"点播"，小众电影价格会高一些。阿富辛说，这几年卖得最好的，是《欲望都市》，成套成套卖疯了。挑光碟的女生不愿跟陌生人讲话，听到这里却"哧哧"笑起来。伊朗政府禁播的《斯巴达300勇士》（丑化波斯历史）、《逃离德黑兰》（丑化伊朗人民），一时间需求大增。"因为禁了，很多人想看看怎么回事。"

近来阿富辛自己中意的片子是2013年好莱坞言情片《安全避风港》。塑料封套背后，一对男女在碧海蓝天下拥吻。"我喜欢美国，年轻人可以自由恋爱，但伊朗没有'safe heaven'。"阿富辛有些得意地提到，自己有"好几个女朋友，不过最近都断了"，他一心赚钱准备报考人类学。

四

贾维尔始终没找到"35%性压抑"数据的出处。倒是伊朗议会在2014年夏，发布一份82页的正式调查报告，承认80%伊朗未婚女性有男友，中学生谈恋爱都十分普遍。受访的14200名学生中，17%承认同性取向。本地媒体对这份报告不做讨论，我是在《经济学人》杂志网站上读到的。

贾维尔中学时在伊朗全国数学比赛中拿第一。家里需要他挣钱，所以他没念大学，先后从事的工作有：旅行社职员、货车司机，服完兵役后，现在是一名正骨按摩师。

草地演出收入微薄。解囊最多的不是年轻人，而是上了年纪的父辈、祖辈。"他们经历过国王时代的开放，未必欣赏爵士乐，但是会怀旧。"贾

“打倒美国”的宣传画并不容易找。走了很久，再打了一趟车，才找到朋友推荐的这一幅，它已经成为德黑兰人民反美意志的标准像。

维尔说年轻人反而麻木了，也没什么闲钱。

他抱怨做机械工的父亲成天在电视前消磨时间，供养弟弟上大学的担子就落在自己身上。最近几年家里经济条件稍有改善，租了个稍大些的房子。可是他看不到这么工作下去能有什么前途。“你看看我国的总统们议员们，到现在还是伊斯兰革命第一代元老。”贾维尔今年28岁，正是伊朗全国男子平均年龄。

跟贾维尔交谈很愉快，但有时也会被他的“伊朗式阴谋论”刺到，比如他忽然问：“你不是为伊朗政府工作的吧？”伊朗人普遍对外国人既热情又猜忌。“一切由外国势力操纵”甚至贯穿伊朗人对近代史的认知。整个19世纪，伊朗在英国和俄罗斯之间任由摆布，20世纪“外国势力”的主角换成了美国，就连获得华盛顿支持的巴列维国王，都常常觉得阴谋无处不在。“美国被秘密势力控制了。”他跟大臣们说。贾维尔写歌讽刺伊朗政府什么都怪罪美国，可是他自己也难以摆脱这种思维。还好，他热情的一面多一些，猜忌多疑只在不如意的时候冒出来。

五

再见赛义德的时候，萨巴没来，跟来一个不相干的男亲戚。赛义德还是想保护女友。男亲戚作陪，避免单独跟外国女人交谈的嫌疑。本来要坐下来说话，但交通拥堵我们都迟到了，当时我正要跟贾维尔去找其他采访对象，于是边走边聊。赛义德和贾维尔站在一起，外貌上完全是两种人。贾维尔留着长卷发，穿T恤牛仔，怀抱吉他，浪漫愤青。赛义德发型规矩，方格衬衣，西裤笔挺，脚踏实地。我知道赛义德不想别人听他的故事，就同他走在前头，男亲戚和贾维尔跟在后面。

赛义德没出过国，英语却极好，都是从盗版好莱坞电影学来的。“我要怎么跟你说呢，我要怎么跟你说呢，我们的故事太曲折了……”走了一段，我们决定搭地铁。4个人一起上了普通车厢。可能因为是工作日下午，人不多，只有我一个女人，乘客的眼光扫过来扫过去。德黑兰每趟地铁都有女士专用车厢，外界误解是“必须跟男人隔开”，实际上女人可以选择坐在普通车厢，或者女士车厢。

地铁隧道又深又广，战时也可作防空洞。末代国王时期做了规划，承包给一家法国公司，可还没动工，革命就爆发了，于是被迫搁置下来，直到伊斯兰共和国也长出现代交通的烦恼，国王时代的地铁图纸才被翻出来，请中国长春和上海的公司来参与建设。

德黑兰地铁电子味道少，金属碰撞声重。咣当咣当的车厢里，赛义德压低声音，急促地讲述他的爱情故事。萨巴的姐姐知道他们的恋情，但不支持，她自己嫁给了国家排球队队员。伊朗男排近几年在国际比赛中表现出色，也被政府用作爱国主义新燃料。姐姐的婚姻是旧富新贵结合，“而我只是个穷小子”，赛义德不断重复这一句。3 年了，女友的父母不可能一直蒙在鼓里。女孩报名参加一个培训课程，其实只是为了溜出来约会。两人在商场闲逛，被萨巴母亲撞见，悄悄尾随。虽然她没有当场揭穿，但回家后却要求女儿断绝来往。“其实我也去过她家，趁父母不在的时候，他们一定知道我的存在。但是，一个穷小子，对他们来说，这是不可能逾越的。”

列车到站开门。一个男人背着鼓鼓囊囊的袋子上车，四下张望，忽然掏出一个玻璃瓶，举到我面前，堆满了笑：“黑海鱼干，两美元一罐，只要两美元！”我谢过，摇摇头。他叹口气，苦着脸：“祝你今天愉快！”转向其他人。整个车厢无动于衷，他在车门关上前离开。

“他的英语不错！我有点惊讶。”赛义德说。确实，那人讲得很流利，没什么口音。“他们很少有外国顾客，大部分伊朗人不会讲外语。伊朗有许多有天分的人，但他们的天分没什么用，只能用来吆喝鱼干。”

赛义德在巴博尔省科技大学学习机械工程。“我会很努力，但是还有一年才毕业，毕业找个工作，也不可能马上达到萨巴家人的要求。”赛义德的父亲原先是施工队队长，心脏接受手术之后，丧失了劳动能力。他劝儿子放弃恋情，儿子不答应。这对小情侣违反习俗，在没有父母同意的情况下，私下订婚了。赛义德给我看手机照片，求婚时他用红白玫瑰花瓣，从废弃的天台一路铺到咖啡馆门口。女孩从此便一直戴着戒指，不过，全家人都假装看不见。

赛义德要回去工作了。我们走出车厢，在月台上又聊了几句。他意犹未尽："德黑兰是座不忠的城市。因为公开恋爱不允许，人们有机会'就干点什么'，这里充满了谎言。我在外地的学校有很多机会，身边朋友都那么做，可是我爱萨巴，非常忠诚。你知道，忠诚的恋爱，在这里非常痛苦……"

他假期推销的传单，是一所技术学校的广告。每天工作 9 小时，一小时赚一个美元。我重新上车，地铁咣当咣当在深邃的地下前行，车厢空荡荡的。我分明感到，随着赛义德的离开，空气里有些东西也被抽走了，剩下一团浑浊。贾维尔从车厢另一头踱回来。过了一会儿，我问他怎么看待"忠贞"。"也许每个人看法不同，在德黑兰，我不相信任何人。爱情是低智商的表现。"

马斯洛需求层次倒数第三层："爱与归属感。"

"如果伊朗人不相信爱情 / 打倒美国。"

我脑海中蹦出这一句。

六

传说马兰迪博士是美国公民，家里还有少年时加入棒球队的照片。现年 48 岁的他，是德黑兰大学北美研究所成员、国际关系系主任，经常用美式英语在国际媒体上为伊朗政府辩护。

上午 11 点，马兰迪办公室门外已是一片忙碌，很多人等着见他。楼下门卫看见我，眼神一变，转向我的男性陪同说："叫她把头巾戴整齐！"他甚至不愿跟女人说话。

我和马兰迪的谈话从伊朗与六国核谈判开始。他认为西方对伊朗制造核武器的指控拿不出证据，"如果有人袭击伊朗，我敢保证，伊朗人只会恨袭击者恨美国人，而不是伊朗政府"。

我慢慢把话题引向他的个人经历。国籍，似乎不是让马兰迪最舒服的问题。"您持什么护照呢？""这么说吧，反正我很久没更新美国社会保险了，我要是走进美国使馆，他们不会欢迎我的。”

他肯定自己没参加过棒球队，美式足球队倒有可能，“那时候男孩只有两种运动可以玩”。他出生在美国弗吉尼亚州首府里士满，“学校里每天早晨对着星条旗唱歌”。他哼了几句，停下：“听着，别试图找出什么心理问题——不是因为我在美国受了什么气，才回伊朗说反对美国的话。”过了一会儿，他提到，20 世纪 70 年代，父亲在美国散发反对巴列维国王的传单时，被抓了。1977 年巴列维应卡特总统邀请访美，美国警察向抗议者释放催泪弹驱散。当时他 11 岁。“我很小就知道美国的言论自由是谎言。”马兰迪最近在卡塔尔半岛电视台网站上发表 3 篇“驳斥主流意见”的文章，结果编辑被降职了，“这世界充满了不公正”。还有一次，他应邀去美国的学校讲演，在海关被请到一边单独检查，这更令他愤怒。

我问他怎么看，实际上德黑兰到处都可以买到美国光碟，年轻人喜欢美国文化。“不，你看到的只是个别情况，你说的不是主流。”他又说，“我们并不是‘反美主义’，而是反对一种文化霸权。”

马兰迪与人印象随和，我便问起关于面纱的强制。“美国人过去也穿很多衣服。”这个问题难不倒他，他强调着装要求是伊朗的传统文化。

临走，我习惯性伸出手，马兰迪用眼神制止了我。合影照片上，我们都是双手下垂。走出大楼，陪同告诉我：“你和他说话的时候，有段时间头巾完全掉下来了，我很担心马兰迪的反应，但他什么都没说，也没有异样的表情。”

马兰迪博士后来发给我一些链接，有他写的文章，也有其他人的新作，多次提到“伊朗模式”。2011 年以来，中东一些国家持续动荡，伊朗的情况相对稳定。伊朗政权于是有信心让自己的管治模式成为效仿对象。

我请教一位长期生活在德黑兰的外国学者，如何理解“伊朗模式”。她在邮件中这样回答我：“伊朗强调的‘有限民主制’，让自由有生存的空间，同时让宗教领袖的权威统治具有合法性。”这位女性学者不希望公开她的名字，“但是，你接近这个体制的时间越长，就越能感受到其中的压抑和前途渺茫……结果更多年轻人失去了信仰”。

七

伊朗议会2014年夏天发布的报告，对“自由恋爱泛滥”给出解决方案：申请临时婚姻——什叶派教义允许的一种变通，时间可以短则数小时，长则几十年。我拿这份报道给贾维尔看，他不屑一顾：“人们每天都在做，不需要教士批准，没人会去申请什么‘临时婚姻’，教士们只是想主导社会上的变化而已。”

夏天快结束时，警察终于冲击了乐队演奏，收走所有乐器。相熟的警察夺走贾维尔的吉他时留下一句：“你惹了什么人吧？”贾维尔心情很糟。他在脸书上留言：“我脑子里一片空洞，冒出些危险的主意。”“统治世界的那些人决定让世界崩溃了……不只伊朗，全世界……”

我在电话里劝他不要“冒什么危险的主意”，比如又去草坪上骂人。他终于笑笑，转而说要介绍新朋友给我：“跑酷，听过吗？”

跑酷（Parkour），一种源于法国的运动，在城市里攀墙走壁，有点像传说中的轻功，强调突破身体与意念的极限。这在伊朗遭到禁止，更何况是女生跑酷。贾维尔住在城南，认识这样一群女孩，“她们现在被政府招募当消防员了”。

和萧贝尔说好在广场转盘见面，贾维尔有事没来。到了时间，电话响，叫我转身看街对面有人招手。那女孩的荧光绿跑鞋很是扎眼，她使劲挥手却不过来：“你站的旁边就是警车。”

跑酷队伍有男有女，十几个人走到附近一个儿童乐园。他们飞身越过石墙，才想起要把我拽上去。抽起地上软垫，叠成半人高，攀爬跳跃练习开来。他们大概每隔两星期在户外训练一次，平时各人在健身房练。女孩居多，其中萧贝尔年纪最大，21岁，其他的都是十七八。萧贝尔也是领头的，做些示范动作。她个子不高，弹跳轻盈。一会儿爬上五六米的石墙，凌空后翻。

空中翻身的时候，她一只手捂在棒球帽上，帽子下面是头巾。训练跑酷已经“非法而公开”，她们不想再为头巾招惹路人报警。

不一会儿，又来了两拨女孩，各自带着男教练。不同跑酷群组间认识，却不见得亲密，各练各的。她们都是从一部电影《13 区》中师承了跑酷创始人法国人大卫 · 贝尔。现年 42 岁的大卫，从小在房顶上跑跳，长大后糅合体操、田径和武术技能，开创了这项运动。大概他不会想到，影像把跑酷传播到了世界的这个角落。这些伊朗年轻人跟着电影自学。他们没有多少运动底子，只是在消耗体力和冲动。

一个穿黑袍的母亲，带着两个孩子来儿童乐园。玩了一会儿秋千，发现下面软垫都抽走了，眼前人体横飞，也就推着童车走开了。

男生的先天优势更明显。他们在女孩的掌声中，沿着矮墙顶箭步流星——刹那间，我怀疑拍我后腰的那个黑影练过跑酷。还有人爬上电线杆纵身而下。跑酷与街舞相通，休息时间他们把手机放在地上，音乐开到最响。男孩里领头的那个，是萧贝尔的男朋友。“爸爸知道肯定会打死我。”她说。听贾维尔说过，这些孩子的家庭大多保守，对她们的限制很多。“为什么喜欢跑酷？”“它让我浑身上下快乐起来，比其他运动更刺激。”她说玩跑酷的女孩居多，因为男孩的运动选择更多。

萧贝尔这时告诉我为什么不去警车边见面——不是因为她扎眼的鞋子，而是跑酷女孩好几次去那个广场，就在警察眼前，交通高峰时间，跳跃汽车顶。“那是最大的快感。”警察在后面追，她一路飞过车流。有人从汽车里钻出来，停在路边张大嘴看。也有人鼓掌加油。“我必须专心跑，不能盯着看人们的反应。”有一次她从车顶摔下来，被警察按住了，“那些警察认得出我们，所以不能去那里见面。”

她们约定，不在警察追赶的情况下爬建筑物。4 年跑酷中，有人摔下来过，死了。

我问她们一般什么时候会去挑衅警察。我的意思是“白天还是黄昏”，戴面纱的女孩子齐声答：“闷了的时候！”笑声震天。18 岁的阿蒂法姗姗来迟。她从头到脚都是粉红，假睫毛好几寸长。一来就跟大家拥抱，还拉我进去团抱：刚刚训练完的女孩们，身体滚烫，心脏剧烈跳动着。

跑酷是禁止的，但萧贝尔们当上了政府消防队义工，教儿童防火知识。她给我看手机照片，一群女义工穿着黄色制服黑色横条，有点像蜜蜂。“男消防队员救女人不方便，所以需要女义工。”

天快黑了，萧贝尔唱着歌送我上出租车。走到公园外，她忽然说：“告诉你一个秘密，嗯，你是外国人，没关系——我也许会改信基督教。我相信基督教更宽容，我们这个，太压抑了。”说完，她把我塞进汽车，关门，挥手。

我什么也来不及说。当禁锢变得有弹性，权威也在权衡，但是在谎言与现实之间，年轻人选择转身离开。

话语迷航

一

我手里攥着一块巧克力饼干。斋月正午，饥肠辘辘，出租车后座上，犹豫着要不要送进嘴里。

在德黑兰住了几天，我发现这个处处飘扬着宗教革命标语的地方，时而会闪现世俗智慧的灵光。斋月每天日出之后、日落之前禁食，但小卖店全日开张，主营报纸杂物，夹售饼干饮料。职员们中午"出去转转"也可能提着大饼回来。没有餐馆敢在守斋时间生火，但当地人总能找到热食。正当我试图放松约束，常驻此地的友人告诫"小心为上"。前几年有个外国人斋月当街饮水，被伊朗人拿刀捅死了。在这里，你猜不准会发生什么。

出租车上，我无从揣测司机的反应：不理，痛骂，也可能停车把异教徒扔在半道。稳妥起见，我一只手拉高头巾遮住嘴，另一只手从头巾底下把巧克力饼干送进去，然后放开手安静咀嚼。一会儿，司机扳了扳后视镜——我看见镜中那个女人两腮鼓胀，嘴角一圈深褐色。

他向后伸过手，勾勾手指——我也要。不早说！我心里一块石头落了地。分食饼干，仰头喝水。上车前，给他看过当地人用波斯文写的地址，就没再讲过一句话。这时，我有心揶揄："Ramadan（斋月）？"刚获宽恕，就想探知人家为何不守教规。

"斋月，阿拉伯；伊朗，居鲁士。"他左手还在方向盘上，右手紧着比画，省却谓语的句子，竟从一小块饼干，穿越 2500 百年，直奔他对本国历史的看法：伊斯兰教，以及随之而来的斋月等规定属于阿拉伯人；伊朗文明的源头早于伊斯兰教，居鲁士缔造的波斯帝国，才是伊朗人的骄傲之源。

居鲁士二世，一般称“居鲁士大帝”，生活在公元前6世纪，那时东亚的中原大地正处于春秋中叶的疲惫与僵持。无论东亚还是西亚，王国版图都像是细胞裂变，大的吃掉小的，小的合并成大的。居鲁士用了30年时间，吞没西亚所有文明之邦，包括巴比伦，囊括了南亚和高加索，建立起史上未有之第一大国。之后1000多年里，波斯帝国几经兴亡，终为阿拉伯人所破，崇拜“火与水”、信奉琐罗亚斯德教的伊朗人，逐渐接受“真主是唯一的神”。

想不到一块饼干，会引发这么一大段历史。“斋月，阿拉伯；伊朗，居鲁士。”出租车司机最直接的意思是，伊朗人不必理会阿拉伯人的规矩。普通伊朗人很少掩饰他们对阿拉伯邻居的反感。那么，随阿拉伯人“舶来”的伊斯兰教，何以成为当今伊朗信仰与政治牢牢共生的根基？而伊斯兰教信徒认为先知穆罕默德受天启之前，都是“蒙昧时期”万古黑夜，又怎么解释璀璨的波斯文明？

宗教学者早就体察这层尴尬，1979年掌握国家大权以来，刻意回避伊斯兰之前的伊朗历史，而高歌确立伊斯兰什叶派为国教的萨法维王朝[①]，试图把集体记忆的开端拉回到16世纪。据说今天伊朗教科书中读不到“居鲁士”的名字了。但没想到，古代史还在这名40来岁的出租车司机心头澎湃。

我搭车去旅行社，正是要买一张南飞的机票，去看设拉子古城[②]和波斯宫殿遗址。最后，这名信仰不坚的司机，为人也不囿于原则：车到旅行社门前，非要在说好的价格上追加两成。

伊朗人出国签证困难，国内游愈加兴旺。航空公司柜台前，国内景点

---

① Safavid Dynasty，公元1510—1736年间统治现今的伊朗，通常被认为是公元3—7世纪的萨珊王朝之后波斯史上最重要的朝代，是迈向现代伊朗的前身。其创建者为伊斯迈尔一世（Ismail I）。

② Shiraz，今日伊朗的第六大城，法尔斯省省会。以诗人、艺术、酒与花闻名。它早在两千多年前就出现在文献之上，并于13世纪成为波斯的艺术与文化中心，18世纪中叶一度为波斯的首都。伟大的诗人哈菲兹与萨迪皆来自于此。

介绍成堆摞起。来伊朗前，很多人劝我不要搭国内航班。多年国际制裁下，伊朗飞机零件无法及时更新，事故率偏高。就在我离开一个多月后，一架国内航班刚从德黑兰起飞便坠毁。

眼前，旅行社的气氛没有任何不安。除了收银的是位男士，整间办公室都由女性打理。蓝红两色制服、空姐船帽、同色头巾，个个妆容艳丽。唯一令人不悦的是，机票价格比原先查到的上涨了两倍，航班座位爆满。很多人选择在斋月外出旅游。

我挤上了当天下午的航班。机场角落里，一块颜色发暗的标语用英文在说："霍梅尼是全世界革命的领袖！"建国之初，霍梅尼雄心万丈，要把伊斯兰政府模式输出到全世界，结果两伊战争之后元气大伤，从此很少提"输出革命"。可没想到，他的话在某个角落里还倔强着不肯沉默。

老式飞机座位挨得很近。邻座是一名从头到脚包裹严密的妇女，看样子 50 岁上下。我们语言不通，只能彼此微笑点头。我翻开《孤独星球》查看伊朗旅行信息，其中一张彩照上，一名老者手捧经书。邻座妇女突然戳着这一页说："Mulla，no good."（"毛拉，不好。"）我一惊，指着图画确认："No good？"她点点头，冲我一笑，无法解释更多，众目睽睽也不便多说。我再次领教，你无法猜透伊朗人的心向。

走出设拉子机场，穿白色制服的出租车司机们蜂群一般涌上来，手中晃着汽车钥匙。布赫瓦兹以英国口音和庞硕的身材脱颖而出。他原先在威尔士一家比萨饼店工作。旅英多年无甚进展，家人劝 25 岁的他回来成亲，"但我还是喜欢英国，好玩"。我们商定第二天包他的车。

我住的设拉子大酒店，刚刚落成两年，设施比较新。酒店十几层高，俯瞰下去，整个设拉子城小了。城里没什么高楼，新酒店似乎承诺着旅游业的前景。前台小伙子执意要留下我的护照，我不肯，他翻出一叠护照给我看：科威特、埃及、韩国……最后我留下一个复印件。

房间电视频道都是波斯语，终于转出一个英文台。一个几乎掉光头发的男人，敞开西服，不系领带，站在简单的背景布前滔滔不绝。电视台的名字非常有创意：Press TV（新闻台）。滚动字幕说明，这是一个直播callin节目。听了一会儿，打电话进演播室的，全部讲英语，来自欧洲、美国、马来西亚等，问题大多和国际事务中穆斯林的角色有关，光头男人现场解答、评论。我正纳闷，何以在伊朗收看到这样的节目，听到光头男子不断重复“当今穆斯林世界，真正的英雄只有伊朗的哈梅内伊和黎巴嫩真主党的纳斯鲁拉[①]”，便释然了。演播室电话号码以“+4420”开头，是英国伦敦的固话线路。

第二天一早，布赫瓦兹打电话说有事不能来，交给朋友马赫迪。我有些失望：刚找着个讲得通话的，又坠入未知。德黑兰很多年轻人英语流利，但出了首都，就只能靠运气，再加上一点我的阿拉伯语：字母跟波斯文大体相同，不少单词发音相近。

马赫迪20出头，温和友善。他的英语不太连贯，辅以手势，凑合沟通。我们商定两段行程：先看设拉子城内古迹，再去70公里外的波斯波利斯[②]遗址。

如果你生在十三四世纪的亚洲或者欧洲，设拉子远比德黑兰闻名。波斯商人是丝绸之路上的搬运工，也把波斯文明带去了远方。设拉子诗人萨迪在诗作《玫瑰园》中提到，他曾经旅行到中国新疆的喀什。在一所学校，他看到年轻学者在读一本阿拉伯语语法书。萨迪请年轻人将其中一段翻译成波斯文。年轻人得知他从设拉子来，问知不知道“萨迪”，还随口背诵他的诗句。第二天，萨迪临走时，年轻人得知相遇的就是萨迪本人，喜出望外，恋恋难舍。

世界流行的葡萄品种“设拉子”，中文译作“西拉”的，是不是源于这座伊朗古城，说法不一。但可以肯定，萨迪时代，设拉子葡萄架碧绿漫野，欧洲商人络绎往来，把设拉子葡萄酒卖到印度。今天在设拉子博物馆

---

① Hassan Nasrallah，真主党乃1982年黎巴嫩人为了抵抗以色列入侵，在伊朗的帮助下成立的什叶派伊斯兰政治和军事组织。1992年其前任领导被以色列国防部暗杀后，纳斯鲁拉继任为总书记。真主党被美国、欧盟等国家认为是恐怖组织。

② Persepolis，波斯波利斯意指“波斯人的城市”，乃大流士一世所建之首都。后来被亚历山大焚毁。

还可以见到泥塑，还原了当时场景：波斯贵族们围坐议事厅，表情傲慢狐疑，一个穿西式礼服、黄头发的人站在中间，深深鞠躬，标签注明：法国商人。到了17世纪，设拉子以东500公里的克尔曼（Kerman）开始仿制中国青花瓷器，通过东印度公司，当作真品卖到欧洲各地。18世纪伊朗人模仿的中国单色釉，几可乱真。

萨迪时代，伊斯兰教在伊朗已经传播了几百年。他和同时代诗人的作品中，仍充满了“美酒、姑娘、鲜花、歌唱……”

萨迪的花园还在，他的灵感之源金鱼池，剩下一条翻了白肚的死鱼。周围满是游客为求好运，扔进池子里的纸币硬币。没人能够解释其中的关联。

有些东西却是几百年都不会死。曾经的文化首都、政治中心，设拉子遍布花园和学堂。这些景点常常挨得很近，感觉不是你徒步穿行，而是它们接踵而来：棕榈、橘树、鸢尾花、池塘、满墙波斯细密画。暑气静谧，蜜蜂嘤嗡，婆娑树叶在地上漏下斑驳光影。置身其间，欲歌欲舞，欲辩欲思。1979年前，设拉子亚洲学院还有美国学者教授考古学。那是一个更加包容的过去。

我希望能够猜测马赫迪的心向：保守还是开明。这决定了我是否偶尔可以建议喝点水。他车里端正地摆着《古兰经》，他的名字是什叶派救世主。

我们转到120年前设拉子富商的“家庭接待前厅”。玻璃可能在当时相当昂贵，可这家偏偏用无数碎玻璃，包裹起整个回廊，来客一定先被这份阔气震住了。抬头望顶上漆画，竟是欧风汹涌：袒胸少女、山地教堂。我吃惊地向马赫迪比画，像一个没见过世面的村妇，四下寻找风纪警察。“Old。”他说，停了一下，脸上涌起一个复杂暧昧的表情：“Good！”

“过去的东西好看。”我忽然获得了安全感。到底是设拉子人。于是，跟马赫迪聊了起来。他大学毕业找不到工作，父亲有点钱，还肯养他。开车不是专职，所以不穿白制服。他的蓝衬衣黑色长裤，干净得体。

马赫迪不太担心挣多挣少，有种气定神闲的派头。我的伊朗货币里亚尔[1]花光了，星期五兑换所不开，要等日落之后才能找到地方换外币。马赫迪也不紧张，大方替我刷卡。制裁之下，伊朗不通行国际信用卡，只能用国内发行的借记卡。他为一个外国游客开车，还替人付钱，我相信天底下不会有更善良的人了。

既是他垫付，马赫迪似乎掌握了主动，带我一个接一个去他认为值得看的景点。这里也有巴列维国王的避暑山庄。像德黑兰一样，年轻人躲进警察看不见的地方弹吉他唱歌。恋人们在落满石榴的树下小憩，男孩的头枕在女孩大腿上。20 世纪 30 年代，伊朗贯通铁路后，设拉子丝路驿站的地位逐渐失落。很长一段时间，这里的古迹保护得并不好。眼下显然有重振旅游的迹象。马赫迪推荐我去一家新翻修的花园：莲花池、喷泉，二层小楼拱顶画着长翅膀、神格化的居鲁士。古迹外壳下是一家餐馆。对面乡村手工地毯店，分店开到了土耳其伊斯坦布尔和中国上海。

设拉子街头保留着各种文明共存的痕迹。街道一角，墙壁上画着大幅圣诞老人驯鹿拉雪橇，大概附近住着信基督教的亚美尼亚人。再一查这条街的名字："烈士街。"十足伊斯兰的标签。

尽管碎玻璃耀眼迷目，你的眼睛不会错过街道上的领袖巨像。一栋气派非凡的白石头建筑上，金光闪闪刻着英文字——"法尔斯省司法部"（设拉子是法尔斯省会），顶上垂下霍梅尼与哈梅内伊画像。门洞里站着几个持枪军人。

司法部也要高挂领导人画像，这大概正是霍梅尼所谓"领袖绝对权威下的三权分立"。他以此解释，伊斯兰政府的律法来自无谬的真主，宗教学者是律法的监护人，这有别于西方式"三权分立"。

我下车拍张照片。马赫迪稍显紧张。环岛不容易停车，他绕个圈子再来接我。军人见我举起相机，并不阻拦，还摆姿势嬉笑。司法部正门太大了，我不断往后退，想收进全景。这时，一个白胡子路人斜刺里冲过来，嘴里高喊："哈拉姆！"发音跟阿拉伯语一样，意思是"禁止的"——不是

① 1 美元相当于 32000 里亚尔。

“随地吐痰”那种小错误，而是冒犯教法，“天理难容”。还好马赫迪的车及时赶到，我跳上去关门升窗。

“巴斯基。”马赫迪说。巴斯基是伊斯兰革命时代留下来的民兵组织。他们有制服，但通常着便装，人数难以统计，平常就是普通人，有“巴斯基教授”“巴斯基学生”“巴斯基工人”等。他们宗教信仰坚定，效忠最高领袖，随时跳出来主持正义。马赫迪脸上有些不舒服：“我不喜欢他们。”我连声道歉。

设拉子也有不少宗教学校。路过的这家，建于 17 世纪，大概在什叶派伊斯兰教确立为伊朗国教之后 100 年。

什叶派与逊尼派的分歧，概括来说，就是先知穆罕默德归真之后，谁有资格成为继任者。什叶派推崇先知的女婿阿里。阿里遇刺，他的儿子侯赛因全家也遭主流派伏击，惨遭灭门。此后什叶派无论从人数还是影响力，一直处于弱势，演化出一套自己的信仰与智慧，与逊尼派有共识，也有差异。“侯赛因的血”、千年的冤屈和复仇，构建了什叶派的情感共同体。萨法维王朝立什叶为国教，一个原因是为了对抗强大的奥斯曼帝国，与那里的逊尼派割离开来。但立教之初，伊朗国内教法学家不够，要从叙利亚、黎巴嫩借，填充清真寺和学校。

学校正在装修，迎面是混凝土搅拌机和一张鲜血淋漓的烈士像。可能因为正午，学校空无一人。校园小巧幽静，绿树高缈。英文说明：“按照教义中的神圣数字‘5’，学校建了 5 间教室。”现在教室都安上了落地玻璃门，天花板高挑。

走廊里一个画面吸引了我：一部插卡电话，一盏电灯，背后是霍梅尼和哈梅内伊合在一处的画像，周围罂粟花艳红如血，还有一挺象征革命卫队的机枪——本不该惊讶，电器、武器，现代化商品的“西方性”，在伊斯兰信徒中或许有过争议，但大部分时候还是被舒舒服服接纳了。奈保尔在 1979 年伊斯兰革命之后来到德黑兰，虽然满街都是反美反西方口号，但他看到毛拉通过电视宣讲，出租车司机靠收音机祝诵经文——“拥有现代化商品，也合乎伊斯兰教教义的荣耀。伊朗人一般相信这些物品是中性的，

设拉子街头画。如果你生在十三四世纪的亚洲或者欧洲，设拉子远比德黑兰闻名。波斯商人是丝绸之路上的搬运工，也把波斯文明带去远方。

司法部也要高挂领导人画像，这大概正是霍梅尼所谓“领袖绝对权威下的三权分立”。

无关乎特定的信仰或文明，这些东西就像大型国际市集里的库存品一样。只要用钱，就买得到……”

霍梅尼本人也是拜当时先进科技磁带所赐，灌录了无数煽动革命的演说，偷运进伊朗，效果不亚于今天的社交媒体。推翻国王之前，虽然霍梅尼声望高涨，但大部分人相信他在革命胜利后不会直接治国，而是隐退为精神领袖。

1979 年霍梅尼回伊朗之前，世俗革命者代表到巴黎与他会面，最大两股反国王的势力商定合作。他们发出联合声明，未来伊朗将以“伊斯兰”和“民主”为治国的两大基础。霍梅尼拒绝使用“民主”字眼——他认为那是“西方的”——而改为“共和”。当时，无论在公开声明，还是私下交谈中，霍梅尼都给世俗革命者这样的印象：他无意直接掌权。

所以，等到霍梅尼执意推行伊斯兰政府，并举行公投时，很多人感到吃惊。后世学者解释，世俗革命者只研究霍梅尼在巴黎讲了什么，对他的著作《伊斯兰政府》（*Islamic Government: Governance of the Jurist*）并不熟悉。实际上他早就有了以教治国的想法，还成立了革命委员会。也有人认为，什叶派信仰中有“塔基亚”（Taqiya）一说，危急时刻可以隐瞒自己的真实想法，霍梅尼的做法在教义上讲得通。但是，霍梅尼本人曾经在革命中呼吁信徒放弃“塔基亚”，打破沉默，勇敢诉求。

以 1000 多年前的教义治理现代国家，早晚会遇上难题。霍梅尼在去世前一年，再次展现了一种话语智慧：暧昧，却尖锐如刀锋。他宣布：“伊斯兰共和国的需求比伊斯兰教法更重要。”很多人不明白，连哈梅内伊都一时转不过弯。霍梅尼要求修改法律，其中一项规定最高领袖治理社会、把握政治的能力，应该和宗教资历一样高，甚至更高。政权存亡比主义更要紧，一刀劈开执政困境。继任者哈梅内伊果然就是这样的人选：他的宗教等级本不够格成为“精神领袖”“效仿源泉”，但他曾经担任总统，治国经验充足。

宗教学校的电灯电话，霍梅尼与哈梅内伊，这样的组合前，我看到模棱两可、充满弹性的话语空间。如果可以为执政所用，什么都可以拿来说。但又不能对这种灵活性抱太多期望。霍梅尼去世，“绝对权威”不复存在，

宗教学校的电灯电话，霍梅尼与哈梅内伊。这样的组合前，我看到模棱两可、充满弹性的话语空间。

哈梅内伊的宗教权威和世俗威信不断受到挑战。还有什么样的话语可以为执政合法性浇灌新的混凝土？反美？经济？古代历史真的不能借来充实国家主义？

二

该去波斯波利斯了。一路上，马赫迪总是大声为我吵架，抱怨纪念品商店小贩开的美元兑换价太低。我一路都没有换成美元。但是，他对我一个外国人，又是那样宽容，准我饮食，自己却坚持不吃饼干。车上有瓶装水，太阳底下晒得发烫，他直接从头上、脸上灌下去，却也不喝一口，最多舔一舔嘴唇上的水珠。

这一路眼福饱足，沿途有公元1世纪留下的古迹，罗马皇帝瓦勒良匍匐在波斯国王沙普尔一世[①]脚下。瓦勒良战败他被掳到波斯，很快死去。但刻在石碑上的羞辱，两千年后仍栩栩如生。沙普尔一世每次翻身上马，都命瓦勒良跪倒充当脚垫。那是罗马皇帝第一次被劫持，震动欧洲，属国纷纷独立。今天的人看起来，那是波斯睥睨欧洲的时刻。但当时的波斯国王们并没有拿欧洲当回事。希腊城邦顽抗波斯国王薛西斯的进攻，以少胜多，欧洲千百年来为之欢呼："文明抵抗了野蛮！"但这段历史在波斯的记忆中不算什么，庞大帝国边缘发生了一次小坍塌而已，虽然那也是波斯扩张的终点。那时波斯人的心态傲慢泰然，不知道是不是因为这样，也出奇地宽容。

居鲁士允许被征服者保留自己的宗教信仰、语言文化，只要肯纳贡赋税。大英博物馆收藏着"居鲁士铭筒"：公元前539年攻克巴比伦后，居鲁士宣布，所有俘虏，不问宗教信仰和文化习俗，均重获自由。这份铭筒被后世一些学者称为"第一份人权宣言"。那一场大赦中，有在巴比伦为囚的犹太人。他们趁此返回耶路撒冷，重建圣城。历史与现实对照，今日以色

---

① Shapur I，沙普尔一世乃萨珊王朝的第二任君主，在位时间为公元240—270年左右。战功赫赫，被誉为"万王之王"。

列与伊朗的关系，南辕北辙。

波斯波利斯始建者大流士一世，是居鲁士的女婿。两者都孜孜不倦地开疆拓土，而大流士似乎比居鲁士留下更多个性：诡计谋位、大胆夺权，又是精明的管理者，设立波斯 23 个行省。他最喜炫耀，波斯波利斯宫殿建在山崖上，纳贡者的景仰之情，可以由远及近，烽火相递般燃起。

宫殿在高台之上，台阶间距极小，专供曳地的长袍翩然而上。古希腊亚历山大大帝焚烧了波斯波利斯，残垣没了顶棚和围墙，反似专供游客远眺似的，一目了然。也有细节值得走近观赏：一片片岩石浮雕，时间吹匀了凸起面的墨色。特别精美的几处，与游客视线持平，用透明防护罩罩住：对称排开的皇家侍卫，浓眉深目，虬髯高冠，手持长矛，腰挎箭囊，宽大的袖子下垂，如水波吹皱。

一对伊朗夫妇带着 10 岁的女儿，在浮雕前指指点点，女孩频频点头。他们住在德黑兰，父母是第二次来波斯波利斯，女儿放暑假，头一回来看古迹。我们的英语交流十分有限。当我问起“教科书”如何讲解这段历史，他们似乎听不懂了，告辞离开。

即使在最炎热的夏天，波斯波利斯遗址上也有游人往来，还有外国游客团，跟着伊朗英语导游。景点前配有英文说明，透出悉心维护，而不像是抹杀历史的做法。但是，一名长期生活在伊朗、精通波斯语的学者曾经告诉我，维修古迹的动力是“钱”：“我在 20 世纪 90 年代和两年前看到的波斯波利斯全然不同，那里曾经很荒凉。伊朗政府加大对设拉子城和波斯波利斯的投入，是为了推动旅游业，增加（制裁之下的）非石油收入。”

他认为，古迹维护程度充分体现国策。“当你去过马什哈德（Mashhad）的伊玛目圣寺①，和同在一座城市的菲尔多西陵园②，就能很好地比较，它们

① Imam Reza Shrine，马什哈德即“殉道之地”，位于伊朗东北方，乃全国第二大城。因什叶派第八伊玛目礼萨在此遭毒杀，且陵墓于此，成为什叶派穆斯林最重要的朝圣地，每年吸引上百万朝圣者。

② Abu'l-Qasim Ferdowsi Tusi，菲尔多西是 10 世纪时的诗人，著有波斯人重要的民族史诗《列王记》（*Book of Kings*）。

受到政府礼遇有天壤之别……难道什叶派史上第八伊玛目对波斯民族的意义，会比复兴波斯语最大功臣菲尔多西更大？这种例子不胜枚举。”他要求不提到他的名字。

马赫迪也仔细看那些浮雕，还请我帮他照了相。问他怎么看居鲁士和大流士，他只能简单回答：“两个我都喜欢。”波斯波利斯荒漠里暂时看不到霍梅尼与哈梅内伊的画像，但旅游警察也会举起皮鞭一声吼，命令我整理头巾。马赫迪赶紧打哈哈。波斯波利斯洗手间标志上，女士头像都是蒙头巾的。

波斯波利斯在巴列维国王时期，曾受到空前礼遇。他的父亲武将谋逆，终结了外患频仍的恺加王朝[①]，借来古波斯国王巴列维的名字当家族姓氏，黄袍加身。巴列维国王是西方技术的崇拜者。20世纪70年代伊朗石油美元滚滚，现代化革命初期释放出的生产力，让伊朗国库溢满。这位国王豪掷石油收入，大笔购入军舰炮弹，要求全民学习西方生活方式和艺术品味，高声颂扬“民主”。但是到了70年代中期，伊朗经济蓬勃发展，巴列维国王却开始强调民主的伊朗特色，在国王绝对权力之下实现自我监督。

巴列维没有霍梅尼的宗教权威，他披上缀满宝石的斗篷，对波斯帝国做了生硬的联想：1971年，在波斯波利斯举办“伊朗君主制”2500年盛典，宴请各国使节。“居鲁士，安息吧，因为我们已经醒来。”他在致辞中如是说。越过波斯亡国、外族入侵的所有过程，仿佛从居鲁士到自己，一脉相承。虽然伊朗人的文明自豪感以年份丈量，但国王的盛宴却是一场公关灾难：受邀的全是外国人、排场过分奢侈。当时宴客的白色帐篷，今天仍保留在波斯波利斯一排松树和流动厕所的背后。

人们看到国王所谓的现代化，无非是王室更加糜烂，社会更加不公。首先是民间掀起怒潮，宗教后来才踏上一脚，一场革命注入另一场革命中。

“宗教权威下的三权分立”，“国王绝对权力下的自我监督”。

---

① Qajar Dynasty，创建者为土耳其裔的恺加部落，于1785—1925年间统治今天的伊朗，最后被巴列维王朝推翻。

我又在伊朗的话语中迷航了。

经那位学者介绍，我找到2010年的一则故事：在“宗教统治”与“历史荣耀”两极之间，伊朗总统艾哈迈迪·内贾德曾经用最简单的动作，抹杀了两千年的距离和复杂逻辑。那年伊朗从大英博物馆借来“居鲁士铭筒”到德黑兰展出。揭幕仪式上，内贾德把一条巴斯基民兵标志性黑白格围巾，套在居鲁士雕像的脖子上。伊朗半官方通讯社相关新闻标题是：“居鲁士当上了巴斯基！”仪式结尾，一名打扮成居鲁士时代阿契美尼德王朝[①]的士兵和一名巴斯基民兵“关公战秦琼”，一起接受内贾德授勋，通讯社稿件称他们“都是抵抗外部侵略的伊朗卫士”。

这荒唐的一幕也无情地指出，伊朗人的情感共同体，承袭了居鲁士大流士的傲慢与宽容，注入了什叶信仰的鲜血和复仇。但时至今日，曾经包容的文明却遭到国际孤立，伊朗学者把这局面称为“冤屈”。

波斯波利斯旅游商品店，也是英语导游办公室。其中一位英语非常流利，刚刚买了一兜子大饼回来。我问了问巴列维庆典帐篷的保留情况，然后绕到“怎么看伊斯兰前的伊朗文明”这个话题。

导游突然换了波斯语，转向我身边的马赫迪，两手一摊，问了一句什么——我听到一个词：“Seiyasi（政治的）？”

我忙解释，不，我问的是历史问题。“政治的？”他还是问马赫迪。马赫迪示意我赶紧走，导游随时有权找警察来。

这究竟是历史问题，还是政治问题呢？

驶离遗址群落，路边竖着一人高的广告铁牌：象征永生的波斯波利斯神鹰，驮着可口可乐的标志。

居鲁士当上巴斯基，神鹰喝美国饮料。印度学者阿席斯·南迪（Ashis Nandy）写过：“过去150年间，亚非的改革者及思想家们都在努力协调三组基本矛盾：东方与西方，传统与现代，过去与现在。”但这些看似对立的要素有时相互交融，在伊朗，不是只有一种主义或者信仰的来源，能够唤

① Achaemenid Empire，公元前550—公元前330年间的波斯第一帝国。

起人们的凝聚力，相反，一碟“混炒”，各种因素混杂发酵成近乎迷信，最能引起国家主义的共鸣。

淡化古代文明的伊朗当局，仿制波斯波利斯“皇家侍卫”浮雕，放大几十倍刻在外交部办公楼前。

伊朗朋友说，网上有个论坛，罗列伊朗对世界的各种决定性影响，伊朗人为之陶醉。比如，西班牙某个城市的名字照搬伊朗城市名。阿拉伯人曾经统治西班牙近800年，帝国中一个属国的要素传到另一个属国，当然有可能。但这究竟是阿拉伯帝国框架下的交流，还是西班牙对伊朗直线的敬仰？论坛上还说，意大利通心粉是马可·波罗从伊朗带回去的，足球是伊朗人发明的……

“足球是中国人发明的。”我笑着纠正那个伊朗人。一位知名伊朗学者还向我提起更惊人的传说：伊朗人拯救了中国。看着我如遭电击的表情，他娓娓道来：“当年蒙古大军统治中国，为了继续打仗，有大臣提出杀光中原人，腾出地方来放牧养马。但是，成吉思汗帐中一名伊朗大臣站起来说，可以交给他管理，以赋税代灭城……”

追问故事出处，他却答不上来，只说伊朗人都知道。在两位朋友帮助下，我们找到最接近的典故，见于《元史·耶律楚材传》，说保住中原的主人公是耶律楚材，生在北京的契丹人。

> 太祖之世，岁有事西域，未暇经理中原，官吏多聚敛自私，赀至巨万，而官无储偫。近臣别迭等言：“汉人无补于国，可悉空其人以为牧地。”楚材曰：“陛下将南伐，军需宜有所资，诚均定中原地税、商税、盐、酒、铁冶、山泽之利，岁可得银五十万两、帛八万匹、粟四十余万石，足以供给，何谓无补哉？”帝曰：“卿试为朕行之。”乃奏立燕京等十路征收课税使，凡长贰悉用士人，如陈时可、赵昉等，皆宽厚长者，极天下之选，参佐皆用省部旧人。辛卯秋，帝至云中，十路咸进廪籍及金帛陈于廷中，帝笑谓楚材曰：“汝不去朕左右，而能使国用充足，南国之臣，复有如卿者乎？”对曰：“在彼者皆贤于臣，

臣不才，故留燕，为陛下用。”帝嘉其谦，赐之酒。即日拜中书令，事无巨细，皆先白之。

契丹人耶律楚材提出新的治理方法，而启用的人才都是汉人。耶律楚材有一个出逃的远亲耶律大石，曾经在中亚，包括今日伊朗一部分的疆土上建国。这大概就是整个“伊朗人拯救中国说”的唯一凭据。

混杂的语言。迷信般的爱国。

三

距离日落还有些时间，马赫迪建议我去哈菲兹墓[①]。原本我对墓地没什么兴趣，但又想到这位诗人在伊朗人日常生活中的指导作用，便欣然答应。这种作用是其他文明中罕见的：哈菲兹写于600多年前的诗作，今天分段被印在薄薄的纸片上，装在封套里，伊朗人可以花一个土曼（大概一元人民币），在街头买一张，以诗句占卜“今日时运”：从升官发财到恋爱求学。粉红的算命纸上还附带广告。

一名直接参与伊朗核谈判的英国外交官，也曾私下对我说，伊朗人有时在谈判中引用哈菲兹的诗句，“虽然我们能听明白，但伊朗人事后还是抱怨我们没有会意，或低估了它的深度”。

这是怎样的语言呢？

日头偏西，暮色温暖。哈菲兹墓前白色大理石台阶上，一群男子放声合唱，歌声婉转柔沉，斜阳在他们年轻的脸上映出光彩。他们是放假的设拉子军人，来自全国各地。伊朗军人都在异地服役。我问他们唱的是什么？“Love（爱情）。”年轻人异口同声。其中一个摇头：“Seiyasi（政治）。”一伙人自己争论起来。

说“政治”的那位难以用英语完整表达，就在我的笔记本上用波斯文写了一段。后来我请人翻译出来：

---

① 14世纪时家喻户晓的波斯诗人，公认是波斯文学最重要的作家之一。

过去，统治者们不允许对社会事务直接批评，所以诗人们借用比喻暗讽现实。比如，当诗人描写晨鸟，其实是指用歌声把人从禁锢中解救出来。

我在哈菲兹墓抽了一首“占卜诗”：

不要依赖物质世界，要仰赖精神和神的恩赐，然后物质世界才会对你有利。相信神，从经书中寻求慰藉。

我在哈菲兹礼品商店买了一本诗集，其中一部分附英文翻译。打开见到这样的句子：

And wine! Bring me the wine, the giver of mirth! Today the beggar may boast him a king.（酒！拿酒来！酒是欢乐之源！今朝乞儿要把自己吹嘘成皇帝。）

The hunter she, and I the helpless prey; wounded and sick, round me her toils she drew.（她为猎人，我是绝望的猎物；被她的绳索缠绕，又伤又病。）

为我翻译“占卜诗”的，是德黑兰一名文学系学生，他相信赞美宗教与歌唱爱情美酒的诗，全都是哈菲兹的原作。“哈菲兹的诗很暧昧，酒，可以被解释为‘神’，对美女的爱恋，也可以看作‘对神的崇拜’。”

千百年不能畅所欲言，于是有了阵阵迷航。

开斋时间还没到，马赫迪坚持我一定要去光明王之墓（Shah-e-Cheragh），第八伊玛目的17个兄弟之一葬在那里。除了第八伊玛目，什叶派尊崇的伊玛目都葬在了阿拉伯境内，所以与之有关的遗迹格外珍贵、神圣。马赫迪脸上充满自豪，“命令”我将两部相机统统留在车上。我争辩说可以藏一部小的，“不可能”，他做出搜身的动作，最后允许我带上手机。

他知道一条去清真寺的捷径。看得出，马赫迪因自豪而步履轻快。当我们穿过小巷来到门前，却发现这里变成工地了，侧门暂不开放。马赫迪

土路一侧墙壁上，粗黑笔写着英文“I love you”和一男一女的名字。黑袍妇女从墙边走过，深一脚浅一脚。

稍稍失望，不过，他当然也知道如何穿过紧邻清真寺的市场，绕去正门。市场热闹拥挤，我们不断被铁丝衣架上的内衣、睡裤碰到头，女性花色紧身裤正流行，套在氢气球扎起来的人形上，飘来荡去。土路一侧墙壁上，粗黑笔写着英文：I love you。黑袍妇女在墙边走来走去，深一脚浅一脚。

清真寺入口，男女分开。女部不但搜身，还要领一件恰多尔[①]从头遮到脚。我已经戴了头巾，上衣长可及膝，但这著名的圣寺，总要分外严格些。恰多尔像一整件床单，可能太多人用过，而洗过的次数太少，布质僵硬，披在身上轻微瘙痒。

寺内广场浩瀚，信徒赤脚磨得光亮的石板地，泛着日光，仿若湖水。一时间竟宛如天上景象。马赫迪从男部入口穿过，找到我，一句话打回人间：“小心你的手机，有人偷东西。”

---

① Chador，伊斯兰妇女用来包覆全身、仅露出脸部的罩袍外套，常见于伊朗一带。

清真寺有真正黄金包裹的圆顶，里面的碎玻璃从地面铺到穹顶最高处，那个富商的回廊瞬间暗淡如铁。女信众全藏在黑袍下，少数年轻的和我一样披着借来的黑褐色恰多尔，相视一笑。她们排着队，走向伊玛目兄弟的棺材，从栏杆和墙上，一路亲吻、触摸过去，脸颊贴上去，栏杆有菱形镂空的地方，她们伸手进去，尽量触摸棺材，手撤回来，按在额头、脸、嘴唇上，据说这么做能离天堂更近。地上坐着一名妇女和两个小孩儿，眉眼竟有些像中国人，一问，是来自阿富汗的哈扎拉族[①]，蒙古骑兵后裔。中亚更近了。

寺内小书架上堆着无数圆形小陶土，不知做什么用的。观察周围，才发现什叶派祷告磕头的时候，额头触及放在地上的一块小陶土。这是与逊尼派祷告仪式细微处的分别了。

从女部出来，打电话给马赫迪，没接。找了一圈，他正在广场上朝麦加方向礼拜，头磕在小陶土上。他很高兴，带我看了清真寺，自己也在开斋前做了礼拜。

赶到机场，终于兑换了伊朗货币。我要给马赫迪多些酬劳，他像受了重大的侮辱，坚决不收。一直送我换领登机牌，才挥手告别，我们互留了WhatsApp——伊朗极少数没有被屏蔽的社交媒体。到登机口，我想发条感谢的信息，才发现他WhatsApp的签名是英文“soldier”（士兵）。

“为什么叫士兵？”我忍不住好奇。

“为伊朗作战。”

“敌人是谁？”

一个多小时后，飞机抵达德黑兰我才收到回复，可能他写英文很慢：

“一切敌视伊朗的人，穆斯林和非穆斯林。”

---

① Hazara，使用波斯语的民族，主要居住在阿富汗中部、伊朗东北部与巴基斯坦西北部，以什叶派为主要信仰，是阿富汗人口第三多的民族。

03

伊拉克

不安的现代化

1920年

伊拉克原是奥斯曼帝国的一部分，英国在这一年划出了伊拉克和科威特两个国家。

1958年

伊拉克军人推翻封建王朝，成立共和国。

1979年

萨达姆·侯赛因发动政变，成为总统。

1980—1988年

伊拉克与伊朗苦战8年。

1991年

伊拉克什叶派与库尔德人受到第一次海湾战争鼓舞，起而反对萨达姆，遭血腥镇压。

1998年

美英发动“沙漠之狐”空袭行动，试图摧毁伊拉克核设施及生化武器项目。

2003年

美国领导的联军推翻萨达姆政权，年底萨达姆被捕。伊拉克境内各派势力为夺权展开混战。美军亦深陷战后伊拉克暴力泥潭。

2005年4月

库尔德人塔拉巴尼当选伊拉克总统，什叶派贾法里出任总理。

同年年底，伊拉克战争后首次国民议会选举，什叶派政党获得胜利，库尔德人政党紧随其后，萨达姆时期掌权的逊尼派忽然失势。

2008 年

“伊拉克国”允许原忠于萨达姆的复兴党成员担任公职。

2009 年

“伊斯兰国”兴起，在巴格达制造多起自杀式爆炸。

2010 年 8 月

最后一支美军战斗部队撤离伊拉克。

2014 年 9 月

美国开始空袭“伊斯兰国”在伊拉克的据点。

检查站

一，二，三，四，五，六……

每次数到20左右，我就忘记了。在巴格达，数一数每天经过多少个检查站、多少次被盘查，雄心很容易被疲惫和厌倦取代。

数不清的检查站和临时增加的关卡，把交通变成一场噩梦。汽油又是那么便宜，一升约合人民币两元。日本车，韩国车，中国的奇瑞、长城、吉利，还有阿拉伯人最爱的烧油大户美国越野车，常常蜿蜒成串，在地面升腾的蒸汽中喘息。

巴格达交通遭遇的最大诅咒，是绿区（Green Zone）的设立。在市中心稍稍偏南的位置，横向撕裂出一片7平方公里的禁行区。里面集中了伊拉克政府机构、西方代表处，以及跟伊拉克政府沾亲带故的有钱人。车辆进出绿区需要特别牌照，人员也要申请许可证，否则一概莫入——这大概相当于在北京封闭了二环。2009年采访总统塔拉巴尼（Jalal Talabani）的时候，我住在绿区。5年后重临，里面的外国人已撤走，日渐萧条，大路朝天，汽车可以任意加速。在外面憋坏了的司机，一有机会开进绿区，就报复性撒野，把车开到飘起来。虽然武装人员有时拿火箭筒守候在防爆墙背后，但比起外面，绿区终究安全得多。

问题是，美国没有能力把巴格达全城变成绿区，更不用说整个伊拉克了。

于是，伊拉克人默默修建自己的绿区。一些什叶派、逊尼派混居的区域，各自用防爆墙圈起来，防止汽车炸弹冲击。我们的司机穆拉德常常边开车边嚷嚷：“怎么这里又围起来了？前两天还没有！”

为了安全，源自恐惧，在伊拉克，每个人都为自己修一座监狱。社区防爆墙也是隔离墙，限制与人交往。民选总理马利基（Nouri Maliki）很少离开绿区到首都其他地方活动。2014 年 2 月，我在巴格达的时候，当地正举办“阿拉伯文化首都”活动，邀请几十个国家的文化人士到场。巴格达大学文学专业毕业的马利基，一手促成了这项活动在伊拉克的举办，还答应了要来闭幕式。可最终，他只给绿区外的闭幕会场送来了“总理关怀”的大横幅。

有钱人大多移民了，离开了伊拉克这个大监狱。留下来的，不管平民还是高官，都在坐牢，不知道刑期多少年。

街头，比商业广告更多的，是反恐宣传画。画上有全副武装的伊拉克士兵单人像，也有士兵站中间，各族各派群众分列两厢。最多见的，是全国人民紧密团结在总理马利基周围。马利基的长脸看上去有些疲累。捍卫什么，就是什么快不行了。

什叶派杀逊尼派，什叶派杀什叶派，逊尼派杀什叶派，基地组织杀西方外国人，外国基地杀伊拉克人，已经说不清楚每一次爆炸都是为了什么。有一阵，医生律师是主要目标。过一阵，聚在一起踢足球的小孩又成了目标。为什么？去问谁？据“伊拉克点尸网站”（Iraq Body Count）统计，包括 2003 年阵亡的士兵在内，开战 10 年来，伊拉克因暴力失去了 18 万 6 千条人命。

没有安全保障，伊拉克特色的民主选举是这样的：不搞拉票，没有大范围公开讲演，候选人在军警保护之下，能够活到投票日已经大吉大利。2013 年省级议会选举前，20 个候选人横死。

安全缺失，一切无从谈起。在我所来处，在中国，人们谈论伊拉克往往一叹一笑，感叹暴力猖獗，命如草芥，然后又嘲笑这一切源于美国人一声炮响，给伊拉克送来了民主。约翰 · 邓恩（John Dunn）在《民主的历程》（*Democracy: The Unfinished Journey*）序言中提到：“俯瞰民主 2500 年的历史，非常之有戏剧性，它时而使人鼓舞，时而让人寒心。”那么，在战后伊拉克，民主干脆被描绘成杀人犯。

为什么“三步一岗五步一哨”挡不住那些爆炸？在巴格达一星期，每天都要穿行密密麻麻的检查站，可我越来越怀疑它们的有效性。

检查站水泥防护墙下，通常站着四五个人，穿着不同制服。美军迷彩给了军警，一身黑衣戴夜视仪的是反恐警察，蓝色制服是内政部派来的。武器大多是老式苏制或中国制造，绿区才多见美式装备。检查没有标准程序，有时挥挥手就让过了，有时停下来查护照，有时问你去哪里，有时只查司机驾照。关键是，他们并不在乎答案。

一天，中国公司职员小张开车接送我们。他讲非常地道的伊拉克阿拉伯语。

“去哪儿？”检查站一个军人问。

“中国大使馆。”

对方带着笑容挥挥手放行。

“不是去你们公司吗？”车再次发动，我问小张。

“他才不管我去哪儿、这条路对不对呢。这里所有中国人被拦下来，都说是去使馆。”

接下来一个检查站，被问到为哪家公司工作，小张也是随口报了一个。警察不怀好意地笑笑，探头进来。我想，这下大概起疑心了。警察问：“你听什么CD呢？”

小张向新来的中国人传授经验：“别搭话，越说越多，伊拉克军警就爱找人聊天。”检查站的工作紧张苦闷，常常看到军警们在水泥墙缝隙里插上塑料花，或者在执勤时抽烟。

有些岗哨地上装了一盏灯和摄像头，可以拍到车盘底下有没有炸弹。但是，连接摄像头的监视器前，却常常没有人值守。一次，手检人员接过我的背包，拉开第一层是空的，第二层鼓鼓囊囊还没打开，他竟说：“可以了，走吧。”

可能因为对象是外国人，伊拉克守卫才特别放松。但就算是专门针对外国人的检查，也并非那么严密。我们的行李中有大量摄影器材，事先请伊拉克驻北京使馆开具通关证明。证明总共3页纸，巴格达机场4个检查人员，一人拿一页，最后一个脑袋凑过来与人合看，翻来倒去足足研究了

10 多分钟，最后跟我们握手放行。

我冷汗都快下来了。因为证明上摄影师的护照号码完全错误，没有一个数字或字母是对的。当时在北京已经发现证明有误，但因为赶飞机，没来得及改，所以我准备好了在机场好好争辩一番。

长期专制统治下的人们，不那么偏爱思考，不善独立处理问题，做事最稳妥的办法是“走程序”和“请示长官”。看完器材清单后，机场抵达出口的一个检查人员说，摄影机要拉到专门查货物的地方再做安检。拖着行李走出大厅，他突然回过身问我：“你有车吗？”

“没有。我刚飞到巴格达，怎么会有？”

“那我们怎么过去呢？”

“多远？”

“不远。”

“走过去？”

“走过去又太远。”

“机场没有车吗？你是第一次碰到这种情况吗？”

“也不是。”

开出租的凑上来问要不要车。检查员在原地想了想，决定返回找领导。回大厅要穿过四五道安检。我们如此往返了两次，又押着我去银行兑换伊拉克第纳尔[①]，预付出租车费。大概我满脸乌云伤害了他的善意，一番折腾之后，检查员强调：“这不是我的错，这是机场的错。”这下我不生气了，只感到熟悉亲切。

新华社驻巴格达首席记者梁有昶告诉我，他曾经问一个熟悉的军警“发现车上有炸药怎么处理”，对方回答：“赶紧让他通过啊！”这些军警大多来自巴格达郊区农村或外省，每月 800 美元工资，不算低，却也没有高过他们对自己性命的估价。关键是他们的家庭大多不在巴格达，他们也分

① Dinar，第纳尔是目前世界上许多国家的货币名称，但币值各不相同。此称呼源自古罗马帝国的银币 Denarius。

•• 巴格达绿区内，仍保留着根据萨达姆手臂放大的持剑雕塑。

•• 社区防爆墙，也是隔离墙，限制与人交往。为了安全，源自恐惧，在伊拉克每个人都在为自己修一座监狱。

什叶、逊尼。每个人都可能自我安慰：也许是去炸另一边的呢，我何苦当炮灰。

跟许多阿拉伯国家相似，伊拉克人首先忠诚于信仰派别和部落宗族，"国家"的概念仍在发展中。美国推翻萨达姆之后，"国家"更成了支离破碎的虚名——尽管马利基政府在官方典礼上首先奏响的是国歌，然后才是宗教祝祷。

当然，正如发展中国家遇到的所有问题一样，伊拉克的安全黑洞最终可以归咎于"外来势力作乱"。几年前，英国媒体经科学家试验后揭露，一家英国公司卖给伊拉克的ADE–651型炸弹探测器，根本查不出爆炸物，其中的芯片只有超市防盗功能。伊拉克政府可是花了8500万美元引进的设备，如获至宝地分发到各检查站。《纽约时报》跟进调查，找人开车载两支AK–47步枪和一些炸药，结果顺利通过9个检查站。另一个机构再做试验，车载火箭和导弹通过23个配备ADE–651探测器的检查站，没有受到阻拦。调查报告指出，ADE–651探测器"未能阻止伊拉克境内炸弹袭击，应该为平民丧生负责"。

1920年，英国人取得对伊拉克的委任统治，预见到统治成本太高，只要了10年委任期（美军或许早该料到自己的驻扎期限）。英国人临走前划定伊拉克、科威特边境，以各自的椰枣林终点为界。结果当天夜里，伊拉克、科威特两边都开始疯狂补种椰枣树。边界争议，正是萨达姆后来入侵科威特的理据。

2013年，制造伊拉克人一切苦难的英国黑心商人被判入狱10年，伊拉克安全部门官员则因涉嫌收受75%的回扣遭逮捕，却没了下文。

更无法解释的是，直到现在，ADE–651仍然在巴格达检查站广泛使用。每天回到曼苏尔酒店，保安都一本正经举起这种手持探测器，绕汽车一周，然后信心满满地为我们打开铁门。问他知不知道这玩意儿不管用，他说记得新闻报道过，还曾经有个住酒店的英国人指着探测器上的"Made in UK"告诉他是假货，但保安自己说不好这是真是假，也没有人通知不能用，那就这样吧。另一个保安悄悄爆料：伊拉克内政部曾经下文"必须继续使用”。

我也只能依赖他们的检查。每次看着保安用探测器庄重绕车一周，铁门吱吱嘎嘎打开，我不知道应该放声大笑还是使劲痛哭。十几米外，就是原安全部大楼，多次被炸，焦黑一团，好像蔡国强在那里做了永久展览。

民主的斗篷

刚到伊拉克，我很难启齿询问人们对民主的看法。跟其他任何地方一样，扑面而来的首先是生活。伊拉克人习惯了在不安全和不方便中吃喝拉撒、婚丧嫁娶。一个星期四夜晚（星期五是阿拉伯人的休息日），我住的酒店里举行婚礼。台阶上一阵鼓乐喧天之后，新娘挽起白色婚纱长长的拖尾，踩着细尖的高跟鞋，侧身低头，走过窄窄的安检门，进入宴会厅。来宾们虽然得挨个接受搜身检查，脸上依旧带着喜庆。

但伊拉克人对民主并不陌生。当我提及它时，每个人都乐于发表看法。而且让我稍稍意外的是，伊拉克人很少直接批评民主本身。

我到巴格达的两天前，两辆装满炸药的汽车先后在卡拉达大街上的什叶派聚居区被引爆，目标是路边超市门口的人潮。两天以后，除了死伤者被移走外，现场没什么变化：到处都是一片焦黑，碎玻璃碴在地上铺了一层，泊在附近的小汽车扭曲成一团。清理工作要靠住户们自己慢慢完成，政府管不过来。鲜花和蜡烛，围着死伤者相片，49 张。7 年前这里发生过一次一模一样的袭击[①]。

12 岁的穆塔兹住在二楼，被气浪弹起，脑袋撞到了玻璃上。我见到他的时候，头上还缠着纱布。聊了一阵之后，我惴惴不安地提到民主之祸，不知道这个小男孩有没有听过这个词。没想到，他看了我一眼：“跟民主有什么关系，这是恐怖主义。”一个中年男子说起当时的情形，眼里泪光闪

---

① 卡拉达经常是恐怖攻击的目标，爆炸频发。此处所说的爆炸发生于 2014 年。2016 年 7 月 3 号发生另一场爆炸，造成超过 300 人死亡。

动。上一次爆炸父母受伤，这次5岁的儿子手背上一大块皮肤被灼伤。他把这一切归咎于政府的漠视："他们只在乎党派争斗，根本不管我们死活。我们没有民主，首先连人道都没有。"议会选举即将举行，他毫无兴趣。我想起"阿拉伯文化首都"闭幕式上，一名伊拉克官员致辞时说，"伊拉克人每天都在为民主付出血的代价"。而在这些爆炸受害者看来，分明是政府不作为，还让民主躺枪。

"民主不是不好，是伊拉克人不懂得用它。"美联社驻巴格达记者穆罕默德·卓里（Mohamad Jori）说，"对我们来说这是新的，从来没试过。"在伊拉克公开场合拍摄，必须有一张官方许可证，但申请程序复杂耗时。短期进入当地采访的媒体，通常会雇一名已经获得许可的外国媒体记者。穆罕默德就这样连人带证加入了我的队伍。

"素质论"在这里也有信徒。"东方国家都不适合搞民主。"伊拉克摄影师维萨姆在一次官方活动中遇见我。一见中国人，他主动聊起这个话题："民主对于伊拉克人来说，就是见到红灯偏要过马路，民主了嘛，我爱怎样就怎样。"

也有人说，民选出来的伊拉克政府，就是问题本身。逊尼派与什叶派之间存在对立，即便什叶派内部也是派系林立。伊拉克政治家们等不及选票分胜负，试图在投票前从肉体上消灭对方，或者在对方选区制造恐慌。国际媒体多有报道，总理马利基看似温吞，但8年来屹立不倒，靠的是在正规军之外组建的御林军，不惜以暗杀、爆炸摧毁对手，法庭也是他打击异己的工具。2010年议会选举，马利基党派本来以两席之差落后于另一个政党——党首是属于什叶派但与逊尼派关系密切的阿拉维。但马利基前往伊朗寻求支持，最后反败为胜，连任总理。这个戏剧性的转变令逊尼派穆斯林普遍失望。"基地"组织原本在伊拉克沉寂了一段时间，但从它裂变出来的"伊斯兰国"组织突然壮大，与逊尼派民众对马利基统治的憎恶不无关系。

伊拉克的现实政治，发生在民主的斗篷下面。《经济学人》杂志曾经刊文指出，"新生民主必须抵挡'多数暴政'的诱惑，不能上了台就为所欲为”。但也许就像看见红灯要过马路一样，掌权之后“为所欲为”的诱惑极难抵挡，尤其对于曾经受萨达姆压制几十年的什叶派。

美国前驻伊最高文职长官布雷默（Lewis Paul Bremer）鲁莽实施的“去复兴党”和解散伊拉克军队计划，打断了社会运转的链条，从另一个方向推进了新上台什叶派的“为所欲为”。待到发现反美武装中高层大多是失去工作的原复兴党人后，再推行帮助他们就业的政策，为时已晚。

民主在伊拉克，正如那些形同虚设的检查站，不是没有看得见的制度——选举、议会、法庭，而是那些看不见的地方决定了它是否有效：执行者在想什么，怎么做，他们手里的工具是不是真货。

一些改变还是发生了。

萨拉丁是美联社摄影师穆罕默德的朋友。几年前，他租下一间办公室，5个职员，办起新闻网站。萨达姆时期，他在官方报纸工作，因言获罪逃出伊拉克，战后才重返故国。萨达姆时期，伊拉克电视上只有两个官方频道，现在光伊拉克本地电视台就有几十个，家家户户随便装卫星锅。“言论是很自由的，批评总理马利基，太正常了。”萨拉丁接着做了个奇怪的表情，“但批评完了不保证你没事。更可恨的是那些武装分子，批评他们不会坐牢，但可能被干掉”。当时，从“基地”分裂出来另立门户的极端宗教组织，刚刚渗入伊拉克安巴尔省费卢杰，宣布成立“伊斯兰国”。萨拉丁写文章斥责他们为“新萨达姆”，随即有人在他家门前放上一颗子弹。畅所欲言的时代来了，“免于恐惧的自由”仍然缺席。

在巴格达期间，我们赶上过一次示威抗议。街头小广场上，几辆坦克围住20多名示威者，不让其他人靠近。一名士兵告诉我，示威者要求处死监狱里的“基地”组织成员。“伊斯兰国”武装在伊拉克西部突然冒起，与一年前的一次越狱有关。他们成功营救近500名囚犯，逃离号称“全国最牢固”的阿布格莱卜监狱。这批人加入“伊斯兰国”，壮大了它的实力。什叶派示威者要求杀死囚犯，但实际上，国际人权组织不断批评伊拉克政府“随意处死在押武装成员”，其中绝大部分是逊尼派。

伊拉克军警打算驱散抗议者，不是因为集会内容，而是因为事先没有申请。伊拉克新宪法赋予公民“集会、抗议的自由”，但必须提前向内政部申请，以便布置警力，维持秩序。我向萨拉丁求证这件事，他说审批程序不是特别复杂，如今，抗议议员、抗议政府，上街游行喊口号，理论上并不困难，但有些行动注定不会被批准，比如2011年受到“阿拉伯之春”影响，伊拉克当地逊尼派抗议马利基政府，还是遭到了军警拘捕打压。

“跟我说说，言论自由了有什么好处？”

没想到，这一问萨拉丁竟哀伤起来：“我们说什么都行，但解决不了问题。”

“那没有行吗？”

“我想只会更糟。重要的是，今天每个伊拉克人看待自己不同了。”

一个在当地的中国商人曾经告诉我，明显感觉到伊拉克的企业文化在变。过去，领导说一不二，现在内部会有不同意见。

“对你们是好事还是坏事？”我问。

“对能源等垄断性行业来说，也许不是好消息，但对于其他商业活动，游戏规则若变得更公平更透明，长远来看当然是好事。”

在东方

底格里斯河既不宽阔，也不特别清澈，但是偶有小船漂荡，摇曳生姿，在神经紧绷的巴格达，能予人难得的平静。每天早晨离开酒店前，我都会在窄窄的露台上站一站，望着底格里斯河出一会儿神。

底格里斯，幼发拉底，小时候念熟的两河流域。不知因为音节，还是想象，一些地名念起来格外销魂，多少年都牵引着脚步。忘记暴力与战争的代名词“伊拉克”，这里是美索不达米亚、苏美尔、巴比伦，是《一千零一夜》——尽管街头那尊山鲁佐德[①]给国王讲故事的粗糙铜像毁坏了我所有的想象。

巴格达是沙漠里的绿洲，并不缺水。夸张一点说，喷泉的密集程度，仅次于检查站。伊拉克烤鱼是阿拉伯菜系中罕见的淡水鱼菜肴，鲤鱼硕大肥美，活蹦乱跳，一棒活杀，由腹部剖开两扇，架在直径一两米的炭火炉边，以温火慢慢烤熟，需要一个多小时。摆上桌香气四溢，黄油滋滋。佐以新烤大饼，手撕包鱼肉食之。带我去的小张说，那些顾虑安全而遣当地雇员买回去吃的中国人不懂，这是值得以命相许的美味。

伊拉克人会认同这个说法。在卡拉达大街爆炸现场，两天后，街对面烤鱼的炭火正红，人群又聚集起来，完全不记得密集人流是自杀式爆炸的目标。

星期五，底格里斯河上回荡宣礼的声音，悠长肃穆。讲经的声音铿

---

① 山鲁佐德是《一千零一夜》里的一位女主角，是苏丹的新娘，靠每夜说一个故事取悦于苏丹，从而挽救了自己的性命。

锵，像质问一个沉默的对手。萨达姆世俗权威的统治，无意躲在宗教权力身后，所以伊拉克社会风气相对开放，跟同处阿拉伯半岛的海湾国家不同。

午夜至凌晨4时的宵禁，随2011年美军撤离而结束。安静了10年的巴格达夜晚重新喧闹，市中心底格里斯河边彩灯闪烁，乐音缕缕，间或传来跑车的轰鸣声。有天晚上，我正站在临河一家酒店楼前小广场，一辆白色跑车箭一般射进来，轮胎摩擦地面声音刺耳——刹那间我坚信这是自杀式爆炸。但汽车在我眼前戛然而止，退后，转弯，又飞速离去了。原来是开进酒店掉头的！满街检查站，"飙车一族"不可能撒欢跑起来，就在河边大道上打几个来回，折腾些动静。

美军已经撤走，再不见灰绿色迷彩。10年治后，巴格达地面上看不出明显的美国痕迹。虽然美式快餐在中东非常普遍，但巴格达没有麦当劳。所有人相信，它开张的第一天会被炸成"ground zero"（核爆点，亦指"9·11"废墟）。一般餐馆里依旧没有咖啡，只提供"伊拉克茶"，阿拉伯人爱喝的红茶。

但是你也会看到，很多伊拉克人用最新款iPhone手机。由于免税（或者走私），这里的售价跟美国本土几乎一样。初次见面，我问美联社摄影师穆罕默德，能不能找张巴格达全图。"谁还用纸质地图，用谷歌地图吧。"他边说边在苹果手机上给我演示，"伊拉克用的全是美国卫星，上美国网站快着呢。"

问美国人给他的生活留下了什么，只讲阿拉伯语的司机穆拉德，吐出一个英文单词："nightclub"（夜总会）。

萨达姆时期虽然不像海湾六国那样保守，但娱乐形式仍有限定。穆拉德说像巴勒斯坦这种五星级酒店，里面有夜总会，通常是女子歌舞表演。"看得见乳沟"，他这样形容开放程度。喝酒的大多是男人，也有年轻富家女孩。把持着拍摄许可证的美联社记者穆罕默德，坚决不陪我们去夜总会体察民情，因为"太容易成为袭击目标"。于是，穆拉德开车时指给我看路边连排小店："这些也都是nightclub，零星级的。"它们看上去就像普通的杂货店，冰箱里冻着成排酒精饮料。店门口横幅随风摇摆，预告某个歌手将来现场演出。男星居多。

刚见面的时候，穆拉德有些拘谨，后来才渐渐打开话匣。他是什叶派穆斯林，老家不在巴格达。父母还在家乡，守着大片土地和几座小工厂。开工第一天，穆拉德请我和摄影师吃饭。在外出差这些年，从没碰到过司机请吃饭的。“伊拉克人好客，第一天必须我请。”穆拉德坚持。

“穆拉德可是有钱人，开车是兴趣罢了。”穆罕默德提醒我。在随时可能发生爆炸的城市里开车玩？这样的兴趣简直不可思议。后来，我竟好几次听说给外国人开车的伊拉克司机都是“有钱人”。

什叶派掌权之后，穆拉德离开家乡跑到首都“发展”，希望能攀上点关系。我问他是否认得什么人，他说有，但不肯点名。不管怎么说，一两年了，“京城中人”还没有好好提携他。穆拉德身无长技，于是买车，找点事来做。他的丰田SUV簇新锃亮，更像是中上阶层出来兜风。

初到巴格达，穆拉德被这里的房价吓了一跳。地球上最不安全的地方，房价在过去10年里竟涨了3倍多。我请穆拉德带路，去地产中介所询问详情。

地产中介所没有招牌。一间临街小铺，玻璃门上贴满了样板公寓照片。旁边是家裁缝店，隔两间，又是一家地产中介。街对面正在起楼。

经理人图法塔指着还没盖完的毛坯房说，楼花已经卖出去了，60平方米一间，合9万美元。

“萨达姆时期盖的楼不够住吗？”

“他只盖宫殿。”图法塔轻蔑一笑。当时伊拉克实行计划经济，不存在活跃的房产交易。

中介所没有电脑。图法塔一手转动念珠，一手指着墙上手绘巴格达房产全图，点到卡拉达大街：“这一带市中心，一平方米3000到3500美元，最西边，一平方米1000美元……”

“爆炸对房价有影响吗？”

“有些地方价格会波动，交易量会减少，比如巴格达新区，但是卡拉达，很安全……”

“可是几天前这条街刚刚被炸过。”

“很少发生，算不了什么。”图塔法四指和拇指并在一起，意思是“小事”——我在现场看到的焦黑废墟，49 人死伤，对地产业来说不值得一提。“卡拉达，有没有爆炸，房子都这么贵，市中心啊。”“位置至上”的房产普世价值，同样适用于巴格达。

说到推高房价的原因，图法塔列举：政权更迭，好多什叶派跑到首都来，“比如穆拉德这样的”；此外，国民收入比萨达姆受到国际制裁时期高了不少，再加上战后人口剧增，25 岁以下的人目前占全国 40%，年轻人买房刚性需求旺盛。

“还有一个原因。”他两手一摊，“钱太多了——”

“什么意思？”

“腐败。我们谈论的是百万千万热钱流进来。”图法塔说，伊拉克银行不给房贷，交易都是现金。

腐败推高了巴格达的房价。伊拉克、叙利亚的复兴党，都被西方学术界贴上“kinship party”（裙带关系党）标签。而腐败像是个魂灵，即便复兴党没了，它还是会依附在新的统治者身上。2013 年，伊拉克在全球 177 个国家的腐败排行榜上位列 171 名。超过七成的公众相信，最近几年腐败变得越来越严重。

20 世纪 70 年代发现石油之前，伊拉克社会阶层以“工人农民”为傲。石油财富“芝麻开门”之后，伊拉克人一下子成了中东阔佬，挥金如土。但是 1990 年萨达姆入侵科威特之后，整个国家遭到国际制裁，国民生活陷入困顿，要靠“石油换食品”协议的救济度日。十年禁运十年战乱，伊拉克剩下了极少数权贵和大多数穷人。中产阶级消失了。

但近些年，市场开放、薪酬提高、中小企业兴起，新的中产阶级正在回归，只是他们的成分相当复杂，其中包括那些与特权阶层有关的新富——穆拉德正盼着成为其中的一员。

如果伊拉克能够形成一个大规模的、稳定的中产阶层，对未来政治的稳定将起到积极作用。但是，以叙利亚诗人阿多尼斯[①]为代表的质疑之声认为，在伊拉克，宗教派别的鸿沟，抹杀了中产兴起的意义：生活水平相似者，未必彼此认同。萨达姆统治时期，教派之见并不明显，当时以“亲复兴党”或“反复兴党”给人贴标签。如今，标签换了名称。

在我离开伊拉克4个月后，ISIS武装逼近巴格达。城西中产聚居社区的逊尼派穆斯林向《华盛顿邮报》表示，宁可ISIS打进来，也不愿再忍受马利基的压制。他们中有医生、教授、萨达姆时期的军官，自称并不喜欢宗教极端主义者，但寄希望于ISIS推翻什叶派统治。

跟穆拉德、穆罕默德相处的日子里，他们带我打交道的人，全部是什叶派。穆拉德自称“现代什叶派”，排斥“阿舒拉”[②]等旧习俗，但即便如此，他也很难跟逊尼派共事，“不是我不愿意，而是社会成见已然如此，逊尼派如果跟我共事，也要前思后想”。他又用更加浅显的例子说明教派矛盾不可调和：听说就连色情行业，都分了逊尼派和什叶派。

我曾经以为，在伊拉克很容易分辨一个人是什叶派还是逊尼派，只要问问他对萨达姆的态度。萨达姆在位的时候，扶持全国少数人口的逊尼派统治多数人口的什叶派。今日伊拉克，怀念萨达姆的还有人在。逊尼派穆斯林欧麦尔是给一家中国公司开车的司机，在他看来，萨达姆当然是清廉的，因为他一共只有4辆汽车，现在个别议员有100辆车。萨达姆作为总统，还在红灯前停下来，“显然是个好人”。他把伊拉克椰枣产量高也归功于前总统。

穆拉德认为萨达姆最大的罪过，是连年征战毁了两代人的教育机会。1980年两伊战争打了8年，1991年入侵科威特欠下的债务，到现在都没还

① Ali Ahmad Said Esber，笔名Adonis，出生于1930年，被公认为当今阿拉伯世界最重要、影响力最大的诗人。

② Ashura，阿舒拉为伊斯兰历法每年第一个月（Muharram）的第10天。对什叶派教徒而言，阿舒拉节是为了纪念先知穆罕默德外孙侯赛因在伊斯兰纪年第61年的卡尔巴拉之战（Battle of Karbala）中殉难。此时，一些穆斯林以伤害自己的身体表达对先贤的哀悼。

清。他自己出生于1976年，该接受教育的时候国家在打仗，继而又封闭起来。他只会简单书写，相当于小学水平。

但是，身为什叶派，他对萨达姆竟然也有一丝怀念：“那时候，邻国都怕我们。”

独裁者似乎有个通病，跟邻居的关系都不怎么样。两伊战争、吞并科威特，跟同宗同党的叙利亚也闹翻过，沙特自1990年伊拉克入侵科威特之后便中断了两国外交。土耳其也因库尔德问题跟萨达姆政权关系复杂。待美军坦克开入中东沙漠后，周边国家或明或暗纷纷让路。孤家寡人萨达姆兵败如山倒。

但穆拉德觉得，“让邻国害怕”就是伊拉克人挺直腰杆的底气。他不理解为什么美国人常常示威，叫白宫不要出兵，“不打，谁听你的？”

“打了，国民不就没机会接受教育了？”

“这倒也是。”穆拉德挠头，“但是萨达姆只在海外搞恐怖主义，现在，伊拉克弱了，伊朗、沙特、叙利亚、土耳其，都跑到我们这里搞恐怖活动。”

穆罕默德很少参与这些讨论。他的观点总是比较中立。我一直默认他是什叶派，不然不会找穆拉德做搭档。当我问他：“逊尼？什叶？”他笑笑：“我是个穆斯林。”

观察了好几天，还是不能肯定他究竟属于哪一派——他没有在我面前做过礼拜，无法从仪式上分辨，着装又完全现代。

一天拍摄间隙，穆罕默德终于说出答案：

“我是美国人。”

“啊？”

“我的移民申请刚刚获得批准，几个月以后全家就去美国了。”

伊拉克人申请移民美国并不容易，但美国政府有一项政策，照顾为美国机构工作的伊拉克人。在中文里，穆罕默德会被称作“伊奸”。

“去美国干什么呢？”他的英语不是很好，除了扛摄像机，我想不出他可以做什么生计。

“去了再说吧，我有亲戚在那里。”他考虑先把妻子和两岁的孩子送过去，哪怕自己继续在伊拉克做记者，也会安心很多。

“为什么不申请周边阿拉伯国家国籍，拿着美国护照在中东多危险啊！”

“不，不，你错了，拿着美国护照在中东才威风！”穆罕默德直摇头，“上次我在约旦转机，因为持伊拉克护照，他们让我站在角落里，单独盘查了我好几个小时！要是美国护照，阿拉伯人都会毕恭毕敬，不敢拿你怎么样！”

在东方，强权仍然受到推崇。而那些憎恨强权的，往往只是憎恨自己没有成为强权。

跟穆拉德合作一直很愉快，唯一见他拉长了脸，是一次拍摄时间超出预期，耽误了他约会女朋友。我和穆罕默德上车时，一支红玫瑰已经买好摆在方向盘前：“我又得去送花了。”

“看来伊拉克妇女地位真是提高了。”我调侃他。伊拉克妇女不但在议会中取得四分之一席位，在私人关系中也起到主导作用。送花，似乎也是新时尚。

我们向穆拉德讨女朋友照片看。他在一个红灯前停下，从手机中翻出相片。跟街上看到的时髦女性差不多，她们不以黑纱遮面，恰恰相反，包起头发，突出了面孔。平时，巴格达青年女性脸上化着浓度恰好的妆，仔细刷过睫毛，唇膏从不忘记。头发不是草草包起，前后都有塑料片从头巾里撑出一个圆鼓鼓的形状，发型丰满。

虽然地位提高，男女还是有别。当天稍早我们吃饭时，餐厅里分了男区和所谓男女混合的“家庭区”。因为有我一个女人，一起来的人都被请到家庭区。隔着半拉玻璃，男区和家庭区彼此都能看见。大概这里很少出现外国女性，不断有人从男区走进来，友好地要求与我合影，说要放到脸书上。

一天在市中心拍摄时，灰头土脸的小公共开过，一个包着黑色头巾、彩妆极其美艳的女子脸贴在车窗上，正好看见我。当时我被几个要求看拍摄许可的警察和一队举着手机等待合影的伊拉克男人从两边围住。美艳的女子对我眨了眨眼睛，心领神会地一笑。

我离开巴格达之前的夜晚，穆拉德的朋友，另一个以开车为乐趣、家庭富裕的司机带我们去他的冰激凌店尝鲜。这位司机的家族除了餐厅之外，据说有一万多平方米的果园，衣食无忧。而他本人却没有别的事做，就给外国人开车。

店门装修得有点像美国的“31冰激凌”，门口一大片空地，被修剪整齐的低矮小树丛围着，男人们吧嗒吧嗒抽水烟，噼里啪啦打牌，11桌全部满座。阿拉伯肉串烤得滋滋作响。

本来令人松弛的场面，却叫我紧张起来：这地方不正是爆炸的好目标吗？——路边，人多。一辆出租车开过，尾盖明显被炸过。盖不起来，似乎也没钱修理，一路撅着屁股跑。

我向穆拉德和穆罕默德使眼色，意思是拿上冰激凌，赶紧开车走。穆拉德笑我慌张，四指并住拇指：“概率很低的，真主自有安排。”

这样的巴格达之夜，想多了确实叫人伤感。《一千零一夜》发源地，智慧宫所在地，今天却叫人不敢久留。公元8世纪阿巴斯王朝的“外文翻译局”智慧宫，据说遗址仍在，但参观要事先向文化部申请，拿着钥匙开门进去。当时，在阿拉伯人主持下，外族人和新晋穆斯林把无数希腊著作翻译成阿拉伯文，无意中为后来的欧洲文艺复兴留存了火种。但是，阿拉伯人对希腊著作的翻译有选择，取舍标准是教育性，或者说实用性。所以，他们孜孜不倦地在哲学和科学书籍中寻找真理，却懒得理会希腊诗歌、戏剧和历史。最遭忽视的，是地理和政治。有学者认为，就在这里，伊斯兰与西方现代文明的分野出现了：亚里士多德的大部分作品都被翻译，但巴格达的阿拉伯人禁止引进他的《政治学》。这本书论述了国家的性质，统治者与被统治者的关系。这个概念没有厘清，导致伊斯兰至今没有做到政教分离。

一本书的缺失，阻碍了中东民主化进程，这个说法未免夸张。曾经向欧洲输出文明的伊拉克，如今迎来了美国人的nightclub，却还没有真正的民主。“现代性孕育稳定，但现代化过程却滋生动乱”，亨廷顿的后半句，恰恰是今日中东及伊拉克的现实。

•• 连环爆炸过后，49 人死伤。这个幸存的 5 岁男孩，手背上一大块皮肤灼伤。

•• 卡拉达大街爆炸现场，两天后，街对面烤鱼的炭火正红，人群又聚集起来。

中国人在伊拉克

工地

“你安全吗？”离开伊拉克 4 个月，我看到消息说，“伊斯兰国”武装围攻中部城市萨马拉（Samarra），赶紧给小白发去邮件。

很快，竟收到她爱人发自河南的回复：

> 多谢关心，我是小白的爱人王俊。小白那边情况安好，网络中断，可以打电话，刚刚我们还通了电话。她们建设电站地点位于萨马拉南郊，属于战区范围。因去巴格达的交通道路安全问题，第一批人员未顺利撤离，只好返回电站。目前现场物资食品还足够两周吧，不过听说个别分包公司好像已经开始吃面汤了……

遇到小白是 2014 年 2 月。我去巴格达报道中国政府团访问，也想拍摄当地务工人员。那天过关不顺利，71 名工人比平时晚了两个小时出现在我们眼前。从抵达大厅到接载巴士，3 公里路程无遮无盖无运输工具。工人们拖着行李出来，尘土飞扬。走到车前，嚷嚷着口渴，其中一个不介意我喝了一半的水，拿起来咕咚咕咚灌下去。

几乎每天都有这样的中国劳工团到来。行前，我去北京的伊拉克驻中国大使馆办签证，吃惊地发现要排队。前面几位，每人拿一个大牛皮信封，装着十几二十本护照，是帮企业招募的劳动力代办。伊拉克使馆签证官乔哈尔·哈桑·阿明说，平均每月发 1000 多个中国劳工签证，多的时候两三千。官方记载，目前在伊拉克的中国工人总数超过 1.5 万。

等待伊拉克军警护送的时候，工人们自觉以地域分了组。东北人一车，山东人一车，江浙人一车，陕西人一车，总共 7 辆。河南南阳人小白，胳膊倚在打开的窗户上，有些不安地等待汽车发动。

那辆小巴上女性最多，五女九男。领队说，大部分都来过伊拉克。“有新来的吗？”我问。“小白——”大家齐刷刷转头，看着末排的她。

小白 30 岁左右，中原人常见的圆脸，下颌尖溜，五官小巧，朴素纯净。她被招募到中国机械设备工程股份有限公司（CMEC）电站项目做会计，工期 10 个月到一年。

工地后勤一般由女性承担。曾经听当地一名中国工头说，作为领导他不喜欢女人来，怕惹麻烦，可是女的来了又特别受欢迎。几千个男人里面十来个女人，大家轮流请她们吃饭。只求坐一坐，不说话都行。

小白的女儿 3 岁，留在了老家。“领导做工作了嘛。”她说，一开始家人有些犹豫，后来自己“传达”了领导的意思。更何况，这个工程已经开展一年半，去过的同事说，不出去，里头挺安全。

“肯定会想女儿啊，还好工地上有网络，可以视频。”小白微笑着，眼睛眯成两道月牙儿。一个年长些的男工友接话，之前他在巴基斯坦工作，邻居逗他儿子：“爸爸去哪儿了？”孩子必答：“爸爸在电脑里。”小白交代家人了，如果女儿问起，就说“妈妈挣钱去了”。说着，她咬咬嘴唇，视线转向别处。

3 个东北老乡，叉开双腿，蹲在地上抽烟。其中一个 20 来岁，头发用摩丝喷得老高，像一盆火。但是由于长途飞行、经济舱不舒服的睡姿，“火焰”耷拉下来。他姓孙，准备干 10 个月回家结婚。“要不是这儿工资高，谁来呀？”提到工资他眼睛发亮，“我不能告诉你有多高，反正高很多，很多。”

第一次来伊拉克的工人，抱怨说：“太远！”他们大多来自县城或者农村，先赶到一个大城市，北京、上海、成都或广州，再坐 10 个小时飞机到迪拜或阿布扎比，此时离目的地巴格达还有 3 小时航程。加上中转候机时间，他们大多在路上奔波了三四天。

中国唐朝高宗皇帝曾经以“路远”为批示，拒绝出兵伊朗拯救萨珊王朝。现代中国也从来没有把中东划归为地缘战略的重点。但是到 2013 年，中国在伊拉克所有外国投资中，占到 70%，再也不能回避自己的分量了。伊拉克人不无夸张地说，今天阿拉伯半岛上，“除了麦加（穆斯林朝觐圣地），都是中国制造！”

工人们要去萨马拉，在巴格达北部 130 多公里。工地上平时 900 多人，最多的时候达到过两千人。网上资料介绍，CMEC“成立于改革开放的 1978 年，是中国第一家大型工贸公司”，在安哥拉、巴基斯坦、刚果都有电站项目。但我没有找到伊拉克营地的消息，后来一名不愿公开姓名的 CMEC 官员证实“在建工程不上网”。

小白一行出发前，巴格达办公室的同事上车，说这两天工地水质不好，泥沙大，发黄，正准备买聚氯化铝来净水。

“水经常不好。”以前来过的人说。

其他人不作声。过了一会儿，有人问：“药够吗？”

“够。”小白前几排坐着郭大姐，50 多岁，工地医护。她说卫生所备了治感冒、腹泻、中暑、轻度外伤的药，“尽量在工地治，不出去，工人们身体都挺好的，没出过什么大事。”

郭大姐第二次来伊拉克，但是待多久都是“机场—工地”两点一线，没见识过这个国家。“如果没有禁令，你会愿意四处走走吗？”我问。郭大姐严肃的表情不见了，有些腼腆地笑笑：“可能也想吧，毕竟算出国了嘛。”

领队一再告诫大家，工地上有少数伊拉克人，不谈宗教，不谈政治，就不会惹出麻烦。绝对不能碰侯赛因旗。侯赛因是什叶派先知，萨达姆倒台之后，什叶派崇拜的热情释放出来，到处挂上绘有这位先知头像的旗帜。曾经有家法国公司雇员不知情，捡起一片侯赛因旗当抹布，结果惹了大祸。

来过的工友们一致认为“伊拉克人挺友好”。“不管认识不认识，一见就‘哈喽哈喽’。”有人说。另一个人说，中国人午睡的时候，伊拉克人对着太阳礼拜。

老刘跟我聊起局势。他说，伊拉克的问题就是逊尼派和什叶派争利益。“伊拉克比叙利亚太平多了，叙利亚有狙击手。”我问他怎么看所谓“美国输出民主”，他摇摇头：“那是大的政治背景了，我们老百姓不好评论。”

巴格达办公室的人又上车，送来几台iPad。伊拉克“某些渠道”买美国产品便宜，有经验的工友出发前就预订了。

军警护卫迟到了很久，终于两辆车开到。一部蓝色警车，一部皮卡。皮卡上架着轻型机关枪，警车敞篷，站着蒙面枪手，只露出两只眼睛。

警车“呜啦呜啦”鸣笛，头前开道。皮卡忽前忽后，左右护驾。一车人沉默着，只听见警笛撕心裂肺。小白拍拍心口，小声对我说：“之前不害怕的，看到他们耍枪，还戴着头罩，现在特别害怕呢！”

中国在伊拉克的大型项目很难招到本地工程师。高级技工集中在巴格达，不愿离开家人去外省。而中国工人们，无一不是跋涉两万多公里，把家人留在身后。

在伊拉克的中国人，几乎人人背负这样的故事，无论使馆官员，还是建筑工人。中国驻伊拉克使馆，全馆上下只有大使夫人一名异性。常驻当地的一对中国记者夫妇，办公室摆着儿子一岁时的全家福，而他现在已经两岁，由亲戚照料。

人人都以暂时的牺牲换个好一点的将来。为了将来，眼前什么是可以牺牲的呢：自由？欢乐？亲情？爱情？青春？矛盾的是，这些牺牲，往往是为了家庭的共同未来，而放弃的，首先是与家人共处的欢愉。中国人的幸福，似乎不在眼前。

外国媒体常常感慨，中国人好像“怪物”，不惜抛家舍命。我向一名在伊拉克工作3年的中国企业领导提起这种评论，他不否认：“我也认为这样不好，因为是被迫的。但是，过去30年，中国能够实现超常发展，定是因为有人付出了代价。”

营地伊方业主不许外人进现场，我和摄影师中途下车。两天后，收到小白电邮：

> 从检查站到项目部一路上，亲眼目睹战争给这个国家带来的伤害，

心灵很震撼！我是第一次因为工作需要来到这个国家。一路上虽然也有一部分建造完好的民居，人们的生活看上去祥和安乐，但更多的是战争遗留下来的大片废墟和满目荒凉。大量报废的汽车推挤在路边，任凭风吹雨淋，只有路旁的野枣树见证着这个国家曾经的辉煌，如今的荒凉。

当地民众对我们很友好，一路上换了3个检查站，每到一个地方接我们的警察都是快乐地跟我们打招呼，护送我们返程的警察也是微笑着挥手再见。伊拉克人民真是快乐地、充满信心地开始战后重建，对参与国家建设的国际人士也是很友好的！

结尾，她祝我“阖家欢乐”。

我和王俊几乎每天通信。从他那里了解到，萨马拉南部营地有1300多人，伊拉克军方刚开始打算空运，不知什么原因取消，随后改用汽车陆路撤回巴格达，但道路安全情况多变，两次尝试无功而返。

CMEC还没有建立发言人制度，一位不愿公开姓名的官员告诉我，高层非常重视，“一直在开会”，总裁或副总裁已经赶赴伊拉克。“不好办，不好办。”他说在其他地区作业，也遇到过险境，这一次似乎格外困难。不过他也表示乐观：“中国人搞的是民生设施，不管怎么打仗，谁都不想把造福老百姓的电站毁了。我们不会有损失的。”

王俊的邮件不像妻子那样抒情，从来都是简洁明了的信息。虽然一直没跟妻子通上电话，但他似乎有自己的消息渠道，掌握的情况有时比我更快更准确。其他工人家属们在微博微信上互通有无。终于，前方传来了第一张工人抵达巴格达的照片：拂晓时分，深蓝的天幕透出一丝光线，路灯仍然亮着，几百名工人站在那里，脸上交织着疲惫和欣慰。有人鼓掌。

小白是最后一批撤离的。撤离名单不按性别来分，第一批撤出的是一线工人，后勤财务得留守到最后。一个多月后，她才回到河南。她说，回家很开心，再也不想去伊拉克了。

富贵险中求

反恐宣传画背后的小巷，走到头就是黄老板的院子。

宣传画一人多高，伊拉克总理马利基站中间，各族人民男女老幼分列两厢，大红字写着“齐心协力”。

走进院门豁然开朗，典型的海外中国人聚居地：一片菜园，一间鸡舍，一面国旗，时间久了褪成粉红。中国人养鸡的嗜好，在伊拉克人看来有点奇怪，以至一见到中国人就喊：“卖小鸡！卖小鸡！”我在利比亚还见过中国企业养孔雀。

黄老板刚巧回国出差。在伊拉克没见到他本人，但每个我交谈过的中国人，都提起黄总和他的后勤公司——负责各种联络、安排住宿、机场接送、包办饮食，俨然是许多中国人来这里接触到的第一个“组织”。

这是家私营企业。黄老板来自浙江金华附近农村，不但自己来了，儿子从浙江大学金融专业毕业后，也来到巴格达扎根。黄少20出头，可能在巴格达待太久了，胡子拉碴，风尘仆仆。

在伊拉克这样凶险的地方，能看到中国人特有的对商机的敏锐嗅觉，在任何环境中都能扎根甚至开花结果枝繁叶茂的能力。大多数人并不讳言，他们来这里就是为了赚钱。有人向我提起一个中国穆斯林，在此讲经授课，名动巴格达。问起万里传道的初衷，回答竟然是：“他在北京买了房，要还房贷！”

在黄老板的院子里，有三四名员工在装货。方便面、八宝粥、纯净水……准备发给巴格达的其他中国人。菜地两侧是办公室，窗上装着窄窄的防盗铁条。对面是宿舍楼，办公住家都在一个院子里。

带我们来的小张，娶了个伊拉克老婆，是这里的“名人”。办结婚证的时候，使馆证实他是头一号，过去只有中国女人嫁给伊拉克男人。小张从前在埃及学习阿拉伯语。准备回国的时候，接到一个电话，问愿不愿意来伊拉克工作。在巴格达，他认识了现在的妻子，皈依了真主。

下午4点，小张的妻子下班回来，院子里平添生机。中国同事们聚拢过来。娇小秀丽的伊拉克姑娘，在使馆当文秘，灰色套装，淡彩头巾。进了院子，礼貌地点头微笑。男人们聊天的嗓门忽然高了半度。

“伊拉克这个地方啊，要是没有爆炸，可比国内好。”同样来自金华的大个子发话。他刚刚登记完车载货品。

“怎么说？”我问。

“没有雾霾，食品质量还有保证。”大个子曾经持续观察对面一个炸素丸子的小店，发现每天炸完之后的油都倒掉，第二天保证又是金黄金黄的新油。“还没人把他们教坏！”大家哄笑起来。

小张附和说伊拉克好，被老婆瞪了一眼：“你要是上街问伊拉克人，愿不愿意到中国生活，10 个里有 10 个愿意马上走！”中国多一点安全，伊拉克多一点诚信。

小张出去送货的时候，曾远远见过几次爆炸。那天送我们离开的时候，天快黑了，他显然紧张起来，因为他在夜里是绝对不上街的。而且即便是白天，巷子里也常有个“神经病”伊拉克女人晃悠。美军空袭巴格达的时候，她受了刺激，每次见到中国人走出院子，就凑上来傻笑。

“别的地方没有商机吗，为什么一定要扎在伊拉克呢？”我忍不住问。黄少吐了个烟圈，抢在小张之前悠悠道来：“富贵险中求。”

长城与飞毯

曹力军爬上 50 多米的电塔，指给我们看工地全景。“见到水边那个碉堡了吗？顺着下去就是墙。”

底格里斯河边，一道三四米高的土色防爆墙，蜿蜒 7 公里，把整个 10 平方公里工地，还有进出道路，死死围住。隔上三四公里，墙上凸起一个碉堡，观测周围动静。

防爆墙用来阻挡汽车炸弹。墙内，生活着 3000 多名中国工人，高峰时期人数达到过 6000，绝大部分是男性。他们由上海最大的国营电力企业和分包商招募，为伊拉克首都巴格达及周边发电。去年巴格达一天仅限 4

小时供电，今年增加到一天 20 个小时，再过两年就可以保证 24 小时供应。这直接影响着伊拉克重建进程。

务工的 10 个月到一年时间里，工人们不得走出防爆墙半步。用一堵墙围住自己抵御风险，对中国人来说并不陌生。修建长城的初衷，就是抵挡游牧民族骚扰。而在墙内，古代中国向来以自给自足为傲，现代中国人也不例外。

2009 年曹力军作为项目经理来的时候，这里一片荒漠。接下来的几年里，发电机组、宿舍楼、食堂、足球场，还有一个喷泉，拔地而起。更想不到的是，这些统统都是从中国运来的，包括脚手架上的铁管、木板、涂料、工人骑的自行车和食堂里的所有调料——要照顾到上海湖南天津山东不同的胃。

“工地上，只有水泥和沙子是在当地找的。”曹力军说。

“也就是说，除了脚下这条水泥路，我现在眼睛看到的一切都是从中国来的？”

“连水泥路里的钢筋都是。”曹力军得意地笑了。当地市场货品不全，质量参差不齐，交货周期又长，而中国什么都有。

墙内服务周全，包括中国理发师。曹力军曾经请伊拉克人剪头，最后干脆剃光了事。当地理发师善治卷发，中国人头扁发直，实在不好照抄照搬伊拉克模式。所幸食堂做饭的中国师傅，好几个曾在发廊打工，可以兼职。做饭和剃头，是中国农民进城打工快速掌握的两项基本技能。

医务室也体现了自给自足。墙上视力表来自江苏苏宏，注明“儿童用”，图标是鸭子、花朵和雨伞。地上储物旧纸箱印着“泸州贡酒”。

除了国内捎带，中国人还自酿葡萄酒。曹力军说工地上有化工专家，“什么人才都有”。当然，他们不当着伊拉克人的面喝。

发生在伊拉克的神话故事《一千零一夜》，提到过“飞毯”——乘上有魔力的飞毯可以抵达世上任何地方。中国人大概就会这种魔术吧，带着一座小城市飞进了沙漠。

英国广播公司BBC拍摄的纪录片《中国人来了》，暗批到非洲开矿的中国人，宛如新殖民者，很少与当地人交流，也不给当地提供就业机会。曹力军对这些偏见不以为然。在险象环生的伊拉克，用长城自我隔离，是不得已而为之，“没有更好的办法”。欧美公司只有少数人员到现场，大多只贩卖技术和设备。所谓“美国打下伊拉克，中国公司成了最大赢家”，原因之一就是美国企业很少有人愿意到伊拉克冒险。21 世纪全球版图上，中国人成了“西部牛仔”。

但是，就像古代长城不能完全阻挡外族渗透，随着中国农民工劳动力价格上升，防爆墙内的工地上也开始不时见到伊拉克人。他们大多从事最简单的体力活，搬砖运瓦，称为“力工”，或在中国人指导下操作机械。中伊工人语言不通，靠肢体动作沟通。刚刚在这里上工两个月的伊拉克人穆罕默德说，工作报酬高，跟中国人相处“很简单”。

近年来，由于工地对伊拉克劳工的需求越来越多，有人干脆办了培训班，结业还发证。毕业证很吃香，伊拉克人拿着它可以到其他公司应聘。但这令曹力军烦恼：“中国人适应围在墙里的集体生活，伊拉克人却受不了，一拿到资格证书，马上跑了！”

还好，伊拉克门卫忠心耿耿，多年不变。阿里·扎希尔穿的蓝灰色制服有点眼熟，凑近一看，左臂章两个中文字“保安”。曹力军说中国人顾情面，什么人都不敢阻拦。伊拉克人倒尽职。“一次我没带证件，他居然连我都不让进！”

我跟扎希尔交谈几句，深信曹力军选对了人：

“这边工作怎么样？”

“好！”

“跟中国人相处怎么样？”

“很好！”

“适应中国公司吗？”

“非常好！”

曹力军是上海人。龙应台写上海男人给全家洗内裤，宣判了这个群体形象的绞刑。曹力军大概只有两个特征符合外界的固有想象：普通话多平舌音、行事周全细腻。他个头挺拔，浓眉细目，戴斯文的细架眼镜，很难想象他曾在伊朗、印度常驻，是个不归家的流浪汉。新年回家几天，还惦记着工地。小孩快考试了，自己却帮不上他的功课。

5 年来，曹力军把工地看成了自己的另一个孩子。这个上海男人费了很大工夫栽花种树，最后，只长出一棵及腰高的棕榈树，足球场上青草稀疏得像一大群羊刚刚离开。办公楼入口摆着塑料花。

工地少不了中国海外工人的标准娱乐设施：书报阅览室（大多是去年刊物）、卡拉OK厅、乒乓球台、健身房。最受欢迎的业余活动是打拳桩和唱歌，涉及不同程度的发泄。春节保留节目，是全体涌上舞台高唱《我的祖国》，然后有人跑到房顶大喊或大哭。

那是长城外的小镇里那些伊拉克人唯一听到中国人声音的时刻。平时，他们是静悄悄送来电力的邻居，是出 20 万美元为小镇捐了一条水泥路的邻居。我问祖拜迪镇上的一个年轻人，他说知道附近有很多中国人，没怎么见过，他们买了很多蔬果食品。小镇以前连市场都没有，现在很像样子了。

现代中国不可能生活在长城背后了。劳动力到海外寻工作，大公司四处挖石油，满足能源饥渴。修筑长城仍是自我保护的首选动作，但是与外界的交流、融合已经挡不住。

工地之行结尾，曹力军带我们到宿舍区。一排排蓝白色简易房，有几户精心贴着春联、窗花。“少数人是带家属来的。”围观我们采访的人说着，脸上一片艳羡。大部分房间，住 4 个男人，睡上下铺。人到齐后，转身都有些困难。头上吊着汗衫，桌上堆满“老干妈”。有当地人问中国男人怎么能忍受不带家属的生活，曹力军和同事在印度的时候，就发明了统一回答：中国男人靠打针解决生理寂寞。

嫁给体制

小鲁一上车，就跟我谈起伊拉克的言论自由。这让我很意外。在伊拉克的中国人，目睹安全缺失、社会动荡，多半会怀念萨达姆式的强人统治。

“可是我觉得言论自由还是很重要的，你看伊拉克人。”他指指车窗外街上的人，“现在一个个特别自尊，特别有自豪感，跟他们说话时能感觉到的。言论自由不解决从坏到好，但可以把‘好’变成‘更好’。”

许多在伊拉克的中国人，从穿着上你就能看出他是在挨日子，过一天算一天，从第一天就是离开的倒计时，不担心要给这里的人留下什么印象。可在一家电讯公司跑公关的小鲁不一样，干净时髦，皮鞋锃亮，仿佛随时会有“天将降大任”，一万个闪光灯聚焦。

在伊拉克的年轻中国人，爱上国内论坛，以亲历者身份，发表自己对伊拉克局势的看法。小鲁却不屑在网上作战：“那些人不读书，不开化，跟他们辩论是浪费我的生命。”

他对伊拉克的未来表示乐观，坚信民主道路之漫长之曲折之复杂，而自由则是人之天性。他告诉我自己在看什么书，思考什么样的问题，真诚坦荡。

忽然，他换了一口气说：“不过，我娶老婆一定要找体制内的。”

“为什么？”

“体制内的好办事。只有进了体制，将来我才有改变它的可能。”

“哦，你找到了吗？”

“再过几个月，我就回国结婚呢！”他如意娶到了一位“体制内”，父亲是某宣传部门干部。

离开伊拉克之后，我仍时常想起，这位与体制共眠但一心想改变体制的年轻人。

04

埃及

三年之后

1789 年

拿破仑入侵埃及，被西方史学家视为中东现代史的开端。

1914 年

埃及成为英国保护国。8 年后独立，但英国影响力持续到 20 世纪中叶。

1928 年

穆斯林兄弟会成立，旨在消除西方的影响。

1948 年

埃及、伊拉克、约旦、叙利亚联合攻打以色列，史称“第一次中东战争”。至 1973 年，联军与以色列交战 4 次，均未获得最后胜利。

1952 年

青年军官兵变，推翻埃及封建王朝，4 年后军官领袖纳赛尔成为埃及共和国总统。

1979 年

纳赛尔继任者萨达特与以色列签署和平协议。萨达特脱离亲苏联阵营，偏向西方。埃及成为美国主要援助对象。

1981 年

萨达特遭极端伊斯兰分子刺杀。穆巴拉克继任总统。

1991 年

埃及加入海湾战争，驱逐伊拉克军队，获得大笔西方贷款，开始实行市场经济。

2005 年

埃及开放总统选举。年底，穆斯林兄弟会赢得议会 20% 的席位。同时，穆巴拉克开始打压反对派，最大反对党党首阿曼 · 努尔入狱。

2011 年 1 月 25 日

大规模抗议示威开始，18 天后穆巴拉克下台。

2012 年 6 月

穆斯林兄弟会领导人穆尔西在选举中获胜，成为埃及首任民选总统。

2012 年 11 月

穆尔西修宪扩大权力，引发大规模抗议。

2013 年 6 月

穆尔西执政一周年，抗议爆发，内乱不止。

2013 年 7 月

穆尔西被军方扣押，进一步引发支持者与反对者冲突。8 月 11 日军方对穆斯林兄弟会支持者进行清场。

2014 年 5 月

军人出身的塞西在新一轮总统选举中获胜，出任埃及总统。

2014 年 11 月

埃及法庭宣布前总统穆巴拉克无罪释放。

开门

一

地址写的是30室，三楼却是从31室开始，二楼到29室为止。返回一楼问门卫，原来要坐电梯到夹层。我很难想象这栋大楼的结构，楼上楼下跑了几次，终于找到写着“30”的门。

开门的正是艾哈迈德，满面笑容，圆圆的眼睛充满善意，也多了些倦意。他从会议中抽身，引我们去办公室。走廊墙上挂着公司的名字：“法塔赫勒巴巴工程公司。”路过几间办公室，一眼望去没什么装饰，十来个职员坐在各自办公桌前，桌上堆满了文件夹和纸张。

3年前第一次见到艾哈迈德，是在穆巴拉克下台后反对派第一次大会的现场。会议目的是选举产生一个20人委员会，在权力过渡期间负责向军方提交民间各种诉求。不同派别代表轮流上台讲话，有人情绪激动，好像又回到了解放广场抗议时期。有的讲话获得欢呼，有的激起咒骂，有人急于争辩，有人吵得面红耳赤。

我走出来透透气，见到一个高个子站在门边，垂下来的右手包着纱布，便问他是不是抗议期间受了伤。他说他叫艾哈迈德·法塔赫勒巴巴，一个多星期前在广场上，警察施放催泪弹、对空鸣枪，他跟朋友们一起跑，跌在一大块碎玻璃上，刺伤了手。

“这点伤不算什么。”他自豪地扬起那只手，引用另一个艾哈迈德——埃及诗人艾哈迈德·邵基（Ahmed Shawqi）的句子：“通往自由的门是红色的。”

艾哈迈德毕业于开罗美国大学工程系，经营家族企业。他定义这次革命的主力是“中产阶级”：“这不是为了面包的革命，而是为了自由。”

我问他，经济实力能不能保障埃及中产阶级多一点自由？他摇头：“过去 30 年，穆巴拉克统治下，自由和人权都非常有限，国家在政治经济方面积累的矛盾，最后变成腐败和不公正。”作为企业主，他在工作中常常感受到这些矛盾，“即便你有自己的生意，如果不认得高官，项目就做不起来，如果你需要任何手续，任何官方文件，就得行贿，来换取本来正当的权益”。最让他烦心的竟是交通状况。“5 年前，我从家里到公司开车半小时，现在却要一个多小时，这说明政府根本不在乎我们的生活……”

一个经济状况良好的人，为何舍得以性命相搏？“某些时刻，你不得不克服自身恐惧，去做对你、对国家好的事情。”艾哈迈德还鼓励脸书上 1500 多个朋友出来抗议。

说到未来，他双眸殷切：“政治工作是宏大的，不仅仅关于选举，或者谋求自己的利益，应该启蒙民众，让他们知道自己的权益。我的角色只是一个‘活跃分子’。”这次他以“平民”身份观摩反对派大会，并不寻求什么政治地位。

我们走回会议现场时，有人打起来了。一个人揪住另一名发言者的领子，两个人从台上打到台下，两边的人加入进来劝架，看上去却像是一团人相互撕扯。吵架的原因，据说是其中一个强调青年在革命中的作用，要求在 20 人委员会中分配给他们更多名额，而另一个相当不满……

现在，艾哈迈德的手伤早就好了。我问起 3 年前引用的诗句，他笑得风轻云淡：“那门上染了太多的血，但是，门还没有开。”他摇摇头，像是否认什么，“2011 年革命的时候，大概死了 1000 人，接下来 3 年，几千人付出了生命，我自己就有不少朋友牺牲了，还有老师，我能数出五六个，其中有跟我非常亲密的”。

“贪污腐败还跟原来一样，甚至更糟。”他又笑了，像是在谈论一桩别人的蠢事，“堵车也没有好转。”经济不景气，艾哈迈德的工程生意自然也受影响。“上次我说革命不是为了面包，现在好多企业主，特别是小生意人，期待任何可以快速稳定局面的方案：‘不要自由，给我面包吧，我真的需要。’”

艾哈迈德的办公室在纳赛尔城。这是61年前埃及共和国建立之初的新城区。如今，新城早就住满了人，水泥建筑林立，但有的好多年还没有封顶，钢筋支棱着。绿荫道上，凤凰树开花，火红连片，仿若云朵无声燃烧。上午10点，地铺商店陆续开张，伙计们各自泼水打扫门前的人行道，动作缓慢。

穆巴拉克下台之后的一年，艾哈迈德还经常去广场，参加各种集会，当时人们要求军方还权于民。但是，他渐渐意识到“街头运动分化”，最初集中爆发的那股力量散了，反对派内斗不断，穆斯林兄弟会执政期间“犯下严重错误”。

“我学到的教训是：你得先准备好。几次游行不能彻底改变社会。埃及文盲率高，大批人口在贫困线以下。这些都不是在街头能够解决的。”

艾哈迈德身边很多人离开了埃及，他理解那是因为“高高的期望撞上了墙”，但是自己并不打算放弃。他的战场不再是广场，而是用经营公司赚来的钱，开办夜间学校，教授宗教知识，第一年就有1000人参加；跟朋友一起办视频网站，自己出镜主持短片，也制作MTV，还用动漫讲解“什么是政府”“什么是宪法”等，这些正是他3年前发的愿：“启蒙民众。”虽然网站上一些短片获得几十万点击，艾哈迈德也清楚这样的努力仍然微小，只是自己“从来没有停止”。

3年前，他无惧抗争；3年后，他勇敢地把2011年革命称为“一场失败”：“我曾经有梦想和期待，现在我不知道未来会怎样，如果真要打开那扇门，恐怕它会非常非常红。”但是他绝无悔意：“那是我人生经历过的最纯粹的事情，人们真诚地为了一个更好的未来而去抗争，只可惜我们没能成功。”他笑得甜蜜，眼睛似乎望见遥远的地方：3年前，最初的广场。

我们交谈了将近一小时，艾哈迈德还要继续开会，他的电话不断在响。离开公司的时候，我又看了一眼走廊里的铁牌。那么巧，艾哈迈德的家族姓氏“法塔赫勒巴巴”，在阿拉伯语里正是“开门”的意思。

二

埃及出租车通常没有空调，夏天窗户大开。正午穿越整个城市，后座上热风长驱直入，我觉得自己像一块干衣机里的抹布。一小时后，新开罗[①]到了。连排单色别墅，棕榈轻扬，仿佛沙漠蜃景。这里的安保似乎比城里更严格，汽车必须在栏杆前停下接受问讯。一个年轻人在门口等我，接我进去，也不多说话。

当天上午，吉妮打来电话，邀我参加在新开罗举行的一场朋友聚会。吉妮是我念书时约旦同学的闺密。同学建议我到了埃及尽快联系吉妮，因为她正要移民美国。

我们第一次见面，约在扎马利克岛上离她家不远的一个餐厅。这座岛被视为开罗的“富人区”，为尼罗河左右环抱，虽然有桥梁通向岛外，但地理上和心理上，还是隐约与开罗其他地区的喧嚣隔离。吉妮微胖，皮肤和头发的颜色都非常浅，样子更接近欧洲人。吉妮并不知道自己祖上有任何非阿拉伯血统，现在已经结婚一年多，先生也是埃及人，两人都有在美国生活的经历，决心移民，因为“现在的埃及不适合养孩子”。

推翻穆巴拉克3年了，但在她看来，一切却变得更糟：“我刚去内政部更新护照，2005年‘通路子’花了50镑，今年涨价成200镑了！”

“如果不给钱呢？”

“不找关系他们就刁难你！”她穿过内政部办公室的时候，看到那些漫不经心的职员，很难相信3年前他们也曾出来抗议。

我们见面的第二天就是总统选举日，军人出身的塞西（Abdel Fattah Saeed Hussein Khalilel-Sisi）看起来稳赢。吉妮不打算去投票，她指指周围背靠尼罗河玩自拍的年轻人：“这些人都不会去，我们不要军政府。”

吉妮从来不是广场上的积极分子，只是经过的时候去看一看。所以她

---

① New Cairo，新开罗是位于开罗省东南方的一个城市。前述的纳赛尔城则位于开罗省东方。开罗省的首府为开罗市，即埃及首都。

建议我见见她的朋友们，“曾经都是真正的革命者”，这次聚会也可能是她离开埃及前的最后一次。“不过，他们在派对上不会聊政治。”吉妮嘱咐我，“大家都厌倦了，需要休息。”

可是电话里吉妮没告诉我新开罗私人别墅举办的是泳池派对。10多个青年男女穿着清凉，在水中嬉戏，有人半躺在草坪上，打开整箱整箱酒精饮料，或是高声讨论烧烤用哪种酱汁更好吃。如果这些人曾经是广场上的抗争者——面对此情此景，我很容易相信：埃及革命完蛋了。

这些人的年龄在二三十岁左右，有记者、商人、公益活动者、音乐人，大多出身中上层家庭。2011年穆巴拉克刚下台的时候，他们曾站出来反对军政府不肯还权于民，穆斯林兄弟会执政时期，他们也曾经抗议宗教组织不务实事。但是2013年夏，军队废黜民选的穆尔西（Mohamed Morsi）推出了自己的总统候选人，让这些年轻人失望透顶：3年革命，权力只是在军方和宗教组织间反复易手，而满腔热血的世俗青年，被推到了一边。

在一个禁止公开售酒的国家，派对上的啤酒、伏特加来自黑市，价格比在其他地方贵出好几倍。别墅很新，还没摆全家具，空荡荡静候人潮。新城别墅区，是扎马利克后代们向外拓展的又一个隔离岛。不论是日常喧嚣，还是革命大潮，在开罗你总能找到躲避这一切的小小天堂。

眼前这些年轻人享受的物质生活、关起门来开派对的自由，跟他们的欧美同龄人没有任何差别，更叫我惊奇的是，他们相互之间说的是英语，偶尔夹杂一些埃及方言。吉妮跟所有人只讲英语，我以为是为了我——我会讲阿拉伯语，但对方言有些生疏。“噢，不是因为你。”吉妮澄清，他们平时就是这样交流的。初次见到吉妮的时候，我们用阿拉伯语交谈，但很快她就切到了美式英语。

别墅女主人是33岁的萨拉·诺瓦亚，一头黑色卷发，围一条沙滩裙，正在查看各种烤肉的成熟度。她从父母那里借钱买下了这栋别墅。我没有任何泳池派对的装备，就过去给萨拉打下手，可没想到她一见到我，劈头盖脸就问起中国河北复制狮身人面像的事情，这在埃及官方和民间引起很大反响。“难以置信！他们究竟在干什么？”作为一个自豪的埃及人，萨拉的表情很受伤。我表达无奈之后，赶紧转换话题，问她最近忙什么。

萨拉的专业是环境学，两年前从欧洲拿到一笔基金，帮助埃及农民把产品卖到扎马利克岛，绕开抽取大量利润的中间商。这个叫作“Nawaya”的项目，还介绍欧洲专家到埃及，教农民种植附加值更高的有机产品。萨拉第一次下乡充满挑战，农民们不明白这个城里来的姑娘要干什么，“刚开始他们以为我是间谍”。等到产品卖出高价，农民们才欢喜起来。“Nawaya”的阿拉伯语意思是“种子”“意愿”。

她打开手机上Nawaya项目的脸书网页给我看。“105天的土鸡，35天内会生蛋，30埃镑一只！”“素食者福音：阿拉伯椰枣汁，天然无蔗糖！”“Nawaya在德语媒体上发表文章，阐述家禽养殖新概念。”“为期两天的Nawaya工作室，专家向农民讲解土壤与种子的关系，如何合理使用化肥。”

每一条消息都以英文、阿拉伯文两种语言发送，多数配有照片。其中一张，在扎马利克市集的摊位上，一个黑头巾黑长袍包裹下的农妇，站在3个穿T恤牛仔裤的女孩中间，背后小黑板上的产品介绍全是英文。

农妇的名字叫乌姆·阿卜杜拉，住在离首都开罗100多公里的法尤姆。她和3个孩子5年前被丈夫抛弃，生计艰难。一天，她听说有个Nawaya组织在邻村办“椰枣节”，便立刻爬上自家椰枣树，打下一篮子跑去加入，成了其中一员。现在，她根据Nawaya的培训，养了几百只当地土鸡。不过，跟传统放养方式不同的是，这些鸡吃有机饲料，喝净化水，夜间还有煤气暖灯保温，市场价格自然也更高。扎马利克岛民或其他地方居民可以通过电子邮件订购。

网页上还有萨拉和乌姆·阿卜杜拉一起腌制鸡腿的照片。美国福特基金会赞助的英语媒体专栏，报道了Nawaya的故事，标题是《埃及女企业家身上仍能感到革命精神》。

农民占埃及总就业人口的三分之一，但3年前反对穆巴拉克的大规模抗议示威，集中发生在城市，而城市中产与农民之间向来缺乏联系，所以当革命的后续发展令城市青年深感失望后，他们希望更多地了解自己的国家，其中一些人选择的，就是最近又最陌生的农村。

萨拉一再提醒，Nawaya的规模还很小，至今总共培训了20户农民，再由他们向其他农民传授种植经验。Nawaya并不是唯一从城市走向农村的青年组织，具有类似专业背景的年轻人也在尝试，其中几个团队还与Nawaya结成伙伴。一名常驻开罗的法国环境科学记者报道了这个趋势，称之为“可持续农业：埃及静悄悄的革命”：

> 规模中等或小型的有机、可持续农业，革命之后在埃及扎下根。但是要把开罗遍是垃圾的房顶变成蔬菜花园，还有很长的路要走。埃及政府一般倾向大的农业公司，帮助他们出口农产品，很少理会小农业主……
>
> 穆巴拉克倒台之后，年轻人的力量并没有消失，就像其中一个指出的：“革命给了我们很大鼓舞，最近几年很多青年丢了铁饭碗，刚好开始追求自己的梦想。”

我指指文章中反复出现的“革命”，萨拉的表情有些苦涩：“革命过去了，但我们还在做事情。”吉妮连连点头，说自己闲的时候，曾经开车帮萨拉到农村送种子，以前她从未下过乡。Nawaya无疑是萨拉最爱谈论的话题，她的眼睛越来越亮：“明天一早，有两个我们项目的农民，在扎马利克市场上摆摊，你可以过来看看。”

“不谈政治”的禁忌，不过是一层薄薄的自我保护。一个穿白色比基尼的女孩在充气鸭子上晒阳光浴，萨拉招呼她过来认识我：“这是你同行。”比基尼女孩在一家刚刚开办10个月的新闻网站工作。过去一年多里，埃及记者经历了穆巴拉克时期都不能相比的严酷，我好奇她的工作会不会遇到很多限制。“至少，我们不做自我审查。”她说。不过，能做到这一点，只是因为网站太新了，影响力还不够，尚未引起重视。比基尼女孩预估“忽视下的自由”可能长不了，但是他们能做的，也就是姑且继续。

泳池里的人陆续上岸，围坐着开始吃肉。聊起来，我才发现，不愿回忆革命，除了出于现实的挫败感，还因为这群朋友中有人受伤，有人牺牲，这些是不敢轻易碰触的伤口。他们中几乎一半都打算离开埃及。“可我们会回来的！”吉妮说。萨拉则希望20年后，曾经为革命付出代价的人会占据社会重要岗位，推动埃及真正的改变。“毕竟，革命是我们开始的！”她举着一条鸡腿说。在我告辞离开的时候，大家干杯：“为了革命！”

我搭吉妮的车回城里，一个正要移民瑞士的男孩坐在后座。说起派对上的人，吉妮忽然想起来：“带你进来的那个男孩，是阿曼·努尔的儿子！”阿曼·努尔是穆巴拉克时代最知名的反对党党首。穆巴拉克在西方压力下，允许努尔的“明天党”注册。努尔曾在选举中挑战穆巴拉克，但不久便遭囚禁。3年前，我在开罗采访他时，穆巴拉克刚刚倒台，欧洲议会官员“第一时间”拜访了他。但是，3年来努尔在埃及政治舞台上作为有限。过去这几年，旧势力此消彼长，新团体雨后春笋般出现，谁曾经受到西方重视，并不能保证什么。

原来别墅门口见到的是他儿子，但后来一句话都没讲过，全无印象。他也没有加入我们的讨论。“努尔的儿子很低调，对外从来不提自己的家庭。”吉妮说，父母都是政治积极分子，也有意推动他从政，“可是他怕了。”

正说着，一个交警拦下我们的车，指示吉妮摇下玻璃窗，然后说了一通什么。吉妮面露慌张，用英语问后座搭车的男孩：“他说什么？”这时我才信了，她的方言真的不合格。警察查了驾照车证，问问去哪儿就放行了。

第二天早上我打电话给萨拉，约她去市场看看。长长的铃声过后无人接听。下午两三点，才接到回复，她的声音慵懒，歉意连连：昨天喝多了，市场也早就结束了。那两个农民由Nawaya其他同事带着，他们的买卖倒没耽误。

三

走进万豪酒店咖啡厅，我一愣。唯一空着的，竟然是3年前同一张桌子，露天花园里，正对草坪中间那张。

鲁特菲几乎同时走进来："你来得真巧，下星期我就不在埃及了。"他住在附近，两次见面，都约在扎马利克岛的这家酒店。鲁特菲落座，却神色不宁：全家搬去美国的行李都收拾好了，只是运送宠物狗的手续还没弄清楚。

鲁特菲是朋友的朋友，3 年来，我们常在社交媒体上见面，但我对他的认知总是因种种巧合加深。2011 年 2 月，从香港飞往开罗的飞机上，我随手拿起一张英国《金融时报》，有篇报道讲到如火如荼的埃及革命，标题是《沉默的中产阶级发出声音》：

> 鲁特菲·穆罕默德从来没有投过票，也没有参加过抗议，过去他的精力都放在地产生意上。
>
> 但是 1 月 25 日，当数万人在开罗游行要求穆巴拉克下台，他感到必须上街，还叫上了两个朋友：一个投资银行家和一名市场经理。
>
> 37 岁的他，第一次感到自己可以对埃及的未来产生影响。沉默的自由派中产阶级，在这次史无前例的起义中发挥重要作用。
>
> 穆罕默德先生承认他曾经害怕："我不是一个士兵。"但是他亲眼见证抗议规模不断扩大，令人鼓舞，"如果只有两三百人参与，我会担心人身和财产安全，但是他们无法逮捕 4 万人，无法起诉 4 万人，无法打击 4 万人"。
>
> ……
>
> 中产阶级是埃及社会中的小部分，他们生活舒适，与贫困大众几乎隔离。但是生活在一个官僚、腐败、低效甚至不安全的体制中，中产阶级同样感到失望，而这种失望，现在以前所未有的方式表达出来。
>
> 穆罕默德先生在社交网络上看到反穆巴拉克帖文，发现在他的阶层之外，还有许多人像他一样愤怒。"我不是因为个人的经济状况而抗议，"他说，"但是过去 10 年，特别是最近 5 年，埃及社会总体上变差了。"
>
> 他希望抗议能够产生一种新的政治力量，产生值得信赖的领导，让像他这样的人，在政治上有参与感……

当时我还没见过鲁特菲，只听朋友介绍他是地产商，他们在一次商务活动中会面，鲁特菲为人热情，顶着毒日头带他去看金字塔。报道中这位“鲁特菲·穆罕默德先生”年纪和名字吻合，姓氏却不对——更换了假名，是记者为了保护采访对象常用的手法。我心里划过一个火花，但又觉得这样的概率很小。

第一次见鲁特菲前，他在电话里表示欢迎我的到来，乐意一叙，但绝不接受电视采访。在万豪酒店的这张桌子上，我摊开《金融时报》，一丝得意浮上他的面孔：“那个人是我。”《金融时报》驻开罗记者通过社交网络发现鲁特菲，于是写了他的故事。第一次与我见面时，穆巴拉克刚刚倒台，鲁特菲还沉浸在兴奋中。他在脸书上十分活跃，推特都积累了一万多粉丝，他称之为“手机抗议”。

不过，他笑着指出报道中有个错误：“坦白说，我属于‘upper-class’（上层阶级），而不仅仅是中产，我是想说，富裕阶层也是坏制度的受害者。”

3 年后，我们点了一模一样的饮料：两杯咖啡。上一次他抽起水烟，这次没有。不知为什么，我们刚开始聊天，酒店客房阳台上就有人大喊大叫。鲁特菲回头看看：“要跳就早跳，别让我们等太久。”又转向我，“开玩笑的。”花园咖啡厅里所有人抬起头看，但没人理会。喊叫几分钟后停止了。

> 自由来了，长出尊严。我眼前的这个中年人说，穆巴拉克下台前，他每天都去广场，对那里着了迷。“我不是扔石头的那种。”他说自己去广场，是为了看那里的各种喜剧表演，有人模仿穆巴拉克，有人唱饶舌讽刺政治。“你知道埃及人最喜欢开玩笑，打破政治禁忌之后，突然找回了我们是谁。”中年人说到这里，眼睛湿了。我猜他的体验是，自己又成了生动活泼、有血有肉的人。

3 年前，我写的这个“中年人”就是鲁特菲。3 年后，他正好满 40 岁。“我在埃及有生意，日子过得不错，但是女儿现在 11 岁，有时上街就听见枪声，我得为她着想。”他们全家打算在临近纽约的新泽西州重新安家。扎马利克岛相当于开罗的曼哈顿，新泽西则稍稍偏远，离开自己熟悉的环境并不容易吧，我心想。

过去3年，鲁特菲除了继续“手机抗议”，还资助了5个小政党。“我没有加入任何政党，只是帮不同党派出谋划策，我认为埃及政党间的对话还不够。”在第一次议会选举前，其中4个政党就解散了，只剩下一个“正义党”，但在议会选举中没有得到任何议席，不久也跟其他党派合并了。“我是政党杀手。”鲁特菲自嘲。他用生意人的角度解释：“党禁全开之后，埃及一下子冒出几百个政党，就像汽车工业刚来到某个国家，谁都想在其中插一脚，竞争到最后，就剩下几个大公司。小政党消失很正常。”

2014年总统选举前后，埃及注册政党有85个。实际上，具体数目随时可能改变，因为成立政党的法律尚无定数。比如，穆巴拉克交出权力后，原来唯一的执政党民族民主党随即解散①，300万党员（占总人口大约3%）原则上可以自组新党，或以独立身份参政。前执政党党员很快重组了12个新党。但这些新党或个人能不能参加议会或总统选举，法律解释反复在变。政党过多、条文不明，都反映了埃及的政治空气仍然没有稳定下来。

鲁特菲的专业是经济学，3年前他联合革命伙伴们写了一份如何整顿埃及警察队伍的报告，“这个部门变成了一头不受控制的庞然怪兽”。警察正是埃及社会矛盾焦点，2011年1月25日开始的游行，最初口号正是反对警察暴力执法，在网吧打死一名叫哈立德·赛义德的年轻人。

2011年以来，鲁特菲揣着这份周详的报告，找过监国的军政府，找过穆尔西政府，找过穆尔西之后的过渡政府，但每次都没有回音。“这回我没有去找塞西，因为这份计划的起草人中，有一半都遭到他的通缉。”打击穆斯林兄弟会的同时，军方对革命期间活跃的世俗反对者也不放过。

政治抱负处处碰壁，鲁特菲的朋友圈也起了变化。他在社交媒体上发

---

① 民族民主党由前任总统萨达特创立于1978年，萨达特死后由穆巴拉克领导，在2011年4月由埃及最高行政法院下令解散。

表讽刺军政府的内容，“上层人士”聚会不再欢迎他。“我也拉黑了很多人，我们不再有共同语言。”他叹了口气，身体陷在椅子里，“现在埃及的问题是，杀穆斯林兄弟会，世俗派转过头去不管；打压世俗派，穆斯林兄弟会也不出头。”

醒着的人总是痛苦的。我想起最近读到他的一则推文：“小时候，我怕黑，而现在，看到电费单的时候，我怕光！”埃及人为追求光明付出的代价不菲，连鲁特菲都“怕光”了。“没想到，连你都要走。”我慨叹一声。“可是我没有放弃。”鲁特菲抬起眼睛望着我：“除了地产，我还有1000多人的纺织厂在这里，还在赞助非政府组织。我每年至少回埃及两次。”后来我发现，他在美国也保留着埃及的移动电话号码。

第二次见面之后没多久，鲁特菲搬去新泽西，5个月之后，又一条新闻在我心里划亮火花：

> 一批私人投资者成立的伊斯梅尔集团，在开罗市中心买下24栋楼。这一区有许多法国式老房子，但年久失修，伊斯梅尔打算修复。
>
> 初看上去，伊斯梅尔的目的符合政府意愿：恢复市容市貌。但是伊斯梅尔的作用似乎更加复杂：他们以低价鼓励艺术家使用这里的空间，其中一个受邀进驻的是喜剧明星巴塞姆·尤素夫（Bassem Youssef）。这里的艺术家网络，与2011年活跃的革命者产生交集，比如2011年运动中的涂鸦艺术家，在这里开办了学校。
>
> 因为大举收购，有些人被迫迁离这一区。伊斯梅尔首席执行官（CEO）鲁特菲·穆里说：“人们本来就被挤出去了，40%的楼房在他收购时已经空置。我们只是把它们变得更有商业价值，这是挽救这些老建筑的唯一方式。”多数当地居民认为穆里先生对这一区产生的影响是“积极的”……（英国《卫报》）

这次的新闻人物连姓氏都一样。我打电话过去，鲁特菲认得干脆：“是我。不过我刚刚辞去CEO，现在只是伊斯梅尔的主席。”

不久，我们因为那个共同朋友的活动邀请，在瑞士苏黎世又见面了。

鲁特菲张开双臂抢先说："这是第一次在埃及以外，在平静的世界里相见。"他看上去更精神些，新家安顿好了，宠物狗也落户美国。唯一的烦恼是，女儿从打扮到脾气都变得古怪起来，"不知道是因为搬家，还是正好赶上她的青春叛逆期。她染了白头发描了烟熏妆，仿佛一觉醒来，从 11 岁变成了 41 岁"。

晚餐安排在保龄球馆，吃饭和比赛同时进行。鲁特菲和他的埃及同事哈桑打起球来最为活跃，跟队友们击掌大笑，仿佛压抑了的能量都要在这里充分释放。在场的好几个瑞士人议论说，鲁特菲光头尖鼻子，活脱好莱坞大片里的埃及法老。

我想起 3 年前，他曾为解放广场上的喜剧表演着迷，社交媒体上发布的内容处处幽默，"伊斯梅尔"也邀请了脱口秀明星巴塞姆 · 尤素夫进驻，似乎要把人心里的火种从广场传递出来。巴塞姆 · 尤素夫被称为"埃及的乔恩 · 斯图尔特"[①]（中文网络上多译作"囧叔"），2011 年以来制作脱口秀针砭时弊，在阿拉伯世界大受欢迎，还被美国《时代周刊》选为"全球百大人物"。

说到伊斯梅尔，鲁特菲收起保龄球场上的肆意，变得非常谨慎："那篇报道说得不对，说我们保护革命者，其实我现在清楚地把生意和个人喜好分开。"具有穆斯林兄弟会背景的穆尔西执政时，巴塞姆 · 尤素夫嘲弄他去其他国家接受"名誉博士"，遭到拘捕（美国"囧叔"在节目中声援巴塞姆）。鲁特菲告诉我，塞西上台后，巴塞姆"完全停止了表演，还不得不离开伊斯梅尔的剧院"。伊斯梅尔的收购规模，引起官方注意，曾经接受严格审查，所以鲁特菲强调这些生意"没有任何政治意图"。

2011 年革命后，伊斯梅尔空间里仍在继续的，是每年三四月间，遍邀阿拉伯各国艺术家、音乐人举办"现代都市中心艺术节 D-Caf"。这又是鲁特菲的骄傲。"如果我一定要看'杯子满的那一半'，我想 3 年前的革命，

---

① 美国脱口秀节目《每日秀》（*The Daily Show with Jon Stewart*）主持人，以讽刺新闻与政治人物闻名。

不管怎么说，打开了人心，对任何人来说，想再关上就太晚了。人们开始讨论，开始参与，任何人想彻底阻止这一切，都太晚了。”

宴会结束时，鲁特菲说明天飞回美国，下飞机马上参加纽约的大游行，抗议警察打死黑人却免遭起诉的事情，“我喜欢上游行的气氛。”我看了他一眼：“埃及人还真是上瘾了！”“不过，游行结束后，我就去参加一个葡萄酒品尝会。”鲁特菲摸着自己的光头笑了，“纽约的抗争是不同的。”

四

艾哈迈德·法塔赫勒巴巴传来视频网站链接。网站名叫“部落”，本意指阿拉伯社会原始形态，这里的意思是，现代社会中，人们因志同道合，而非地理远近，组成新的部落。其中一段 9 分钟短片，艾哈迈德当主持人，介绍埃及最古老的清真寺爱资哈尔[①]：埃及人曾经在那里反对拿破仑、反对英国、反对以色列，800 多年前，它成为一所大学。视频中，一个瘦劲清奇、戴白圆帽的人多次出现。

我忽然意识到，艾哈迈德脸书上的头像正是这个人。一查，他是爱资哈尔著名伊玛目阿马德·伊法特（Emad Ifat），2011 年年末，在要求军方还权于民的抗议中，他被一颗子弹直穿心脏。伊玛目阿马德广受尊敬，他的葬礼掀起社会怒潮，连基督教牧师都来参加，数万人喊着“打倒军方”上街游行。

“伊玛目阿马德是我的老师。”艾哈迈德在邮件里回复我。他本是美国大学学生，一天和朋友们到爱资哈尔游玩，遇到伊玛目阿马德，伊玛目欢迎他们随时过来学习宗教知识。在埃及，像艾哈迈德这样的“混合体”并不鲜见：成功的生意人、西方学习背景，又是虔诚的穆斯林。当他们无法解释家国命运的挫折时，往往会回归本民族扎根最深的文化——伊斯兰教。

---

① Al-Azhar Mosque，爱资哈尔清真寺创建于公元 970 年，是开罗最古老的清真寺。与其相连的爱资哈尔大学是全世界最早的大学之一，也是当今阿拉伯文学与伊斯兰研究首屈一指的中心。

不过，他们并不一定加入或者支持特定的宗教团体，只是希望从本土信仰中获取对未来的解释。虽然殊途，萨拉、鲁特菲，其实也在寻找回归自我的力量源泉。而这种源泉，对于萨拉是科技和土地，对于鲁特菲，则是自由愉悦的心灵。

我一遍遍回看当天对艾哈迈德的采访录像，他表面上若无其事，然而旧朋成新鬼，心里不可能没有深深的悲哀。

网站上点击率最高的一首MV中，艾哈迈德扮演的是一名清真寺伊玛目，宣讲的时候嘴巴上贴着胶布。下一个画面，是画家的笔失去颜色，写字的手戴着镣铐，课堂里老师满嘴谎言，学生转过头去……“心中的巨人醒来，即便在火中央，他依旧活着/我们不惜反抗，必须革命，我们内心的光明必须胜利……”

当唱到“只要心中有一个声音，谁能够满足沉默”，艾哈迈德扮演的伊玛目，一把撕去了嘴上的封条。画笔有了颜色，写字的手挣脱锁链，课堂里听到真话。

3年来，革命的挑头者中产阶级以及整个社会都付出了沉重的代价。可是，回首往事，艾哈迈德拒绝悔恨，就像歌曲的标题《那时非如此不可》。

“所有的伤口都会愈合，我们的太阳必须放光……”那天采访结束时，艾哈迈德给我看手上已经变浅的伤口，3年前他在广场临时救护站草草包扎，后来故意没再去医院缝合。“我想留着这个印记。”他又笑了。这次，他的笑容泛着泪光。

墙的尽头

六月，开罗正午。他从里到外，黑色正装。

我几乎认不出瓦利德了。3 年前那个昂扬振奋的青年，沉下来，像一块黑色的石头。他从记者协会门前台阶走下来，快到眼前我才确认是他。“你好吗？”我伸出手。

“不怎么好啊——”他摘下墨镜，我一声惊呼：一条刀疤贯穿左脸。

像几乎所有革命一样，3 年前的解放广场，属于全体埃及人，但归根结底是青年的，他们是发起者、组织者。最具规模的反对派穆斯林兄弟会，一开始并没有参加——运动最初的召集人都是世俗派，跟穆斯林兄弟会没有沟通，但是穆斯林兄弟会的青年组织却一早投入，继而唤醒沉睡的本部。而当穆斯林兄弟会本部决意起义，凭借他们无人可及的动员能力，广场抗争迅速变为燎原之火。

穆巴拉克倒台后的一天，我去采访“青年联盟”领导人之一穆罕默德·阿巴斯。这个联盟在广场上诞生，15 个来自不同派别的年轻人，聚集在一顶绿色帐篷下，摒弃派别成见，携手抗争。阿巴斯是穆斯林兄弟会青年组织负责人。

我刚在阿巴斯的办公室坐下，瓦利德走进来，跟房间里所有男人握手、贴面。他一只胳膊吊在胸前，打着绷带。

“这家伙是共产党。”阿巴斯从桌子背后站起来，拍拍瓦利德的背，亲密环抱。2011 年 1 月 25 日，两人在抗议人群中结识，之前从未谋面。“他是我在广场上捡来的好朋友。”阿巴斯这样介绍。

瓦利德也是“青年联盟”成员，来自“革命社会党”，一个信奉托洛茨基的共产主义流派。我一阵惊喜，像是逮到了“活文物”——共产党人在埃及人数稀少，行动秘密。阿巴斯说他第一次见到瓦利德的反应也是：“埃及共产党人长这样啊……”

阿巴斯 26 岁，身材高大挺直，笑容灿烂舒展，那是穆巴拉克倒台后，埃及人脸上常见的神情。革命前，阿巴斯在一家印刷厂工作。叔叔和堂兄弟都是穆斯林兄弟会成员，他自己也认为那是最好的反对派，“廉洁、关心穷人”。他加入其中已经 9 年，在学校里念的是商科，却在媒体宣传方面展现天分，常常通过网络、电台组织活动。

瓦利德 30 岁，比阿巴斯矮一头，体态敦实，脸上挂着些风霜。从艾因·夏姆斯大学法律系毕业后，他成为一名民事诉讼律师。穆巴拉克统治的最后几年，他接了不少人权官司，也差不多在那个时候，同几名律师一起加入了“革命社会党”。严格来说，那个组织并不成“党”，成员五六千，主要是工人、记者和律师，没有明确党首。瓦利德说自己是靠阅读马列著作才成为共产党人的：“人要追求公平，才可以生活，不是吗？”

粗略分下这两个年轻人的政治光谱，瓦利德算“极左”，阿巴斯是“极右”，抗议爆发前，他们的整个人生，都在穆巴拉克统治的 30 年里。他们的组织都处于地下状态，穆斯林兄弟会算“半地下”，曾经赢得议会近五分之一席位，但是抓捕、打压还是经常发生。2011 年前各种反对派形同传说，未曾聚合。只是在声援巴勒斯坦人的大型运动中，偶有谋面。

埃及松散的共产党组织，与意识形态完全不同的穆斯林兄弟会互有敌意。但是在反对旧制度的广场上，两个年轻人携手互称兄弟。我本来是想了解穆斯林兄弟会青年组织，因为偶遇瓦利德，话题一下子转向他俩的跨界友谊。

2011 年 1 月 25 日前，阿巴斯留意到网上一个世俗青年组织“四月六日青年运动”号召在“警察日”游行，抗议暴力执法，网页上超过100万人点赞。对潮流的敏感，促使他决心响应，还制定策略，要求青年会的人分两路，到开罗不同的贫困城区动员，夹击并切断警察封锁线。那天早晨，阿巴斯带着几百人行动，号召沿途民众跟随，等两区示威队伍突破封锁会合时，聚集人数超过1.5万人。这个结果大大出乎意料，阿巴斯激动地跪地祷告。

但他忽然不知下一步该怎么办，正与同伴讨论，身边冒出一个人，他左看右看，兴奋大叫：“嘿！伙计们，我们正在闹革命，这是一场革命！”

革命社会党也号召出来抗议，但是筹划并不严密，瓦利德一个人上街，遇到了穆斯林兄弟会青年大军。当他说出“革命”时，一下子点醒了阿巴斯，行动目标超越了对警察的抗议。

当天夜里，他们与其他抗议队伍在解放广场会师，穆斯林兄弟会青年和共产党人一起迎向警察的催泪瓦斯和高压水枪。接下来的18天里，瓦利德和阿巴斯吃住一处，每天都会发现新的共同点：两个组织都倡导社会公平，组织的基础都是中下阶层人群。当然，直接把他们黏合在一起的，是对穆巴拉克统治的不满。两个人的外表装束没有明显差异，年龄相近，都是足球迷。虽然瓦利德并不像阿巴斯那样虔诚祷告，但他们把宗教暂时放到了一边。

抗议持续。警察换下橡皮子弹、真枪实弹，不断有人死去。离他们不远处，一个年轻人被打死。瓦利德难以忘记那个年轻人的母亲的眼泪。她对送葬的人群说：“你们都是我的儿子。”在内政部门前，葬礼游行队伍又遭枪击，瓦利德肩头被子弹射中。阿巴斯和穆斯林兄弟会的人抬着他，飞奔去临时救护站。包扎、休息之后，瓦利德回到广场。他说，从此把穆斯林兄弟会的人视为生死之交。

“青年联盟”帐篷下面，除了这两个意识形态不同的年轻人，阿巴斯还结识了基督教女青年领袖萨莉·摩尔，他们每天都通电话相互问好。阿巴斯说起那情形，激动地连说好几个“难以想象”——同共产党人和异教女性站在一起。穆巴拉克时代，社会团体因为受到打压而各自封闭，兄弟会的人很少结交外人，也难免互持偏见。“但是，见了面才发现，跟我们持不同政治立场、宗教信仰的人，也可能是值得尊敬的好人。”阿巴斯的电话本上，多了自由派、左派、基督教团体等活跃分子的联系方式。

他并不是唯一有此收获的穆斯林兄弟会成员。当时社交媒体上有则短文流传广泛：

> 我弟弟刚从解放广场回来，和穆斯林穆斯林兄弟会的人聊天。其中一个告诉他，自己后悔过去对世俗青年的偏见，特别是女性。他说，当穆斯林兄弟会的人在抗议中受伤，开罗美国大学的女生们，那些穿牛仔裤不戴头巾的女生，冲过来帮他们包扎，送来水和果汁。这时候，他觉得埃及人团结起来了，有关宗教、生活方式的讨论不再是最重要的，他希望这种团结能保持下去……

抗议期间，穆斯林兄弟会始终没有亮出伊斯兰旗帜，这叫阿巴斯惊奇：“穆斯林兄弟会历史上从未有过。”当时广场上只有埃及国旗，所有派别都不打自己的旗号。阿巴斯谈到这个变化时，眼神变得深邃，仿佛看见了什么新的东西，但又一时难以把握。

整整18天的血泪相搏，穆巴拉克突然垮台。广场上的人欢呼震天，应和着烟花直上夜空。“像梦一样。”瓦利德和阿巴斯都只能用这个词来形容历史在眼前的轰然转折。而当我见到他俩的时候，两人似乎还不愿从那场梦里醒来。瓦利德每天都来找阿巴斯，否则好像缺了什么。

我望着眼前的这两个年轻人，想到他们身上，伏着这个国家乃至整个中东从20世纪初探求出路的历史线索。公元7世纪伊斯兰教发源于阿拉伯半岛，很快从东罗马帝国手中夺取北非。绝大部分埃及人皈依了真主，人口结构也发生改变。一小部分不愿改变信仰的“土著”，延续到今天被称为“科普特人”（Copts），也就是埃及基督徒。此后帝国盛衰边界起落，但伊斯兰信仰在北非西亚一直稳定延续。

1000多年以后，共产主义在欧洲兴起，在当地的阿拉伯人把这种新的信仰带回来，第一站就是埃及、土耳其和巴勒斯坦，但没有获得广泛认同。

接着，第一次世界大战在中东造成了从未有过的变局，维系伊斯兰信仰和传统的奥斯曼帝国战败了。

虽然此前蒙古人也打败过穆斯林，但他们走得也快，甚至还被伊斯兰教同化了。“一战”后，英国统治埃及、巴勒斯坦等地，犹太人回归。几乎与此同时，中东发现石油，先是法国、英国，稍后是美国，都投入了利益争夺。外族人、异教徒主导了中东，阿拉伯人、波斯人、土耳其人忽然陷入政治、社会和精神信仰的危机。

什么是挽救民族危亡的道路？王权、共产主义和伊斯兰教都试图给出答案。1928 年，埃及人哈桑 · 班纳成立了第一个以伊斯兰教为基础的政治组织穆斯林兄弟会，开办学校传播思想，建立医院提供社会服务，这些都是为了组织起来反抗外强统治。

第二次世界大战以及接下来的冷战期间，强大、富裕起来的苏联再次向中东输出共产主义。这时中东恰好有了一定规模的工人无产阶级，“均贫富”思想在知识精英中也广受欢迎，他们把共产主义看作中东现代化的捷径。

共产主义与政治伊斯兰团体彼此竞争。有时候，中东共产党团体并不公开宣扬无神论，反而认为共产主义最符合伊斯兰教对平等社会的追求。但伊斯兰团体对共产主义并无好感，认为如果“外来信仰”与本土宗教追求一致，那没有什么存在的必要。

20 世纪 40 年代开始，中东陷入持续战争，苏联在以色列建国中扮演暗中相助的角色，后来因国际局势变化，改向阿拉伯人输送枪炮。埃及曾经是苏联最大外援对象。虽然当时的埃及总统纳赛尔既不想投靠共产主义，也不倒向伊斯兰教，而是宣称“民族主义永恒”，但埃及对苏联的高度依赖，使得纳赛尔实行的其实是一种包含社会主义因素的民族主义。叙利亚、伊拉克、阿尔及利亚、利比亚也被同样的政治潮流裹挟。

纳赛尔的民族主义在对以色列战争中宣告失败。20 世纪 90 年代初，苏联解体，在中东本来就不强大的共产主义，也落入低潮。“主义的浪花”此消彼长，每一次尝试都带来苦涩的结果。而在本土文化、社会秩序中扎根最深的宗教，重新在民间获得广泛认同。“伊斯兰就是答案”，成了一句空泛却鲜明的口号。

纳赛尔推翻封建王权统治，曾经联合穆斯林兄弟会力量，但后来视蓬勃的宗教组织为隐患，宗教势力也不惜暴力颠覆世俗统治。纳赛尔几次清剿穆斯林兄弟会，先后迫使数十万人流亡，其中很多人在沙特落脚，从事教育、工程等，积累最初资本。萨达特、穆巴拉克执政时期，社会矛盾缓和，对穆斯林兄弟会的控制时紧时松，穆巴拉克甚至希望借穆斯林兄弟会对抗“基地”等更加激进的势力。穆斯林兄弟会流亡者陆续回国，用他们在海外累积的资本从商，一度控制了埃及企业的十强。与此同时，埃及共产主义团体逐渐凋零。

2011 年，人们又要为国家寻一条出路了。但这一次不是反抗帝国霸权，而是决定一个现代社会要不要摒弃威权统治。瓦利德和阿巴斯在广场相遇，也许是 100 年来不同意识形态在中东为数不多的携手。穆巴拉克统治像一堵墙，隔开了社会上各式各样的反对声音。在墙的尽头，两个年轻人终于相见。

可是将来呢？他们毕竟来自两个不同的阵营，会再次成仇吗？历史上各派同仇敌忾之后，权力斗争随之而来，比如 1979 年伊朗教士们在赶走国王之后，对共产党人的清洗。

“至少我们已经找到了共同语言，那就是对话。”瓦利德回答了我的疑虑，“哪怕回到各自阵营，对话会继续下去，从抗议那天起，我们就看到不同派别都在为埃及共同的利益斗争。”他停下想了想，缓缓地郑重道来：“最重要的是，未来埃及不再只有一个声音说话。”

采访结束后，阿巴斯留在办公室，瓦利德带我去他们曾经战斗的地方。坦克还在街上，警察重新上岗。忽然瓦利德像是认出了熟人，径直走向一个警察，上去握手：“嘿，可能是你或者你的同事开枪打伤了我。”警察脸一黑，忙说：“肯定不是我，我没开过枪。我当时不在这里。”

瓦利德满不在乎，呵呵笑了几声，转过来对我说：“是他我也不会怎

•• 打着绷带的瓦利德，像一个艰难获胜的将军重返战场，追抚战友的伤逝。

•• 3 年前，瓦利德留在我脑海中的形象，背景是一面画着冲天拳头、写着“自由”的墙。这一次，背景墙上却是烈士的面孔。

么样。”我们一路走，街上很多年轻人，有的清理街道，有的更新标语，最常见的是“我爱埃及”，用各种语言写成，包括中文。圣洁的气氛笼罩埃及，宽容与希望弥漫在每个人心间。这于我也是从未有过的体验。

瓦利德、阿巴斯、街上的青年，就连警察都在这纯洁期里感动落泪。

前一天，我在解放广场看到一群穿制服的警察冲进来——不是抓人，而是忏悔。领头的那个被民众举过头顶，泪水涟涟：“我们这些人什么都没干……”站到地上，他又低声说：“埃及人是一家，你们就像是我的父亲。”很多只手拍在他肩头。也有人叫骂着，要冲进来揍他，被众人抱住腰，拖到一边。

一个围观者对我说：“现在军队、警察、民众一条心。”为了帮助我理解，他的左右手掌紧紧相叠。我不敢相信：“那镇压呢？”“过去了。”那人一挥手。

纯洁的气氛淹没了一切。阿巴斯还提到过一件叫他惊奇的事情：“你知道，超过 5 个埃及男青年站在一起，看到女性走过就可能起哄。那些天，广场上几百万人，却一起骚扰都没有发生。”他眼角一热：“革命改变了埃及人。”

这也正是我的体验。虽然埃及是一个世俗化程度很高的社会，但教规对日常生活的约束还是明显可见。保守家庭的男孩子在成长期间，正常接触女性的机会很少，去街上揩油有时就成了他们探索异性的途径。10 年前，这是我和其他留学埃及的女生经常抱怨的话题。但是，2011 年 2 月穿梭广场的 10 来天，我没有遇到过任何不愉快。“埃及人变了。”我也惊叹。

打着绷带的瓦利德，像一个艰难获胜的将军重返战场，追抚战友的伤逝。内政部前的街道，满地碎玻璃，四处可见拳头大小的弹坑。街对面是一堵矮墙，涂鸦画着冲天紧握的拳头，底下红字写着“自由”。

瓦利德带我转到附近一座清真寺。医科大学的学生老师在这里成立过临时救护站。供人换鞋的走廊上，曾经躺着许多伤者。瓦利德被阿巴斯他们送过来以后，医生为他取出肩膀里的子弹，缝合伤口。他问过医疗点的人，那些天统计到大概 80 名死者。

清真寺旁边一排都是店铺，示威期间都关了门，店主们给伤员送来饮食和水。“当时顾不得什么生意了，就是支持革命。”一间杂货店开着，店主说道。附近小孩子都聚拢过来看我们说话，有的还偷偷摸了下瓦利德的绷带。

最后我们返回内政部旁边一家连锁咖啡馆，门窗全碎了。店员一边招呼客人，一边忙着扫出玻璃屑。喝着咖啡，瓦利德越发兴奋，还是单身的他举着受伤的胳膊说，将来要给儿孙讲这段故事，何等光荣：“我妈妈说，想推翻穆巴拉克的人都在做梦。现在，我们做到了！”

离开咖啡馆的时候，我一直在后悔，为什么没来得及拍下他讲这句话时的满脸光辉。

那曾经是我工作的模式：去一个地方，抓到别人的故事，然后离开，或者是在屏幕上用三五分钟，告诉人们某个地方发生了什么。有时重要的不是内容本身，而是记者在某个时间、某个空间的存在。离开之后，那些影像播出之后，似乎就封存在某个时空里。

除了给采访对象寄影碟，在社交媒体上读他们的消息，我跟 3 年前的埃及革命者联系并不多。而当我离开了电视台的日常工作，可以自由选择时间和空间时，命运的线轻轻一扯，又把我们串在一起。

2014 年 6 月重返开罗的第一天，我打电话给瓦利德。他的声音是欢迎的，行动却有些躲闪。约了好几次，他都在最后时刻爽约。终于见面的那天，他全身黑色，因为下午要参加弟弟的葬礼。他弟弟几天前出了车祸。

见面地点在记者协会门口。3 年前，我曾在这里旁观第一次反对派大会。台上台下打得不可开交，早就为后来的分裂埋下了伏笔。但当时人们还是乐意相信宽容的力量，包括瓦利德和阿巴斯，他们预料青年一代会拽着党派里的老人向前走。

记协里面有个大会堂，是各派集会地点。瓦利德常来这里，还登记为会员。他想找个地方坐下来说话，门卫却不让进。他对我说“抱歉”，转去旁边一栋楼。没有牌子，不知道是哪里，随他进了一间很大的办公室。办公桌上有块铭牌，匆匆一瞥，我只看清“艾哈迈德”。桌前长凳坐着十几个人，好像在等谁。

瓦利德拉我到角落坐下，避开百叶窗，他的脸隐在墙背后。“我在电视上批评了所有人。”他解释脸上的刀疤。2012 年总统选举前，他在一个政论节目中批评沙菲克是穆巴拉克旧臣，穆尔西的承诺难以兑现，某某候选人又跟军政府有关，结果回家路上，几个人上来猛拳乱刀。“不知道哪一派干的，因为我把他们全骂了。”当时警察就在 500 米开外，但没有过来干预。

推翻穆巴拉克之后，瓦利德继续接人权官司，得罪的都是掌权者。最近一次是 24 名学生到塞西将军住所门前抗议被抓，瓦利德为他们辩护。警察在他的事务所门口设立岗哨，不准人靠近。瓦利德挪了个地方，仍有便衣骚扰客户。渐渐地，没人找他打民事官司了。

3 年前，军方“顺应民意”赶走了穆巴拉克，但这股民间力量也让他们害怕。穆斯林兄弟会被镇压了，“四月六日青年运动”遭禁了，“革命社会”仍然非法。

广场上的“青年联盟”解散了。军方成功分化了社会上的力量。穆斯林兄弟会执政前，被认为跟军方达成了秘密协议，保障他们在埃及经济中大概三分之一的利益。包括“革命社会”在内的世俗派，咬牙跺脚，宣称宗教组织出卖革命。而穆斯林兄弟会掌权之后，强推伊斯兰教法，只提拔自己的人，导致世俗派与他们彻底决裂。虽然他们之前发现彼此许多共同之处，但在谁有权规划埃及的未来上，分歧难以弥合。

更不用说基督教堂被人纵火、社区遭到报复这类事了。党派老人或极端者的行为，不可能不影响曾经聚集在一顶帐篷下的青年。曾经与阿巴斯结成好友的基督教女性对媒体说，她再不愿见到“青年联盟”里的穆斯林兄弟会成员，“我不可能不想狠狠揍他们的脸”。

纯洁的气氛飞快消散。在我离开后不久，广场上侵袭女性的报道不断传来，美国CBS电视台节目《60 分钟》的女记者遭到围攻。很多埃及人相信，那是一场有计划针对外国人的袭击。我拿着那名流泪警察的照片，在开罗各处岗亭询问，没人知道他的下落。解放广场的一名值班警察说：“这一带的警察早就全换过了。”

无论如何，瓦利德和阿巴斯仍然是好友。2011 年 2 月之后，他们重回广场反对军方，甚至在穆尔西执政期间并肩抗议穆斯林兄弟会的政策，直到阿巴斯流亡去了卡塔尔。见到瓦利德之前，我已经获得这个消息。

“说说你 3 年来的生活。”我有些担心办公桌前等候的人会听见我们的对话，于是压低了声音。

瓦利德点上一支烟，脸埋进烟雾里。“官司接得少了，收入很成问题，卖了公寓，卖了汽车，还接到恐吓，最后妻子跟我离婚了，带走了儿子……”

哦，3 年前，在广场上，他不但收获了和阿巴斯的友谊，还种下了爱情。那年我们见面时，他还不好意思提起。朋友们因为瓦利德的勇气和坚定，给他起了个绰号“元帅”。那女孩也这么叫他，跟着他一起抗议。

瓦利德给我看手机上儿子尤素夫的照片。两岁了，踮着脚翻一本小人书，侧面很像爸爸。还有更早一些的，瓦利德和妻子抱着襁褓中的孩子参加集会，背后标语写着“推翻军统”。妻子两条眉毛又弯又长，嘴唇宽阔，看起来是个非常有主见的人。“我们曾经相爱，我一点都不怨她。”埃及是阿拉伯国家中第一个允许女性提出离婚的。瓦利德还常探望儿子，不知道他什么时候能为父亲的经历感到“光荣”。

“你妈妈怎么样？”我想起那位看着儿子美梦成真的母亲。

“今年 1 月过世了。肝功能退化，医生建议到英国治疗，但是我已经没有收入……”瓦利德讲遇袭讲离婚，都还平静，嘴角挂着自嘲的笑，但一说到母亲，眼圈红了。

他自幼失怙，母亲做制衣女工，拉扯大两兄弟。“妈妈去世，我生活中最后一面墙倒了。”他说自己生活中的四面墙是：工作、妻子、母亲和朋友。工作没了，婚姻散了，母亲亡故。

“朋友呢？”

他停了一会儿，掰着手指，数到 13 个朋友被打死，22 个在监狱里。

他带着歉意说："不好意思，太多了。"

我不敢再问了。墙倒了，墙倒了。瓦利德最后一次见到阿巴斯时，劝他能够离开埃及是好事，"但我不走，我的孩子在这里"。

他抽第二支烟，问我要不要喝点什么。越过我的头顶，瓦利德向我身后坐着的一个大个子喊："麻烦帮我们要一杯咖啡、一杯红茶。"大个子穿着紫黑竖条衬衣，缓缓从椅子里站起来，过了一会儿，从街上招进来一个卖茶水的。

"塞西现在刚坐上位子，等坐稳了，迟早会拔掉喉咙里的刺。"瓦利德在烟雾里眯起眼睛，"我知道自己就两条路：坐监狱，或者被暗杀。要么我闭嘴。可我不想闭嘴。"

三年动荡，人心疲累。我问瓦利德，难道不应该给塞西一点时间，实现稳定，再图改革？他重重地摇了摇头："过去3年，军方搞出了乱子，让老百姓恐惧，然后站出来说'我给你们稳定'。这完全是个骗局。"

"就算是骗局，到了这一步，百姓难道不要经济复苏吗？"

"如果塞西真的能够做到，我向他致敬。"他做了个敬礼的动作，"但问题是，他不可能改变权贵资本的结构，到最后财富还是集中在少数上层手中。"

我竟忘记了，"托洛茨基派"讲的是"不断革命"，没有终点的革命。3年来，他们反军方、反穆斯林兄弟会、反党禁、反新宪法、反穆巴拉克审讯拖延……可是，广场革命就是最好的办法吗？在新的抗争中，瓦利德头部受伤，他骄傲地给我看头部缠着绷带、鲜血殷殷的照片："我付出了我的血。"

可是，我有些担心，瓦利德困在原地了。

他承认，现在最大的问题是自己受到监控，无法自由地跟其他人接触，探讨由下至上的新变革。他的同事试图去到农村或者其他城市，但一有行动即遭逮捕。

"他们派了4个人跟踪我，打报告。"

"所以我们见面他们知道？"

"这里就有。"

"你认识吗？"

“你身后那个。”

刚才帮叫茶水的大个子！“你居然跟他说话？”“他也要活啊，有时候我并不隐瞒跟谁见面说了什么，这样他好有点东西汇报。”这时候我才明白，瓦利德为什么在阿拉伯语和英语之间切换，因为跟踪者不懂英语。他一开始并不想跟我在这个办公室见面，因为他常来这里工作，一早测试过谁是监视者。

“那至少为了你自己的安全，能不能妥协？”

“我不能，军人手上沾了我朋友的血。”

“为什么不现在就抓你进去？”

“因为某种程度上，我还有保护人。”这位“保护人”后来走进来时，我才知道这是他的办公室。那个人脸上有一大块粉红胎记，进来跟每一个人握手。瓦利德右手放到左心，向他致意，小声对我说：“这是我的主人。”那人是出名的大律师，支持者众多，如果他或者受他保护的人有什么闪失，恐怕会引起骚乱。

我忽然想起一个俗气的问题，却又不得不替许多人问：“你现在经济都成问题，怎么搞革命呢？欧美人不帮助你们吗？”

“首先，他们不给。”瓦利德不是什么一呼百应的领袖，“其次，在埃及，如果你收了西方的钱，你所做的一切都会变得不正义。”他这样理解。

我们离开那间办公室时，穿紫黑条纹衬衣的大个子目送着。我回头看他，他扭头望向别处。呼唤礼拜的声音穿透开罗慵懒的正午。白花花的阳光底下，瓦利德黑色的葬礼正装闪着光。

我们在记协门口话别。他背后灰白色墙上，画着 4 个大大的头像：梅耶达 · 阿什拉芙、侯赛因 · 阿布 · 戴耶夫、艾哈迈德 · 马哈茂德、纳塔米尔 · 阿布杜 · 拉乌夫，都是过去 3 年死于新闻现场的记者。2011 年以来，已经有 11 名记者被杀，其中几起至今说不清凶手是谁。

3 年前，瓦利德留在我脑海中的形象，背景是一面画着冲天拳头、写着“自由”的墙。这一次，背景墙上却是烈士的面孔。

他走出来埋葬了一个旧政权，也送走了自己最好的生活。“我希望他们不要秘密处死我，必须在大街上。如果能站立着死，我就赢了。”他向我道别时说。

不论世事如何变迁，开罗街头依旧喧嚣吵闹，尘土飞扬。在开罗机场，我经历了熟悉的无序、低效和混乱，终于飞往卡塔尔首都多哈。航班上，我不断想起瓦利德不惜性命为国家寻一条正途，但历史的路，却是往复兜转。

中东现代史元年是1798年，法国将军拿破仑带着400艘战舰、5.4万人入侵埃及。奥斯曼帝国无力保护属地，埃及部落面对坚船利炮不经一战，但是拿破仑的统治却陷入无边的游击抵抗中。尼罗河边，英国舰队虎视已久，在拿破仑占领一年多后，就赶跑了法国人。然而具有讽刺意味的是，拿破仑回到法国后，以称帝的方式正式终结了人类历史上第一次中产阶级起义。法国大革命的结局，便是迎来了军人统治，埃及革命者瓦利德，也许不应对本国现状感到惊讶。

拿破仑入侵埃及也许是一场短暂的闹剧，但是随他一同来到中东的是法兰西科技与艺术学院的顶级专家：工程、地理、机械、化学、物理、植物学等等都因此传播到埃及，播下现代化的种子。穆斯林兄弟会青年阿巴斯原是印刷厂工人，阿拉伯语印刷机就是拿破仑最先在埃及尝试的，尽管他印出来的第一份公告错误百出，闹出了不少笑话。

历史像一张网。谁都躲不开自己的所来径，但因和果可以惊人相悖。

降落卡塔尔，机场安安静静，只听见一片窸窣的电子声。新航站楼入境处，一色白袍男工作人员。他们的袍子白得耀眼，头巾尖角折得挺括。“看镜头。”他用英语说。脚下忽然升起一部相机，我毫无防备，一切都是最先进的。

“你应该多待几天。”接我的朋友替我惋惜，“卡塔尔虽然很小，却是全世界最富有的国家。”卡塔尔人均收入在2013年排名全球第一，还赢得了2022年世界杯主办权，球赛场地陆续开工。

街上一个走路的人都没有，也没有公共汽车。“人都在私家车里。”这位朋友买了最大排量的越野车，在这里不用在乎节能——天然气和石油是国家财富的来源。卡塔尔实行的是君主制，没有受到“阿拉伯之春”波及，局势稳定。

一个从未谋面的阿拉伯语学妹，一起来接我。多年前，她在北京的一个国际会议上为卡塔尔公主做翻译，结下缘分，后来受邀到卡塔尔伊斯兰艺术馆工作，还被送到伦敦学习相关专业。卡塔尔工资高，住房由政府免费提供，学妹很高兴，搭上能源王国的快车，一切发生得仿如神话。“但是这里的人有种不安全感，财富来得太快，他们担心一夜之间也会失去。”

朋友送我去跟阿巴斯约好的餐厅。那是一家五星级酒店的餐厅，侍者肤色较深，可能来自巴基斯坦或者印度，都说英语。我心里略有不安，阿巴斯选择这个餐厅会不会有些奢侈？

他出现了，笑容温暖，像 3 年前第一次见面那样，大大方方跟女性握手——这个细节一早说明了穆斯林兄弟会青年跟传统派的不同。“约你在这里，一定要你尝一下这道土耳其甜品。”阿巴斯熟门熟路，常来吃饭。

离开埃及之前，他就被穆斯林兄弟会开除了。2012 年，部分穆斯林青年成员成立了新党派“埃及潮流”，他们原来叫“伊斯兰潮流”，一字之差说明不再以意识形态结党。阿巴斯是创始人之一，现在已经招募到 1700 多人，其中只有 106 个曾经是穆斯林兄弟会成员。“埃及潮流”不排斥女性成员——讲到这里，他的神情更加愉悦，其中一个现在成了他的未婚妻。

他跟穆斯林兄弟会决裂在组党之前。穆巴拉克下台后的第一次选举前，反对派曾经在开罗费莱蒙酒店召开 3 天会议。阿巴斯说，穆尔西答应做一些妥协，但离开会场后全部食言。“我一早认识穆尔西，这人很固执，不是做政治家的料。”阿巴斯在外旅行时，收到电话通知他“不再属于穆斯林兄弟会”。

变卦似乎是穆斯林兄弟会的常态。3 年前，我采访穆斯林兄弟会负责人之一阿卜杜 · 迈阿古德（Abdu Maargud）。当时他肯定地说，穆斯林兄弟会只参加议会选举，不会派代表竞选埃及总统。“我们无意掌权，任何获得大部分民众支持的人，我们都会接受他当总统。”

“包括女性，或是基督徒吗？”

“任何人。”

这也是穆斯林兄弟会的公开表态。但是很快他们就变了主意，“我们要议会，也要总统”。这也许是地下组织基因里的灵活性，但也遭诟病被认为“无原则”，难以信任。

2013 年下半年，军方秋后算账，阿巴斯的身份既是前穆斯林斯林兄弟弟会成员，又是活跃的青年革命者，处境越发艰难。这时，卡塔尔向他伸出双手：半岛电视台邀他到演播室评论埃及局势。军方向穆斯林兄弟会示威者开枪的时候，他坐在主播台上点评。只是节目播出之后，他再也回不了埃及了。

拒绝入境似乎没有给他造成多大困扰。“这里的环境当然好多了。”餐厅里音乐袅袅，落地窗外喷泉倾泻。一星期前，阿巴斯通过网络视频向未婚妻求婚，他的母亲同时带上聘礼去女方家里。那女孩很快就能来卡塔尔跟他团聚。

阿巴斯仍然与不同派别保持联系。我给他看那名女基督徒批评穆斯林兄弟会的话，他说那是针对联盟中的另一个人。“萨莉 · 摩尔还是我好朋友，我们还有联系。”他承认“青年联盟”解散是个错误，本来他们可以拧成一股力量，“又或许，那是不可避免的结果吧。”现在，他更注重跟各派领袖保持个人友谊，“那是唯一超越政治的”。

阿巴斯身上有种脚踏实地的天然亲和力。在卡塔尔，他灵敏的草根政治嗅觉，很快与理论结合，成为“阿拉伯中心政治研究员”。能源王国还计划送他去美国哈佛大学肯尼迪政府学院学习。

“一个人在这里会孤单吗？”我想起卡塔尔讲的阿拉伯语跟埃及方言差别很大，不知道阿巴斯会不会起乡愁。

“我的朋友都到卡塔尔来了。”他狡黠一笑，“我在这里的朋友比埃及多。”我恍然大悟，2013 年埃及军事政变前后，卡塔尔收留了众多穆斯林兄弟会成员。

阿巴斯正在想办法把瓦利德也接过来，“他需要休息，我们都累了”。我说，在开罗见到瓦利德，他不愿意离开。“他是那么说。”阿巴斯抽起苹果皮味道的水烟，“我喜欢他这个人正直勇敢，但是私下里，我感觉他还是害怕的，每天提心吊胆。他跟我表达过想出来。我一定要帮他，但是很难。”难度显而易见，阿巴斯是有影响力的政治新星，瓦利德只是一个倔强的律师兼共产党人。

我眼前出现了更大的图景：沙特阿拉伯给塞西政府10倍于美国的援助，拉拢埃及。卡塔尔与沙特是对头，接收与埃及现政权势不两立的穆斯林兄弟会青年。这两个国家都坐在从天而降的巨大能源财富上，隐隐的不安敦促着它们寻求长久的政治影响力。上一次，阿巴斯和瓦利德相逢在国家内部融合的舞台上，眼下，他们又出现在地区角力的棋盘上。这盘棋上所谓的“外来势力”，主角不再是西方，而是同为阿拉伯族裔的邻居们。从这个意义上说，大概有边界有竞争，“外部势力”就不会消亡吧。

几个月后，瓦利德出现在卡塔尔，同样再不能回去。他和阿巴斯一起看球赛，给我发来团聚照片。但是他不告诉我是怎么出的埃及，只承认被自己的党开除了。他原本放不下儿子，但是对他的逮捕令已经下达。

接下来，阿巴斯在土耳其举办了婚礼。看到照片，我才发现新婚妻子也是知名的活动家。阿巴斯将满30岁，越来越多出现在英文媒体上。瓦利德过得不是特别开心，但至少暂时获得了安全和自由，不能去到的，只有他们为之寻找出路的祖国。

那天在五星餐厅，吃完木盘子盛来的精致土耳其甜点，我问阿巴斯对埃及还有没有牵挂？他望向窗外：“我怀念开罗的街道。那些声音和人，那是我的街道。”水烟雾中，他脸上露出难得的凄婉，“当然还有解放广场，我们曾开玩笑说，解放广场上可以独立建国——那是一个乌托邦。”

总编

穿过灼热、拥挤、狭窄、遍地垃圾的小巷，走进埃及官方通讯社总编办公室，我突然找回多年前的一个早晨，排3个小时长队踏入梵蒂冈大殿参观的感觉：从地下到天上。绛红色柔软的地毯、一人抱不过来的深蓝色地球仪、金色窗帘、金色花瓶、描金古埃及纸草画……眼睛看不过来，脖子恨不得360度转动。阿来 · 海达尔（Alaa Heidar）从海一样宽广的办公桌后面微笑着站起来。我从门口疾走20多步，才握到他伸出的手。就在我以为触到了总编办公室的边界时，侧门突然开了，连接着一个同样大小的会议室。红茶从侧门送进来，茶杯镶着金边。

3年前第一次见到阿来 · 海达尔，是穆巴拉克下台后的第二或者第三天，我的线人也是这家通讯社的记者——他们有时接些私活，告诉我，他的单位里正在"闹革命"，要求总编走人。穆巴拉克垮掉后，余波震荡，重要部门里穆氏亲信面临清算。走去通讯社的路上，我们看到好几个地方人头攒动，仿佛在围攻什么。那名记者说是国有银行、国有保险公司的职员在声讨行长和总裁。

我们来到官方通讯社，也就是中东社门外，却看不出什么，外人不能进去。当时我为电视台工作，必须"找个人出镜说话"。那名记者建议拉个正在抗议的同事出来接受采访。资深编辑阿来 · 海达尔很快走出来，对着镜头厉声控诉："我在巴黎分社当记者的时候，那家伙（总编）还是个穷光蛋，5年里他就成了百万富翁，在开罗最贵的地段买房子！"

"为什么到现在才抗议他呢？"我问。

"因为穆巴拉克当政时期，我们不敢讲话，总编是穆巴拉克任命的，没人敢反对他！”海达尔说起话来没有官腔，很适合在电视新闻中播出。那名“亲穆”总编不久后便下台了。

3年后重返埃及，我找不到阿来·海达尔的联系方式，便直接打去中东社总机。接电话的一听，马上说：“转总编室！”我说：“是编辑阿来·海达尔。”“海达尔先生是总编！”

我在埃及回访的对象，革命后日子大多不如意，海达尔却在那动荡的3年里，直升国家通讯社第一把交椅。电话里他竟还记得3年前的采访，笑声愉快，言谈热情。已经过了下班时间，他留在办公室等我。门卫知道总编有人来访，直通总编室的一部专用电梯早早开门迎候。到楼上，又有专人接待，满面笑容地引我走进办公室。

海达尔像3年前一样，没什么官腔，但也不掩饰一点点的失望：我没有像上次一样带电视台摄影队来。好在跟我一起去的朋友恰好是位平面摄影师，不断给他拍照，才营造了一点气氛。我察觉海达尔外貌上有些变化，却一时说不上来是什么。

过去3年，中东社总编辑换了好几茬。穆巴拉克下台之后，大约一

中东社总编阿来·海达尔。

年多由军方“监国”，临时掌管国家，中东社跑国防部的记者急调至总编。2012 年选举之后，穆斯林兄弟会背景的总统穆尔西上台，又换上亲穆斯林兄弟会的总编。“那时，每天头条都得跟宗教沾边。”海达尔说起来义愤难平。

说到自己，他是第一个竞争上岗的总编。过去官方通讯社总编都是“上边”直接任命，穆斯林兄弟会遭到清洗之后的一段权力过渡时期，催生了竞争程序：有意者投交简历，送全国最高新闻委员会抉择。2014 年 1 月 1 日，海达尔以 30 年工龄，历任非洲、巴黎分社记者的经历胜出。中东社官方网站这样介绍他：“现任董事会主席、总编辑阿来 · 海达尔，是久负经验的记者之一，曾经在中东社不同部门任职。”

“眼下塞西上台，你不担心他再换上自己的人吗？”我们见面前一天，“倒穆巴拉克”之后的第二次总统选举刚刚结束。结果完全在意料之中，原国防部长塞西胜出。

海达尔笑了：“我就是塞西的人呀！”

他说，塞西在投票前 20 天，两次约见埃及各大媒体总编。“是讨论新闻报道吗？”我问。“不，没有谈太多新闻，只是询问关于经济民生的建议。”海达尔向塞西提了些关于苏伊士运河自由贸易区的建议。那可是新总统上任前后最热门的话题：耗资 82 亿美元，拓宽埃及苏伊士运河航道，兴建沿岸贸易中心。苏伊士运河是地球上连接欧洲与亚洲最短的水上航线。1956 年，埃及前总统纳赛尔宣布运河国有，引发了与法国、英国、以色列之间的战争，这条运河也成为埃及民族主义的象征。

我问起海达尔对塞西本人的印象，但率直如他，也清楚应该在什么时候闭嘴。追问之下，他尽量不带任何表情、眼睛不看着我说：“没什么特别的。”

聊了一会儿，我借用总编办公室角落里的洗手间时，发现梳妆镜前有一堆美发产品，梳子上粘了几缕头发，才突然意识到，3 年前海达尔轻微秃顶，现在头发更加茂盛，而且加重了原有的金红色。

“现在经常上电视，”提到头发，海达尔有些不好意思，摸了摸脑袋，“总要讲究些形象。”2011 年以来，埃及冒出了许多私营电视台，时事辩论节目最为热门。我们走进来的时候，海达尔正在看一档体育节目。体育评论也照搬政论模式，3 个人坐在长桌背后，你一言我一语地抢着说话。“吵起来就能增加收视率”，总编看透了这种把戏。

中东社官方网站上对 1950 年成立以来的历史介绍，循两条线索，一是如何一步步国有化，二是新闻报道工具的变化——从打字机到电脑、卫星。其中还特别提到，受 2011 年事件的影响，中东社新增了手机业务，直接发送新闻短讯到用户手中，“鼓励公民记者，新闻来源不仅限于官方，也与各种网络新闻、数字媒体合作”。

报道形式虽然更加活泼，但却很难说 2011 年之后埃及的舆论环境也变得宽松了。官方报纸《金字塔报》（*Al-Ahram*）主任编辑贾马尔·扎耶丹告诉我，穆巴拉克执政时期，从制度设置上看，并不存在一个公开的“审查机构”，只是由专业人士组成的“全国新闻最高委员会”挑选国营新闻机构最高负责人。但“诡异之处在于，‘全国新闻最高委员会’隶属上议院，当时上议院绝大部分成员来自执政的民族民主党。通过这个环节的设置，执政党控制所有官方媒体”。

2011 年革命之后公布的埃及新宪法，取消了上议院对“全国新闻最高委员会”的控制。理论上说，这个动作打破了对新闻机构的控制，拥有最多从业人员的“官方媒体”的枷锁被打破了。

但是权势面前，自我审查来了。埃及军方打压穆斯林兄弟会的同时，也在向整个社会展示力量。塞西在电视上呼吁“团结在反恐旗帜下”，第二天国营、私有媒体纷纷发表声明支持军方，穆斯林兄弟会资助的媒体全线关张。少数记者编辑联署反对干涉新闻自由，但那声音很快淹没在了对塞西的肉麻吹捧中。

> 他巍然屹立，华服翩翩，他神采奕奕热情万丈，气势如虹意志如铁——一个前所未有的英雄，他是人民选择的领袖……

这是当时一份主流报纸对塞西的描写。

埃及记者阿马德·艾哈迈德·艾扎克选举前在一个电视直播节目中批评塞西，却几次被主持人打断，之后也没人再邀请他。没人告诉你批评塞西犯了什么罪，会面临什么样的惩罚，但是谁又都知道那意味着什么。“穆巴拉克时代，至少还可以谈论民主，现在，这个词本身变得敏感。”阿马德说起来的时候，眼睛里流露着耿直和凄凉。他写了一本书，叫《“一 · 二五”革命中的人权与人权组织》(*Human Rights and Human Rights Organizations in '1·25" Revolution*)。

3 年来局势反复，埃及官媒尺度也随之摇摆。2011 年 1 月末《金字塔报》头条还是《与穆巴拉克在一起》《穆巴拉克必须留任》，不久风向有变，改了套红标题——《人民在街头》。现在官方媒体能解放到哪一步，我问海达尔：“能讲批评塞西的话吗？”

他两手一摊：“我是官方新闻机构，你说我能批评官方吗？”中东社的资金绝大部分仰赖政府拨款。不论是宗教组织，还是军人政客，都没有打算让穆巴拉克的官办媒体市场化。中东社对 2011 年倒穆运动的定义，已经发生了微妙变化，不再强调“人民力量”，而称之为“1 月 25 日地缘政治革命”。

“埃及人对民主的理解出了问题。”海达尔说，正是“人民力量”的泛滥造成了过去 3 年的乱局。但是他忽然又兜回了对塞西的评价：“塞西非常紧张自己能不能做好，前两个总统都在监狱里，干不好的下场很明确。”

如果说总编海达尔是革命浪潮中的幸运儿，那么记者马哈茂德 · 福里可算是不折不扣的倒霉蛋了。他是中国国家通讯社新华社在埃及当地的雇员。一天他外出采访，来到穆斯林兄弟会正静坐示威的广场。一旁按兵不动的安全部队，忽然决定抓人。枪声一响，广场上乱作一团，还没来得及开口问任何问题的福里便被士兵从背后扭住胳膊，扔上了囚车。

福里记得牢房大概 10 平方米，关了 34 个人。囚犯们相互认识后，才知道其中只有两个是穆斯林兄弟会成员。睡觉时，一堆胳膊大腿，都分不清哪个是自己的。“我还不是最冤枉的。”福里说，牢房里有一个埃及人，在迪拜经商、生活了 18 年，听闻祖国改天换地，高高兴兴回来报效。结果踏上故土的第一天，从开罗机场回家的路上，他拖着两只行李箱在拉姆西斯地铁站转车，刚好穆斯林兄弟会的人躲避军方追捕钻进地铁，他连人带行李箱一起被送进监狱。

“我想，那天军方是想多抓些人，造大声势，吓唬大家，所以不管我怎么申辩都没有用。”福里说。雇主竭力保他，努力了3个月才换他出狱。我们在新华社办公室见面时，福里离开监狱已经快半年，但是官司还没正式开始审理。他出狱的时候，迪拜归国的那位还在牢房里。

福里的一个中国女同事说，经历过抓捕之后，他像变了一个人似的，“过去他拼命工作，现在常常劝周围同事放松”。几天后，我又在新华社办公楼撞见福里，他刚打完乒乓球出来，满头细汗。女同事说，当时监狱里的人冤屈、无望，有人企图自杀，福里还劝他们好好活着。

新华社的中国记者也曾经在采访现场挨打。根据国际记者无国界协会的统计，从推翻穆斯林兄弟会到新一轮总统选举，大概一年时间里，有195名本地或外国记者在埃及遇袭或受伤，68人遭羁押，6人死亡。

出狱之后，福里并没有停止去现场，工作照常进行。总统选举结束那天，他告诉我，自己在不同时间段去了15个站点，查看投票是否踊跃。第一手观察令他有信心开玩笑说：“这确实是史上‘透明度最高’的选举，如果官方公布的投票率是真的，那么我只能说那些投票者都是透明的。我没有看见他们。”

中东社总编海达尔证实，国家通讯社记者境遇好些，示威抗议现场没什么人遭遇不测。从他的办公室门口向下张望，编辑台上是一排排簇新的电脑。过了下班时间，只剩下两三个人忙碌着。

两个月之后，我读到新闻，中东社宣布在苏伊士运河边开设办公室，报道拓宽工程的“所有进展”。海达尔在国营电视台《早安，埃及》节目中，向观众指出塞西的“新苏伊士计划”意义非凡：“总统的工程，令以色列试图在死海与红海间连接水路的计划失去经济价值，也杜绝了在西奈半岛建立巴勒斯坦国的可能。穆尔西曾经考虑苏伊士计划，但他背后是犹太复国主义的钱……”

总编办公室见面的最后，我问海达尔，两年任期届满后，这个职位还会不会通过竞争上岗。“不好说。”不过，他对自己继续当选有信心，“我现在每个月都分一半工资给记者编辑们……”我以为自己听错了，一再确认：“你把自己的钱分给下属？”

“是的，我每月工资2万埃镑（相当于17000多元人民币），分出一半，给职员们发奖金。”“是设立什么奖项吗？”“我不管他们怎么分，总之给大家花。”

“我不缺钱。”海达尔在宽大的椅子上微微旋转，“我爸爸早就是个成功的生意人。记者编辑们喜欢我。”3年来埃及革命历程血泪交织，在中东社总编的故事里，却没有一丝阴霾：“坏人”走了，短暂混乱过后，讨人欢喜又识实务的好人来了，皆大欢喜。

离开总编的“圣殿”，我们走路几分钟，回到停车场。朦胧的路灯光下，我忽然看见收费处外墙上，喷着女记者梅耶达·阿什拉芙（Mayada Ashraf）的头像。22岁的她曾为一家私营报纸工作，但在2014年3月28日采访反塞西游行时，被子弹直接命中头部。开罗很多地方能看到这个戴头巾的女记者被抽象化了的标记，那是新闻人的悲哀与愤怒。写《“一·二五”革命中的人权与人权组织》的记者阿马德告诉我，军方指责参加游行的穆斯林兄弟会杀害了梅耶达，但她的同事亲眼所见，是军人开的枪。

不被欺负的脸

走进拉姆西斯酒店，前台接待员的黑色制服上绣一朵尼罗河莲花。我问："3 年前，这里有个门卫叫卡萨姆……"

轻轻一问，竟像是引爆了一颗沉睡的地雷，所有人忙活起来。前台招呼保安，保安招呼门卫，门卫抄起手机，两分钟后，卡萨姆在电话那头声音激动："啊，我记得你！"

2011 年 2 月，穆巴拉克倒台后的第一个星期，我去采访阿拉伯联盟秘书长欧麦尔 · 穆萨（Amr Muhammad Moussa）。一份民意调查显示，接近半数的埃及人认为穆萨会成为下任总统。我在拉姆西斯酒店门口等车的时候，跟门卫聊起穆萨。门卫穿着正红制服，袖口一圈尼罗河莲花，胸口铭牌上写着"卡萨姆"。卡萨姆听到"穆萨"的名字直摇头："我可不觉得他是当总统的料！"我开玩笑说要转告穆萨。卡萨姆正色道："随便！我们连总统都赶走了，从今不再怕任何人！"

我心头一热：埃及人从此长出不被欺负的脸。

有学者称 2011 年推翻穆巴拉克的革命是"对畏惧发起无畏的进攻"（a fearless attack on fear）。可是穆巴拉克下台之后冲突不止，游行、示威、流血，一次次重回解放广场。冲冠一怒的革命，没有承诺一个玫瑰园。我赞美畏惧的消失，更想知道它会引向何方。

第二天傍晚，我刚踏进酒店，"她回来了！"一个消息迅速传遍大堂，不消两分钟，卡萨姆就从纪念品商店旁边转了出来。大堂经理让出他在前台侧边的办公桌，给我们坐下说话。

不被欺负的脸长出了皱纹。

卡萨姆身材魁梧，脸庞黑里透红。年轻时大概算埃及人中的美男子，上了年纪也是模样周正，难怪能当上五星级酒店门卫。只是3年过去了，这张面孔上少了神采，多了褶皱。

穆巴拉克下台之后局势动荡，埃及旅游业几乎死了。革命第二年，拉姆西斯酒店裁员60%，还有3年才满60岁的卡萨姆被迫提前退休。回家后，他用退休金开了家小店卖手机，坚持说经济上没受什么影响，“我过得挺好”。卡萨姆人缘好，酒店的人都记得他。3年后重逢，我们都喜出望外，商定改天去他家做客。

故地重游。回忆2011年2月10日，我和摄像同事也是住进拉姆西斯酒店。这是距离“反穆巴拉克”集会最近的国际酒店，阳台上就能俯拍解放广场。放下行李，我们走去广场。到处都是人，看到外国记者，争相上来说话。一名40岁上下的男子，抓住我的话筒大声念诗：“埃及是我们的生命，自由之母——”他的身体和声音一起颤抖，周围的人齐声叫好。

一名建筑师，站在广场上，气愤而沉默。他说只代表自己，反对贪腐和压抑的穆巴拉克政权。他站在那里，是自己的宣言。

一个小伙子躺在坦克履带前已经好几天，嗓音嘶哑。他看到穆巴拉克家族聚敛财富的消息后，愤怒难忍。示威后期，武装军队开坦克进广场，换下隶属内政部的警察，已经暗示了某种权力的转移。最后，军方以“保护平民”的姿态，驱逐了穆巴拉克。

“人民要求政府下台！”口号声整齐而有节奏。各国文字写成的标语向世界介绍埃及人的诉求，包括中文“下台！”“够了！”或是用小石头拼出阿拉伯语口号。广场也是个艺术展台。

刚到开罗的时候，当地中国人警告我和摄像师不要住在拉姆西斯——离广场太近，冲突可能扩散到周围。但是在解放广场人山人海中，我们很快就不紧张了。志愿者在广场入口设立了检查站，搜身保证入场者没有携带武器，还要求出示身份证件。军人和坦克没有干涉的意思，我们周围都是手无寸铁的平民。埃及人高举身份证入场，目光热切闪亮。他们

•• 2011 年遇见门卫卡萨姆，感慨“埃及人也长出不被欺负的脸”。

•• 2014 年与卡萨姆重逢，不被欺负的脸长出皱纹。

正站在国家转变的节点上参与历史的书写，每一个人都焕发出大于自我的力量和光彩——这不是我熟悉的埃及人。

10 多年前，也就是 2000 年至 2001 年，我曾经在埃及开罗大学留学。中国人常常抱怨埃及人虽然热情，但不靠谱，效率低下，“痛宰”外国人的情况也很普遍。那时候到处都是穆巴拉克的画像，报纸头版也总是他，这样的情况已经 20 多年了，没人觉得有什么不正常。私底下很少有人谈论政治，偶尔嘀咕一两句笑话，也算不得抱怨——威权统治本该如此，整个中东普遍如此。每个人只想在这固有的框架内，为自己谋一份安稳和收益。一切都是慢吞吞的，没人相信会有什么大的变化，就像时间害怕金字塔。

可是我离开的 10 年，从 2001 年到 2010 年，静流之下改变湍急。看得见的，首先是经济发展，10 年间埃及国民生产总值翻番，人均国民生产总值也几乎提高一倍。埃及自 1952 年纳赛尔兵变推翻法鲁克王朝[①]建立共和以来，初期经济运行高度集中，萨达特、穆巴拉克时代相继开放，2004 年至 2008 年更是以前所未有的力度对外资敞开。

2010 年埃及识字的人比 2001 年多出 1800 多万，相当于总人口的五分之一。这 10 年，全球互联网技术兴起。我留学的时候还不存在社交媒体，电子邮件也尚未普及，移动电话还算奢侈品。当年的一些同窗，搬家、出国之后就失去了联系。2001 年，仅有不到 1% 的埃及人使用互联网，10 年后，全国三分之一的人成了网民（2013 年达到总人口一半）。而穆巴拉克后期对互联网疏于管控，只在传统媒体上做审查。埃及流行的笑话是，纳赛尔死于毒药，萨达特死于枪杀，而穆巴拉克呢，栽在脸书上。另一种传媒比互联网历史更长，传播也更广泛，那就是卫星电视。绝大部分埃及家庭安上了卫星接收器，他们与世界潮流相隔不远。

---

① 法鲁克王朝于 1805 年由穆罕默德 · 阿里创建，因最后一任实际统治者为法鲁克一世而得名，但也称阿里王朝。在法鲁克一世统治时期，埃及民族主义分子对王室的积弱腐败、英国的侵占及 1948 年的第一次中东战争日渐不满，导致了 1952 年的革命。法鲁克一世被迫逊位，传位给他 6 个月大的儿子，政务实际由纳赛尔主理。1953 年 6 月 18 日纳赛尔进而废除帝制，宣布成立埃及共和国，结束 150 年的王朝统治。

10 年间，埃及公民社会进一步壮大，同业公会数目激增，除了关心本行业利益外，还常常对国家政策表达意见。国际压力下，穆巴拉克稍稍开放党禁，多党制不再有名无实，但抓捕、打压仍时有发生。不过即便如此，2005 年议会选举，长期处于地下状态的穆斯林兄弟会还是大获全胜，成为最大的反对党。

10 年间注定的变化是，穆巴拉克年纪大了。执政 30 年的他有意传位给儿子。这种皇权手段在日益开放的埃及迅速激起不满。多个反对团体组织走上街头抗争，到了 2011 年，他们也成为“倒穆”运动的最初发起者。当然，还有人心里不易丈量的变化。在剑桥大学执教的埃及学者马哈·阿布杜拉赫曼（Maha Abdelrahman）提出：“不要忽视那些无处不在的小抗议。家庭主妇不满食品涨价抵制购买，出租车司机反对汽油价格上涨而罢驶，这些即兴的小规模示威，都让人们的胆子大起来……”同在北非的突尼斯，用不到一个月的街头抗争赶跑了统治 20 多年的本·阿里，终于，埃及人受到鼓舞。

革命没有发生在埃及经济陷入困难的时候，相反，恰恰是在埃及人经济条件改善、对自身权利也愈加关注的阶段。陈旧的统治结构遭遇新的变化时，如摧枯折腐。

入住拉姆西斯酒店的第二个傍晚，我在房间传稿，窗外传来潮水般的掌声和欢呼——不像是抗议。打开电视一看：穆巴拉克下台了！我和摄像师赶紧奔出去，立刻被欢庆的队伍裹挟，我对着镜头说话时，竟被旁边的人拉起手跳舞，一面埃及国旗覆盖了镜头。我们打车去穆巴拉克总统府，司机居然不收钱：“为了革命！”他打了个胜利的手势后，消失在狂欢的夜里。

没有人到拉姆西斯酒店闹事。人们主动清理垃圾，维持交通。10 天后，在我离开时，没有听说任何打砸事件。

3 年后，出租车从机场直接把我拉到拉姆西斯酒店，一时找不到入口。大门紧闭，铁栅高筑。终于发现侧门开着，过来两个穿黑西服的保安，叫司机打开后盖，放狗过来嗅底盘。这是到了巴格达吗？我想起在网上订酒店的时候，拉姆西斯惯常的宣传口号“紧邻解放广场，步行至埃及博物馆”中删去了“紧邻解放广场”。可能是担心吓跑游客，这个地名在新闻中出现的频率太高，而且多与暴力有关。

持续动荡打击了旅游、出口、外资几乎所有行业，2011 年以来，埃及经济发展急剧减缓，与革命爆发前一年相比，多了 130 万失业者，其中近七成是持有高校毕业证的年轻人。各种街头运动中的死亡人数，超过了 2011 年的“倒穆”运动。

大堂重逢之后，每天我都收到卡萨姆一次电话：去哪里了，需要什么帮助。每次电话结尾，他总是问同一个问题：“什么时候到家里吃饭？”他全家都期待我去做客，尤其是他的女儿们，从没见过中国人。

到了预定拜访的那天，我估计工作会延时，便打电话给卡萨姆说，不吃饭了，只是过来坐一坐。他听上去很失望，说一早预定了烤鱼。这下轮到我不好意思了。吃鱼对阿拉伯人来说，是隆重的待客之道。这又是我熟悉的埃及式热情。

从酒店开车半个多小时，到了卡萨姆住的地方，一个中等偏下收入者的社区。卡萨姆抱着两岁的外孙下来接我。怕回去难打车，我就请司机艾哈迈德等我。卡萨姆伸胳膊指挥司机泊车，标准的动作一下子让人想起他当门卫的样子。

这是一栋 4 层的水泥楼房，盖得有些粗糙，台阶两边没有扶手。迎面碰见邻居下楼，抱着生病的孩子去医院。卡萨姆嘘寒问暖，拍拍年轻父亲的肩头，传授几句育儿经验。高大魁梧的他，时时表现出一副长者派头。

进屋后，我看到左手边饭桌上鱼骨头堆砌成了小山。原来听说不用等我，卡萨姆的女儿们就不客气了。这会儿，她们吃鱼的手指沾满了油，没办法握手，欢快地笑着转去洗手。

这套公寓大概 30 多平方米，有一个客厅，两间卧室，住着卡萨姆夫妇、4 个女儿、3 个外孙和 1 个女婿。正当我想象是怎么住下这么多人的时候，卡萨姆主动告诉我，平时只有夫妇俩和一个尚未出嫁的女儿住在这里，因为斋月快到了，大家喜欢热闹，才聚到一处。

房间没什么装饰，水泥墙、水泥地，一台电视，桌椅沙发。卧室门敞开，床上堆满了刚刚折好的衣服。卡萨姆的女婿坐在卧室小桌前，正通过电脑跟什么人视频通话。

卡萨姆以一家之主的姿态，指挥女人们收拾桌子，自己则领我穿过卧室，到阳台上小坐。路灯不是很亮，混合着楼下车灯，卡萨姆拿出当天的《消息报》(*Al Akhhar*)。我几乎只能看清头版头条：国际组织承认埃及选举公正。二、三版大幅彩页，公布的是塞西和另一个候选人萨巴希在每一个省的得票率。"你看，清清楚楚。"卡萨姆说。

埃及官方公布2014年总统选举，前国防部长塞西赢了几乎97%的选票，对手差距悬殊。同时参选的萨巴希，并不是塞西真正的敌人，塞西希望的是，能够获得超过两年前穆尔西当选时的票数，以证明自己更受拥戴。2013年，塞西通过军事政变，把具有穆斯林兄弟会背景的穆尔西赶下了台。

我去过一些票站，情况迥异。有些站满了塞西的支持者，热闹非常，但位于基督教区的票站就冷冷清清。有的票站第一天陆续有人，后来也渐渐稀少。多家国际媒体引述欧盟观察员的说法，认为选前埃及的政治气氛不利于公平选举。塞西占用大量公共资源，对另一名候选人不公。

这些在《消息报》上都没有。《消息报》是穆巴拉克时代发行量第二大的国营报纸，现在也是官媒。我问卡萨姆，有没有看到网上流传的视频，军人在票站塞进大量写好的选票——我无法肯定视频真伪，但看到很多人转发。卡萨姆摇摇头："网上的消息我是不信的。"

"那你为什么相信这张报纸呢？"

"不管怎么变，最好的编辑记者，还是在这些报纸。"

桌子很快收拾好了。卡萨姆一家几乎是把我摁到了凳子上，从旧报纸里拎出一条外焦里嫩的尼罗河烤鱼。女儿们递过来一打白布手巾，角上印着"拉姆西斯酒店"。

层层剥去焦黑的鱼皮，淋上半颗柠檬。我一边用油乎乎的手指扒拉鱼刺，一边将话题转到卡萨姆这三年的"政治历程"上来。推翻穆巴拉克之后的第一次选举，他投票给了穆尔西。“我错了。”说到上次选举，他竟垂下了头，“穆斯林兄弟会言行不一，骗人的，搞到国家一塌糊涂。”

“你为什么投票给他呢？”

“因为他承诺了许多改变。”穆斯林兄弟会政党的名字叫“自由公正”。穆尔西的竞选标志是一杆公平秤。有学者统计，2011 年解放广场标语中出现频率最高的词是“公平”“自由”“尊严”，很少看到“经济”或是“就业”，这反映当时人心所求并不限于物质需要。穆斯林兄弟会政党起名也看准了这一点。

卡萨姆坐着都很高。一个大汉红了脸，令人不忍，屋里的女人们却快乐地看着这一幕。卡萨姆投票给穆尔西这件事，成了家里的笑柄。那一次，女人们都选择了穆尔西的对手，也就是穆巴拉克时代最后一名总理艾哈迈德·沙菲克（Ahmed Shafik）。“我们不喜欢穆斯林兄弟会！”卡萨姆的一个女儿说。这不难理解，她们反对这个具有强烈宗教色彩的组织对女性生活和工作的种种约束。

小女儿在第一轮投票时，选择了一名独立候选人。但进入到第二轮决战，就剩下了穆斯林兄弟会和穆巴拉克旧臣两个选项。她不想穆斯林兄弟会执政，就投给了沙菲克。而更多人恰恰相反，不想走回穆巴拉克的老路，便给穆斯林兄弟会一次执政机会。卡萨姆就是其中之一。

三年风雨过后，这一次，全家都投票给刚刚脱下军装的塞西，家庭矛盾迎刃而解。“我们都爱塞西，”卡萨姆的妻子说，“他能带来稳定。”

从沙菲克到塞西，女人们一直投票给旧政的延续，卡萨姆曾经希望迈上一条新的道路，但很快发现走不通。穆斯林兄弟会掌权一年，民生困顿，水电不通，油价飞涨，穆尔西只是一心修改宪法，扩大总统特权。终于，埃及人重回解放广场，捡起了曾砸向穆巴拉克的石头。军队出手，第二次赶走埃及总统。不过，另一个版本的说法是，军方故意不跟穆斯林兄弟会合作，等他们激起民怨后才出手镇压。

“如果塞西变成另一个穆巴拉克呢？”我拿这个国际媒体上的广泛说法问卡萨姆。塞西跟穆巴拉克一样出身军队。

“不可能。”卡萨姆坚定摇了摇头，“他是个领袖，是个好人。”他列举塞西的很多优点，大多是官方报纸上看来的，而塞西最大的成就，是铲除了一切苦难的根源——穆斯林兄弟会。卡萨姆不必再为自己上一次的选择悔恨，错误已经纠正了。

塞西铁腕镇压穆斯林兄弟会，也向整个社会展示了力量。选举期间，开罗街头“站队”“拍马”的海报比塞西的竞选广告还多。有人抱着孩子出现在海报上，表明全家效忠新领袖，有些海报上塞西还化身各种职业，如医生、工程师、教师，代表各行各业的拥戴，但海报上塞西的脑袋和穿各种制服的身体明显是拼接的，接缝粗糙僵硬。

在一个投票站门口，我听到这些声音：

“军人执政有什么问题呢，军队就是保护百姓的！”

“塞西是个强人，会带来稳定。”

“他赶走了穆斯林兄弟会！”

“他是埃及的守护神……”一名支持者手舞足蹈。

“守护神永远是真主！”有人提醒。

“哦，对的，真主第一，之后就是塞西！”那人修正。

有必要说明，这个票站有点特殊，塞西曾亲身来此投票。

卡萨姆不居要职，并不需要向谁表忠心。也许他只是真诚地相信，每一次选择都是为了更好的将来。我终于问他，怎么看待那场推翻30年统治者的变革？3年前他扬眉吐气的神情令人难忘。

“我们错了，”卡萨姆宽阔的嘴唇吐字清晰，“赶走穆巴拉克也错了。穆巴拉克一开始没那么糟糕。”我没想到他会那样果断地推翻自己。或许，我更应该自责，我对卡萨姆又了解多少呢？不过是3年前的只字片语。虽然那句话浓缩了革命期间普通人身上的光彩与力量，但眼下，这些都不见了，只有高大与卑微，在他身上交替闪现。

卡萨姆的妻子原本默默坐在墙角，这时开始高声谴责穆斯林兄弟会祸乱国家，她斩钉截铁地说：“‘一·二五’不是真正的民众革命，‘六·三〇’才是！”过去3年，两个日子对埃及人尤为重要：2011年1

月 25 日，要求穆巴拉克下台的游行爆发；2012 年 6 月 30 日，军方出手镇压穆斯林兄弟会，一星期后逮捕了第一位民选总统穆尔西。然而，埃及人对这两个日子的定义却迥然不同：前一天，另外一个埃及人告诉我，“六 · 三〇”是假民众之名的兵变，“一 · 二五”才是“纯洁的革命”。不同定义，未必出自对穆斯林兄弟会的好恶，而是每个人对错综局面的不同解读。

我问女儿们，父亲提前退休对生活有影响吗？“当然。”小女儿没有注意到父亲投射过来的目光，“爸爸退休的第一年，手头一下子紧张起来，还好，熬了两年，我也大学毕业了。”卡萨姆的 4 个女儿都接受了高等教育，她们在投票的时候，没想过需要遵从父亲的意见。过去 3 年，政治成了家中的经常议题，这倒是穆巴拉克时代从未有过的。“穆巴拉克那会儿，议论国家政治是没有意义的，现在有了参与。”卡萨姆说，“你看，我也不认为回到穆巴拉克时代就好，都过去了，现在我们选择了塞西。”

电视一直开着。票站已经关门，但鼓励投票的政府广告一时还没有停播。广告片里，人们走在整洁的大道上欢唱，看起来不那么像开罗。卡萨姆的家人对中国人很好奇，有时盯着我看，大一点的孙子还过来摸了摸我的黑头发。女儿们说，在开罗常常见到中国人，但是没讲过话。她们更熟悉韩国人，“电视里常演韩剧”。

小女儿拿着遥控器，转了几个频道后，停在了一个政论节目。正巧，我前几天见过的第一大官方报纸《金字塔报》主编扎耶丹是嘉宾之一。“经常看见他。”卡萨姆觉得眼熟，但说不出是谁。当我说认识他时，卡萨姆脸上流露出仰慕：“我猜他很有名。”穆巴拉克时代，少见这样的政论节目，现在埃及出现了许多“时事名嘴”。一个说法是，“电视成了埃及的新政党”。

我想听一听扎耶丹说什么，但是电视声音特别小，因为卡萨姆的女婿一直在视频通话。他在旅行社工作，一个西奈半岛旅行团订了行程又要取消，他正在说服对方接待工作如何周到，能保证对方的安全。自从穆斯林兄弟会遭政府镇压之后，西奈半岛边境便不断发生爆炸。虽然大多针对军人，但还是吓跑了许多国际游客。旅游业本是埃及的支柱产业。

按照阿拉伯人的习惯，我几次告辞之后，才真的打算离开。卡萨姆建议一起照个相。他拿出一台韩国产的平板电脑，也是他手机店里的畅销货。不过，他通常只拿这台电脑拍照，很少上网。女婿从卧室里出来，满脸歉意。我问那个团怎么样，他摇摇头，皱着眉。

卡萨姆送我到楼下，底层是邻居开的地毯商店。可能快到关门时间了，里面没什么顾客。卡萨姆领我进去，介绍给邻居："这是外国记者。"然后他又得意地转向我："你问他，他也投了塞西！"地毯商笑笑："是啊，我们都投给塞西，经济很快会好起来的。"

"自我否定"并没有给卡萨姆带来困惑，新的强人挽救了信仰危机。

一种普遍的说法是，塞西不会像穆巴拉克一样，因为他面对的人群变了，人民在革命中显示了力量。但也许塞西很快会发现，人民对惯性的依赖，有时胜过他们对新生力量的理解。或许他早就知道。

我搭艾哈迈德的出租车回酒店。他这个人言语犀利直接，常常闪烁"草根智慧"，有时也会抬高车价，但是坦率得并不招人讨厌。上车之后，我忽然想起来，这3天没见他去投过票，虽然我们常常经过票站。"有脑子的都不会去投！"艾哈迈德说，这次投票结果早就知道了，没有参与感，"我开出租最清楚，2012年那次，街上都是人，这回这么冷清，他们还说投票率比上次高，你信吗？"为期两天的投票时间结束时，选委会宣布延长一天，艾哈迈德收到手机短信，说不投票者罚款500埃镑。"那可是很多钱呢，你怎么不去投呢？"我问。"我才不信呢，政府吓唬人罢了。怎么罚呢，等我更新身份证的时候吗？那还好多年呢。现在政府控制不了那么多事情。"艾哈迈德满脸无畏，嘿嘿一笑，"再说，你不是答应这几天都包车了吗？那可比500镑多……"

欧麦尔·穆萨越来越年轻了。谁会相信再过两年他将满80岁。三年动荡没在他脸上留下什么印记，相反，还出现了"逆生长"迹象。我握住他伸过来的手问："保持年轻的秘诀是什么？"穆萨上下嘴唇一抿，喷出铿锵有力的一个词："政治！"

门卫卡萨姆至少有一件事是对的，穆萨没当上总统。2012 年，这位前埃及外长、前阿拉伯联盟秘书长参加选举，第一轮投票只得到 11%的支持，不及前两名的一半。这个结果跟穆巴拉克下台初期的民调差距很大，显示了人们对新总统的期待变化飞快。穆萨知名度高，原本是因为他对以色列态度强硬，但在穆巴拉克身后的政治舞台上，人们更关心谁在本土政治中根基深厚。穆斯林兄弟会执政期间，穆萨组建了一个由左翼和自由派小党联合的反对政党。后来他退党，成为“宪法 50 人起草委员会”主席。宪法起草完成后，他就没有了任何政治头衔。

但穆萨没有闲着。就在我们会面的小房间，同样两张椅子上，他不停会见欧洲政要各国代表，他仍然是熟悉埃及局势又晓得如何跟外界打交道的不二人选。在秘书办公室等待的时候，一个常驻开罗的西班牙记者说，记者圈里传穆萨是“离塞西最近的人”，“想知道塞西会有什么新政策，就得问穆萨”。

面对 3 年来眼花缭乱的变化，门卫卡萨姆以自我否定带来了新的确定，“上次我错了，这次一定对了”。而穆萨这样老到的政治家，却能以完美的逻辑解释清“上次我并没有错，这次也还是对了”。

关于第一次选举失败，他说：“我并不悲伤，也不惊讶。穆斯林兄弟会胜出是好事，给他们机会执政，结果失败了，这对埃及、对整个中东都是好的教训。”关于三年动荡，他说：“是的，两边都死了一些人，但是还在可控范围内，没有内战。”他非常小心地使用“死了一些人”，强调“两边”，只有说到西奈半岛局势时，他才纠正我的中性用词——“欠缺安全”：“不，我们正在打击恐怖主义。”

用高超的语言解释突如其来的事情，以灵活的身段拥抱新的变化，3 年前的穆萨亦是如此。当时他特别推崇年轻人的作用，早早跟青年代表见面，而且在那次会面中宣布了自己参选下任总统的意愿。穆巴拉克倒台之后一个星期，穆萨开通“官方脸书”，第一条内容就是跟青年会面的现场录像。“记得在脸书上加我！”3 年前采访结尾他这样说。2011 年推翻穆巴拉克的运动被昵称为“脸书革命”，因为很多年轻人通过社交媒体组织起来，了解到哪里集会，哪里需要送水和食物，哪里需要志愿者维持秩序。

3 年后，我告诉穆萨，年轻人没有积极参加新一轮总统选举，很多人对重回军人统治感到失望。这是我的采访所得，也是广为报道的现象。但穆萨断然否认："不，也许你问的青年是那样说——谁都有表达的权利，可是还有很多人不是这样认为的，他们投票踊跃。"

前国际原子能机构主席、埃及人巴拉迪[①]是穆萨的亲戚，两人也都是国际知名的政治精英。他们嗅觉极其灵敏，在 2011 年革命爆发前一年，就邀请埃及各派（包括穆斯林兄弟会）商讨新的选举法，防止穆巴拉克传位给儿子。

"我闻到了，风雨欲来。" 2011 年穆萨接受我的采访时说，"最近 5 年，每个人都感到埃及政坛气氛怪异，有些东西不太对劲。"

巴拉迪在 2011 年 1 月"倒穆"抗议刚开始的时候，由国外返回埃及，投身广场。秘书说他"一个不大会用电脑的人，忽然孜孜不倦学习如何使用脸书、推特和 YouTube"。

但是过往 3 年里，巴拉迪和穆萨不但没能"主导"形势，反而变成了两大传统势力穆斯林兄弟会和军方之外看似无关紧要的前朝政客。穆斯林兄弟会不能接纳世俗政客，而巴拉迪和穆萨也处处抵制宗教政党。当我追问第一次参选失利的原因时，穆萨说是穆斯林兄弟会"极力诋毁其他候选人的声誉"。那时有报道指他"酗酒，生活方式极端西化"。

波兰历史学家亚当·米克尼克（Adam Michnik）说过，革命有两个阶段，第一为了自由，第二为了权力。第一阶段焕发出人性最好最纯洁的一面，第二阶段却释放出坏的一面。

穆萨与巴拉迪决定站在最具实力的军人一边。公开报道中说，清洗穆斯林兄弟会之前，两人曾与塞西会面，支持赶走穆尔西。后来穆萨带头起草的宪法中，也规定将来所有政党不得以"宗教"为立党根本，而是要提

① Mohamed El Baradei，2005 年巴拉迪与国际原子能总会一起因为他们在防止核武器扩散上的贡献，获得诺贝尔和平奖。

出具体治国方案，誓把埃及从“政教合一”的倾向中扳回世俗统治的传统。

但没想到的是，军方机器开动起来后，死伤远超预期。刚刚当了一个月副总统的巴拉迪，不想为这血腥清洗背黑锅，提出辞职。他暗示自己曾经建议和平解决，但事与愿违：“我无法继续为自己不同意的决定和令人恐惧的后果承担责任。在真主面前，我无法为任何一滴血辩解……”巴拉迪回到了维也纳的家，但穆萨留了下来。要不要跟旧势力合作，尤其是当它恶的一面显露后，对有些人来说是个道义选择，而对另一些人而言，却是达至目的的必经之路。

我问他有没有投票。“当然，我投给了塞西将军。”投票给谁，于穆萨不是隐私，即便塞西特意脱下军装，穆萨也没来得及改口，还是称他为“将军”。问起对塞西的印象，他的语言更加高明：“我对他的印象，足以让我投下这一票。”外界对埃及新强人相当陌生，西班牙记者一再追问后，穆萨才奉上一串褒义词：寡言而有决断力，21 世纪理念治国。我忽然明白，他为什么对我提到年轻人不满军人执政反应那么强烈。

3 年前见到穆萨，是在气派堂皇的阿盟总部。修剪整齐的黄杨树，直通铺满大理石的厅堂。我们说话的时候似乎还有阵阵回声。现在的穆萨办公室，在一栋居民楼里，据说也是一家公关公司。

他和巴拉迪一样，人脉广泛，富有经验，但不掌握权势。他们很快发现，新生力量靠不住——街头青年没有权势，更缺乏耐心。他们最后一次与街头力量结盟，是用来抗议穆尔西执政。而真正要铲除某些势力，还是得拉上军队。老政客早就嗅到了风雨欲来，但要在风云变幻中掌握主动，必须依附权势。

门卫卡萨姆的每一次选择都让自己后悔，但对眼皮子底下的局势却无比确定。而穆萨的确定感虽然在他的言语中，却未必在心间。毫无政治经验的军人治国，一切会顺利吗？

如何评价执政 30 年的穆巴拉克，穆萨说：“我们不能把一个人逼到墙角，玩命向他开火。肯定的是，穆巴拉克曾经带来和平与稳定，所以，我认为全体埃及人应该理解什么出了错，什么时候开始错的。”

“革命过后，这个国家没有变的是‘官僚’，是糟糕的管治。”穆萨认为这是埃及未来最大的障碍。“那不正需要您这样有经验的人吗？”我想知道他会不会在塞西新政府里谋个职位，再出江湖。“别担心，像我这样的人很多。”他反应迅速，头脑清醒。据说穆萨担任埃及外长的时候，因为人气太高，惹穆巴拉克不高兴，被调去了阿拉伯联盟。2012 年选举中，穆萨的选举标志是“太阳”，而 2014 年塞西的选举标志是“星星”。穆萨应该非常清楚如何隐藏自己的光芒了。

尽管表现谦逊，但穆萨显然不打算退休。小小的办公室里坐着七八个秘书，其中一个女孩大概是新来的，一边听采访，一边记笔记，有人还在她旁边不断小声指点。

问答完毕，穆萨立刻熟练地拔掉麦克风。离开时，我问：“私下说，你会加入塞西政府吗？”

他不假思索：“私下说，我真的不知道。”

滋味

一

杜哈逛遍开罗各大商场，犹豫着要不要买下那条标价 3000 埃镑的鲜黄色礼服裙。学校舞会在即，除了裙子，还有别的决定要做：“两个我中意的男孩都会来，我还没想好跟谁一起去。”

杜哈是我回访对象中最年轻的。2011 年我们遇见时，她才 18 岁。我得允许她先聊聊“裙子”“男孩子”。“价格有点贵，不过我妈说，实在喜欢的话，3000 就 3000 吧。”“3000 埃镑”相当于 2600 多元人民币，在埃及，差不多是一个农民半年的收入。

杜哈父母是常驻巴黎的埃及外交官，在花销方面对留在开罗的独生女格外优待。2011 年的革命冲击了埃及各个部门，但外交官队伍倒相对稳定，杜哈依然过着衣食无忧的生活。

我决定把她从“裙子”话题拉回到 3 年前我们的第一次见面。那是穆巴拉克被解职后第二天一早，解放广场上忙碌而欢愉，有人移除路障，有人冲刷标语——“穆巴拉克下台”一夜之间过时了。一家叫“古尔马特”的食品公司的职员们由总裁带领，全体出来扫街。“今天我们都是志愿者，”总裁艾玛吉德 · 苏尔坦豪情万丈，“各国游客一定都想来看看解放广场发生了什么，所以要马上清理干净。”

一个肤色黝黑、穿传统织布长袍的人，坐了 13 个小时火车，从南部赶到首都，就为了看看“年轻人干得怎么样”。他竖起大拇指：“干得真不错！”

一群年轻面孔中，我注意到杜哈·纳佳，拿扫把的手戴着一副雪白的手套。这个姑娘脸庞瘦长，一头蓬松的黑色卷发。她在比利时当了一年交换生，半年多前才回到埃及。“朋友们都说，你应该想办法留在国外，那里的生活更好。但是我爱自己的国家，我想看到有一天埃及比外国更好。”杜哈说起话来有点害羞，不直视镜头。看到脸书上的召集令，她就和同学一起来了。

她说自己不算“百分百革命人”，只来过一两次。父母当时还在埃及，严令她不许出门，她是偷偷溜出来的。“谁都没想到30年的总统就这样走了。”杜哈出生以来，都在穆巴拉克统治下度过，父母也一直为这个政权服务，“突尼斯革命发生的时候，我想埃及什么时候会改变，大概还要等上100年吧，我这辈子是看不到了。”

可改变到来的时候，她才18岁。“选新总统的时候，我刚好够投票年龄！”杜哈提醒我。埃及宪法设定获得选举权的年纪为18岁，代表这个年龄的人对政治应该有了一定的了解和思考。当时杜哈的心情有些矛盾，或许透露了政治上的早熟：“我也有点担心，我们没有总统了，虽然军队可以控制局面，但我并不认为一国总统以这种方式下台是好事。”

与更换领导人相比，她更关心人的改变。“从前埃及人非常恐惧，不敢说话，我从比利时回来的时候，不明白为什么他们每个人心里都有问题，但就是不说。现在大家真的勇敢了，没有人再敢夺走他们的权利了。”

不远处，几个青年正蹲在地上刷斑马线。杜哈看着他们说：“还有，埃及人不能再乱穿马路了，不能再随手乱扔垃圾了——他们真的乱扔！我希望这不仅仅是一场政治革命，更是观念革命。”

关掉麦克风之后，她跟我聊起在比利时的经历。那里的生活更自由，乐趣更多，但让她不舒服的是，欧洲人一听说她是穆斯林，便充满好奇，“我想那里面有一点点贬义”。

不知道这个原因跟她决心回国有没有关系。但回到埃及，本不是她最理想的学业选择。杜哈喜欢化学，尤其是制药化学，“我想做居里夫人，但埃及居然没有制药专业！你什么时候听过埃及出科学家？只有在其他国家从事研究的埃及裔科学家，我们国家非常不重视科学！”最后顺着父母的意思，她折中报考了艾因·夏姆斯大学的药剂师专业。她向我解释二者的差别，制药专家的舞台在实验室，药剂师在诊所、药房工作。

3 年后我们见面时，杜哈迟到将近一小时。她和五六个女生一起进来后，抱歉说考试安排出了点问题，所以延误了。我和她在一间自助餐厅坐下，她挥挥手叫那些女孩都走开。一个戴头巾的女孩问了她一句什么，杜哈两手摊在桌子上，做了个“我就待在这里”的动作。

唠叨完裙子，我问起她这几年的经历。3 年来，我和她在社交媒体上偶有联系，却遗漏了她最重要的一个转变：那个害羞的女孩一度成为政治领袖。“向真主发誓，”杜哈瞪圆了眼睛，“我尝到了权力的滋味。”

街头革命在校园里催生了民主选举。杜哈试着参加了学生政治部发言人的竞选。她有点羞涩，但言谈流利。“我站在台上，面对几千人讲话。起先有点紧张，后来越来越兴奋，那么多人一起听你讲话，那种感觉真是太棒了。”

当选之后，这位学生发言人马上接到了电视台的邀请。“那时我太傻了，主持人问什么我都老老实实回答。”她在电视上承认学生中有人吸毒，结果回学校后遭到恶言攻击。但她很快证明自己的强悍与聪明，学会了怎么跟媒体周旋：“特别简单，不管主持人问什么，你说自己想说的！”

杜哈成了学校里的明星。走到哪里都有人认出她，总有人聚在她身边。随着人脉扩大，她发现只要她肯帮忙，总能解决其他人的问题或联络到能够解决的人，“真的，我觉得自己无所不能。”除了阿拉伯语，杜哈还会讲流利的英语和法语。她把发言人工作扩大到对外交流上，促成一个国际机构来学校免费培训，又说服了约旦一所学校接受艾因·夏姆斯大学学生交换。“都是我一个人完成的。”她强调。

我问她为什么社交媒体上不见她提起自己的发言人角色。她笑了，原来是怕父母知道，“要是看到我出现在埃及电视上，他们会犯心脏病的。”家里禁止杜哈参与政治。

眼下杜哈年满 21 岁，到了法定参选地方议会的年龄。“如果我想参选，也许并不难，但是我放弃政治了。”

听她的经历好似坐过山车，我还没从忽然攀上高峰反应过来，就已经陡然跌落到消极避世的环节中。

当她手中有了“解决别人问题”的权力，也会成为攻击的对象。“人可以变得非常可怕。”她摇着头，一连说了好几个“可怕”，“他们拆你的台，污蔑你，有些人阳奉阴违，渐渐地，我没朋友了。本来挺好的几个朋友，都退出了学生会。最后我也退出了。现在，我只对狗有兴趣，帮助了一些流浪狗。”这倒是跟美国总统心有灵犀——杜鲁门说过，想在华盛顿找个朋友，最好养条狗。

一年多前，杜哈在社交媒体上还给我发过链接，叫我看警察街头施暴的视频。那天她叫上同学到解放广场抗议，心中悲愤。对话结尾，她敲进来的句子是：“我发誓，你会见到的。埃及人会实现民主，公平选出总统。”

然而，政治终于令她失望：“你为人们做了那么多，到头来，你发现那些人不值得你服务。”比如，学校里的穆斯林兄弟会成员。他们原本不敢公开表达意见，现在——“去查查他们的论坛留言，那就是恐怖分子言论，动不动要搞爆炸，萨达特（前埃及总统）犯了错误，释放他们，我要是总统，统统关起来一个都别想离开！”她几乎要拍桌子，那个政治部发言人瞬间复活。跟我们第一次见面时相比，她的肢体语言幅度更大了。

不管怎么说，杜哈承认自己是幸运的。如果穆巴拉克不走，她不会对“死气沉沉的政治”感兴趣，也就不会发现自己的潜能。尽管一年多的民主政治经历，于她像是囫囵吞了盛宴，有点消化不良，但“至少，我现在知道自己有能力做很多事情”。坐下来时，我看到她与其他女生的互动，察觉到这个姑娘已经变得十分自信，甚至还有那么一点点高傲。她打算本科毕业后，到欧洲念最喜欢的制药专业硕士。“还有，我对国际关系和政治也感兴趣，也许两个专业都会念。”

吃完饭，杜哈掏出手机推给我看，神情忽又变成一个小女孩，暧昧地笑着，让我比较那两个中意的男生。“我更喜欢这个，但他是个基督徒。”我认真看了，两个男生长得挺像。在埃及，不同宗教间通婚是可行的，通常的做法是其中一方改信伊斯兰教。

走出餐厅，杜哈要去商场礼拜室祷告。在此之前，她必须去洗手间仔细清洁身体。她请我帮她拿一下包，然后想起了什么——下午的考试对她并不难，难题是包里放着一盒从法国捎来的巧克力，不知该给那位基督徒，还是穆斯林男孩。

二

每次在外采访，我都找机会接触当地的中国留学生。他们对异域文化的观察最直接生动，在新鲜陌生的世界里，他们身上的“中国”也更加清晰。10 多年前，我自己就是埃及开罗大学留学生，2011 年那次没来得及故地重游，这次一定要了结心愿。经朋友介绍，一名正在开大念文学硕士的中国女孩愿意用她的学生证领我进去。

站在校门外等小月时，思绪万千。昔我往矣，今我来寻。24 岁，埃及是我去到的第一个“外国”。阿拉伯语从书本里走出来，7000 年金字塔触手可及。最大的转变是，你成了“外国人”，走到哪里都遭人围观，小孩子涌上来摸你黑而直的头发。与当地人交谈，他们对中国的种种幻想或是误解，最终都会变成你完善自我认知的一部分。

还有一个意外收获，那就是在埃及遇见了西方。埃及见闻中随便扯出一个线头，都能牵引西风东渐的往事。法老墓上的象形文字，今人能够读懂，全因入侵埃及的法国士兵无意中发现的罗塞塔碑。这块黑岩石上镌刻 3 种文字，失传千年的象形文字忽然找到注解。开罗最精美的老房子里，阳光透过细密繁复的木窗棂，阴影铺满素雅匀称的马赛克地砖。可它是一个英国人的故居，埃及国王还封他为“帕夏”（总督）。市中心有个“美国大学”，再一查，在黎巴嫩和海湾也有分校，原来是一段美国基督教传教史。更不用说我念的新闻系，落笔句子常常是“美国国务卿就中东局势发表谈话”，“欧盟检讨中东移民问题”……要理解中东，不可能不追溯到“西方”这把钥匙。

自1798年拿破仑在埃及登陆以来，欧美影响像一把利刃，不断地塑造着中东，打磨出一个现代社会的模样，但也留下不少硬伤（如殖民者不合理的边界划分），更不用说挥之不去的心灵创痛。至今萦绕于阿拉伯人、伊朗人、土耳其人心间的问题还是，一种曾经灿烂的文明如何面对强盛的西方？

公元8世纪至13世纪，是伊斯兰文明的黄金时期，科学技术领先，文学艺术兴旺。阿拉伯语翻译的古希腊经典，为欧洲文艺复兴保留了火种。十字军东征，劫掠回去的是东方进步的文明成果。但那以后，伊斯兰文明不断遭遇挫败：先是蒙古铁骑、英法殖民者，后来能源的发现把美国引入中东，冷战时期超级大国的对峙，后来以色列的嵌入，最终造成阿拉伯人最羞辱的战败记忆和至今无法平息的冲突。奥斯曼土耳其帝国的崛起，曾经维系了一段时期的荣光，但后来也在第一次世界大战后分崩离析。

中东对美国和欧洲的意义是不同的。即便没有石油，欧洲与中东相近的地缘，也注定了两种文明与生俱来的相抵相融。拿破仑的军队很快撤走了，埃及总督穆罕默德·阿里（Muhammaol Ali）却深受震撼，派人到巴黎考察学习，带回来一系列社会改革，影响到奥斯曼帝国各个属地。埃及率先在1875年仿效英法，制定宪法成立议会。比起政治变迁的粗犷线条，不同人群间生活方式的影响绵密无声。阿里改革促使阿拉伯知识分子借西风振兴文化，人们的穿着、生活态度乃至语言都出现了变化。①到了21世纪，现代通讯和交通更令世界各地的人紧密地联系在一起，埃及人爱看好莱坞电影、土耳其电视剧，上层精英们更加频繁地往返欧洲。社交网络上，人们零距离对照彼此的生活。

几百年来，各种“主义”试图为伊斯兰文明复兴找到一条出路。但2011年发生的变革，却没有意识形态主宰。它也不像是关于“哪一种制度更适合”的严密论证，而是一声朴素的生活要求：“别人有的，我也

① 穆罕默德·阿里是近代埃及最重要的现代化推手，并在1805年建立了阿里王朝，下辖埃及与苏丹，直到1952年被推翻。

要——自由、公正、尊严。”

正想着，小月在天桥上出现了。我远远就认出那是个中国人：轻盈瘦颀，长的上衣和几乎盖住脚踝的白裙子，一路飘过来。“我在国内不会这么穿，和埃及人一起上课，穿太短他们会不高兴。”她清秀伶俐，笑容热情。

跟我当年一样，小月 24 岁来到埃及。可是 2013 年年初至今经历的，正是军方和穆斯林兄弟会矛盾加剧、暴力频仍的时期。她住所楼下就是地铁站，坐一站到学校，十分方便。但是半年前，一天早上 7 点，还在睡觉的她听到了惊天动地一声巨响：“就像很强的风使劲从外面吹阳台门玻璃，玻璃要碎了一样。”地铁站里一枚炸弹爆炸，5 人受伤，大部分是巡逻的警察。

小月很快见惯了周围各种游行，就连家门口的爆炸，也没有深究凶手是谁。“这种事情我们默认是穆斯林兄弟会做的了。”除了人身安全外，诸多不便开始渗透到她的日常生活中：去超市买东西，钞票被拒收，因为上面写了一句反政府口号；基础设施受到严重影响，停电停水随时发生……

我们打算从离天桥最近的大学侧门进去，但十几个人堵在门口，校卫不放行。小月举着学生证，用阿拉伯语说：“我是这里学生，要去系里找教授。”还是不让。尝试另一个侧门，同样不灵。她担心可能是学校里出了什么事，但现在正是暑假，应该没什么人。“封锁校门是常有的事，没人向你解释。”

开罗大学早就不是象牙塔，小月的课程多次被校园里的催泪弹、水枪打断。去教室的路上，常常站着荷枪实弹的防暴警察。开罗大学之所以那么乱，是因为学生往往是集会游行主力，而且他们中穆斯林兄弟会成员和支持者众多。

埃及普及大学教育，招生对象广泛。我当年的同学中有精英阶层后代，也有偏远农村的孩子。穆斯林兄弟会创始人哈桑·班纳就曾是开罗大学的学生，由于这个组织向穷人施惠，所以在贫困青年和理想主义者中很受欢迎。巧合的是，过去 3 年革命中，世俗反对派领导人、前国际原子能机构总干事巴拉迪，以及有穆斯林兄弟会背景的总统穆尔西都是开大毕业生，但两个人主张迥异，水火不容。

终于有个小门不设防，我们跟着人群进去了。记忆中碎片般的影像渐渐拼凑，却终究有些生疏了。最陌生的是校园里满墙涂鸦，看得人头晕目眩：“刽子手！”“杀人犯！”“CC蠢货！”“我们学校怎么那么多穆斯林兄弟会的人呢？”小月又指着墙上的“CC”问我：“学姐，这是谁呀？”“就是你们的新总统塞西啊！他原来是国防部长，镇压了穆斯林兄弟会……”小月恍然大悟。她在官方报纸上看到过塞西全名，“CC”是其姓氏的民间简写，但她没想到校园里密布的咒骂指的是同一个人。

不知道小月如何理解埃及这 3 年来的曲折变化。我小心翼翼问到“民主”——在某些语境下，这个词已经太多歧义，甚至污名化。我不想提起它，但有时似乎只有它能探知一个人在系统思考之后的总括。

小月的回答文采飞扬。她形容埃及人的民主追求：“意淫！”

“为什么呢？”

“学生们游行根本不知道是为了什么，凑热闹走过场，找个借口不用上课罢了。”

“你跟他们聊过吗？”我想起她对“CC”的困惑。

“一开始我问过他们为什么游行，他们只能回答我喜欢谁不喜欢谁，说具体点就不行了，语焉不详，后来我就不问了，他们说了也跟没说一样。”

小月忙于课业，跟班上埃及同学关系良好，但没什么时间深交。硕士生各忙各的，也不大在校园里久留。据她观察，平时聚在学校里的大多是本科生，下课就没事做，闲坐聊天，或是“一个破易拉罐，踩瘪了踢一下午”。有时小月晚上去听课，离开时天都黑透了，那些学生还没走，直到校警吹哨子赶人。“游行能解决什么呢，他们就是没事干！”

埃及学生素质参差不齐，这也支持了她的看法。除了文学专业课，小月希望选修“希腊哲学”，但大部分埃及学生畏难，最后因报名人数不足 3 人而取消。有次期末考试，考题跟老师之前讲的稍有变化，埃及女生居然当堂大哭起来。“我就想，抓紧时间能答多少答多少呀！”一个中国学生的阿拉伯文学课要比本地优秀学生考得好很难，但小月的英语、计算机等科目，考分一直比大部分阿拉伯学生高。

最陌生的是校园里满墙涂鸦，看得人头晕目眩："刽子手！""杀人犯！""CC 蠢货！"

小月的研究方向是比较文学。她喜欢阿拉伯古代诗歌，"阿拉伯现代文学中有出色的小说，但文学理论引的都是西方那一套"。她最爱的还是中国古代文学。但是中国和阿拉伯文学在题材、类型上差距很大，相互翻译的作品又很少，研究者常常需要找英文译本当"第三方"。如果找不到英文译本，还想做比较，理论上来说，就得自己动手把整个作品翻译成阿拉伯语。所以，中国学生图省事，最后大多改写文本分析，也就是单向解析某个作品的特征。我另一个曾经在埃及学习中国与阿拉伯比较文学的朋友曾沮丧地说："学了半天，发现二者不具备可比性……"

小月常用中国网络流行语"奇葩""醉了"来形容埃及社会的种种奇观。我有些不好意思地想起十几年前，那也是中国同学间的谈资。我们最容易看到的，是埃及学生远不如中国学生勤奋；最难理解的，是他们超越逻辑的乐观情绪。而遇到我们无法解释的行为，就归于"奇谈"，从中取乐一番。几个世纪前，阿拉伯旅行家也好搜集各地奇闻，以骇人耸动为要，解释原因反倒不是最重要的。至今我看到的中国有关中东的研究，在历史、政治、文化、宗教方面都卓有见解，但很少谈到人与人的接触、思维和行为方式的相互理解。

我们在学校主道上走了一会儿，人影稀疏，流浪猫在脚边徘徊，看不出有什么缘由要封锁校门。我想起包里有香港带来的牛肉干，就拿出来一起吃。食品总是中国留学生最好的慰藉。

我问小月，是不是在埃及的见闻影响了她对民主的看法。她想了想，放慢语速说，其实出国前，信息的获取对她早已不成问题。她喜欢韩国明星，为了追韩星的脸书，开始用一款翻墙软件，而那软件一打开，主页是中文新闻。“当然啦，中国有很多问题，我也恨腐败，但是，你硬要搞西方那种民主的话，就像埃及，你看看乱成什么样子。年轻人成天游行，荒废学业。”

后来我发现她在自己的微信上，留下一段宣言，更准确地解释了她的想法：“作为一个非党员，连团都没入过，我觉得我果然还是彻头彻尾的民族主义者，西方那些民主专制的说法不过是欲加之罪罢了。任何权力的集中都会存在专制，绝对的民主是不存在的，民主也不是万金油。再如何民主，统治阶级也不会消失。过好日子是真的，民主能当饭吃吗？民不民主还不是政客一张嘴？国家如果有问题，要承认、要正视，而不是一味不分青红皂白否定批评。往死里诋毁你的国家对你有什么好处……”

你无法对一个家门口有炸弹的人讲“民主是个好东西”。无结果的游行、高压水枪下的停课、全副武装的防暴警察，这些对小月来说都是活生生的。她饮的这一瓢“民主的滋味”，是危险的、无用的。也许我可以说，那是因为小月没见过 2011 年的解放广场，没有跟那时候的埃及人聊过。但即便能够，答案会不同吗？ 3 年来，埃及人共同经历的是梦的破碎。一些人的生活跟着破碎，她会听到此起彼伏的哀叹。

三

然而，埃及革命是一个关于“杯子半满还是半空”的故事。在回访的那些人身上，我看到3年前的共同追求不可能不留下印记。比小月年轻4岁的杜哈，天分与才能在国家转变中闪亮出来，她厌倦政治，却没有意识到正是政治释放了自己：她不再担心去欧洲，不再听命于父母，年轻的心开始高飞。

卡塞姆眼里无畏的光芒熄灭了，但家里的政治讨论还会继续下去。练达的政治家穆萨，在每一个转折关头从容应付，但他体会到埃及已经变得谁也无法单独掌控。阿巴斯与瓦利德付出了汗水、泪水和鲜血，但谁都无法指责他们后来为了保全自己做出的选择。2011年彻底改写了他们的人生，而我隐约感到，那只是他们政治生涯的开篇。革命后极少数的受益者，如中东通讯社总编海达尔，聪明地指出，崇尚民意比幸运更重要。而任何地方都有那么一些记者，像福里和梅耶达那样，他们无法坐在办公室，老于世故地预测历史循环，他们必须走去现场，走进每一个细节。他们的使命感，并没有因时间和境遇改变。

还有那些自视为“革命主力”的中产者。革命因果南辕北辙，他们本可以彻底归隐到物质生活中去，但每一个人都走上了不同的道路，寻求新的力量源泉。萨拉希望“20年后，曾经为革命付出代价的人，可以从体制内部改变”，效仿欧洲“六八一代”——20世纪60年代欧洲左派学生运动，喊着“Marching through the institutions”（进入体制内部寻求改变），20年后重写欧洲社会的政治与文化。但是“六八一代”能够成功，一个重要的助力是“二战”后欧洲经济的迅猛发展。在埃及，如果变革的愿望是翅膀，那么下面还没有劲风吹拂，社会经济条件、权力结构，也都没有准备好迎接实质改变。尽管如此，艾哈迈德、萨拉、鲁特菲，他们心里的希望都不肯死去。

每一瓢革命的滋味，冷暖自知。而每一种滋味都是真实的。当我怀疑小月看到的并非全貌，那么我写的这些人身上，又能不能勾画出变革的脉络？3 年时间，又是不是一个合理的丈量？

我不知道。但可以肯定的是，没有人忘记那场革命，哪怕它凝成了疮疤。变革的冲击太过猛烈，唤醒了无数心灵。

遇到杜哈的那一天，我的摄影师，一个不关心政治的香港人，激动地说："看见年轻人主动出来清扫，我感到这个国家是有希望的。"在埃及的日子里，他忽然向我问起很多关于中东的问题。

3 年过去，我看见每一个人仍在为突如其来的变化寻求解释，解释自己的境遇。当人开始寻觅答案，他已经变得不同。

尽管 2011 年促使变革发生的手段之一的通讯科技来自西方，但那影响是间接的。从突尼斯示威开始，西方政府反应迟缓，法国内政部曾经通知后来被赶跑的本 · 阿里，愿意调遣警察平息。驻扎着美军第五舰队的巴林应声而起，令美国在现实利益与民主原则间进退两难。西方第一次在中东的变化中失去主动。为了挽回主动，才有了后来的陈兵利比亚。转到叙利亚这一站，又变质成西方与俄罗斯之间的利益较量。

以 3 年时间回溯，2011 年革命，对于埃及社会面貌的影响，无法跟过去 200 多年西方的直接干预相比。但它在人心里激起的情感是不同的，因为这一次，是他们自己改变了自己。

05

阿拉伯联合酋长国

“我现在就要”

20 世纪初

迪拜成为当地最主要港口。

1929 年

全球经济萧条，日本人工珍珠养殖兴起，迪拜的天然珍珠采集业崩溃。

1966 年

迪拜发现石油，但储量远小于阿布扎比。

1971 年

阿布扎比、迪拜、沙迦、阿治曼、富查伊拉、乌姆盖万 6 个酋长国摆脱英国统治独立，组成阿拉伯联合酋长国。次年，哈伊马角酋长国加入。

1979 年

迪拜建成世界第一大人工深水港，成为中东最繁忙的港口。

1983 年

迪拜国际机场开辟免税区。2012 年成为全球以销售值计算的最大机场免税店。

1985 年

阿联酋航空成立，迅速推广观光旅游。

1999 年

迪拜标志性建筑阿拉伯之塔（俗称“帆船酒店”）落成开放。20 世纪 90 年代，迪拜标新立异的建筑层出不穷。房地产业开始对非“海湾合作委员会”成员国国民开放。

2006 年

穆罕默德·本·拉希德·马克图姆接任猝死的哥哥，出任迪拜酋长、阿联酋副总统、阿联酋总理。同年，成立国有投资机构“迪拜世界”。

2009 年 2 月

阿布扎比央行购买迪拜所持的 100 亿美元债券，缓解迪拜资金流动性问题。

2009 年 11 月

国有投资机构“迪拜世界”要求推迟还债，引起全球市场恐慌。阿布扎比出手 100 亿美元相助。

2010 年 1 月

人类史上最高建筑“哈里法塔”在迪拜揭幕。

殿下的盛宴

世界第一高楼即将揭幕。直播画面中，迪拜酋长谢赫·穆罕默德·本·拉希德·阿勒马克图姆（Sheikh Mohammed bin Rashid Al Maktoum）坐在前排，却看不出兴奋。按理说，没有什么比在自己执政4周年之际，对外宣布迪拜“仍然是第一”更加美妙了。

“286、287、289……”

表示楼高的数字不停在荧幕上翻滚。世界屏息以待，迪拜塔究竟有多高?

828米。

烟花骤起，喷泉狂舞。

但美国有线电视CNN的主播一时糊涂了，为什么直播画面上出现一个名字叫作“哈里法塔”？“迪拜塔到底有多高，当局似乎还没宣布，现在我们知道一座‘哈里法塔’的高度是828米……”

说阿拉伯语的世界却一下子明白了。“哈里法”取自阿布扎比酋长谢赫·哈里法·本·扎耶德·阿勒纳哈扬（Sheikh Khalifa bin Zayed Al Nahyan）的名字。阿联酋由包括阿布扎比和迪拜在内的7个酋长国组成，迪拜的发展如火箭直上，与首都阿布扎比之间的关系十分微妙。

而这一夜，迪拜以鸟瞰世界的高度站起来时，额头却烙着阿布扎比的名字。穆罕默德殿下的心情，不难体会。

几个星期前，阿布扎比出手100亿美元，搭救迪拜无法按时还债的尴尬。迪拜塔在揭幕最后一刻改名，也是在向缺席盛典的阿布扎比王室致谢。

2009年年末的一场债务危机，迪拜险些从沙漠传奇变成随风飘散的蜃景。

一

“迪拜 1 号”、奔驰吉普G55 的门关上，喧嚣突然隔绝。窗外人群涌过来，一层一层举着手机相机，闪光灯亮成一片。背影里，他笑声低沉。金色阿拉伯罩袍顺垂，白色头巾在额前叠成硬硬的尖角。

2008 年，我两次到迪拜拍摄纪录片，第二次是以穆罕默德酋长本人为主角。酋长办公室通知，拍摄当天两个外景点之间的路程，我得离开摄制组，单独坐到酋长专车上与他见面，因为他希望在访谈前“了解采访者”。

吉普缓缓启动，一只枯瘦的手忽然猛拍车窗。酋长示意司机摇下玻璃。黑纱盖头的妇女，大声喊：“我们崇拜您！殿下，我们崇拜您！”

“哈哈。”酋长微微探头。

我从后座看着他的背影和狂喜的人群：“我想，您早就习惯了人们的敬意。”

酋长转身，直视我：“如你所知，获得成功，别人就尊重你。”

应酋长办公室要求，我事先传过去了自己的简历，列明曾经采访过的对象。据说酋长对我见过哈马斯的亚辛[①]、巴勒斯坦前领导人阿拉法特很感兴趣。在车上，他并没有太多问及我的经历。正好，我可以更多了解他和迪拜，而不是相反。

酋长的媒体官员们负责制造“神秘”，事先警告此次拍摄来之不易，规矩很多。除了面对面的专访之外，外景拍摄中，我作为出镜记者，不准跟酋长讲话。但酋长总是展现“亲民”，主动走过来聊天，在车里交谈，也

---

① 哈马斯为“伊斯兰抵抗运动”（Harakat al-Muqāwamah al-'Islāmiyyah）的缩写，成立于 1987 年，是一个逊尼派的巴勒斯坦独立建国组织，拥有自己的武装力量，被以色列、美国、欧盟、日本等国家视为恐怖组织。亚辛为其创办人与精神领袖，主张用武力建立包括从地中海东岸到约旦河西岸的“全巴勒斯坦”式的伊斯兰共和国。他 12 岁时因为运动受伤而不良于行，终生靠轮椅行动。1957 年赴埃及爱资哈尔大学就读，1965 年加入穆斯林兄弟会。2004 年 3 月因以色列直升机的攻击而丧生，有 20 万巴勒斯坦人参加了他的葬礼。

常常从前排侧身，好让我听清。甚至给了我他的手机号码。在拍摄结束后，他本人还打电话来问候全组。

我们在不同地点偶遇的民众，都待他如明星。镜头中，酋长也总是停下来与民众握手、交谈，摸摸小孩子的头。酋长专车前后没有护卫，出行不需要封路。出租车跟“迪拜 1 号”并行，还超了酋长的车。

“是防弹车吗？”我奇怪酋长为什么不配保镖。“普通玻璃！”他伸手用指关节连敲几下车窗玻璃：“一次在商场里，有个老头看到我很惊奇，问：‘您的保镖在哪里？’我说，你看，这里所有的人，他们都是我的保镖。那些坐防弹车到处带保镖的人，我觉得那是活在监狱里，你必须和你的人民分享财富。”

迪拜王室的确在民间广受拥戴。从 20 世纪 60 年代第一笔石油收入入账，王室就聪明地与民众分享。今日迪拜，占总人口不到五分之一的本地人，不用交税，甚至不必工作——单从雇佣外国人的手续中就能获利。外国人在此经商同样免税。很多人相信，迪拜王室是“为人民服务”的典范，创造了无数致富机会。

迪拜人工滑雪场的法国教练，盛赞酋长家族高瞻远瞩：“你看，沙特为什么没能产生奇迹？因为王室独占了所有财富……哦，我讲太多了……”他捂嘴。

跟这里的中国人交谈，发现他们大多喜欢迪拜，而吸引他们留下来的，首先是免税、物质丰富，其次是不谈政治。淑容结合中西医之长，在这里已行医 9 年。问她在迪拜找到了什么，答：“自由。”她的前半生在希腊和美国度过，这个回答令我疑惑：“美国和希腊没有自由吗？”“不一样，在美国，病人走进我的诊所，我都得考虑一下他是民主党还是共和党，话别说错了，而迪拜的政治气氛太弱了。”在她看来，远离政治，才是自由。另一名中国女士在这里找到了恋爱的自由。“如果我在北京，家里不会同意我嫁外国人。可是在这里，大家都是‘外国人’，在这种宽松的气氛下，我找到了现在的爱人，他挺优秀的。”迪拜唯一令她不悦的，是这里虽然有严格的伊斯兰教规，但大批外国妓女的存在亦非秘密，以致中国良家女性走在街头，有时也会被人尾随追问“多少钱”。

二

2008年年初我去迪拜的时候，它正享受着世人景仰。巴掌大小的海岛，勇担无数“第一”：最昂贵的人工高尔夫球场，最大的室内滑雪场，号称“世界第八大奇迹”的人工岛，形似金字塔、泰姬陵的购物商城……奢华炫目的细节叫人目瞪口呆：贪婪与雄心，在这里得到赤裸裸的褒奖。穿梭城中，当地人总会给你指：看，那是在建的“迪拜塔”，将要成为人造世界的巅峰。网上聊天遇到一个在国内的朋友，得知我在迪拜，他敲出两个字：天堂，马上又加一行：富人的。

从令人炫目的建筑天际线收回视线，你也会发现迪拜并不富庶的一面。老城区破旧脏乱，外籍劳工开着“尼桑”堵在双向14车道的公路上。一名菲律宾女佣坚定摇头：“我不喜欢迪拜，不喜欢。”她们的工资每月不超过1000迪尔罕姆（大约2600元人民币），许多雇主私下与她们签订了比官方标准更低的雇佣协议，但仍然不断有人愿意到这个看似遍地机会的天堂打工。虽然新闻报道说，当地的斯里兰卡工人工作条件恶劣，自杀案例增多，但我遇到的一个斯里兰卡司机说，他庆幸有一份收入，下一代可以在这里受教育。灼热的建筑工地上，印度工人告诉我，他在迪拜月收入700迪尔罕姆（大约1820元人民币），比在老家多一点，在老家他根本找不到工作。

外国人在阿联酋都持短期签证，且必须依靠本地雇主的担保才能工作。也就是说，只要雇主不满意，你就得搭下一班飞机离开。虽然人权组织猛烈批评迪拜的外国劳工状况，甚至有人称它为“21世纪的理想生活形态，背后是由中世纪社会的运作模式在支撑”，但所有缺陷都抵不过络绎不绝的游客和接踵而起的高楼证明的硬道理：迪拜成功了。

哈佛大学医疗中心的撒尔帕·坦里，原籍土耳其，被派驻来迪拜工作。在全中东最大的医疗中心里，吹着冷气回答我关于迪拜外籍劳工的问题："没有人强迫谁来迪拜。"

"可是你的选择比那些人多啊。"

"是的，可我还是说，没有人强迫你来，这不是迪拜的问题，这是全球化，是全世界的问题。"如果成了全世界的问题，它似乎就不是个问题了。

酋长本人的生活，未见得时刻奢华。四四方方的奔驰吉普车内，没有任何装饰。酋长用最普通的直板手机，插在塑料底座上。跟拍一整天，他到哪里都穿一双凉鞋。这与整个城市的风格和它崇尚的哲学极不相符。那些纸醉金迷的酒店，毫无节制的名牌购物商城被批评为"炫耀性消费的绿洲"，炫富多于实用。而酋长简朴的行头，反倒令人想起贝都因人最初的游牧生活。

迪拜的成功归于统治者，或许不无道理。马克图姆家族擅长打破陈规。他们发源于阿布扎比，跟当地统治家族闹翻之后，北上发展。阿拉伯半岛夹在欧亚非三洲之间，从几乎所有商业中心城市飞过来，都不需要转机。但是，当半岛各邦或依赖石油，或偏于保守时，迪拜却一步当先，用好了这份"地利"。这种"领先"精神，一半也是出于无奈。波斯湾沿岸多产石油，迪拜的石油开采为发展带来了"第一桶金"，可惜储量十分有限，到今天石油收入也只占到迪拜总收入的6%。另一项没落的传统产业，是珍珠采集。沿海渔村的天然珍珠出口生意，在20世纪30年代全球经济大萧条时期遭受严重影响，但更致命的打击，来自日本人工珍珠养殖的兴起。石油枯竭，采珠业衰败，种种不利环境逼着迪拜另觅出路，而无法像邻近的沙特、伊朗、科威特那样，躺在能源上做"食利者"。

波斯湾沿岸港口众多，但迪拜的做法不同。从现任酋长的父亲拉希德殿下开始，迪拜海关就以放任进出口货物著称，甚至被传为"海盗避风港"。我们参观的"帆船酒店"（正式名称是"阿拉伯之塔"），也就是哈利法塔出现之前，迪拜最为人熟悉的地标。英国管家介绍，酒店可以用直升机接载贵客到酒店，房间里有一台每次换客人都换一个号码的传真机，确保隐私。我不由得想到，这真是个发笔横财隐姓埋名的好去处。

迪拜也得到天时。20世纪80年代，波斯湾几个邻国与迪拜发生争执，纷纷撤销航班以示为难。拉希德殿下干脆成立了自己的航空公司，也就是日后名声大振的阿联酋航空。成立不久，就迎来了全球观光业复兴——柏林墙倒塌，自由旅行成为时尚，曾经封闭的经济体涌入市场经济，尤其是东欧、中国、印度和东南亚。美国记者伊丽莎白·贝克（Elizabeth Becker）在著作中指出，阿联酋航空一早把握机会，大量取得新兴发展中国家的降落权，特别在只有小型航空公司的二三线城市，"当中产阶级开始搭乘阿联酋航空前往迪拜时，他们马上成了有利可图的市场"。在距离迪拜飞行4小时的范围内，阿联酋航空的市场是20亿人，七八小时范围内，住着40亿人。

迪拜还是区域政治版图上的中立地带。西亚北非的任何动荡，竟都能为迪拜带来新的旅行高峰。伊拉克战争、阿富汗内战，乃至"阿拉伯之春"，一次次推动着逃难的商人、流亡的前统治者、改变休假行程的外国人挤爆迪拜的酒店，在战火边缘享极限之乐。2007年在巴格达，伊拉克总统塔拉巴尼的秘书曾恨恨地对我说："迪拜算什么，过去20年我们遭了殃，他们才起来……"

房地产紧跟航空业的脚步，酒店、住宅、办公楼、购物中心，光怪陆离的摩天大楼，组成了迪拜的面孔。"建筑物越高，空间利用率越低，因为你必须装很多电梯，通常而言，25层以上就开始浪费空间了。"在中东工作多年的建筑师朋友说，"不过，迪拜建在沙漠里，土地便宜得多，他们不在乎用地，负担得起那么多高楼和宏大的建筑。"

除了空间资源丰富，迪拜负担得起狂飙突进的发展，还是因为"中央计划加自由市场"的混合经济体制。两大地产巨头由政府运作或控股，三大投资机构也都是国有企业。对这些企业有利的生意，马上会变成政府政策。

阿拉伯联合酋长国名义上奉行君主立宪制，但没有普遍投票或完整的民主选举。极少数迪拜公民可以参加阿联酋联邦选举委员会选举，候选人和选民都是酋长国殿下们挑选的。伊丽莎白·贝克认为，阿联酋王室或多或少可以随心所欲地统治，指派自己的顾问、议会及立法机关成员。这对法规能否通过具有实质影响力。这意味着，统治者不但可以随心支配国家收入，发展项目也不用担心有人抗议、诉讼或者否决。没有公民团体阻挠伤害环境的建设工程。世界上大多数国际机场都不接纳通宵客机，但迪拜机场不用担心它们抵达时持续的噪声。对于迅速扩容新航线等，其他政府也许需要权衡利弊，迪拜却可以马上点头。浪费能源也无人非议：沙漠里的高尔夫球场，每一棵树的淡水供应一年花费 3000 美元。这样的球场，迪拜有 7 个。在这里唯一发生过并取得成功的公民抗议，是当地动物保护团体营救豪华酒店水族箱里的濒危鱼类鲸鲨。

三

“布什来迪拜的时候，也坐在我车里，他跟我谈论民主。我告诉他，你来迪拜，我不能强迫你穿长袍，正如我去美国，你不能硬叫我穿西装。民主在不同的地方，意味着不同的东西……”吉普继续前行，穆罕默德酋长说起几年前美国总统的访问。

“不靠民主，那么迪拜成功靠的是什么呢？”

“我说过，只有狮子领导绵羊，不能让绵羊领导狮子。要成功，必须有团队合作和……”我想起那正是酋长自传前言里的话，接了下文：“强势领导！”酋长竟大笑着转向后座，以阿拉伯人的方式与我击掌。

2008 年时，59 岁的穆罕默德殿下从他因心脏病猝死的哥哥手中接过王位才两年。但他对治理迪拜并不陌生，也有人说在过去 10 年中，他才是迪拜真正的设计者。他的父亲拉希德殿下，一早就把创立阿联酋航空的任务交给了穆罕默德。帆船酒店、棕榈岛等标志性工程也出自他的策划。“我们的领导人想法超前，我们必须追赶他的脚步。”采访迪拜官员的时候，每次都能听到类似评价。虽然不存在并行的监督机构，酋长也能够明察秋毫，纠正体制内的错误。2001 年起，穆罕默德宣布对贪腐“零宽容”，揪出一串收受利益的高层官员，还不寻常地在媒体上曝光，警示遍布皇亲国戚的官员体系。

当地人爱说，穆罕默德殿下长着沙漠飞鹰一样的眼睛，"能看穿你在想什么"。可是，在上一个拍摄点，在迪拜媒体城的开幕式上，我却见他顺手拉起一个献花小男孩稚嫩的手，玩一样放在按钮上，启动了阿语世界最重要的电视台的5周年庆祝仪式。我看到这眼睛里，更有一份志得意满——他不需要看穿什么人，"成功"的迪拜不在乎其他人的想法，恰恰相反，它要挑战众人的成见。别人以为它的成功是走运，但迪拜的统治者相信，是他们从政治制度到经济运行都"做对了"。

"位置、位置、位置"，通常被认为是地产业的魔咒。拥有良好位置的迪拜，念叨的却是"信心、信心、信心"。他们要让投资者相信迪拜的未来。"对于商业投资而言，民主不民主还在其次，重要的是政治稳定、法律公正，比周边其他地方更具经济潜力。"一名不愿公开姓名的外国公司代表说，"从这个意义上讲，迪拜需要塑造一个令人信服的君主形象、一个持续增长的城市形象。"

没有反对声音，迪拜的形象工程不必计较经济账。20世纪90年代，帆船酒店建造的初衷，是不惜把迪拜"标在地图上"：世界最高最豪华的酒店，号称"七星"。酒店所属卓美亚集团执行总裁杰拉德·劳勒斯（Geralel Lawless）说它获得了"巨大的商业成功"，但"帆船"的造价却从不公开，盈利情况也不向市场公布。竣工之后不消几年，它就被同在迪拜的另一座豪华酒店以8米之高超越了。这是一场流动的盛宴，迪拜是每天更新高度的城市。

"殿下，迪拜为什么需要那么多最高、最大、最昂贵……而且不断保持'之最'？"

"因为没人记得住第二，迪拜只能做第一。"

"可是，为什么非要争第一？"

"Why not？"

专访在酋长办公室进行，每一条问答，酋长都有他的标准答案，有时听上去跟之前接受美国CBS电视台的采访并无二致。"why not？"已经变成了迪拜大臣们对付外国媒体的口头禅。

采访的所有问题，必须事先以书面形式提交，经酋长办公室公关团队审核。同我们打交道的两名公关都不是当地人——一个是南非男人，系着猎豹图案领带；一个是加拿大女人，不断提到自己对咖啡因过敏。领导整个媒体团队的国务委员，是个20岁出头的迪拜姑娘，只出现过一次。

听说围绕在酋长身边的“智囊”几乎全部是西方人。长袍主人说“我要”，打领带的就付诸实施。反过来，谋士们也常常鼓励酋长冒险，把迪拜当作试验场。

“哦，这个不行，这个……绝对不能问……”两名公关在我的问题单上画叉，逐字逐句，确保没有负面或者挑衅的信息，“美国CBS电视台对酋长的访问，前期联络工作做了3年！台长亲自飞过来，一个一个问题核对，最后也只访了五六分钟，而你们3天之内就获得了采访，已经很幸运了。”

迪拜方面同意这次采访的关键，是不久之后身为阿联酋副总统、迪拜

•• 迪拜疯狂的建筑，倒影在一个佛像店橱窗上。我想起“应无所住”4个字。

酋长的穆罕默德殿下将正式访问中国。说穿了，媒体希望能够挖掘多一点信息，而酋长的人则希望向中国市场做一次有效宣传。

“我曾经去过中国，这次我想去看看中国的变化，从中学习，中国和阿联酋有许多相似之处，都是伟大的国家，拥有悠久的历史。”穆罕默德殿下忽然想起了什么，身体微微前倾，“时至今日，我觉得两国的领导方式十分相似，我们所做的，都是为了人民。”

专访进行时，年轻的国务委员就站在斜对面，眼珠直勾勾地盯着我：不准问出格的问题，不准超过时间。10分钟到，她点头示意。我转向酋长：“感谢您接受访问……”

“不，别理会他们，告诉我，你单子上还剩下一个问题是什么？”他劫持了我跟国务委员之间的眼神。公关团队努力塑造领袖形象，而强势领导本人，不时突破限制展现个性。此前另一段车程中，加拿大女人提示我应该回到摄制组车上，可酋长却发怒似的狂按吉普车喇叭，招呼我到“迪拜1号”上继续聊天。记者当然乐见这样戏剧性的场面，加拿大女人事后却在我耳边嘀咕：“他做好人，我们做坏人。”

专访尾声，既然酋长不在乎提问限制，我就放下问题清单：“所有‘第一’终有被超越的一天，这样的较量有没有尽头？比如阿布扎比新建的酒店，规模已经超过了‘阿拉伯之塔’……”

酋长脸色一沉：“如果是这样，那我就盖个更大更高的。”

他起身离开，金黄色罩袍消失在门后的一刻，加拿大女人恶鹰般扑过来，把录影带上最后这段问答抹得干干净净。“还要打上彩条，彻底覆盖。”南非人扔下一句。

迪拜酋长必须是永远正确的君主。迪拜必须是永不止歇的神话。它用“发展、发展、发展”，把所有问题和风险抛在身后。

世界第一高楼迪拜塔在建设过程中，曾数度停工，等待世界上在建的其他工程，首先公开它们的身高，又不断修改图纸，追加高度，确保它是“建筑之巅”。就连施工方都抱怨，没人知道最后到底要建多高，只是不断往上盖。而其中一次停工的原因是，承包商破产了。为了抢到“世界第一”

的订单，承包商无限压低价格，最终伤不起了。

四

快一星期了。就在人们以为金融危机的飓风已经远去、晴天不远之时，2009 年 11 月 26 日，迪拜国有投资机构“迪拜世界”却宣布要求延迟还债，给人们当头来了一棒。而发布消息的时间似乎也经过精心选择，宗教节日连着公众假期，谁也找不到谁。

“迪拜世界”负责酋长国在全球的投资，穆罕默德酋长本人是最大的股东。庞大的投资航母突然搁浅，牵连多家银行巨头。恐慌，以光速横扫市场。

酋长手机无人接听。

“迪拜世界”总裁无人接听。秘书无人接听。

全球股市下跌。

2008 年金融风暴伊始，造价 15 亿美元的迪拜亚特兰蒂斯酒店正式开张。全世界在风暴面前低头，亚特兰蒂斯的开幕典礼却迎风直上，砸下 2000 万美元。“伴随璀璨烟花的是全球经济萎靡，迪拜过度举债的产业正在崩溃，没人知道什么时候是尽头……”美国《新闻周刊》发出警告。

然而，殿下的盛宴不能终了，必须不停证明我们更大了、更高了，不动产仍然安全，仍然潜力无穷，才能吸引追随者投资者。“滚雪球”般的发展，无法停止，无法回头。于是有了 828 米，一座信心图腾。尽管最后一刻的改名，令人读出耻辱柱的意象。

2009 年 12 月 1 日下午，穆罕默德酋长终于露面，称国际市场误解了“迪拜世界”的债务危机，国际投资者“并不了解任何情况”。电视画面上，他没有笑容，没有多余的表情。

哈里法塔 50 公里外，原本计划再竖起一座千米大厦，刷新“第一”纪录，终因债务风波而搁置。

在迪拜风头无两的日子里，心情最复杂的，莫过于阿拉伯半岛的近邻们。眼看迪拜起高楼，眼看迪拜宴宾客。

迪拜并非特例，它的模式非常容易复制。半岛上有的是沙漠和君主制，还有全球化输入的廉价外来劳动力。但是，迪拜也展示了一种风险：明智的君主，精英的团队，未必每次都能做出最有利的决定。

从来都是新锐前卫的迪拜人，向谨慎保守的阿布扎比说教：嘿，看我们怎么做。现在，是不是轮到保守的阿布扎比回嘴：还是我们这样更稳妥？

不，对倒发生了。迪拜暂时黯然，阿布扎比腋下生风。它兴建比阿拉伯之塔更加奢华的"八星级酒店"；世界第一高塔刚刚改名，阿布扎比便昂起"首都之门"，形似鲤鱼尾的世界第一斜塔——以建筑打造城市形象，以各种"第一"把自己"标注在地图上"。这不正是迪拜"梦开始的地方"吗？

科威特宣布建造一座 1001 米的高楼。

沙特在建的"王国塔"高 1600 米。

卡塔尔迅速壮大自己的航空公司。

迪拜"成功"的影子里，他们亦步亦趋。半岛上石油收入充盈的国家，也意识到天然资源并非永续，新能源革命迟早到来。如果要变，只有迪拜模式，最适合他们现有的政治经济制度。债务危机很快被遗忘，半岛上更多的盛宴在流动。马照跑，楼照起。就连沙特朝圣地区的古迹，也被拆掉盖起了酒店。当地盛行的瓦哈比主义[①]相信，保留古迹将助长"偶像崇拜"，那是违反伊斯兰教义的现象。开发商们乐坏了，本来就不存在政治反对派，这下连宗教都站在了自己这边。

唯一的变化是，在"阿拉伯之春"的阴影里，阿布扎比雇用了一支外国安全部队，接受控制群众的训练，以备镇压劳工动乱或非武装抗议。

① Wahhabism，伊斯兰逊尼派之下的一支基本教义派，因 18 世纪时的教士瓦哈比（Muhammad ibn Abd al-Wahhab）而得名，以保守、严厉出名，常见于沙特阿拉伯与卡塔尔。

据说全球有 20 亿人同时收看了世界第一高楼的开幕典礼。

哈里法塔设计师兴奋宣告："大建筑复兴！"可是社交媒体推特上却一片忧思："罗马在覆灭前也曾经高唱凯歌，大兴土木。""肯定很快又会产生新的世界第一高楼，可能在中国？""这不是建筑的奇观，而是人类过度的行为。"……

埃及吉萨金字塔 139 米的高度，最终被英国林肯大教堂[①]超越，其间耗时 3000 多年。现在，半岛流行迪拜酋长的名言：我现在就要（I want it now）。

① Lincoln Cathedral，坐落于英国东部的林肯郡，竣工于 14 世纪，在 1549 年教堂的中心崩坍前，一度为世界最高的建筑长达两百年。

•• 阿布扎比兴建比阿拉伯之塔更加奢华的酒店，号称"八星级"。

•• 孤独矗立在中间的，是一心成为"建筑之巅"的迪拜塔。施工方也不知道最后到底要多高，只是不断往上盖。

06

叙利亚

解严之门

1970 年

国防部长哈菲茨 · 阿萨德发动政变。次年，就任总统。

1982 年 2 月

穆斯林兄弟会在哈马起义，遭到阿萨德军队血腥镇压，除了参与暴动的数百穆斯林兄弟会成员，还造成数万平民死亡。近 30 年，哈马成了叙利亚内乱最早爆发的城市之一。

1981 年

以色列吞并叙利亚戈兰高地。

1982 年 6 月

以色列进占黎巴嫩，并袭击叙利亚军队。次年，以色列与黎巴嫩达成停火协议，但叙利亚军队仍占据黎巴嫩。

2000 年 6 月

哈菲茨 · 阿萨德去世，次子巴沙尔 · 阿萨德继任。11 月，巴沙尔释放几百名政治犯。

2001 年 9 月

巴沙尔政权抓捕支持改革的议员及异议人士，人们对新政变革的希望破碎。

2004 年

美国指责叙利亚支持恐怖活动，实施经济制裁。

2005 年 4 月

叙利亚在各方压力下，从黎巴嫩撤军。

2011 年 3 月

叙利亚警方抓捕 10 多名刷“阿拉伯之春”口号的涂鸦少年，引起各地抗议。军警强力镇压，最终反对者也掌握了武器，内战爆发。

2011 年 10 月

联合国安理会动议，要求巴沙尔政府停止军事镇压，中国、俄罗斯否决。至 2014 年 5 月，中俄四次联手否决安理会关于叙利亚的表决。

2014 年

“伊斯兰国”宣布在叙利亚和伊拉克境内成立哈里发国。

糟糕的是，改革开始了

2000 年夏，统治叙利亚 29 年的总统哈菲茨·阿萨德去世，次子巴沙尔·阿萨德继位。“强人已逝，机会来了”，叙利亚人苏卜希·哈迪德回忆说，阿萨德去世几个小时后，“求变”像一句心照不宣的密语，传遍了叙利亚，乃至受叙利亚遥控的黎巴嫩也听到了。巴沙尔本是个无心从政的眼科医生，顺应民意又是新政最好的开场白，于是答应：改！

就职演讲中，巴沙尔说“叙利亚不需要西方式民主”，但要“容纳不同意见”。为了证明自己的真诚，他释放了几百名政治犯。

忽如一夜春风来，报纸、电视、电台传出从来没有过的声音，叙利亚人第一次可以讨论，可以批评，不用担心秘密警察敲门。不过，自由仍有限度：批评行政效率低下可以，讨论经济发展道路可以，公开要求民主也可以，但万万不可触及复兴党①的执政根本。

地方官不搞任命了，经选举产生，但参选者首先得通过官方认可。

可即便如此，积郁近 30 年的叙利亚人，仍感到无比舒畅。政论群组遍地开花，热烈讨论着未来。人们相信，“大马士革之春”来了。这个名字充满希望。

---

① Arab Socialist Ba'ath Party，全名为“阿拉伯复兴社会党”，于 1947 年成立于叙利亚，它结合了阿拉伯民族主义、泛阿拉伯主义与社会主义，追求在阿拉伯世界建立一个统一的阿拉伯国家，但只曾在伊拉克与叙利亚掌权，且两国的复兴党已于 1966 年分裂。叙利亚的复兴党一直由阿萨德家族控制。由于复兴党坚持社会主义与民族主义，与主张泛伊斯兰的穆斯林兄弟会格格不入。前述 1982 年的哈马起义与大屠杀，即在此背景下产生。

迫不及待的知识分子们立即上书，要求司法独立、言论自由，取消特别法庭和紧急情况法。接收联名信的叙利亚副总统哈达姆（Abdul Halim Khaddam）面色一沉："这是政变。"

上书者不甘罢休，再联合艺术家、大学教授等99人在信上签名，几个月后，发展到千人联名，要求实现多党制。

至此，执政的复兴党终于亮出底线，关闭所有非官方社团，抓捕异见领袖。改革之门砰然关闭，当啷落锁。

巴沙尔惊觉，改革这趟快车一旦启动，竟那么容易超速，那么容易失控，赶紧踩下刹车。短短6个月，"大马士革之春"的春光昙花一现。这个名字充满哀伤。

其实，在巴沙尔极其有限的政改之前，他的父亲老阿萨德已经启动经济改革。阿萨德家族属于阿拉维派（Alawites），什叶派异端，人数在叙利亚大约占十分之一。阿萨德意识到仅仅依靠阿拉维派无法维系统治——更何况，阿拉维派并不见得个个支持阿萨德，于是在20世纪70年代就把占人口大多数的逊尼派拉入了经济建设当中，再加上对苏联援助的悲观判断，叙利亚很早就开放了市场。阿萨德去世的时候，叙利亚一半以上的部门已经私有化，领中东之先。那时候，绝大多数利比亚人还在国有企业领一份10年不变的工资呢。

经济改革启动的40年间，叙利亚出现了规模可观的逊尼派中产阶级。2001年以来，海湾资金流入叙利亚，兴旺了纺织和农产品出口，农村变得富裕。复兴党官员看到有利可图，便挤占私营公司，强霸生意，有时安全部门开路，直接将个体商户充公，引发富人憎恶。到了光景萧条的2008年，官民之间更是已呈水火之势。

2011年年初，"阿拉伯之春"蔓延到叙利亚，富农起事。冲突最激烈的哈马、霍姆斯等地，原本走私活动畅旺，人们个个持枪——安全部门长期纵容从中赚取保护费的结果，然而冲突一点燃，就成了武装斗争。

托克维尔在《旧制度与大革命》中有这么一句结论："对一个糟糕的政府来说，最危险的时刻，是它开始了改革。"他认为，路易十六时期的法国实际上比之前更富裕、更开明，可是革命发生的时候，往往不在人民生活越来越坏的年头，相反，是在人们发现暴政压力减少、铁钳慢慢松开的契机——他们开始相信，自己有能力推翻暴政。

变革，是一道通向不归路的门。巴沙尔掀开一条门缝，看到背后竟是要玩真格的，慌忙掩门而去。然而，一丝新鲜空气已经渗入叙利亚。

巴沙尔的开门动作，也是不得已而为之。老阿萨德的经济改革带来繁荣景象，但开放 40 年后，经济发展遇到的问题无法依靠封闭的体制解决，不改不行。

一扇门，要么打开，要么关上。尝试改革的人终究都会发现，世上没有半开半合的门。半开半合的努力，不过是在跟时间赛跑。

“半开半合的门”，听上去像一个哲学命题，穆巴拉克亲身实践过。20 世纪 90 年代，为了缓解社会压力，吸引外来投资，埃及政府悄然放松钳制，对集会、结党表现得更加宽容。穆巴拉克指望政府能够掌控改革的速度和程度，把持“面包与自由”的百分比。结果呢？

2004 年，中产阶级发起“够了”运动，反对穆巴拉克把总统职务传给自己的儿子。

2005 年，反对穆巴拉克的“明天党”（El-Ghad Party）获得合法身份。不过，党首参与埃及总统竞选后，被捕入狱。

2006 年，纺织工人罢工，要求设立最低工资；抗争持续数年，到 2008 年，“四月六日青年运动”[①]发起网络串联，7 万青年声援工人罢工，政府最终让步。

2008 年，独立于政府的工会成立。

2009 年，亚历山大一名青年在网吧被警察打死，引发大规模抗议。

到了 2011 年 1 月 25 日，埃及爆发反对警察的示威游行，“够了”运

---

① 通过脸书、推特、Flickr 等社交网络媒体而崛起的抗议团体，旨在号召埃及北部大迈哈莱地区的青年在 2008 年 4 月 6 日当天进行罢工。参与者大多是教育程度良好、过去没有参与政治的青年。抗议的焦点集中在埃及政府内部的结党营私、裙带关系与经济萧条等。

动、“明天党”、“四月六日青年运动”和工会联手加入。18天后，穆巴拉克下台。

“求变”像一株野草，在极其有限的空间里，也会有生长的无限可能。梳理埃及变天的原因时，埃及裔英国教授马哈·拉赫曼说，过去10年的有组织斗争固然重要，但学界往往忽视了另一种形态的抗议：即兴的、无组织的。家庭主妇集会反对食品涨价，出租车司机停车要求加薪。虽然不致引起强烈反响，但这些举动令示威“常态化”，“穆巴拉克”不再是不可撼动的禁忌。人们的胆子越来越大，终于“向畏惧发起无畏的进攻”。

身陷内战风暴的巴沙尔·阿萨德，是该后悔开启了改革的门，还是该懊丧关闭得太早？

是谁出的题这么的难？

07

巴林

贫穷的富国

1971年

巴林从英国管辖下正式独立，阿勒哈利法家族的伊萨·本·萨勒曼成为首任埃米尔，次年组成议会。

1971年

巴林人在联合国主持下举行公投，结果反对并入伊朗。此前，伊朗曾对什叶派人口占多数的巴林宣誓主权。

1975年

巴林首相哈利法认为国民议会拖慢政府工作，下令将之解散，之后由埃米尔直接发布命令。

1996年

巴林王室宣布破获什叶派背景的未遂政变，召回驻伊朗大使。

2001年

巴林举行公投，支持成为君主立宪制国家，议会下院实行选举，并实现司法独立。

2011年2月

受突尼斯、埃及局势影响，数千人聚集在首都广场抗议，遭到军队强力清场。

2011 年 3 月

邻国沙特阿拉伯派兵越境支援。抗议持续，标志性集会地点珍珠塔被铲除。

2011 年 11 月

在外界压力下，巴林承认对抗议者“过度使用武力”。

2012 年 4 月

巴林一级方程式赛车在争议中举行。

“嘿，人民能来吗？”

我是在埃及解放广场欢天喜地的人群中，接到的总部电话：去巴林。2011年年初，推翻旧政的多米诺骨牌效应势不可当：突尼斯本·阿里[①]出逃，埃及穆巴拉克下台，下一个是谁？也门、利比亚应声而起，摩洛哥和阿尔及利亚摇摇晃晃。

但我从没想过去巴林。它太小，也太平淡了。我对它的记忆，还停留在多年前一桩银行诈骗案上。巴林王国就是座金融城，海湾的香港或瑞士。

然而，在我出发前一天，巴林政府武力驱逐了市中心广场上的示威者，趁他们还在睡梦中时，发射催泪弹、散弹，拆除帐篷，造成3000多人受伤，4人死亡。这一天有了名字——“血腥星期四”。

必须去巴林了。

飞机上，我找来资料紧急补课：巴林统治者阿勒哈利法家族，跟沙特王室同源。1783年，阿勒哈利法家族流落至此，从什叶派原住民手中取得大片土地，把他们变成耕种的农民。直到今天，这个逊尼派王室统治的国家里，仍有超过三分之二人口是什叶派穆斯林。20世纪英国人“保护”海湾时，维持了各王室统治，但在撤离时划分了边界，要求组建现代国家。

英国人要走，波斯湾对岸、主体人口同为什叶派的伊朗，乘虚吞并巴林。1971年，巴林人在联合国主持下公投，结果反对并入伊朗。伊朗答应放手，条件是巴林不准加入任何逊尼派国家。于是，巴林成了最强逊尼

① Zine El Abidine Ben Ali，在1987年推翻前任总统之后，本·阿里担任突尼斯总统职位长达23年。

派王室沙特与最大什叶派国家伊朗中间小心平衡的独立王国。不过，巴林王室终究还是跟沙特上层一条心，而近些年受国际制裁的伊朗则一直自顾不暇。

也许跟活跃的银行业有关，中国公民可以在巴林取得落地签证。白袍圆腹的海关官员把我和摄像师的护照颠来倒去看，问这个时候跑来干什么。有了在埃及的经验，我们小心应答，而且因为随身只带了一台小型家用摄像机，很像游客而非记者，竟很快被放行了。

出租车进入巴林市区，街景扑面而来，顿时减少了我对巴林欠缺了解的担忧——沿途尽是王室宣传画，国王、王储、首相手牵手。首相谢赫·哈利法是国王的叔叔，已经任职40年。这情形跟突尼斯、埃及如出一辙：少数人长期统治多数人，终有爆发的一天。虽然巴林人口结构与埃及、突尼斯很不相同，但是教派差异真的是根本症结吗？

街道清冷。金融城高楼林立，造型各异，深蓝色玻璃幕墙散发着幽冷之光。市中心的珍珠广场，就是“血腥星期四”的发生地，周围坦克排列，车辆绕行。全城一片肃杀，出租车司机也不愿多说话。到了酒店，我和摄像师开始犯愁：忽然跳进巴林，谁也不认识，街上戒备森严，采访从何开始？

大堂侍者过来问要喝点什么。我向他询问城中情况，没想到他一概微笑不语，点头退下。

不一会儿，两杯咖啡送过来，托盘上竟多了一张字条：下午，斯特拉，葬礼。我一惊，抬头，他仍是微笑，退下。我注意到他胸前的铭牌：马赫迪，非常典型的什叶派穆斯林名字。

斯特拉是一个什叶派聚居区。自大规模示威开始，巴林政府便宣布集会均属非法，还曾经向葬礼人群开枪。然而，人们的愤怒悲伤无可止抑。

墓穴在早晨已经挖好，4名死者也已入土——两个20岁出头，两个年近花甲。送葬的男人们拍打着自己的身体，高声喊叫什叶派伊玛目的名字。女人不能靠近，只能远远聚在一起。她们从头到脚黑袍遮盖，有的抱头痛哭，有的指天怒骂。天上有飞机低低盘旋，地上看不见军警。没有人阻拦葬礼，但一切显然在监控中。

墓穴边人群两分，白帽黑衣的宗教长老走进来。他双腿盘坐，手心向上，念诵经文。简短的讲话中，他赞扬了年轻人的英勇、长者的正义。

这时我惊讶地看到，墓地上有人展开巴林国旗，白色与棕红色锯齿交错。既然反对逊尼派王室，为什么要打出国旗，表达对国家的认同？

“阿里是为国家而死的。”阿里 · 艾哈迈德 · 阿卜杜拉 · 阿勒莫门，4 名死者之一，刚刚 23 岁。持旗的纳瓦夫是他的朋友，也参加了示威。他对我的问题稍有迟疑，没想过打出国旗有什么异常。他说示威者并没有“反对国家”的意思，只是希望它更好，对所有人更公平。

像他和阿里这样的年轻人，在就业、晋升路上都会撞到“玻璃天花板”，因为一切都是逊尼派优先。示威开始前，纳瓦夫因为在网上抗议，失去了在学校教书的工作。

“巴林需要君主立宪制，不能国王一个人说了算。”他说。一个穿白袍的男子插话：“10 年前国王就答应君主立宪了，可是首相一个人做了 40 年！”

自阿勒哈利法家族掌管巴林以来，就采用“区别对待”的方法巩固统治。巴林政商界最有权势的人，都是占人口小部分的逊尼派。极少数亲政府什叶派位居要职。什叶派穆斯林从来没有中断过抗争。20 世纪 90 年代出现动乱，直到现任国王就职后，举国才达至和解，回归到了“君主立宪议会制”框架。但是，反对者很快发现上当了，国王钦定人选的上议院获得极大权力，压过人民选出的下议院，国王本人的权力也一再扩大。

“巴林怎么说也算个富裕国家吧，为什么非得走到流血斗争的地步？”

纳瓦夫看了我一眼：“巴林是个富国，但只是国王富裕，我们是贫穷的。”

这时，墓穴旁的人群纷纷起立，游行开始。几千人喊着口号，徒步穿行社区。不断有人加入，女人们嘹亮的口哨声四处响起。

我和摄像师随人群走了一程，打算回酒店发稿，可四下不见出租车，正张望，一辆奥迪停下来。两名中年妇女，招呼我们搭车。“记者吗？”她们对这时候出现在巴林的外国人感到好奇。

两人没有穿黑袍，系淡色头巾，也是刚离开送葬队伍。我想当然认为她们是什叶派。

“不，我们是逊尼派，但我们支持什叶派抗议。”

我瞪大眼睛：“听说逊尼派都去参加亲政府游行了……”

“有些人是自愿去，但大多数人是政府花钱雇的，我们是民间社团，一直支持什叶派争取权益。”

她们说，抗议发生第一天，巴林逊尼派反对党就跑去什叶派人群中讲演，立即被当局抓了起来。

“这里发生的不是教派矛盾，是人权问题，什叶派人口最多，却不能享有跟逊尼派一样的权利，自然不满意。”她们说，不少逊尼派支持什叶派争取权利，因为只有他们的要求得到满足，整个国家才得安宁——溥天之下，莫非王土；率土之滨，莫非王臣，可是土地上的人，不再仅仅把自己视作“王臣”，他们管自己叫“人民”，要求权利平等。

回到酒店大堂，遇见同一班飞机抵达的日本记者。他很惊讶我们怎么单独进了巴林，飞机上其他记者都被送上巴林政府准备好的旅游大巴，绕城观光，“巧遇”亲政府游行，打着拥护王室的标语。“转了大半天，才到酒店。”他怨声连连。聊起来，我们都是第一次到巴林，为城中摩登景观与血腥清场之间的反差唏嘘不已。

“国王富裕，我们贫穷”，纳瓦夫的这句话在我脑海中萦绕不去。他手中的国旗，令我意识到宗教对立并非抗争本质。可是贫富呢？我们通常认为，活不下去的穷人才揭竿而起，谁会愿意打破安逸的生活？

再做些资料查证：巴林是海湾最早开发油气资源的国家，但目前几近枯竭。经济对天然资源的依赖减少，金融业高度发达，不过跟海湾的能源大户们比，要相对贫穷一些，失业率大概 5%，也比邻国高。然而，放在更大范围比较，巴林的人均收入超过了意大利，全世界排名 18 位上下。全国城乡居民都能喝上干净的饮用水，医疗设施齐全，人均寿命近 79 岁。教育普及，识字率 94.6%。

巴林不存在“绝对贫困人口”。以联合国标准计，这个国家根本没有人“每天可支配收入少于两美元”。这次大规模抗议爆发前 10 年，人均国民收入直线增长，2008 年受金融危机影响有所下跌，但 2010 年又回升上去了。

这些基本事实勾勒出了巴林的形象：解决了温饱，不愁吃喝；世界富裕国家之一，尽管跟邻居们还有差距；王室在教育、医疗上的投入也不少，“改善民生”小有成绩。

“国王富裕，我们贫穷”，只能用“不平等”来解释了。除了“玻璃天花板”，纳瓦夫还告诉我，什叶派穆斯林不能参军。巴林安全部门超过半数雇员是巴基斯坦人。什叶派占本国人口大多数，却要靠外国雇佣军维稳，其中形同水火的关系不言自明。

斯特拉葬礼上，人们誓言要再去珍珠广场抗议。下午，城中传来枪声。赶到苏莱曼中心医院，不但一路无遮拦，医生看见我后，直接领我跑进了病房。不断有担架抬进来。到处都是伤者，呻吟不绝。医生说，没有死亡报告，但是，他掀起几床被单叫我看，伤者都是腿部鲜血淋漓。“他们用了散弹，小的铅珠钢弹，示威者接近珍珠广场转盘的时候，扫射腿部。”

一个示威者给我看他的手机视频：画面晃动，显示在行进中，口号声不断。突然，画面一震，几秒钟后，拍到有人倒地，蜷曲左腿。镜头扫来扫去，看到也有人肩头渗出鲜血，或是从额头往下滴血，叫旁边的人抬起狂奔。拉远镜头，好几个人伏在地上抽搐，怒骂声一片。

医院门外，墓地情形重现，怒火更加旺盛。男人们用手掌击打自己，代表替什叶派伊玛目受难：“用鲜血、用生命，捍卫侯赛因！”这里没有人打出国旗，全部是宗教情绪的展现。

医院后门，又见到一群群不能入内、焦急等待的女人，一律黑纱遮盖，紧挨在一起，像一团团凝固的乌云。她们发出高分贝的颤音，像乌云里的滚滚雷声。

什叶派穆斯林抗议，男女分列。但有时男女应和一齐喊出口号：“人民——要求——政府倒台——”用词、节奏，跟开罗解放广场一模一样。争取权利受挫，常常把人们逼退到宗教的对立情绪中，以至模糊了他们的诉求。但归根结底，能够平息冲突的，仍是政治权利的实现。

人群突然爆发出喜悦的狂呼，传言说“首相辞职了”，所有人都为这突如其来的消息激动晕眩，但很快就被证明是个假新闻。

巴林王室不是没有想办法缓和事态。收到风声可能发生抗议后，国王提出要给每家每户发放1000第纳尔（约等于2600美元），可惜并不奏效。更没想到，血腥镇压过后第二天，抗议者再次血溅珍珠广场，王室中较温和的王储终于招架不住，不久宣布撤出城中军队，允许什叶派在广场集会。

消息传开，人潮涌向珍珠广场。一名派驻当地的中国职员，开车带我和摄像师去现场。冲突爆发以来，他一直担忧安全，没出过门，听说解禁后，也想出去看个究竟。

逆人流而行的是坦克和运兵车，沿途有身穿迷彩服的军人护驾。他们全都用手帕遮住面孔，只露出眼睛。“都是外国人。”中国职员讲，听说沙特早就越境派兵过来了，支援巴林脆弱的维稳部队。他们蒙面，是不想让人看见面目，指认是外国军队入侵。

在一个岔路口，车流人群涌塞，一时无法开动。我们四周都是豪车，音乐震天。前头一辆敞篷奔驰里，站起来一个不戴头巾的女孩，满头卷发肆意，一手举着iPhone，一手打出“胜利”的V字手势。

中国朋友摇下车窗，四下张望。“这帮人有病！”他受不了乐声震耳，又关上窗，“给我一辆奔驰，我才不去抗议呢！”

蜗牛般前行一番，我们告别了中国朋友，下车徒步。两天前，广场上一片死寂，眼下却是人山人海。珍珠塔象征着巴林最古老的海洋采珠业，尖塔耸立，是抗议浪潮中最明显的地标。

在黑袍的海洋中，巴林国旗更加惹眼。一些妇女把它披在黑袍外面，斗篷一样在领口打着结。一名妇女说：“我们不会离开，直到政府倒台，直到国王改革上议院和下议院。”黑袍之下，她们看似面目模糊，但当她们开口后，思路清晰并不逊于男子。

日头偏西，金光万里。礼拜呼唤声悠长，千万人在广场上整齐祷告。什叶派教士谢赫·阿卜杜拉告诉我，宗教人士来这里，是支持年轻人继续抗议。“前一天枪击事件后，人们再也无法同王室对话。必须斗争下去。”

除了国旗，人潮头顶上，还涌动着经书和玫瑰。《古兰经》打开，高举齐眉，上面常常横亘一枝鲜红玫瑰。“给你的——”一个瘦瘦的年轻人追上来，递给我一枝粉色玫瑰，“我们分发鲜花，是想告诉全世界，巴林人示威是和平的，我们什么武器都没有。”

他叫亚历山大，地下同性恋团体的一员，基督徒。我马上明白这个身份在巴林有多危险，多么受到压制。“你是记者吗？谢谢这时候来巴林，只有你们报道，全世界才知道这里发生的事情。”

亚历山大说，抗议者最担心的是国际传媒无法进入。海关时紧时松，后来好几天再没放进传媒。巴林人担心这里发生的事随时被改写、被遗忘。美国第五舰队驻扎巴林港口，用以平衡伊朗在波斯湾的军事存在。“沙特和美国都不想看到巴林王室被推翻，我们几乎是没有希望的……其实我不介意保留国王，如果像英国女王那样，只是象征性的，是可以的；关键是，首相得由民众选举。”

亚历山大带我到广场四周，看人们制作标语，看其他团体筹备游行。他不可能向所有人亮明身份，但走在广场上，他觉得巴林人忽然不分彼此，亲切友好。

在我上车前，亚历山大写下他的脸书地址。他说最近无法打开了，好些活跃的博客写手都被抓了。

2011 年我在巴林只待了 4 天，便奉命离开。接下来，巴林的名字，只是不断从新闻中跳出，流血冲突反复上演。王室与示威者、国际压力玩起一场你进我退、相互猜度的游戏。承诺改革，软化民怨，再祭暴力。广场上的珍珠塔最终被推倒，彻底铲除。苏莱曼医院一度被军方接管，不许送伤者入内。首相没有撤换。他超过了李光耀，成为全世界在位时间最长的政府首脑。

巴林王室在国际压力下，成立抗议事件独立调查委员会。委员会报告指出，没有证据显示巴林什叶派受到了伊朗指使。

一年后，再次读到巴林的新闻，是一级方程式赛车。2011 年被迫中断后，昂贵的国际赛事重返岛国。新闻画面中，巴林似乎出现了两个平行世界：赛场内，车轮滚滚，万象太平；场外，抗议汹汹，浴火喋血。领奖台上，F1 车手打开香槟，庆祝胜利；街头，汽车轮胎在燃烧，受伤的示威者在哭喊。

巴林王室急于向世界宣布：冲突完结，歌舞升平。示威者更清楚，这是再借国际媒体发声的时刻。F1 的到来，令对抗急速升级。没了珍珠塔，整个城市成了抗议区。

体育应该与政治区分，可是体育往往会成为政治的舞台。1985 年，F1 来到种族隔离制度下的南非后，运动员罢赛、广告商撤资，赛事告吹。在巴林，F1 拥有者、英国人伯尼 · 艾克尔思通（Bernie Ecclesone）一再强调，不问政治。

我想到亚历山大的绝望和无助。美国和北约虽然从道义上谴责巴林王室，但相比要求穆巴拉克、卡扎菲、巴沙尔下台的凛然之声，对巴林抗争者只能转过头去。

F1 开赛前，我听到BBC记者从巴林首都发回的报道。他说，与任何一个人交谈，他们会告诉你自家经历，如何不能与逊尼派穆斯林享有平等地位，街头抗争怎样一次次遭到镇压。“我被打动了。”广播里记者的声音有些不确定，他使用了不够专业的“个人情感”。

西方政客、商人也许令人失望，民间却大有同情者为巴林人发声。F1 赛事后不久，英国女王登基 60 年午宴名单公布，巴林国王赫然在列。英国舆论炸了锅。《每日邮报》（*Daily Mail*）刊登读者来信，除了一封为女王辩解“如果剔出所有‘手上沾血’的，恐怕没什么人赴宴了”，其他一概炮轰，称这场 6 月盛宴“必将玷污民主”。其中一个声音最具创意：“如果巴林国王不来了，我能填空吗？难道不是民众缴税供养了王室？嘿，我能来吗，人民能来吗？”

我当时正坐在英国一家图书馆里，翻阅这份《每日邮报》。想到巴林城内烽火连天的样子，和走进沙漠里的F1赛区恍若两重天。然而，身处强力手段造出的安全孤岛中，会不会有一个细微的声音，不舍不弃，从四面八方渗透进来：“嘿，人民能来吗？”

•• 巴林什叶派手持经书和玫瑰，以示和平抗议。

•• 举着 iPhone 出来抗议的巴林人。

08

利比亚

真主，卡扎菲和利比亚

643 年

阿拉伯人征服原古罗马人属地利比亚，在此传播伊斯兰教。

16 世纪

利比亚成为奥斯曼帝国的一部分。

1911 年

意大利人占据利比亚，其后 20 年间反抗不断。

1951 年

利比亚在英法支撑下独立，伊德里斯一世出任国王，实行亲西方路线。

1969 年

卡扎菲领导兵变，废黜伊德里斯国王，宣布利比亚为共和国，石油产业国有化。

1981 年

利比亚与美国关系开始恶化。1986 年美国空袭利比亚多处机构，包括卡扎菲大宅，他的养女在空袭中丧生。

1988 年

泛美航空 103 号班机在苏格兰边境小镇洛克比上空发生爆炸，270 人遇难，其中大部分是美国人。利比亚政府对死难者做出赔偿。但利比亚是否幕后元凶，卡扎菲有没有直接参与，始终没有公认。

2006 年

美国恢复与利比亚外交关系，利比亚与西方关系全面转暖。

2010 年

英国石油公司开始在利比亚钻井。

2011 年 2 月

卡扎菲在班加西逮捕人权活动者，引发抗议，冲突升级为武装对抗。

2011 年 2 月

中国从利比亚撤出 3 万多滞留的中国公民。

2011 年 3 月

联合国安理会表决是否在利比亚设立禁飞区，中国投弃权票。决议表决通过。

2011 年 7 月

全国过渡委员会成立，自立为合法政府。

2011 年 10 月

卡扎菲被捕，身中数枪死亡；但利比亚局部武装斗争持续。

2012 年 9 月

美国驻利比亚使馆遇袭，3 名美国人被杀。

2014 年

利比亚内战加剧。联合国人员撤出；各国使馆关闭，撤出馆员。

2015 年 4 月

“伊斯兰国”发布在利比亚处死基督徒的录像。两个月后，“伊斯兰国”声称占领卡扎菲家乡苏尔特。

一个政权的崩溃

一

战时派驻利比亚首都的黎波里的记者，无不感慨好像“蹲监狱”。卡扎菲政府把记者们关在同一所酒店，无许可不得外出，只有在展示北约空袭恶行的时候，才赶着记者倾巢出动。

“的黎波里之囚”不多的乐趣之一，是借口“买日用品”溜出去。小摄影机藏在内衣里，街角一拐，跳上事先约好的出租车，绝尘而去。等到看守换班再回来，没人记得你玩消失。可是，不管你跑到的黎波里哪个角落，有一个人始终“关照”着你。

身处当时的利比亚，你的眼睛无法避开卡扎菲画像。他在街道，他在教室，他在餐厅，他在超市，他在药房，他在你一低头的手表上，他在你打开钱包的钞票上。他像空气一样无所不在，又像明星一般造型百变。他的眼睛不是在墨镜后，就是掠向远方，从不正视你。

一天傍晚，我和一名法国女记者外出，发现一幅从没见过的巨大画像。那是上校穿着灰色军装、胸前挂满徽章、身披万丈金光的海报，有两三层楼那么高。大概“金光”过于耀眼，画中他戴着墨镜。我仰头量了量，发现自己还没有他的巴掌大。法国记者问：“卡扎菲不是穆斯林吗？怎么画得像基督一样，圣光熠熠？”

满眼领导人画像这道风景线，利比亚有，突尼斯、埃及、巴林、叙利亚、也门……最近如多米诺骨牌一样发生骚乱的国家都有。画中领导人或微笑或沉思，只是眼睛都不会平视地上的民众。目光高于观看者的角度，令他们显得深邃，总是知道民众不知道的事情。可惜那些密布的画像，更像是江湖术士的符咒，关键时刻竟然失灵。埃及人只用了 18 天，就扳倒了穆巴拉克，贴了 30 多年的画像，一夜间随风而去。从街道，从教室，从餐厅，从超市，从药房，他都刚刚离去，“穆巴拉克桥”“穆巴拉克地铁站”立时换了名字。

2008 年金融海啸的时候，有人半开玩笑地提出“星巴克理论”——星巴克咖啡馆越多的地方，遭受这轮危机冲击的情况越严重。理由是，星巴克往往靠近金融街、房产交易中心，而银行倒闭、房产泡沫正是这次危机的导火线。如此说来，2011 年刮起的中东变革海啸，是否也见到了一个“画像理论”？领导人画像频密的地方，局势注定不稳。因为通街画像的本质是“少数人统治多数人”的模式，正是此番民间怒潮所指。

伊斯兰教本来不容忍“画像”“造像”等一切有形的装饰。清真寺里绝对见不到人形图案。教义认为，真主无形，因此无所不在。

但利比亚人向领袖致敬，有一句特别用语：真主、卡扎菲、利比亚，其他什么都不是。把领导人与真主并论，在穆斯林世界非常罕见，更何况“卡扎菲”排名真主之后，国家之前。在一些虔诚的宗教人士眼中，卡扎菲甚至是一个狂妄的异教徒。的黎波里一场足球赛后，离开赛场的人们曾涌上街头，拍手高歌“卡扎菲不是穆斯林”。满眼领导人画像，看似一个又一个神话，其实无关宗教，强调的是凡人在地上的统治。

几层楼高的卡扎菲画像，好像吹胀的气球，接下来不是爆裂，就是飘走。不知什么时候，能回到的黎波里街头，看看同一堵墙，变换了什么颜色。

二

穆萨博士在电话里说，晚饭后，想跟我在酒店大堂聊聊天。

他喜欢别人称呼他的学位头衔“博士”，这是阿拉伯人的习惯，也是他的风格。我在一个星期前进入利比亚，住到瑞克索斯酒店（Rixos

Hotel）。几乎所有外国媒体记者都“被请到”这里，出入言行受利比亚政府监控。否则，就别想进利比亚。

每个初来乍到的记者，都得向利比亚新闻部发言人穆萨·易卜拉欣（Moussa Ibrahim）报到。穆萨在英国生活多年，妻子是德国人，深谙西方语言与思维，开战以来，声望直追伊拉克前新闻部长萨哈夫（Muhammad Saeed al-Sahhaf）。从前在伦敦贫民区的利比亚朋友纷致贺电。

“我的名气就像坐了火箭，轰的一声蹿上天！”穆萨在大堂安静一角请我喝茶，谈话由夸耀他自己开始。他说自己不仅是发言人，还是利比亚20多家官方媒体的老板——卡扎菲委任的行政领导，不是资本主义的默多克。

“一年多前，我答应回到利比亚，为的也是改变旧制度。”他说是卡扎菲之子赛义夫请他回来的——穆萨跟卡扎菲家族属于同一部落，“作为发言人，我每天腹背受敌，每天也在对抗不真实的说法……我们都想改变，但不要以暴力、突然的方式。”赛义夫代表卡扎菲政府中有意改革的一派。战争之初，他邀请国际媒体进入利比亚免费吃住，但很快发现战事绵长，外媒也没领地主之情，于是开收各种费用。

穆萨说这段话的时候，眼睛盯着我的反应。我知道这是一次“摸底”见面，少表态，多听。“你没在录音吧？”他忽然换了态度，神经质般尖声问道。

没发现什么异常，他又恢复推心置腹式的亲切。“你知道，战争结束后我最想做什么吗？我想去英国乡下骑自行车，我怀念英国……噢，战争结束那天，你可得先跟我喝一杯……”这倒让我想起酒店清洁女工的抱怨：新闻部“监视组”的房间里，总有扫不完的空酒瓶。

几乎每天晚上，穆萨都召开新闻发布会。外面在围城，他就在瑞克索斯酒店捍城。“各种不真实的说法”成了记者必须抵抗的东西。

一天凌晨2点，北约空袭了卡扎菲住所的一处空地。穆萨没有随记者车到现场，开车前，他一只脚跨上来挡住门，一手忙着查阅自己的手机：“记者们，据我所知，最少3名利比亚人死于空袭！”可我们到现场一看，弹坑直径只有一米多，往下钻入，意在攻击地库掩体。这里是个停车场，凌晨几乎没有人。怎么也看不出能同时造成 3 人死亡。再问穆萨，死难者尸体何处？不了了之。

利比亚新闻部组织记者去米兹坦一间医院。新闻官指着病床上的一片炸弹残骸：“看啊，北约野蛮轰炸医院，平民何辜！”却叫穿梭战地 10 多年的记者一眼勘破：“可您手里这块是苏联制造的喀秋莎火箭啊，不是北约导弹！”

记者要求见伤者或尸体，新闻官说，连夜赶到 200 公里外的首都治疗去了。这里不就是医院吗，缘何舍近求远？床头喋血的照片，在数码背上放大再放大，竟看到一圈一圈洒上去的血痕，而不是一涌而出的惨状。

卡扎菲兵营里，居然建有儿童乐园。一次北约空袭卡扎菲地堡，弹片溅入乐园。面对满园儿童，我问穆萨为什么不把孩子们撤走。他竟回答：“我们不会走，孩子也不会走，北约应该离开。”

隔天晚上，酒店玻璃突然乱震，餐厅甜品台歪斜。东边黑云腾起，很可能是卡扎菲大宅挨炸。服务员有的惊慌，有的靠近门口张望，穆萨振臂一呼：“远离玻璃门窗！”那时候，他看上去比较人性，见到弹片也知道躲开。

比利时摄影师布鲁诺告诉同行们，他无意中进入过穆萨新闻团队办公室，里面没人，办公桌上摊着卡扎菲画像，还有写了一半的游行标语。同一天下午，新闻部组织记者去市中心广场采访示威民众，布鲁诺见过的画像和标语就出现在那里。不仅如此，“示威民众”都是便携式的，可以出现在记者团所到的任何地方。新闻部大巴载着记者去往 200 公里外的米苏拉塔，一辆小型巴士如影随形，玻璃窗背后是标语、绿旗，乘客正是多名市中心“民众”，准备出现在米苏拉塔。中途休息，记者与他们相逢一笑，荒谬到极点，反成娱乐。

穆萨把这场战争定性为“外国入侵”，而非“本国叛乱”，似乎这样一来，不惜手段左右外国舆论的做法就变得正当了。他的副手、“总管”哈马德雷厉风行、待人热忱，在记者圈中人缘不错。一天，他突然在酒店召集

•• 金光万丈的卡扎菲像和渺小的我。

中国和俄罗斯记者单独外出采访，引得西方记者敲巴士玻璃窗抗议。哈马德不告诉我们去哪里，神秘兮兮的，一度令中俄记者误会要见卡扎菲本尊。结果目的地是一处度假村，几十个所谓“班加西难民”痛斥反对派并非利比亚人，大部分是外国基地组织成员。可是一问原本住在班加西哪条街，门牌几号，怎么逃出来的，他们又语焉不详，漏洞百出。

没想到，被哈马德当了一把宣传工具。难道他认为中俄记者不如西方媒体人火眼金睛？回到酒店，俄罗斯记者拍拍我的肩膀说：“不要幻想了，我们在这里没有朋友。”

距离的黎波里 60 公里的扎维耶，2 月时曾经发生反卡扎菲起义，但遭政府军反扑。新闻部带记者重游，想显示收复失地的能力。

主道上残垣断壁，一家外墙倾倒，二楼厨房厕所暴露无遗。我敲开大门，一名老者应声。刚要开口，另一男子横挡在中间，“问我吧。”“你是？”“男主人的表弟。”“事发时你在这里吗？”“不在。”“表弟”一开口，就是“混入扎维耶反对派的基地组织向我们开炮”。当时不在，怎么知道谁开火？再问主人情形，答不上来，见我起疑，他转头应付CNN摄制组。我也了然，“表弟”是常驻这个院子里的新闻部人员，穆萨的手下。

中心广场一片废墟。同行记者惊呼，就在 2 月镇压前，他们曾经来过这里，当时这儿还有一座清真寺，也是反对派的临时医院。而眼前却是一片空地，清真寺也被从地图上抹去了。

CNN记者尼克蹲在地上，面对镜头说，“政府军反扑，粉碎反对派的一切，爆破、碾碎、铲平，一点痕迹都不留下……”我在地上捡到一个比巴掌长的弹壳，不知是反对派还是卡扎菲军队使用的。

扎维耶医院工作井然。医生说，从不缺少药品。医院里新添了许多卡扎菲画像，挡住背后墙上累累弹痕。连院长都是新人。

西方记者追问，政府军杀进来的时候，医院里的反对派伤员呢？医生回答，我们一视同仁救治。详情再无可告。

穆萨的手下们有时三心二意，看管并不严格，水平更是有限。他们的职责之一，是每天留意记者发出的报道。有天，一个新闻陪同在大堂怒吼：

“哪个记者叫汤森·路透[①]？我可没给他发过签证！”

如果你向陪同们提到“卡扎菲”，他们面色各异。一个陪同私下向我提起卡扎菲家族男性成员在街上兜风、强抢民女的逸事，鼻子里长长地“哼”出声。过些日子，他出现在酒店大堂，骂骂咧咧：家里遭劫了，彩电电脑全被拎走。小区里好几家都被抢，现在人人都有枪，有些人披件军装闯进民宅，嘴上说“搜捕反政府人士”，实际上就是打劫。“我自己就是警察，被调来什么新闻部，没时间保护自己的家！”他越发生气了。

穆萨终于答应到我们的电视频道做一次连线。总部编导说，不是直播，我可以向穆萨提问，录下他的回答，到时候播出。5分钟左右的问答之后，穆萨甩开耳机，几乎一把扔在地上，夺门而出。从此，他见到我便冷眼相待：“为什么你也提那种西方记者的问题？”

晚饭过后，酒店大堂多了几个新面孔。有轮替的记者，有不知为何而来的利比亚政府官员。有人猜测，卡扎菲本人就躲在这间酒店，想避开北约空袭。记者之间还开玩笑说，一成不变的晚餐要是突然上了大虾，准保是高官藏进了酒店。

三

扎耶德先生总是穿着裁剪合身的西服，每天更换不同的领带，对西方时尚并不陌生，手里又转动代表真主名字的念珠，是个地道的穆斯林。不清楚他在利比亚政府究竟担任何职，但据说仍与卡扎菲本人保持联系。他和几个官员，包括卡扎菲的英文翻译福阿德常来酒店，探听舆情，左右外国记者们的报道，同时也为了来这里看外国电视台对利比亚战事的报道——国营电视台的消息靠不住。每次外面空袭或者卡扎菲有讲话发布，

① “汤森·路透”是一家商业数据提供商，由汤森并购路透集团而来，并非一个人的名字。

他们马上围坐在大堂电视机前，收看BBC阿拉伯语台。“我的办公室都被炸了。”扎耶德苦笑。

利比亚高官变节的消息不断传来。我曾通过一家中资公司约访石油部长。电话联系的第二天，部长萨特万（Fathi Ben Shatwan）却在马耳他露面，证实叛变。前总理舒凯里·穆罕默德·加尼姆（Shukri Ghanem）接管能源部。再经可靠渠道联络，几乎敲定采访，却得到消息：加尼姆卸任，把国营石油公司转予私人公司。几天后，加尼姆叛逃。

“他不需要这么做啊。”外媒报道了这个消息，扎耶德手抚念珠感叹，脸上犹如一场地震后的残垣，“加尼姆早就是亿万富翁了，不需要钱啊……”

没过多久，扎耶德也消失了，瑞克索斯酒店的记者们没再见过他。

酒店里还出现过神秘的法国商人P。战争期间，他和一个搭档照常出入利比亚，专车接送。他见到卡扎菲真正的亲信仍聚在一起开会。“这些人没有公开头衔，不是什么部长，但他们掌握大权。”P说，“只要他们不散，卡扎菲不会倒。”扎耶德可能就是其中一个。

P接触各路记者，打探消息。英国媒体雇佣的专业保镖，曾经是军人的达罗姆提醒我，见到P搭讪要小心，他可能做的是石油生意，也可能是军火买卖。他肯定是从卡扎菲那里获得了好处，生怕金主倒台。

北约轰炸越来越密集，P和他的搭档离开了利比亚，退回突尼斯。“突尼斯的治安也不好，现在大家都把车留在家里，因为你开好车就说明从旧政权那里获得了好处，会招人们仇恨……”离开前他向我道别说，“不过我更不想在利比亚等死。”

独裁政权特征之一，是给维护统治的“体制内”人员支付高于体制外民众的收入，以此维系忠诚。一旦这种好处丧失，就可能瓦解维护独裁的体系。看似铜墙铁壁的旧制，放大看来漏洞百出，崩溃起来也是一朝之事。

的黎波里城破，卡扎菲被打死后，穆萨博士消失，数次传出他被捕的消息，但每次最后都证明不实。两年后，他突然在脸书上冒出，继续传播缅怀卡扎菲的内容，还公开做过一次连线，试图慢慢回到利比亚的政治生活中。

我在英国念书时，遇到参与北约空袭的皇家飞行员来学校交流。他说卡扎菲当时确实藏身在瑞克索斯酒店："记者们是他最后的人体盾牌！"

“民众”哪里去了？

一

战时利比亚的报道中有一个词语，常常叫人困惑——民众。它面目不定，神色多变。

有一路“民众”是这样的：他们挈妇将雏，以肉身守护卡扎菲驻地。一个八九岁的小姑娘，摘下胸前的卡扎菲徽章，郑重地给我别上。她说自己“愿意为卡扎菲而死”。

有人说，这些“民众”是当局花钱从各省买来的。即便如此，我也不怀疑一些民众膜拜领袖的真诚。利比亚新闻部看管记者的酒店里，打扫房间的女清洁工问我，有没有卡扎菲的照片，“我和女儿都很爱他”。记得比利时摄影师存着几张卡扎菲海报，于是答应帮她问问。下午见到那名摄影师，他说：“海报摆在房间里，已经被偷走了！”可能就是那名打扫房间的女清洁工。

崇拜领袖的狂热，作为20世纪70年代后期出生的中国人，我感觉陌生，眼见这种情感，必须通过嘶吼来表达。支持卡扎菲的集会上，不断有“民众”冲向我们的镜头，捶胸跺脚挥拳，表白他们的赤胆忠心。更极端些，还有尖刀相向的逼问。一次，我和两名英国记者陷入“民众”的汪洋大海。几百个利比亚人层层围住我们的小巴，又敲又打。因为领袖的部长在电视上说，外国记者来利比亚都是“搞破坏的”。其中一个亮出水果刀，扎破小巴轮胎，踢开车门，明晃晃的刀尖逼过来，问我是不是向车窗外拍了照片，有什么图谋。

穿迷彩服的小姑娘，摘下胸前的卡扎菲徽章，郑重给我别上。她说自己“愿意为卡扎菲而死”。

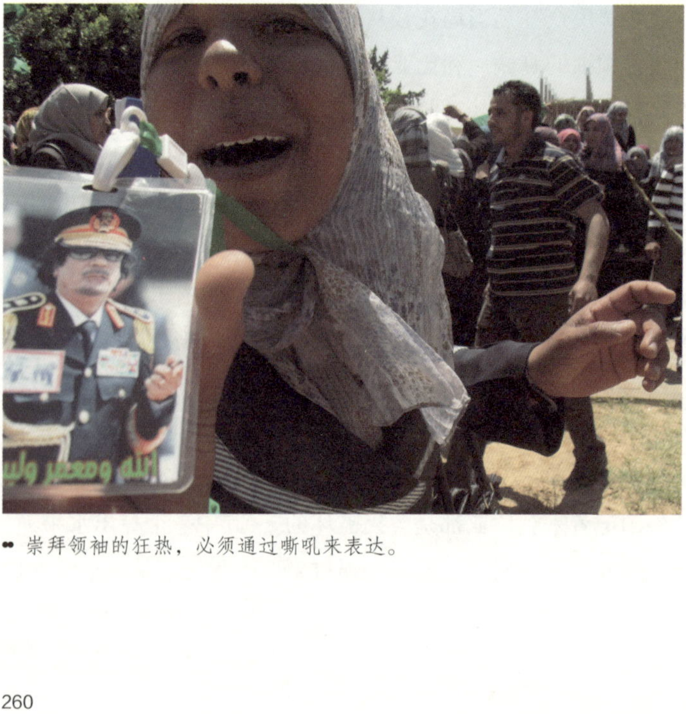

崇拜领袖的狂热，必须通过嘶吼来表达。

中部亲卡扎菲部落，老幼齐上阵，擦亮政府刚发的枪，誓死保卫领袖。这些部落与卡扎菲家族有渊源，获政府引入淡水、安装空调的福利，他们担心叛军会夺走一切。战争后期，带我们去中部的部族头领萨利赫日渐惶惶，几次见他，眼睛都布满血丝，仿佛夜夜不眠。卡扎菲身亡之后，萨利赫的手机再也打不通。

你也会看见，同一张面孔上，切换两副“民众”的面具：正是在姓“卡扎菲”的部落，有些人家里的电视机锁定利比亚国营电视台，循环播放领袖讲话，群众宣誓。待我们告辞离开，一回头从窗户里刚好瞥见电视频道已经调到半岛台，在查看叛军究竟打到了哪里。

交战之初的几个月，任班加西和米苏拉塔一路厮杀，首都的黎波里八风撼不动，但我也遇到过一些略有不同的“民众”。安理会表决关于在利比亚设立禁飞区的提案时，中国、俄罗斯投了弃权票。次日，我嗓子发炎，申请去买药。到了药房门口，新闻部“盯梢”想在门外抽根烟，叫我自己进。药剂师见四下无人，突然眼神亮亮地问：

“中国人？”

“是。”

“中国错了。”

“什么？”我不敢相信自己的耳朵，的黎波里不是号称卡扎菲的“堡垒”，人们个个死忠于上校吗？

“你们不明白，我们希望叛军打进来……我们需要禁飞区，我们反对卡扎菲，别相信酒店门口天天演戏的支持者！40多年了，必须要改，你看看城里除了几个酒店什么都没有。人们很穷，只有卡扎菲家庭富裕……”我赶紧使眼色：“小声点，有人跟着我，他随时可能进来。”我问这是他个人的想法，还是亲戚朋友都这样认为。学医的圈子也许受教育程度较高，他说身边人抱同样想法。没说几句，陪同便等得不耐烦了，踱进来想瞧个究竟。我们只好立即恢复正常交谈。

我看到堡垒的城墙上，一道裂缝开了。

“溜出来的吧？”出租车司机阿马德这一问，我立时心慌，偷跑出利比亚官方“软禁”记者的酒店，没想到这么快暴露了。更没想到，阿马德一笑，像什么都没说过似的。

接下来的日子，他几次带我们潜行市区，指点给我们一个新闻发布会上看不见的的黎波里。他冒死送来U盘，记录城内示威画面，分文不取。他说自己40多岁了娶不起老婆，这对阿拉伯人来说很不正常，“因为利比亚人没有钱，很穷，我恨卡扎菲……”夜间行车，他常在后座摆上大张卡扎菲像，因为有画像的汽车，通过检查站更快。

有一路“民众”没有在场，行的却是他们的名义：的黎波里市中心广场上，硕大的电视屏幕注明国营电视台“直播”，左边画面是卡扎菲兵营，人体盾牌群情激昂，右边正是我所在的广场，屏幕上“民众”密密麻麻，与兵营那头较劲似的宣誓效忠，真实的现场却是冷冷清清，偶有车来人往，静默无语，低头赶路。

有一路民众没有在场，他们的声音却无处不在：的黎波里街头，白墙上时不时冒出同一个词——“自由”。便衣警察守在墙边，或以支持卡扎菲的标语厚厚覆盖，仍挡不住涂鸦艺术星火燃城。

斗争经验老到的地下组织“利比亚青年”神出鬼没，连夜在天桥上挂出班加西的旗帜。天一亮，桥下经过的人们，交会时互放一个信号：叛军不远了。

清真寺外隐藏的扬声器，突然传出卡扎菲上台前的利比亚国歌，警察找不到声源不知所措转而气急败坏。围观人群窃笑，任前朝旧曲在大白天还魂。一个政权的殿堂在笑声中摇晃。

利比亚全称为“大阿拉伯利比亚人民社会主义民众国”。“民众国”（Al-Jamāhīriyyah）是卡扎菲上校生造出来的一个阿拉伯语单词，他认为51%压倒49%的民主选举最不合理，利比亚只能搞全民主政。根据中国社科院西亚非洲所研究员殷罡的考察，全民主政是这样实施的：全国数千“人民委员会”构成地方管理机构，牵头人不是选举产生，而是“推举”出来的，“遇有不同意见，不能决定时，要深入讨论，直至达成一致”。偏偏凑巧的是，“一致达成的意见”，每次都把重要部门归于卡扎菲的心腹掌控。

20 世纪 80 年代，卡扎菲武力镇压班加西起义。1996 年，阿布 · 萨利姆监狱抗争，3 小时内 1270 名政治犯被杀。所谓“协商达成一致”，不过是独裁者“用一批听话的人民换掉另一批不听话的人民”而已。

“全民主政”的招牌下，组建政党会以“叛国罪”论处。没有政治光谱可以安放异见，民众的诉求只剩下了拥戴或憎恶卡扎菲统治。于是，推翻卡扎菲的革命，一上来也成了一群民众压倒另一群民众。

叛军临近了。卡扎菲的士兵绝望开枪，在医院，在监狱，在俘虏营。到处是烧焦的尸体，双手绑在背后的尸体，头部中弹的尸体。

攻占重镇了。叛军的复仇开始，在医院，在监狱，在俘虏营。到处是烧焦的尸体，双手绑在背后的尸体，头部中弹的尸体。

一批民众换上另一批民众。电视画面上，的黎波里原卡扎菲兵营里，过渡政府的拥护者替换了人体盾牌。

在我离开利比亚后半年，卡扎菲身亡。BBC 记者连线说，首都狂欢庆祝。主播问，没有人不高兴吗？记者答，也许不是人人高兴，但欢乐的情绪还是百分之百。

我不知道什么是“百分百的欢乐”。历史巨浪拍至眼前，是否人人准备好了随波逐流？电视画面晃到一个懵懵懂懂的小姑娘，脸上涂着叛军旗帜，可是众声喧哗中喊口号的唇形，怎么我分明看见，还是那句“真主，卡扎菲和利比亚！”反对派的口号还没有念熟？

这个时候，我想知道，挥舞水果刀的那位在哪里？会不会转脸变成新政狂热的先锋？女清洁工在哪里，是望着卡扎菲的海报流泪，还是茫然？送给我徽章的小姑娘在哪里，什么时候才能理解，叫人以死相许的领袖从来不值得敬仰？旧政受益者萨利赫要怎样在中部沙漠遁形？当死忠的嘶吼与药剂师的低语都可以自由表达时，他们能否听懂对方？真的有所谓“不经选举达成一致”吗？

不过至少卡扎菲留下了一课：压制而达致的和谐，不过是一层一层为自己铺垫的炸药。真正和谐的社会，不是争议的消失，而是公义的彰显。

这是马丁·路德·金说的。

关于利比亚民众的故事，有一个令人喜悦：我在的黎波里咖啡馆遇到一群年轻人，其中一个给我留了脸书名字，回去后我立刻给他留言。半年多后，终于有回复："对不起回晚了，你知道我们这里没有网络。"他说："我和朋友们都好，非常高兴卡扎菲被推翻。当时不能跟你多说，因为你带了一个政府的人。"那人是利比亚新闻部看管记者的，记者出门必须与他同行。我在他开车的油门下面，还发现了一杆步枪。

二

好大一片墓园，不得其门而入，索性翻墙。茅草遍生，落地扎脚。

墓地历史可以追溯到100多年前，20世纪初意大利殖民统治这里时，第二次世界大战中阵亡的英国和意大利士兵也长眠于此。一天，一名外国摄影师叫我辨认照片，他在拍摄英军墓时，发现一些"奇怪的文字"。我看到中国人的名字。

El Hammangi在的黎波里城东临海，当地人称之为"非穆斯林墓地"。其中英军墓地有专人管理，定期举行追思仪式，而数百名欧洲基督教传教士、非洲劳工安葬在墓园较偏僻的一角。中国人的墓散落其中。

他们的墓碑上这样写道：技术员王范范、中国司机张国林、中土公司人工河项目英语翻译职德富。

只有职德富的墓碑记录比较详细，甚至可以据此在网上搜索到他的信息。1998年，他开车误入荒漠死亡，年仅36岁。事后的赔偿还惹了一场官司。由于出国前签署了"如发生伤残、伤亡事故，绝不借此刁难组织和索取规定以外的任何条件"条款，职德富遗孀未能获赔要求的12万，而是5万元保险赔偿。

至于王范范和张国林，墓碑字迹已经模糊，他们属于哪家公司，什么时候去世，无可追寻。中国与利比亚1978年建交，80年代签署多项经贸协议，中国科技及工程人员才开始进入这个遥远的北非国度。

芳草萋萋，千万里外，素不相识的同胞，永留异乡，竟令我热泪盈眶。也许很久没有人来看望他们，墓碑旁杂草已深。

最近一次中国人离开，是北约对卡扎菲政权宣战前不久的事情。如今，利比亚各处可见盖了一半的经济适用房，原本大多是中国承建项目。与撤出 3 万公民的庞大人数相比，战前中国在利比亚的利益并不可观。中国没有拿到属于自己的大型油气田项目，眼看到手的一宗生意，最终败于利比亚与西方战前的“特殊友谊”。当地中国石油公司承包的，多是为西方公司勘探、采集等工作，建筑公司的利润也非常有限。

美国没有把利比亚看作战略要害，从未倾情投入争夺。中国虽然重视非洲新天地，但利比亚生意实在难做。中国的利比亚政策，随战争形势而动，自保为上。

中石油东方地球物理勘探公司的利比亚办公室，人员尽撤，只留利比亚雇员守门，人去楼不空。门前的石狮子，门楣上的大红春联，还有后院里自种的蔬菜，无不流露中国痕迹。

战时我们去采访的时候，公司的利比亚雇员说，自己每星期都会跟中国同事通电话，相信中国人很快会回来。可两个多月后传来消息，公司在的黎波里的经理部被利比亚军方占据，汽车被征去打仗，就连中部沙漠的两个工地上，上百辆车也都被强行拉走充军了。

不过，中国公司确是最早回来的。一家大型电信公司，顶着密集轰炸，悄悄回到的黎波里，更向反对派大本营探路，为的是不让西方公司抢去战后先机。

这家公司在的黎波里有两名员工。负责人曾经请我们吃火锅——战火中珍贵的一餐。他说自己是“亲卡扎菲”的，尽管夜里曾经见到卡车从街道上一车一车拉走遭到清洗的反对者的尸体，他坚信利比亚需要卡扎菲这样的“强人”。他的下属表达了不同看法，令他有些尴尬生气。最后，他非常认真地问我：“为什么美国总是打出‘民主’的幌子到处发动战争？”

中国人也是最大胆的。北约密集空袭之下，一家中餐馆堂食、外卖生意照做。来自浙江的戴姓女老板预交了 5 年房租，不情愿跟随战前的大撤退。她自己摸情况，确认周围街道没有隐藏的军火库或政府机关，不会招致北约导弹后，一家人便留了下来。战时客源竟也稳定，尽是各家中文媒体记者、使馆留守人员，还有回归的中资公司先锋队。

那家中国公司在战后利比亚的运营非常成功。一起吃火锅的两个人都获晋升。中餐馆一家，凭借勇气与明智的判断，平安挨过了战火，继而熬过了战后混乱的几年。戴老板房租已到期，但她更不打算走了。“最困难的时候，我们都过来了，我现在就等着中国人都回来。”卡扎菲倒台4年后，她在电话里告诉我，中资公司、使馆撤出了战后更加动荡的利比亚，但她听当地人说，利比亚各部落还是会签署协议，达至和平，“到那时我的生意还会好起来！”

只有那几处不知名的中国人墓地，仍在的黎波里。在遥远的北非荒草中，仍然只有极少数人知道，他们曾经在这里存在过、梦想过。

“卡里斯马”是怎样炼成的？

最后一次见到卡扎菲，距离他死于乱枪还剩6个月。

上校也许未知命运安排，死神却在等待，他还剩下什么选择？那是2011年4月11日，卡扎菲在阿齐齐亚兵营（利比亚“白宫”）接待前来劝降的非洲联盟领导人。多年来，利比亚以石油收入倾资非盟，非洲总统们因此得号“卡扎菲的小弟兄”，现在，外界指望“小弟兄”劝说“大哥”弃位——没有人不尴尬。

围墙、铁丝网，碉堡森严。平日里，行人车辆经过阿齐齐亚兵营门前不准停靠，更不准摄影。这一天，重重安检之后，终于入内，举目四望，我目瞪口呆——这是世外桃源吗？

非洲原野，收入宫墙；阳光汹涌，万物蜜染。风吹草低，见出牛羊，还有骆驼在卡扎菲的帐篷外踱步。围墙外，的黎波里灰色的街道疏忽远去——那里只有几栋国际酒店装点门面，市容惨淡，很长一段时间里，外国大使馆都没有门牌号码。

“人们应该经常离开城市，回到土地。”同行的美国ABC新闻频道女记者引用卡扎菲语录。可是“回到土地”的代价并不便宜。卡扎菲出访，帐篷随行，2009年时，他甚至在联合国纽约总部外安营，花去千万美金，但仍遭到了纽约客们的排挤。

就在这样如梦似幻的背景下，卡扎菲上校昂首阔步。土黄色罩袍曳地，杏色头巾飞扬。金色落日，如影随形，追逐他高大的身形，仿若草原雄狮。在距离记者们一米多的位置，卡扎菲以主人的姿态，指点非盟元首就位，准备照相。

我的摄像师10年前出差来过利比亚，念念不忘曾经同卡扎菲握手。他坦承自己折服于上校睥睨四方的魅力。卡扎菲出场，我也暗叹一声。只是提醒自己，那是一种音译为“卡里斯马”（Charisma，指个人魅力和感召力）的东西。韦伯（Max Weber）定义，“若神灵附体”，领袖先知们炼就此术，借以确立权威、维系统治。

卡扎菲的“卡里斯马”不停变幻风格。英国历史学家克里斯托弗·安德鲁专门研究过卡扎菲的造型。他把年轻时的卡扎菲棱角分明头发微卷的照片，与青年戴高乐对比，直呼“太像了”。卡扎菲也曾穿着欧化，风流时髦。埃及前总统纳赛尔是他的精神导师，卡扎菲常听广播模仿他讲演。终于，27岁的青年军官，登高一呼，推翻旧王国，弄潮北非革命。

20世纪80年代以来，卡扎菲穿衣风格陡然变换。脱下西服，换上长袍“沙漠风”，胡子拉碴，眼神迷离。多名曾经采访卡扎菲的记者证实，他一定“嗑了药”。联合国大会现场，卡扎菲曾因超时讲话，导致口译员精神崩溃。他也是闹场专业户，手撕联大宪章，大骂沙特国王。

造型转换背后，是利比亚外交选择了另一条道路使然。20世纪70年代后期，卡扎菲资助各式各样欧美政府定义的“恐怖组织”，80年代又搞出洛克比空难（利比亚坚称自己背了黑锅）[①]，同西方彻底闹翻。曾经支持的巴勒斯坦武装组织最后与以色列议和，气得卡扎菲与阿拉伯联盟分道扬镳，从此专心发展非洲事务，自封非洲“王中王”（King of the Kings）。

领袖一定还得有先进理论。利比亚从成人到孩子，都得学习卡扎菲的著作《绿皮书》（*The Green Book*）。有人说，《绿皮书》翻抄了毛泽东“红宝书”，但也有学界认为，其中糅杂了非洲元素和阿拉伯哲学，还是具备一定学术价值的。在的黎波里时，有天我到市中心广场采访，正巧路过卡扎

① 空难之后，经过美国联邦调查局与苏格兰警方3年的联合调查，1991年国际组织对两名利比亚嫌犯发出通缉，但经过多年的联合国制裁与谈判之后，1999年卡扎菲才交出这两位嫌犯。2001年，一名利比亚情报官员被定罪并被判刑终生监禁。2003年，卡扎菲终于承认需为空难负责，但拒绝承认他直接下达攻击命令。同时，利比亚政府为死难者家属提供27亿美元赔偿，约每人1000万美元，之后联合国解除对其15年的制裁。

菲青年团总部。想讨一本《绿皮书》来读，结果高瘦的年轻负责人翻箱倒柜半天，满脸抱歉道：“没有。不如你去隔壁书店看看。”思想武器怎么缺货呢？到书店，老板抬眼皮看看我：“没有。”怎么可能？见四下无人，老板嘟囔了一句：“根本看不懂，谁买啊……”学习《绿皮书》的同时，卡扎菲取消了学校的外语教育，理由是利比亚百姓无须与外界交流。

“卡里斯马”，独裁者有，奥巴马也有，但后者所处的社会相对“正常有序”。革命初期，群众常受领袖魅力感召，群情高涨，冲动不止，待社会逐渐开化，才演变为正常有序的行为。

卡扎菲式“卡里斯马”直教支持者生死相许、疯狂着魔。北约空袭当头，利比亚平民据称自愿入住阿齐齐亚兵营，充当“人体盾牌”，未成年的孩子也不例外。一个 5 岁小女孩在大人的簇拥下告诉我：“没有卡扎菲，活着就没有意义。”

“挺卡”集会上，局面常常失控——支持者豪情澎湃，几乎将外国记者吞噬。几次我正对镜头报道时，支持者一把夺走话筒，自顾讲演起来，我想奋力抢回，对方却死活不放手——拔河开始。事后有人告诉我，那是为了让其他支持者传颂抢话筒者的英勇表现。卡扎菲的宣传部长在电视上说，外国记者都是间谍、骗子。不久，国际媒体记者乘坐的采访车遭到劫持。

与非洲领导人合照完毕，卡扎菲突然来了兴致，抛下媒体，钻进吉普车，驶向 100 多米外等候多时的支持者。记者们各操家伙，追着汽车跑，草原上一时烟尘滚滚。到了跟前，记者你推我搡，保镖们围成人墙（这时已不见传说中的“女子敢死队”，只剩男护卫），有一阵我感觉自己的脚已经离开地面，举话筒的胳膊还在往前伸。

最终，我被挤到距离卡扎菲十几厘米的地方，车窗玻璃背后，他轮廓分明，意气犹存，唯举止略缓，暮气乍现。忽然，他两手一撑，站起来从车顶天窗探出半个身子，集会人群立刻疯狂了，“卡扎菲、卡扎菲……”呼声排山倒海。上校笑了，振臂呼应呐喊节奏，仿佛指挥合唱团。那一刻，他真的很陶醉。

那一刻，我突然明白了。如果晚年卡扎菲每天只待在自己的乐园里，听同样的几百号人狂热效忠，那么他在叛乱乍起时接受外国记者采访，说出“所有利比亚人都爱我”这种话并不奇怪。执政40多年，年近七旬的他，真的相信。

最后一个被“卡里斯马”击中的，就是卡扎菲自己。类似情形，我在晚年阿拉法特身上看到过，周围幕僚利用软禁中的他谋取私利，比如安排他接受哪家媒体采访，从中勒索金钱。晚年阿拉法特也被架空了。这样的情形，下台前的穆巴拉克身上也可看见。他监控纸媒监控电视，竟然不知道把互联网管起来才是首要的。“80多岁了，他不懂什么网络，身边人只顾着自己捞钱……”一个埃及记者告诉我。等到民心思变的那一天，“神灵附体”的领袖们，总是最感惊讶的那一个。

历史学家认为，一个国家政治与经济的运作效率，往往与掌权者在位时间呈反比。体系内若有超越个人的制度，可以减少“时间”的影响，但是如果没有约束个人或集体长期把持利益的行为，终究会产生负面效应。石油大国利比亚，腐败指数远高于非洲邻国。首都街道坑坑洼洼，统治者无心治理。

真正维系“卡里斯马”统治的是什么呢？秘密警察，武装镇压。有数据说，利比亚10%至15%的人负责向政府汇报百姓言行——全民噤声显而易见，当政府发言人安排记者到某地采访，几次有人在我们耳边飞快扔下一句“卡扎菲不好”后，即刻走远。对待反对者，卡扎菲绝不手软，公开处刑或在电视上直播血淋淋的画面。另一边，亲卡扎菲派别、部落又往往得到莫大的好处，比如利比亚中部卡扎菲家乡地区，人们感念政府福利周全，口口声声喊效忠上校。“卡里斯马”有两只手，一只是神一般的感召，另一只则是魔鬼一般的恐吓。

从北非到西亚，星星之火点燃之后，为什么在突尼斯、埃及，最初的转型以和平收场，而利比亚一上来就爆发最惨烈的内战？

答案也许稍嫌讽刺。突尼斯与埃及，恰恰因为统治者留下一线公共空间，令怒火有渠道表达，而不至于走火。穆巴拉克统治时期，民众有权在可控范围内和平示威。换句话说，通过非暴力手段表达诉求，埃及人并不陌生。

相反，卡扎菲统治下的利比亚，不存在表达公共意见的平台。他对异见者铁腕镇压，反对派铭记的，只有“血债血偿”。更坏的消息是，世界“理性抗争”组织统计1940年至2006年全球暴力及非暴力斗争，结果显示：暴力革命即便成功，5年内达至民主的先例只有5%；41%的非暴力斗争最终过渡到了民主政治。而“10年内再爆发内战的可能”，前者高出一倍。卡扎菲身亡之后，利比亚境内暴力不止，令人担忧理论成谶。

由于忌惮北约空袭，2011年4月11日，卡扎菲最后一次在媒体面前露面不过20分钟，很快便消失在草原中。这个时候，他不会相信，爱他、怕他的“所有利比亚人”，会允许他落得血肉模糊、不忍卒睹的下场。埃及前总统穆巴拉克，虽然颜面尽失，却总算获得司法审判。独裁者什么时候放权，以何种方式下台，才是最后一个为自己、为国家写下判词的机会。

09

乌克兰

在巨人的阴影下

1918 年

俄罗斯帝国崩溃后，乌克兰独立，成为人民共和国。

1921 年

成立乌克兰苏维埃社会主义共和国。

1932—1933 年

乌克兰发生大饥荒，数百万人饿死。

1944 年

斯大林将 20 万克里米亚鞑靼人发配到西伯利亚及中亚，称他们与纳粹德国合作。

1954 年

苏联将克里米亚半岛当作“礼物”，移交乌克兰。

1991 年

苏联解体，乌克兰独立。大约 25 万流亡鞑靼人回到克里米亚。

2004 年

“橙色革命”后，反对派候选人尤先科胜出，俄罗斯支持的亚努科维奇下台。

2005 年 9 月

尤先科解散总理季莫申科领导的政府。

2010 年

亚努科维奇在新的选举中当选总统。

2011 年 10 月

前总理季莫申科被控在天然气协议中滥用职权，入狱 7 年。

西方和俄罗斯都不满判决。

2013年11月

大规模抗议爆发，反对亚努科维奇突然终止与欧盟签署政治与自由贸易协议，强化与俄罗斯的关系。

2014年2月

乌克兰安全部队向抗议人群开枪后，总统亚努科维奇迫于民间怒潮出逃俄罗斯。

2014年3月

俄罗斯吞并克里米亚，引发自冷战以来东西方最严重对峙。

2014年4月

亲俄武装控制顿涅茨克东部及卢甘斯克，宣布独立建国，并组成“新俄罗斯联邦”。

2014年5月

“巧克力大王”波罗申科在总统选举中获胜。

2014年9月

乌克兰东部停火协议打破，北约确认俄罗斯部队进入这一地区。

2015年2月

乌克兰和法、德达成协议，结束东部战事。

2015年3月

联合国统计，2014年4月乌克兰东部冲突爆发以来，大约6000人丧生。

俄罗斯的灵魂

一

醒来的时候，乌克兰国航屏幕上，飞行路线正划过塔吉克斯坦。从中亚到东欧，飞行线一寸一寸向西爬行，舷窗下云层渐渐亮起，俄罗斯的控制力却越来越黯淡。今日乌克兰正是强弩之末，因此也是必争之地。

转头看到一飞机东倒西歪熟睡中人，忽然为自己在万米高空的宏大叙事感到好笑：飞行线一寸一寸向西爬行，对于他们中的大多数来说，只是回家。航班从泰国起飞，除了我和摄影师，没有其他亚洲人。乘客大多是度假返家的乌克兰人。

曼谷到基辅，对我而言，也是从广场到广场。曼谷的广场，坐满了红衫军黄衫军。近几年我经历的广场还有：埃及开罗、巴林麦纳麦、利比亚的黎波里、土耳其伊斯坦布尔……

世上广场的名字大多相似，好像来自同一批婴儿潮：解放、独立、自由、民主……比广场名字更没有想象力的，大概是政党名字。乌克兰政党的名字有：团结、自由、人民，季莫申科领导的党派叫“祖国”。只有那个拳击手克利钦科的政党有点新意，叫“出拳”。

广场和政党的名字，也是宏大而空洞的叙事。

空姐过来问要不要喝水。她们一律窄脸深目，身形高挑。制服是国旗色，蓝黄搭配，铅笔裙含蓄性感。有了她们，就不会有人抱怨这老旧多事的 777 客机了。

穿泰式印花衫的尤莉娅坐在我旁边。她从基辅西边一个城市来，首都闹起来的时候，家乡也在示威。“我们游行就跟上教堂一样，太平常了。”她指指趴睡的女儿，“她也去了，5 岁。”比基辅幸运，当地没有发生冲突。

飞机降落，全体乘客鼓掌，庆贺平安抵达。这似乎是非常西方的习惯。

第一眼看到的基辅，湛蓝无云的天，秃了皮的白桦林，一下子把我带到 10 多年前的北京郊外，晴朗肃杀的北方。

第一次知道“基辅”的名字，是不是穆索尔斯基《图画展览会》尾曲《基辅的大门》呢？灿烂炫目，仿佛太阳的光芒，一触及就熔化。可是 13 世纪，基辅大门叫蒙古人攻破了。

眼前的基辅更像是建筑展览会。从出租车向外张望，洋葱头教堂、蒙古包式亭子、苏联时期方正庞大毫无个性的政府大楼，还有突然冒出来的老式民居，惊艳到令人尖叫。贝壳、螺旋的树叶和火焰，典型的“新艺术”（Art Nouveau）风格，就出现在马路边。有时这种民居不是一栋，而是一整排。“新艺术”鼎盛时期在 1890 至 1910 年间，中心在维也纳，那时候乌克兰的一大片土地属于奥匈帝国。

街上总是有人手捧鲜花，一路牵引我到了 Maidan（广场）。乌克兰语里的“广场”，竟然跟阿拉伯语、土耳其语发音相同，源头也许又是蒙古。

基辅独立广场本身不大，但示威人群蔓延到了周围的山头，气势逼人。前总统亚努科维奇（Viktor Yanukovych）出逃已经 17 天，广场上的防御工事仍在。每天 5 点下班之后，人潮不断涌入，遍地献花。宗教祷歌每天唱响，安抚死去的灵魂。神父走在前头，一队人抬着巨大的木制十字架，耶稣受难的身躯蜷曲在上面，一遍一遍绕着广场和周围的山头行走。

2013 年 11 月末，示威刚刚起来的时候，我还在香港做一个图片新闻节目。每天看到大量来自基辅现场的照片，总是有神父高举十字架，站在持枪军警和躁动愤怒的人群中间。军警抓人的时候，一个乌克兰大妈抡圆了十字架，对着钢盔猛敲下去。

到基辅的头一个下午，翻译爽约。广场上不断有人走向我们的摄像机，我却只能指指耳朵摆摆手。一个大伯急了，吼了一嗓子：“普京！”然后比画一个抹脖子的动作。一个身形敦厚的大妈，拄着雨伞过来发表演说，铿锵有力，十几分钟不间断，周围聚了一层人。她终于在掌声中谢幕，我红着脸问：“哪位给翻译一下？”一个英语不太流利的年轻人一言概括中心思想：“国家不能分裂。”一个叫尤莉娅的女孩塞过来传单：俄罗斯套娃，咧嘴露出恶魔般锋利的牙齿。

“嘿，我是俄罗斯来的。”伊万自报家门，吓了我一跳：俄罗斯人站在汹涌的反俄情绪中心？他反戴着美式橄榄球联盟帽，两只银耳环叮当。

“别误会，我生在乌克兰，在这里住了20多年，我拿乌克兰护照。”伊万英语说得很好，家乡在基辅以北的切尔尼戈夫省，国际新闻里被划在“亲西方版图”里。伊万的父亲是波兰人，母亲是俄罗斯人。几年前，他到俄罗斯圣彼得堡学习国际关系专业，毕业后留在了那里。

“那你到底算俄罗斯人还是乌克兰人？”

“我是一个乌克兰人，长着俄罗斯的灵魂。”

伊万特地回来看看闹出乱子的乌克兰。和我一样，当天下午刚刚到基辅，马上跑到广场上来。

“‘俄罗斯的灵魂’怎么看？”

“这个？ F**k up！”他用了F字头脏话，惊讶于城市变成了战场，却又转而称赞，“但是，我为这些人骄傲，他们做到了。亚努科维奇就是个浑蛋。”

他颠覆了国际新闻里的标签：身处“亲西方”板块，心向俄罗斯。可是，他又认同克里米亚属于乌克兰。

我想起一条经典的测试爱国心问题：“如果俄罗斯跟乌克兰踢足球，你希望哪个赢？”

“乌克兰。”他毫不犹豫。

我跟着伊万绕行山头。经常需要打断他的叙述：“等等，你说的‘我们’，指乌克兰人还是俄罗斯人？”

光秃秃的树枝上，白纸带翻飞。得时刻留心脚下，绕开鲜花和彩色蜡烛瓶子围起来的小小祭坛。下台阶时，我差点踩到鲜花旁端正放着的一只绒线帽，大概是死者的。

高处回望，山谷里的广场，鼎沸如汤。路障仍在，帐篷仍在，一些人担心局势生变，打算长期驻扎。夜幕降临，他们劈木头，生火做饭，炊烟袅袅。广场，更像是一座城池。反对派对这里也没有绝对控制，独立广场成了独立王国。

花堆成了山，铺成了路。一个纸糊的高塔，好像削去脑袋的圣诞树。亚努科维奇打算装饰这棵树庆祝东正教圣诞节，他发表讲话的时候，把“圣诞树”说成了俄语，还是发音错误的俄语，乌克兰人和俄罗斯人都笑了。现在，树外围的脚手架成了标语墙。

“看，俄罗斯的源头。”伊万指了指广场中心雕像，拍拍心口，“基辅是俄罗斯的母亲。”雕像是传说中建立基辅的四兄妹，名字首字连在一起拼成“基辅”的拉丁写法。

古代俄罗斯人的第一个政治活动中心在基辅。13 世纪蒙古入侵，俄罗斯人弃守基辅一路向北。先是 Vladmimir-na-Kliazam，然后是莫斯科，18 世纪终于落脚在圣彼得堡。

乌克兰与俄罗斯的历史，就是历史学家打架的历史。在俄罗斯看来，乌克兰没有历史，它是 19 世纪德国、奥地利为了削弱俄罗斯捣鼓出来的一个“概念”。可是俄罗斯又把基辅当作自己的“母亲”，说自己的祖先是最早在基辅建都的罗斯国王。罗斯统治的地区也叫瓦良格，就是乌克兰卖给中国那艘航母的名字。

一些乌克兰和西方历史学家，质疑俄罗斯人是“罗斯后裔”。美国乌克兰史专家保罗·罗伯特·毛戈奇（Paul Robert Magosci）引用伯纳德·路易斯（Bernard Lewis）的话说，就像暴发户总是孜孜考证祖上显赫高贵的出身，14 世纪至 16 世纪，当俄罗斯王朝达到鼎盛后，史官含蓄地嫁接了更加悠远的罗斯国历史。而罗斯国王本人，追根溯源是来自北欧的维京人。

长着“俄罗斯灵魂”的伊万相信，“自古以来”，罗斯是俄罗斯、白俄罗斯和小俄罗斯（乌克兰）三位一体的共同祖先。乌克兰也确实曾对俄罗斯投怀送抱。今天所谓亲西方的西部乌克兰，曾大量涌入波兰和立陶宛移民，求助莫斯科王国保护，免受外族入侵。但后来，西部比东部更早受到人文主义影响，个体意识渐渐冲淡了王朝权威。

“乌克兰的未来应该跟俄罗斯在一起，美国、欧盟不过是要开几个破坦克过来，拿我们当成基地。”伊万说。广场上的人显然不会赞同他的说法，蓝底黄星星的欧盟旗帜四处飘扬。还有伊万看着刺眼的红黑两色乌克兰反抗军军旗，大大的斯捷潘·班杰拉（Stepan Bandera）画像。第二次世界大战期间，班杰拉组织乌克兰反抗军，反波兰反苏联。“橙色革命”后上台的前总统尤先科[①]追认他为“国家英雄”，亲俄的亚努科维奇上台后撤销称号。

“乌克兰从来就没有英雄，也不可能离开俄罗斯独立。”伊万说。

在我出发前，有个骨灰级球迷给我扫盲，说“乌克兰当代最重要的民族英雄”是20世纪80年代培养了3个“欧洲足球先生”的教练洛巴诺夫斯基，这下刚好用上，反驳伊万的“无英雄论”。

“洛巴诺夫斯基？离这儿不远，就是国家体育馆，那里有他的雕像，可是现在都被示威者熏黑啦！”伊万总是试图向我证明，发生在这里的一切多么“F**k up”。

山顶是个剧院。一拐弯，缓缓下坡，遇难者相片多了起来，死亡时间都是2014年2月20日。据说狙击手是从旁边13层高的“乌克兰酒店”朝这里射击的。

2013年11月21日，人们开始聚集到广场上，很快自我组织起来，每100人为单位，手臂写上名字、血型，相互拍照。所以死难者的资料很容易找到。缓坡桥下有张照片，属于一个名叫塔钦（Tochin Roman）的死者。他穿着蓝色羽绒服，头上绑着防风镜，来自列维夫——基辅西边大概700公里的地方，紧挨着东欧波兰。在开罗解放广场，我也见过坐几个小时火车从卢克索赶来示威的人。塔钦生于1976年。

① Viktor Yushchenko，尤申科于2005至2010年担任乌克兰总统，争取连任时败给亚努科维奇。

“他是个退役军人。”一个中年人悄悄站到我们身边，“我认识他。”凡迪（Vadym Suprunyr）最后一次见到塔钦，是在他就义之前9个小时。2月20日凌晨1点，塔钦说自己太累了，想睡觉。凡迪的家在基辅，于是回家，打算第二天早上再来广场，却在网上看到了死者名单。

“他们没有武器，最多是燃烧瓶。”凡迪说，那天早上，军警从几个方向包抄过来。一名中年妇女走过来，激动地比画着。伊凡快速翻译。妇女说，军警开枪，但桥下这些人反扑过去，成功地把军警逼退。当然，很快他们就失守了。军队却因此受到震动，抛弃了亚努科维奇。“这些人是英雄！英雄！他们保住了广场。”妇女渐渐走远。我向伊万重复“英雄”这个词。他朝我挤挤眼睛：“待会儿告诉你真相。”

凡迪手里拿着碎裂的砖头。他来清理通道，给行人让路。一个小男孩肩披乌克兰国旗，踩着单脚滑车，沿着空出来的通道上，唰地冲下去。

塔钦知不知道自己可能承受这么大的风险？究竟为了什么而战斗？“我想我们是为这个国家感到担忧，过去20年，俄罗斯对我们的影响太大了。”我相信伊凡是在如实翻译。

“很多人说，你们为了民主斗争？”我小心抛出这个近年来名声很不好的词。凡迪做了个苦涩的表情，“民主可以用来做对的事情，但也可能走上歧途，‘橙色革命’领导人让我们失望，现在的过渡政府也不干净……我们斗争，是希望国家变得干净、变得公平，没有腐败。”

亚努科维奇出逃后，办公室内搜出计划屠杀清场的路线图，但是伊万认为“真相”是反对派自己开的枪。“这些示威者，当然有人给钱，你看看广场边那么多流动厕所，不用花钱雇人打扫吗？钱哪里来的？”

遇见伊万之前，广场上我遇到一对来献花的夫妇，能说一点英语。丈夫说自己是现役军人，清场时他不在基辅。他憎恨亚努科维奇向民众开枪：“这么多人，上万人都是恐怖分子？怎么可能?！”

凡迪说没有收到过钱。塔钦也没有，只是有些“专家”过来教大家怎么组织，怎么战斗，也许有人支持。另一个加入对话的女孩说，广场的工事还不肯撤去，恰恰说明就连反对派都没有能力控制示威者。

入夜，广场渐渐有了些嘉年华的味道。好多人排队，等着在一个木制雕像上凿一下。“我们在创造一项吉尼斯世界纪录。”主办者拿着本子过来，邀我参加。木雕是乌克兰诗人、艺术家舍甫琴科，很快将是他200周年诞辰。舍甫琴科生在基辅郊外，长在圣彼得堡，目睹乌克兰农奴的艰辛后，组织他们起来反抗，后被俄罗斯逮捕，成为重囚。舍甫琴科的遗言诗其中一句是：“以暴君们的鲜血，喷洒在自由的种子上。”

“一个人对未来做出选择的时候，更看重什么：强大的国家，还是幸福的生活？个人自由？”我问伊万。

“强大的国家。”

“对每一个个体来说，不是幸福和自由更重要吗？”

“幸福自由是什么？美国人所谓‘幸福’就是嗑药……”

“俄罗斯没有人吸毒？”

“有，没有美国多。”本·拉登的精神导师赛义德·库特布（Sayyid Qutb）当年留学美国，也把吸毒嫖娼当作西方精神来反对。

“你要是有孩子，希望他们在哪里接受教育呢？”

“当然是俄罗斯。我们的考试叫考试，美国那种只能叫测验，太简单了……听我说，俄罗斯有油，中国有钱，我们应该联合起来，西方就不敢这么横了。”

“告诉我，到底什么是俄罗斯的灵魂？”

“就是谁也压不垮我们，谁也不能叫我们屈服。”

跟伊万道别后，我边往地铁走，边试图梳理他的思路：在乌克兰长大的半个俄罗斯人，对乌克兰有感情，但归根结底又把乌克兰与俄罗斯看作一个共同体：个体的价值，必须依靠强大的共同体去实现。

突然，广场上空烟花绽放，所有人仰头欢呼。

英雄，民主，自由，独立，解放，祖国。吃饱穿暖以后，细小的词语满足不了我们，而这些宏大的，又面目模糊、含义不清。

一个声音朝我喊：“毛泽东？中国？”

同事提醒过我，这里酒鬼多。广场曾经有真正的斗士，前总统出逃

前总统落跑，有人带着孩子来广场庆祝胜利。

基辅街头。

后，不知要往哪里去的广场，也成了醉鬼流浪汉的归宿。果然，这名酒气冲天，摇晃着手中一升装矿泉水瓶里的透明液体，拍拍胸脯："我是格鲁吉亚来的！ F**k 普京！"

二

迪马走进餐厅的时候，惊魂未定。他刚刚从克里米亚跟随美联社拍摄回来。此时距离公投还剩下 5 天。

"我们一下火车就被盯上了。"他说，走出车站的时候，已经有两三个身份不明的人接近他们，问："来干什么？"

"你们是谁？"迪马反问。那些人穿着便装。俄罗斯军人出现在克里米亚不是秘密，但还用不着"小绿人们"亲自动手。"小绿人"是乌克兰人对克里米亚俄军的称呼，因为他们穿绿色军装却一律不佩戴标识，并不显示职业军人身份。

"自卫队的。"对方回答。克里米亚亲俄武装组成了民兵队伍。

迪马说，在克里米亚拍摄期间，不断碰到有民兵过来"打招呼"。有一次，他去商店买饼干，一出来就遇到几个身形彪悍、喷着酒气的人。"不知道他们哪里来的枪，而且是冲锋枪。"那些人上来就抢走了所有饼干。

丢几包饼干算什么。在克里米亚采访的记者，有的摄影器材整箱被拖走，直播都受干扰。自 3 月初起，乌克兰国营电视台的节目在克里米亚就已经不能看了。

"可是，那些亲俄罗斯的克里米亚人欢天喜地总是真的吧。有些人应该真的是想成为俄罗斯联邦的一部分！"我说。

"是有，不过并不全是。我们采访到的许多克里米亚俄罗斯人反而不希望归俄罗斯。"迪马说，"因为岛上靠旅游业，而大部分来旅游、来租车的都是乌克兰人，俄罗斯沿黑海还有其他旅游胜地嘛，不是那么多人来克里米亚。所以将来他们的生意会受影响。"但是由于"自卫队"加上"小绿人"在克里米亚的存在，这些并不心向俄罗斯的人不敢出声，他们悄悄向迪马表达看法，但没有人愿意对着镜头诉说。“到时候公投，大家都知道结果会是100%，至少99%赞同！”

迪马只是个20出头的学生，因为最近局势变化，会讲几句英语的都干起了“fixer”，给外国记者做翻译兼陪同。乌克兰首都基辅的月平均收入500美元~700美元，而美联社给迪马去克里米亚的报酬是每天250欧元。“但是，我下次不想再去了，给多少钱都不去了，那里太可怕了。”

就在见到迪马之前，我在这家叫“克里米亚”的餐厅，采访来自克里米亚的另一群人，当地的少数族群鞑靼人。山蒂科夫和另外3个同伴，代表在基辅的200个鞑靼人，打着鞑靼族旗帜，到广场示威，要求关注克里米亚26万鞑靼同胞的命运。“这才20多年啊，难道我们又要无家可归？”

当全世界的眼光聚焦克里米亚，谈论东西方阵营角力时，很少提及当地人口中只占到13%的鞑靼人。1944年，斯大林把全部克里米亚鞑靼人驱逐到中亚，惩罚他们“二战”期间与纳粹德国的合作。山蒂科夫一家就这么一直在乌兹别克斯坦流亡，直到1991年苏联解体，才回到克里米亚故土。20多年后，苏联长长的阴影再次投射到克里米亚。鞑靼人议事会首领在一次记者会上说：“我们来的时候，克里米亚一片荒芜，现在盖起了像样的葡萄酒庄，难道又要连根拔起？”

鞑靼人在克里米亚的不同城市都有自己的聚居地，所以特别好认，容易受到攻击。公投前，鞑靼人组织了自己的民兵组织，守护聚居地。一名鞑靼男子本打算火线参军，但在去往乌克兰军营的路上，却遭到袭击身亡。

“外人很难理解鞑靼人对俄罗斯的恐惧和仇恨。”山蒂科夫说。一旦克里米亚正式并入俄罗斯，鞑靼人就要面对选择：合作还是离开。支持俄罗斯，升官发财都有可能；否则的话，像样的工作都找不到。这些在过去已经发生，俄罗斯在当地的影响力并不是一朝一夕形成的。俄罗斯许多大型企业在克里米亚投资，俄罗斯总理梅德韦杰夫承诺，将建成连接克里米亚半岛同俄罗斯本土的跨海大桥。

大概是我问“害不害怕俄罗斯吞并克里米亚”，一个在旁边默默抽烟的鞑靼小伙子突然过来，绷起脸说：“听着，我们这个民族是不懂‘害怕’

的，我只能说到这里。”他做了一个劈掌的动作。

“如果俄罗斯真的占领克里米亚，有些鞑靼组织可能会不受控制。当然我希望他们受控制。”山蒂科夫的回答有些闪烁。议事会正在向乌克兰议会申请，承认鞑靼人为“克里米亚原住民”，通过的话，就有可能依据联合国相关规定，成立鞑靼人自治区，并受到国际法保护。但很多乌克兰人相信，克里米亚鞑靼穆斯林不会坐以待毙，他们一定会“干些什么”。

乌克兰东部：记忆、标签与未来

由首都基辅，向东飞行 1 小时 10 分钟，便来到了乌克兰第四大城市顿涅茨克。翻译莉莉娅说，她在基辅生活了 20 年，只出差来过一次顿涅茨克。这是个乏味的工业城市，无风景少名胜，基辅人休假都往西边跑。顿涅茨克出租车司机也觉得基辅很远："这里去俄罗斯边境才 100 公里，可离基辅 600 多公里！"

顿涅茨克产煤。从机场到市内 20 多分钟车程，窗外掠过三四个已经开发的煤矿，像喷发之后的火山，向天空张开大嘴。苏联时代顿涅茨克的名字叫"斯大林"。在一场辩论中，斯大林战胜托洛茨基，决定向顿涅茨克和它所在的顿巴斯盆地大量注资，改造成苏维埃共和国的重工业中心。

迎面驶来一辆公共汽车，浑身锈迹、土色斑斑，不知道是土色上生出铁锈，还是铁锈上沾了土星。圆滚滚的面包造型，仿佛在 20 世纪黑白电影里才见到。顿涅茨克人均收入每月 350 美元，不到首都基辅的三分之二。

在我到来之前，舞台，或者说战场，已经预设好了。一边是亲俄罗斯人士游行，另一边是"欧盟广场派"（他们解释不一定要加入欧盟，但是反对乌克兰分裂），也准备到街头示威。乌克兰反对派领导人之一前拳王克里奇科，从基辅飞来为"欧盟广场派"鼓舞士气。俄罗斯前议员日里诺夫斯基（Vladinir Zhirinovsky），也准备西进顿涅茨克，亲俄阵营为之沸腾。日里诺夫斯基以煽情言论著称，比如"我们将用民族主义把西方打个稀巴烂"。有评论认为他是"极权主义与军国主义的代表"。

"我们正联系机场，阻止日里诺夫斯基的到来。"迈克斯两眼通红，仿佛战斗了几天几夜，黑棉袄脏兮兮的，好像刚刚从战壕里爬出来。他三十七八岁，是当地报纸记者，也是顿涅茨克“欧盟广场”示威的组织者之一。基辅的一名记者介绍我们认识后，迈克斯自愿带我四处看看。

迈克斯不像个豪迈的战士，而是个提心吊胆的地下党。为了教育我形势严峻，他掀起蓝黑色绒线帽，露出两块由红转褐色的伤疤。“他们打的。”“他们”是亲俄派。2013 年年末，基辅广场运动风潮吹动顿涅茨克。莫斯科支持的前总统亚努科维奇出走，“欧盟广场派”在顿涅茨克占上风。等到俄罗斯进入克里米亚后，风向变了。街头出现持械武装人员，两派暴力升级。一名德国记者告诉我，就在我们抵达前，市中心一辆迷你公共汽车车身上还因印着乌克兰国旗被亲俄派截停，车门差点被乱棍砸开，后来汽车只得加速离去。

可我毕竟是个外国人，跟迈克斯同行会不会丧失中立？正犹豫着，迈克斯身后又多出 3 个黑衣人。其中一个戴棒球帽，绣着斗大的USA和老鹰国徽。迈克斯指指他们对我说：“这些是你的保镖，车已经准备好了。”

我气乐了。带 3 个保镖去，不是目标更大吗？“不用担心，那些人没见过他们 3 个，他们跟我不一样。”迈克斯劝慰。

“可是他的帽子。”我指指USA和老鹰，“你不觉得这是大麻烦吗？”

“那些人根本不知道这是什么！”戴帽子的亚历克斯说，亲俄人士受教育程度低，一般不认识英文单词。我将信将疑。

1869 年，来自大不列颠威尔士的商人发现顿涅茨克的矿藏后，建起煤窑，这里劳动力开始聚集，渐成规模。从那时起，很长一段时间里，顿涅茨克需要的都是矿工，吸引不来知识分子。苏联初期，顿涅茨克和整个顿巴斯盆地仍然是个大矿场，后来开始建电站，引入化工系统后，高级技术人员才渐渐到来。迈克斯出生前 10 年的 20 世纪 60 年代，顿涅茨克刚刚有了剧院。

苏联时代，加盟共和国几乎没有“自己”的文化。尽管反对顿涅茨克并入俄罗斯，迈克斯最喜爱的歌手和演员却是俄罗斯人弗拉基米尔·维索茨基（Vladimir Vysotsky）。维索茨基曾加入反审查组织，上过美国《60 分钟》节目。不过，他虽在苏联民间大受欢迎，却从来没有上过官方电视。

苏联加盟共和国的通用语言是俄语，但没有完全禁止乌克兰语，而是把它当作“团结并教育劳动阶级”的手段。1991 年独立后，乌克兰政府强调本土文化，顿涅茨克机场大厅挂起了音乐家谢尔盖耶奇 · 普罗科菲耶夫（Sergei Prokofiev）肖像，因为他出生在这里。但是，活跃在 20 世纪二三十年代的普罗科菲耶夫，似乎只把莫斯科当作故乡，外界也只称他为“苏联音乐家”，获得过“斯大林奖”“列宁奖”。晚年普罗科菲耶夫却因作品“政治不正确”遭苏共批评，这让他很痛苦。郁郁离世的同一天，斯大林也逝去了。

比迈克斯稍年轻些的亚历克斯，青春记忆搭上苏联解体，直接迈入欧美潮流。亚历克斯熟谙各路西方摇滚。就在我们前往亲俄罗斯派集会的路上，两边都是利物浦酒店的广告。这家 2007 年落成的酒店，是顿涅茨克地标建筑，内部完全是一座向英国“披头士”乐队致敬的博物馆。不过，据传酒店并没有向“披头士”支付版权使用费，也不担心他们追索到俄罗斯边境。2005 年，乌克兰第一次主办欧洲歌唱大赛（Eurovision），也就是欧洲版“中国好声音”，这个还没有加入欧盟的国家为自己的欧洲属性放声高歌。

然而，历史从不曾离开。

车窗外传来响亮的口号，红蓝白三色旗飞舞，显然是亲俄集会。视线里出现一个巨大的石像——是列宁。我要求停下车。

迈克斯脸上先是困惑，然后惊讶，终于跟翻译争执起来。我坚持停车，他坚持不停，越过翻译，我们俩吵起来。最终，车兜了几个圈子，停下来，我推开车门，一路小跑过去。

我和迈克斯都出生在 1976 年。那一年，中国现代革命领导者毛泽东去世了。第二年，中国开始反思个人崇拜，开始拆除毛泽东像。整个中国大地，毛泽东雕像骤减。40 年过去，最近几年毛泽东像又开始回潮。塑像的命运，往往超越肉身，在历史轮回中起承转合。

乌克兰首都基辅反俄罗斯示威中，列宁像几乎全都被推倒。当地年轻人说，通过一个手机应用程序，可以查到全市列宁像位置，人们组织起来过去清除，这是公民社会的力量。但东部城市并没有这样公开的身份切割仪式，相反，列宁像仍然聚集着心向俄罗斯的人。

眼前列宁像高六七米，左手插在裤兜里，右手下垂，裤线笔直，风衣飘飘，少不了标志性的“列宁帽”。一名妇女在列宁脚下举着麦克风喊：“支持亚努科维奇！欢迎俄罗斯！”现场标语大多是：“北约滚开”“F**k欧盟”。有人抬出东正教圣母子像，旁边镰刀斧头红旗翻飞。没人觉得这样的组合有什么异样，也没有人注意到亚历克斯的USA棒球帽。

喊了一阵口号后，人群朝市政厅前进，把星期天的政治生活推向高潮。

市政厅前也有一座黑石雕像，蓄着胡子。我以为又是列宁。翻译莉莉娅纠正：“不，这是老年舍普琴科。”19世纪乌克兰诗人舍普琴科，曾描述俄罗斯帝国统治下乌克兰农奴的悲惨生活，被视为乌克兰文学和现代乌克兰语的奠基人。独立后的乌克兰人热衷舍普琴科，仿佛高举一片出土古物，要证明自己不同于俄罗斯的DNA。在列宁注视下的苏联城市里，舍普琴科是乌克兰政府竖立的身份界碑。

老年舍普琴科脚下放着花篮，盛着黄玫瑰和染上奇异蓝色的康乃馨。蓝与黄是乌克兰国旗颜色，这是无声的表达。

这座城市里有不少舍普琴科和列宁。我问亚历克斯，怎么区分这些塑像，在我看来长一个样。“不是啊，你看列宁都是一个年纪，他不老的。”亚历克斯说。

列宁是一个符号，象征顿涅茨克与苏联、与今天的俄罗斯的联系。对列宁像的态度，决定了你属于哪一个阵营，尽管那不过是一块石头。“亲欧盟”也是一个符号，尽管顿涅茨克“欧盟广场派”的组织者迈克斯否认“加入欧盟”是奋斗目标，他们只是反对乌克兰分裂，甚至认为在俄罗斯与西方之间取得平衡，对乌克兰最好；但必须沿用这个识别度高的名字，与基辅保持一致。

据说大部分亲俄人士是俄罗斯后裔，尽管他们在乌克兰生活了几代。而所谓“亲俄”，会不会也只是一个大而化之的标签呢？亲俄人士对俄罗斯的情感，对未来的选择，真的只是依据民族、语言和历史吗？

游行队伍呼啦啦过去，市政厅广场很快水泄不通，欢呼声浪潮般起伏。甩开“保镖”，我从人山人海的缝隙中游到最前排。

市政厅大楼像一块展开的铁板，典型的苏联式建筑。中央分界线前是笔直的旗杆。乌克兰国旗已经被扯了下来，俄罗斯联邦三色旗绑在绳柱上。3 个示威者蹲在台子上面，犹豫着该怎么换上去。“俄罗斯！俄罗斯！”在雄壮的呼喊声中，他们交头接耳，手足无措。终于第 4 个人爬上去后，七手八脚搞定，挽救了这个庄重的历史时刻。

俄罗斯联邦国旗在乌克兰东部升起。也许因为是星期天，市政厅前毫无戒备；又或许因为，不是第一次有人在顿涅茨克升俄罗斯国旗，第二天，三色旗会再变幻成两色乌克兰国旗，如此反复，无须认真。

亲俄人群发出震天吼声，10 多分钟后，他们如烟花坠落般散去。广场转角一栋高楼，窗户半掩，孤零零探出一支乌克兰国旗。

初来乍到，我不大分得出这里的俄裔居民与乌克兰人长相有什么不同，俄罗斯人面部线条似乎硬朗些，妇女穿着更符合脸谱化了的俄罗斯人印象——时兴毛皮大衣。

为什么抗拒欧洲，要加入俄罗斯？

一名 40 来岁的妇女说：“看索契冬奥会开幕式了吗？俄罗斯很强大，我们要跟普京在一起！”

17 岁女孩娜塔莎，站得笔直，挽住妈妈的胳膊。她的理想是当警察，服务祖国，说不出为什么不喜欢欧盟，实际上她也没出过国。“祖国”，对她来说，指的是俄罗斯。

一个裹在黑褐杂色毛大衣里的妇女，答案直指俄裔人群价值观：“欧洲同性恋很多，加入欧盟意味着我们这里也会有很多同性恋。”

几个女人口号喊累了，坐下来晒太阳。其中一个说：“亚努科维奇跑

•• 乌克兰东部，列宁像仍聚集着心向莫斯科的人。所有的列宁雕像都是一个年纪，不老的。

了，我的退休金怎么办？女儿的奖学金怎么办？都是莫斯科给的。”

根据乌克兰财政部数据，顿涅茨克州历来是享受政府补贴最高的地区之一，但一般老百姓生活中似乎没有感受到大的改善。当地俄裔人士只看俄罗斯电视频道，相信莫斯科的种种说法。

忧心退休金的妇女说，丈夫先前在一家煤矿工作，苏联突然解体，对顿涅茨克的煤炭需求骤然减少，矿厂大批关门，工人失业。“苏联时代是稳定的，离开苏联没什么好处。”

“亚努科维奇不是好东西。”一个中年男人经过，停下来冲那名妇女吼了一嗓子，“我欢迎俄罗斯，但是反对莫斯科支持的亚努科维奇。”他恳切而毅然：“亚努科维奇太腐败了，基辅政府从来都很腐败，我们不想跟他们在一起。”

我有些愕然：基辅广场万人抗议，也是从反对贪腐开始的。乌克兰动荡始于共同的民怨，最后竟撕裂成两个全然敌对、分裂的阵营。顿涅茨克人要的稳定、繁荣、尊重，基辅不能给，欧盟又太陌生，俄罗斯才是“过去的好日子”。

“你发现没？这里没有年轻人。”一个头发灰白的男人悄悄靠近我，用英语说。他自称乔治，说一群年轻人原本要在市政厅对面街头集会，后来取消了，“因为太危险”。两派见面随时会迸发暴力。

乔治在顿涅茨克国立技术大学电力系教书，不赞同加入俄罗斯，只是来现场“看看”。他有一大堆话要跟我这个外来者诉说。乔治完全可以用英语表达，偶尔有人在旁边转悠，伸过耳朵来，他也不停下，还摆出几分优越感，不担心“泄密”。

乔治曾是个“官二代”，父亲在苏联时代担任顿涅茨克州煤炭部副部长，访问美国时带回来的电子计算器，令少年乔治好奇欣喜。乔治还记得当时一个美国工人的月薪700美元，几个月下来就可以实现买车的美国梦。那个年代，顿涅茨克年轻人学习电站技术很吃香，从欧美电子技术期刊上，乔治触摸到了西方。

2004年橙色革命时，他支持季莫申科，称她是“非常聪明的女人”，并为变天欣喜。现在看来，他说：“可惜，糟蹋了10年”，执政联盟内耗太大。大学教授同事中大多不希望国家分裂，但有时对基辅政府失望，脱口而出：“不如俄罗斯人来管算了！”

“你怎么看那些亲俄人士？平时有接触吗？”

“我就是俄罗斯裔啊。”乔治说，认识一些亲俄者，但没有深交。他说亲俄人士只看俄语电视，内容全是“二战”反德、车臣反恐、冷战反美。“那些人非常可怕。”乔治摇摇头，一次他在公开场合抱怨了一句普京，瞬间有人冲到他眼前，拳脚相加。

俄裔血统本身并不能把人区分开。乔治的妻子是俄罗斯乌克兰混血，儿媳是半个俄罗斯人。

“问题不是亲俄反俄，而是这个城市没有中产阶级。”乔治说，这里住着乌克兰首富、总统候选人安克梅托夫（Rinat Akhmetov）。苏联解体乌克兰转型，催生寡头富商，但是大部分人的生活却非常贫困。顿涅茨克和周边东部城市，都有黑帮当道把持政治的历史，甚至来自顿涅茨克州的亚努科维奇家族就是其中之一。他说，没有中产阶级的社会容易分裂、产生仇恨，过去执政联盟的失败也加重了人们对亲西方派的不信任。

“你为什么不要俄罗斯？俄罗斯承诺了那么多好处。”

乔治摇摇头，讲了一个乌克兰笑话。一条狗从乌克兰海关跑向俄罗斯。海关人员问：“为什么要走？”狗说：“乌克兰不好，我要去俄罗斯！”没多久，狗又跑回来。海关人员好奇地问：“怎么又回来啦？”狗气喘吁吁惊慌道：“俄罗斯的生活同样可怕，而在乌克兰，我至少还可以叫！”

“为什么那么在乎自由？”

乔治灰蓝色的眼睛亮了：“你知道哥萨克人吗？我祖上是哥萨克人。骑在马背上几百年了，苏联也改变不了。”哥萨克人祖先是东欧草原上的游牧民族，沙皇俄国和苏联最骁勇的骑兵。不过，不管为谁卖命，哥萨克人是桀骜不羁、从未臣服的一群。乔治的血液里，有比苏联更遥远的历史。

对面空荡荡的街道，不知什么时候出现的十几个年轻人渐渐聚拢到了一起。亲俄人士也围过去，人数显然占优。突然，一个女孩亮出乌克兰国旗，披在身上。3个亲俄派上去围住她，高声喊着什么。我冲进去，女孩断续用英语对我讲，却不能表达自己。忽然，她切换频道，用乌克兰语说：“别的国家、别的人不要干涉乌克兰……”她身体颤抖，紧紧拽住国旗。还没说完，女孩的朋友过来一把拽走她，嘴里大概在埋怨她，两人转瞬消失在人群背后。

我想继续采访只会惹来更多麻烦。迈克斯来电话催促上车。

车窗外，戴亲俄三色标志的人，没有任何标志的人，不断向后退去。迈克斯和我都不说话。过了一会儿，我指着寒风中穿短裙的当地女孩，个个高挑苗条：“真好看。”迈克斯笑了，然后略带警惕地问我怎么看这座城市。

我说它很复杂。它不像我在新闻里看到的，只是几张标签。它有过去和现在，但历史又像一条河，看你从哪一段截取，哪里才算是源头。谁又能许给它一个人人满意的未来？

我问迈克斯，最喜欢这座城市什么。“这是我的城市，我出生在这里。”

“那你最不喜欢这个城市什么？”

迈克斯脸上竟现出恨意：“这儿的人不思考。”

“欧盟广场派”游行取消，前拳王克里奇科短暂停留后又匆匆离开。而俄罗斯议员终究没有来。克里米亚公投前一天，迈克斯逃离顿涅茨克，到基辅投靠朋友。我跟乔治通过几次电话，情况越来越糟糕，有次他从自家窗口看到有人被打死。公投之后，亲俄派占据了顿涅茨克市政大楼，确保三色旗不再被换下。2014 年夏，我几次打电话给乔治，但再也没有接通过。

从D-Day到V-Day

一

D-Day是“二战”盟军登陆诺曼底的日子。这一天改变了战场形势，但距离“二战”全面结束、欧亚法西斯相继投降的胜利日V-Day，还剩一年三个月。也有人认为，至今我们仍然生活在“二战”和它开启的冷战格局下，“最后的胜利”远远没有到来。

转过香奈儿专卖店，不远处汽车轮胎堆积如山，正是基辅独立广场的入口。两个星期前，总统亚努科维奇逃去莫斯科，但眼前的广场仍然鼎沸如汤。这跟大多数地方的广场斗争不太一样。在埃及首都开罗，穆巴拉克出走的第二天，人们就到广场撤路障、扫垃圾、画斑马线，迎接新世界。但后来才发现，他们必须一次次重回广场。

在2004年“橙色革命”里浸染了一回的乌克兰人，似乎学到了什么。26岁的卓雅给我讲“从D-Day到V-Day”的比喻。她脑后梳着金黄色的辫子，胸前垂着白底红花传统图案围巾。“抗议示威的最初目的还没有达到。”身为乌克兰民主联盟在基辅的负责人之一，她说话带点小政客派头，“亚努科维奇出逃只是D-Day，而为了V-Day，必须留守。V-Day就是还权于民。”

“民主联盟”成立才两年，由一些既不满亚努科维奇也讨厌“橙色革命”政客的年轻人组成。最近这次大规模抗议前，全国党员不超过500人。“但是，抗争期间我们收到近1000份入党申请。”卓雅展颜一笑，党员们留在广场上，也为了继续做广告。

卓雅觉得这种政治技巧，丝毫不需要隐晦。就跟民主联盟接受捐款一样，坦坦荡荡。通过募捐箱、银行汇款等途径，3 个月内共收到 17 万美元，其中不包括民联为广场死伤者家庭另设的基金。收入支出全部晒在网站上，做成图表一目了然。近期花销多用于购买宣传纸张、制作招贴画；示威期间主要花在自卫装备上。

走进民主联盟帐篷区，你会以为这是个菜市场仓库：成堆的土豆、卷心菜，各种食品罐头。“广场上总是供大于求，各团体在脸书上一呼吁，人们什么都送来了。”革命，要是能请客吃饭就更美好了。

一个小伙子包着深蓝色T恤当头巾，在一口汽油桶改装的炉灶上，用木棍搅和乌克兰国菜“红菜汤”，200 人份。他说自己的工作是季节性的，冬天赋闲就出来帮忙，从 2013 年 12 月以来，一直在广场上当厨子。梳着季莫申科式盘头辫的女孩正在切土豆，她说这发型不是那位公主的专利，季莫申科头上是假发接的。笑闹几句之后，她不愿面对摄像机，转身又忙去了。

很多人捐物：防弹背心、扩音器、头盔。一个小伙子给我展示他的绿色头盔。苏联红军式，装上两只牛角，好像是去万圣节派对的样子。他被指派去筹集头盔，没想到遇到“豪主”，有人一次捐了 300 个。小伙子说起来十分兴奋，突如其来的慷慨大大鼓舞了他们。

“那个人有什么要求吗？会影响你们的行动吗？”

“300 个头盔能有什么影响？他只是想保护生命，连名字都没留下。”他重新武装起来：戴上头盔，手拿扩音器，胸前背后贴着防弹背心，标准抗议者形象。

民盟网站上公开所有捐款捐物信息，但隐去了捐款人姓名。因为政治风向还不确定，资助示威仍有可能在将来成为罪证。

一些媒体散播这样的说法：抗议者是收了“西方势力”的钱，才站出来反对亚努科维奇。很难想象，“西方势力”有什么理由把自己置于俄罗斯侵吞克里米亚、陈兵乌克兰东部的窘境。而“收钱”本身，在广场上是公开正当的事情。

真正的问题是，民主联盟这样一个小政党，如何能够摆脱被金钱或者更大权势操纵的命运？卓雅说接受募捐有三个原则：一是收受款项有上限；二是资金不能涉及贪腐或践踏人权；三是不收寡头们的钱。原则上民盟希望资金“来自大多数，来自普通人，不为极少数控制”。

一个瘦高的男人往家属募捐箱里投放纸钞。他的朋友在广场上受了重伤。“我肯定他没收什么钱，他是为了乌克兰的自由。外人也许不懂。”那男人对我的问题狠狠摇头，面色悲伤。

广场边缘是一个地下商场。推开通向商场的一道玻璃门，卓雅叫我看。地上一个挨一个，十几床棉被，两张破沙发。一个年轻人靠在那里读书，兀自偷笑。那是一本斯大林笑话集。示威期间，商家停业，却悄悄打开了这道玻璃门，允许示威者进来避寒。

从D-Day到V-Day，敌人是谁？过渡政府并不是敌人，但显然没有获得民间的充分信任。亚努科维奇出逃当天，前总理季莫申科从监狱获释来到广场，迎接人潮人海的欢呼。但是在民盟的年轻人看来，她不过是劫持了这个舞台。2013 年 11 月开始的大规模抗议，始于学生，市民迅速加入，季莫申科政党一开始却犹豫着要不要参与。反对党不再是群众运动的发起者，而是滞后的跟随者，这种状况近年在埃及等地都已经发生。传统的政党政治、代议制民主，遭遇了草根力量的逆袭。

在有的地方，主要反对党一旦加入，就会显示出它们无可比拟的动员能力，抢过抗争主导权。埃及穆斯林兄弟会一开始不知该不该参与示威，但一加入动员，就在第一次选举中拿下总统职位。季莫申科政党把她的巨幅海报糊在广场最高最醒目的木架子上，不由分说往历史的脸上盖戳。

“尤先科呢？”我问起这个 2004 年“橙色革命”领导者。

“谁知道他在哪儿？谁在乎他在哪儿？他要是来广场，准被大家嘘回去！”当年千万人簇拥上台的悲情英雄，转瞬遭到抛弃。尤先科第一次当选的得票率是 52%，5 年后仅仅获得 5% 的人支持，黯然退出政坛。这与乌克兰邻国波兰的情况相似。工会领袖瓦文萨领导群情，却治国无方，革命领袖也很快遭到革命群众厌恶。但这恰恰是国家由狂热走向正常的必经之路。2013 年年底以来的动荡中，没有听到尤先科发出任何声音。

卓雅在大学念的是英语文学，其他党员也没什么政治经验。但是她认为，“尤先科、季莫申科失败了，亚努科维奇失败了，这就是最好的教科书”。

卓雅们能怎样改变世界？

乌克兰政府颁布一项优惠医疗措施，社区里的老年人不知如何登记。民主联盟党员们上门帮助他们逐一登记。

他们收到举报，一名当地官员购买豪华汽车，过分招摇引致民怨。民盟组织了五六个人，每天到他门前抗议，直到官员把豪车退回去，继续使用旧车。

我好奇，乌克兰没有纪检委或廉政公署吗？要靠几个年轻人以民情为标准反贪腐？幸或不幸，乌克兰在强邻之间，从不出产强势政府。公民社会的空间挤挤就有了，人们对自我组织并不陌生——整个抗议期间基辅没有发生打砸抢。

卓雅回忆说，乌克兰人平时有一点点“粗鲁”，但革命召唤起圣洁之感，广场上人们碰到一下都互相说“对不起”。抗议期间，民盟发起一项倡议，不准带酒入广场，防止醉鬼滋事。香烟是允许的。于是出现香烟募捐箱，透明纯净水桶，切开一个宽口子，写着“请捐一支烟，让我继续下去”。

等待捐款的箱子到处都是。极端组织的人脖子上也挂着，看到我们拍摄，狠狠射过来一眼。不远处，一个男人满面伤悲，坐在纸箱前。他只为一个人筹款：他的侄子死于抗议。

二

“乌克兰万岁！”“英雄万岁！”13 岁的卡鲁娃在地铁隧道长长的电梯上一蹦一跳，见到外国记者就对同伴说，不去上课了，非要跟我去广场。她在我的笔记本上写下这两句口号，说这是抗议成功后，乌克兰人的接头暗号，所有人心灵相通。“不信，你听着——”她生脆的嗓音喊起来，“乌克兰万岁！英雄万岁——”果然有人应合。四面八方，男声女声，年轻的，浑厚的。卡鲁娃高兴得转圈。她说，在最接近欧洲的乌克兰西部城市列维夫，不喊这两句口号不让进餐馆。

突然，一个中年男人从身后走来，冲她低吼了一句。卡鲁娃满脸通红：“他说我什么都不懂……不理他！”她又蹦跳着走开。

广场上，女孩子们拿手机自拍。身后，是巨大的花冢。

广场仍然帐篷遍地。外围有穿迷彩的人把守，检查证件。他们不是军人，基辅很容易买到仿制军装。D-Day与V-Day之间，看守松懈，每次挥挥手，不加盘问就允我进入。

真正的军人，“阿富汗100”老兵们却穿着便服。谢耶科夫给我看军功章：“从前为苏联卖命，现在反普京。”

苏联时期这些人被派到过阿富汗战场。现在，老兵走出来的原因很简单：他们的孩子来了。父亲们大放余热，当年勇都用上了。不过，这次他们没有枪炮，要的是自制木剑，再用两块铁片对串成防弹背心，就这样站在对峙军警的最前沿。谢耶科夫说，他们的任务是防止好事之徒混进来制造暴力。

亚努科维奇走了，军警忏悔了，老兵们却不肯走。他们并不知道下一步要干什么，革命的命运会怎样。唯一确定的，就是脚下的广场，仿如攻陷的城堡，是他们的了。谢耶科夫还不清楚几个月之后的大选要把票投给谁。过渡政府“不就是原来那帮人”，又多了几个寡头吗？不管选谁，怎么选，谢耶科夫觉得，只要人还在广场上，乌克兰就坏不到哪里去。

广场是一个奇怪的情感交汇处。车胎成山，鲜花成河。花太多了，一枝枝一簇簇摞上去，凝固的颜色，溪流般流淌在熏得焦黑的大楼前面，触目惊心。黑色、金色……五颜六色，气味却是焦糊血腥。冬日阳光，万物安宁，我却总是听见广场上有声音呼啸而过。随便去跟一个广场上的人交谈，都像是凿开一个小孔，情感决堤而出。

一个身材矮小的白发女人站在广场地铁站的水泥台顶上打出横幅，上面有一个年轻人的照片，镶着黑边，还有一个手机号码。我猜她失去了儿

示威者营地，饮水桶上写着：“请捐一支香烟，让我继续下去。”

花太多了，一枝枝一簇簇摞上去，凝固的颜色，溪水般流淌在烧焦的大楼前。

子，看懂文字的人告诉我，儿子并不是示威死难者，是在此前一件土地纠纷中，被执法人员打死的。

我在广场上兜了几个圈，她还在那里一动不动。委屈无助，像风里的一朵纸花。中午时分，我把刚买的卷饼递给她，她满脸的皱纹突然被打湿了，用英语说“I love you”。

广场像一个大吸盘，吸进来所有的悲情。而收留这些情感的，是陌生人的相互抱团，也是宗教的传统功能。神父每天在广场布道，或带领信徒抬着巨型十字架绕场，十字架上的耶稣四肢蜿蜒。广场上还搭起帐篷教堂，不断有人走进去点一支蜡烛。透过掀起的门帘，我看到有人跪地。

广场不远处，闻名世界的索菲亚大教堂，没有置身事外。冲突骤起，一队抗议者受军警追打，退到教堂门前。门开了，放进抗议者，又在军警面前关上。神父亚历山大 · 特福林克（Olexandek Trofimliuk）挡在门前，要求军警离开。

军警不愿放过近在眼前的猎物。特福林克指指教堂一角的钟楼：“你

失去儿子的母亲，委屈无助，像风里的一朵纸花。我把刚买的卷饼递给她，她满脸的皱纹突然被打湿，用英语说“I love you”。

们知道，如果我拉响这个钟，全基辅的人都会跑来这里。”教堂钟楼通常很高，古时候用来观测城市火警，现在只在危急时刻响起。一旦钟声大作，人们就知道出事了，会火速聚集。

军警们商量、请示，终于退下。300 多个抗议者在索菲亚教堂后院落脚喘息。我来到索菲亚的时候，他们正准备撤离。其中一个告诉我，他们得到了食物和医疗。现在，该重回广场了。

特福林克神父从办公楼的拱门里走出来。黑袍黑帽，从暗影里一下子迈入落满阳光的中庭。中庭建筑白得耀眼。他走过来时，像国际象棋里的黑马，一步拱向前。采访很难开始，因为不断有信众过来亲吻他的手，要求祝福。特福林克始终微笑。

他说自己不算英雄。一些教士挥别家人，抱着一死的信念踏入广场。抗议期间，基辅现场发出的照片常见这番景象：雪地，鲜血，浓烟，庄重披挂的神父高举十字架，站在抗议者和全副武装的军警中间。

“神父是站在抗议者一方，还是居中调停？”

“我们保护受害者，但同时制止示威者队伍中出现暴力，你知道，个别人会扔燃烧瓶挑衅。”

特福林克解释“入世”，是宗教扶弱匡正的天命使然。然而，东正教从来都跟政治紧密结合，乌克兰甚至有很长一段政教合一的历史，直到列宁强行把它们拆开才结束。不过，直到今天，过渡政府总统、季莫申科前助手图尔奇诺夫（Oleksandr Turchynov）还是一名浸信会教徒。

700 年前，两股宗教势力在乌克兰并生：隶属拜占庭教皇的东正教和听从莫斯科的俄罗斯东正教。乌克兰脱离苏联以来，两个教区更是楚河汉界。索菲亚教堂同情示威者，而“莫斯科教堂”，拒绝庇护他们。

何来立在军警面前的勇气？特福林克有索菲亚大教堂的尊贵做底气。平时，索菲亚在军警部队里有自己的代表，二者建立了正式关系。但这一次，军警们上阵就不相认，“他们都知道我们走上去想说什么，我们变得不受欢迎了”。

可是，亚努科维奇一跑，神父又收到邀请，到军警部队服务，接受忏悔，给予宽恕。“一些军警说，自己被利用了，变得邪恶，用完了又被当作垃圾扔掉。”

我亲眼见过一个埃及警察当众流泪悔过，可不久之后，开罗又传来暴力镇压的消息。这样的忏悔可信吗？对我的疑惑，特福林克神父坚持告解的可贵。更重要的是，索菲亚教堂和其他支持抗议民众的教堂，准备跟莫斯科教堂和谈。他本人已经召集会议，对方也乐于会面，“这是上帝创造的千载良机”。

离开索菲亚教堂的时候，一队信众正抬着圣像进入。教堂门前花环又添新，纪念碑却不是为了最近的牺牲，而是1933年的大饥荒，乌克兰人的集体伤痛。乌克兰黑土地广袤，是出了名的“粮仓”，但当时为了向苏联中央政府缴纳“粮食指标”，竟饿殍遍地。当天晚上，我读到俄裔记者瓦西里·格罗斯曼（Vasily Grossman）在乌克兰的亲历：

> 谷物统统被没收，仿佛它们不是谷物，而是炸弹和机关枪。土地被刺刀划遍，地窖搜遍，楼梯都砸开，菜园底朝天。他们从人家中的瓦罐里搜出粮食，从一个女人手里抢走还在烤的面包，统统装车送到区政府。仓库里堆满了吃的，装不下了溢出来……他们任由粮食四处散落，但派兵看守，不许百姓靠近……我于是明白了，对苏维埃政府来说，重要的只是“完成计划”！交粮！国家为先，个人只是大大的零……

乌克兰饥荒死亡人数在300万到700万之间。

如果说摆脱苏联统治，是乌克兰上一个D-Day，对应的V-Day却遥遥无期。独立之后，乌克兰经济迅速衰落，今天，仍要在俄罗斯之手的拉扯中，几乎身首异处。

三

不问不知道，乌克兰居然有1万多名中国留学生。这个数字远远超过了我的想象。他们来学习什么呢？走进首都最高学府，基辅舍甫琴科大学，在当地华人媒体的帮助下，找到3名中国学生。两个学语言，一个学经济。

他们怎么看待眼前发生的一切？首都发生了连续3个月的抗议示威，总统被赶走，100多名示威者被打死，俄罗斯出兵这个国家的东南部半岛，西方与俄罗斯剑拔弩张——冷战以来，最严重的东西方对峙，就发生在他们门口。

“对中国留学生来说，出门在外，最重要的是安全，是一个好的学习环境。”戴眼镜的男生马先念经济学硕士，成熟老练。示威刚开始的时候，他跟当地人去过一次广场，“闲逛了一圈，去他们营地里吃了点东西”。没跟示威者交谈。

白净的女生小可和敦实腼腆的男生董佳都没有在示威期间去广场。董佳在示威发生前不久，坐地铁从广场站出来，看见黑色绒线帽套头的人，手里拎着木棍，“感到特别害怕”。现在想起来，他脸上还现出一丝紧张。

小可在大规模示威结束以后去过一次广场。“变化太大了，全都围起来了！真糟糕。”她没有跟身边的乌克兰学生交流过对示威的看法。

“人家乌克兰人有选择的权利。”她话锋一转，“但我个人不喜欢美国和欧盟。”

“为什么？”

“就觉得，美国什么事情都要插一脚，他怎么就代表了乌克兰的反对派，要制裁俄罗斯呢？就连最近搜救马航客机，他也要去，当然这是需要国际救援的，但美国就是什么都要管……”

董佳倒是跟很多乌克兰人聊过。来自军队的学生跟他说“不喜欢俄罗斯”，加入欧盟的话，乌克兰人可以自由地在其他欧盟成员国间旅行、工作和学习。

“所以你理解乌克兰人为什么要加入欧盟？”

“不！我认为应该跟俄罗斯在一起！”这个转折有些突然，但他非常肯定，说“不”的时候直起了脖子，“俄罗斯那么强大，肯定不会同意乌克兰加入欧盟，俄罗斯许给了乌克兰很多经济上的好处！”

马先来乌克兰的时间比较长，他说，起初对安全的担忧很快就消散了。暴力冲突主要发生在广场，整个城市还是安宁的。“实际上吧，这个地方越乱，对我们越有利。”我以为自己听错了，急着听他解释。“我们快考试了，越乱呢，老师对外国学生的要求也就越松，更容易拿到毕业证书。”

“越乱越有利”这个说法不是第一次听到，在风云诡谲的国际局势当中，持这种看法的大有人在。马先补充道：“当然，要辩证地来看，乱了，老师也不好好教课了。”

原以为这里的中国留学生大多来自东北，学习俄语或邻近的乌克兰语。实际上，马先来自兰州，女生小可来自四川。只有董佳是哈尔滨人。

“到乌克兰留学比去欧美便宜很多，生活费也没那么贵。”马先介绍，一年学费大概两万多元人民币，生活费平均每月 2500 元。这个价格适合中等收入家庭送孩子到国外留学，回去也算“拿洋文凭的”。

中国留学生住在条件最好的两栋宿舍楼。马先指着其中一栋，打开的窗户里传出热烈的舞曲。“以前这两栋全是中国人，2005 年、2006 年中国人来的少了，现在才有什么……哈萨克斯坦人！”

“为什么中国人来得少了呢？”

“中国人现在有钱了呀，谁来这里啊？”根据他的说法，在乌克兰的中国留学生，大多并不富裕。但这段留学经历，对他们开阔眼界、未来找工作同样有帮助。

采访结束，望着他们捧着书本远去的身影，忽然想起我在英国剑桥遇到的中国留学生。许多人不问时事，缺席公共生活，但在某一个时刻，还是可以看到一个全然不同的社会在他们身上投下的影子。若干年后，这些由不同世界塑造的中国留学生，又会塑造一个怎样的中国？拿中国作比，我想不出哪个是 D-Day 或者 V-Day，一切都像是一锅慢腾腾煮沸的红菜汤。

10

尼泊尔

红色季雨中

1923 年
英国与尼泊尔签订协议，承认尼国主权。

1950—1972 年
尼泊尔实行绝对封建君主制。

1980 年
尼泊尔政治改革，允许多党竞选国会议席，但仍保持王室地位。

1996 年
普拉昌达领导的尼泊尔联合共产党（毛主义）发动人民战争，由农村包围城市，开启十年内战。

2001 年 6 月
尼泊尔宫廷血案，王储枪杀包括国王在内的多名王室成员，案情扑朔迷离。贾南德拉继任王位。

2005 年 2 月
贾南德拉国王解散政府，恢复绝对君主制，废除君主立宪，誓言打败毛主义武装。

2005 年 11 月
不满国王亲政的主流政党决定与毛主义联手推翻王权。

2006 年 11 月
政府与毛主义等签订和平协议，结束内战。

2008 年 4 月

贾南德拉国王退位，尼泊尔君主制终结。尼泊尔成为共和国，普拉昌达出任总理。毛主义成为议会最大党，但未获半数以上席位。

2009 年

毛主义与其他政党发生分歧，普拉昌达辞职，毛主义全部退出政府。

2010—2011 年

围绕新宪法修订，执政党联合马列与在野的毛主义分歧不断。

红色季雨中

雨，没头没脑，来去倏忽。

季雨润湿的加德满都，天地间点点红色越发鲜艳。

那是妇女纱丽的颜色。粉红、朱红、紫红、绛红……南亚的色彩总是浓烈，从万顷绿野的单调中跳脱出来，也为尘土飞扬的街道抹上了一丝温柔。

那是众人眉间的朱砂。不分男女，信奉印度教的尼泊尔人，每日敬礼神龛，以手指沾那上面植物颜料磨成的红粉，点在前额。朱砂一粒，神明不离。这份笃定，维系着尼泊尔人风雨不改的微笑。

那也是建筑外表的砖红。尼泊尔寺庙惯用质朴的红色，映衬鎏金的神韵。13 世纪，他们把多重屋檐宝塔式样传入忽必烈的宫殿，进而影响到了整个亚洲的建筑外观。

红，也是可口可乐的颜色。西方品牌逐渐进入雪山之国的市场，可乐商四处撒播遮阳伞，还帮当地人把店铺的木门漆成红色，白漆勾勒出可乐瓶身。相映成趣的，是尼泊尔的茶叶铺子，往往用深绿铁箱撑门面。

这个雨季，尼泊尔又多了一抹红。那是镰刀锤子的颜色，尼泊尔联合共产党（毛主义，也称“毛派”）的红色。2008 年 8 月 18 日，尼联共主席普拉昌达（Prachanda）宣誓就任总理，结束了尼泊尔近 240 年的封建君主统治。

7 个月前，我第一次到尼泊尔。如果说当时人们还因为迈向共和的未知，兴奋中带点茫然，那如今半年多过去了，新内阁几番推迟之后终于成立，尼泊尔人开始躁动忙碌，走路似乎更快，空气中都颤动着一种叫“希望”的东西。

外国游人聚居的加德满都泰米尔（Themal）区，生意人盼着雨季过后10月份旅游高峰的到来。满坑满谷的纪念品将抖落尘土，迎接满坑满谷的来客。灯笼店挂出好些新式样，叮叮咚咚的装修声不绝于耳。热卖的T恤上印着“One World One Hope”（同一个世界，同一个希望）。23岁的侍者素曼相信，普拉昌达上台意味着局势渐趋稳定，旅游市场必定更加兴旺。

街道上，光脚的孩子奋不顾身追赶汽车，拍打车窗高叫，“One Dollar, Nice God”（一美元，好看的神），推销手里一摞印度教神像贴画。

镰刀锤子的红色并没有盖过宗教神明的朱砂。普拉昌达自称“没有任何宗教信仰”，但会保障尼泊尔人信奉宗教的权利。

我好奇地追问笃信神明的尼泊尔人，为何支持不信宗教的“毛主义”。“哦，不，这没有联系，他们为国家做好事。”私营旅行社的库马拉说，毛派改变了穷苦大众的命运，他押宝毛派主导的政府将带来新的稳定、新的生意。

泰米尔区的英文杂志，封面尽是奥巴马、麦凯恩，全球同步。而一出街角，进入尼泊尔语世界，你的眼睛就避不开普拉昌达的照片。他微笑，他自信，他坐在宽大的椅子里。可仅仅两年前，他还在西部从林东躲西藏。

红色到来之前，尼泊尔经历了血色。

1996年起，普拉昌达领导毛派武装与政府展开长达十年的内战，造成约1.3万人死亡，两万多人逃离家园，超过800人失踪。

有西方记者称毛派武装曾在加德满都街头射杀不服从命令的出租车司机，而他们雇佣16岁以下的娃娃兵，也不是什么秘密。万幸，毛派最后放弃武力进占加德满都，一纸协议，国人止血。

游击战期间，外界对普拉昌达知之甚少。近年接受外国记者访问中，他自称因为一张中国画报，开始了对毛主义及马列主义的信仰。而他的信仰如何发展，与印度共产党之间又是怎样的联系，是不是要在南亚次大陆“输出革命”，普拉昌达的回答总是非常务实。

关于尼泊尔未来的政治体制，他希望摒弃一党专政，主张“21世纪的多党制”；关于经济模式，他断定全球化和世贸组织不会带来任何好处，尼泊尔应该发展“混合型”经济。他没有看到世界上有现成的模式可以照搬，尼泊尔要走“自己”的路。

加德满都中心集市，神庙云集，也是庞大的菜市场。跨过青菜萝卜，袅袅青烟把你的视线引向上方，一幅海报盖住两层窗户。海报上是尼泊尔地图，普拉昌达双手合十站在中间，俨然成为尼泊尔新的神话。“他就是我心目中的神。”尼泊尔毛主义青年团成员夏希眼睛亮亮地对我说。可普拉昌达本人接受采访时总是讲，“噢，我反对个人崇拜，我说同志们贴太多了，他们不听”。

末代皇帝贾南德拉（Gyanendra）水红色的王宫将变成博物馆，向公众开放。就在他登基前，历史上腥风密布的尼泊尔王室，又在血泊里多浸了一回。贾南德拉在猜疑中执政，禁止结党，独揽大权，最终导致人们对体制的厌倦，演变为对他个人的征讨。

与毛派联手逼宫的“七党联盟”，不过是遵循了“敌人的敌人是朋友”这一原则。国王退位，各政党之间的较量浮出水面，尼泊尔政府军拒绝接纳曾经交手的毛派武装入编。

雨点每天都在落，可加德满都的空气似乎并没有因此而清新。比起年初，街上戴口罩的人明显增多，口罩的款式都丰富起来。塞车、停电，是你在加德满都最先遇到的“社会问题”。

毫无疑问，共和政府面对的是全世界最贫穷的国家之一。人们隐隐的“希望”很快变成急切的“期许”，就连烤肉店老板，一张口就提出三项：国家安全、经济发展、政策改良——几乎涵盖了所有政府努力的方向。陡然转进新世界的尼泊尔人的要求，模糊而宽泛。有人担心，人民的期望太高了，如果改变的速度赶不上失望的速度，该怎么办。

加德满都街头，有人还在为战争中受伤的人募捐。有人开始为正在肆虐东南部的水灾筹赈灾款。伤痛尚未痊愈，政府已经需要应对新的问题、新的关系。

总理普拉昌达应邀出访北京。对外称并非正式访问，只为出席奥运闭幕式，但传媒还是议论纷纷：这是尼泊尔政府首脑第一次选择中国而非印度，作为首访对象。“民间反应是积极的。”当地独立电视台画面电台（Image Channel）的记者他帕告诉我，不用理会报纸上的评论。他身后机场路巨幅广告写着：“欢迎来到尼泊尔，中国的门户（Welcome to Nepal, Gate of China）。”

尼泊尔一位国王曾说：“中国是朋友，印度是邻居。”其中微妙，自有分寸。普拉昌达访华，他的外长乌彭德拉·亚达夫（Upendra Yadav）急忙赶到新德里，要求印度早日安排主席的访问。“我要求印度方面不要对普拉昌达的中国之旅生疑，但他（印度外长）没有回应。”亚达夫告诉尼泊尔媒体。

一场颜色的革命，西方国家并不乐见这一抹红。普拉昌达掌权后，毛派武装仍列于美国全球恐怖组织的黑名单当中。普拉昌达每次提到美国驻尼泊尔大使就愤怒，“他四处奔走，呼吁其他国家不要相信毛派……”不过，他承认未来尼泊尔要建设成为亚洲瑞士，少不了美国资金。

走出丛林、放下步枪的毛派，不但需要安顿内部，还要考虑国家在整个地区的定位。执政，更要适应新的游戏规则，普拉昌达就任总理前，竟有毛派成员袭击新闻机构驻地，威胁记者不准报道任何毛派的负面新闻。

结束尼泊尔之行，我们飞往曼谷转机。3 小时航程，就抵达了语言、信仰、经济状况、政治体制完全不同的另一番天地。尼泊尔刚刚结束动荡，而在泰国，要求总理下台的示威如火如荼，已经殃及多个机场。

这是多彩且多难的亚洲。

有诗人的江山

一屋子的眼睛。

跨进展览室的时候，我呆在那里。四面墙上，黑白照片浓郁的反差，一双双眼睛望过来，生生把我钉在原地。

正中的大幅照片，老人双眼湿润，碎玻璃一样闪着光。手中铁锁的光泽，把观者的视线引向画面左边一张小小的照片，隐约可见一个年轻人的模样。

2001 年 11 月的一个早晨，在尼泊尔中部村庄约吉马拉（Jogimara），空气中弥漫着寂静。20 个壮小伙结伴出发，应征去西部科巴达（Kotbada）机场修跑道。其中 17 个人就此失踪。

他们的离开，留下 10 个年轻的妻子，18 个嗷嗷待哺的孩子，白了头发的父母。现在，照片上，这些眼睛望着你。

在哪里？

是死是活？

发生了什么？

7 年之后，直到内战结束，仍然没人向他们解释。

昔日丛林战士、毛派武装脱下戎装，转身成为国家的治理者。帝制崩溃，国家转型，历史的这一刻锣鼓喧天，听不见有人呻吟：村子里，17 个年轻人怎么消失了？十年内战，他们要么可能被政府军或者毛派武装绑架、强征入伍，要么已经客死异地。

约吉马拉村的悲伤，被一名尼泊尔摄影师记录下来，构成摄影系列作品《尼泊尔失踪者——知情权》。基绍尔 · 卡亚斯他（Kishor Kayastha）

本是商业摄影师，国际红十字会出资找他拍摄这个主题，希望引起社会关注。红会促请尼泊尔政府追查失踪者下落，给予失踪者身份的官方认可。唯其如此，家人才可以得到政府赔偿，完成遗产继承、改嫁等法律程序。

正中相片上的老人贝尔·巴哈都·舍尔斯他（Bel Bahadu Shersita），一直不愿相信儿子已死，迟迟不办葬礼，整村人视他家为不祥。无奈，他只好象征性地给儿子出殡，但是凄婉道来："没有一个白发人应该为黑发人送葬。"

见到基绍尔时，"失踪者"图片展开幕式刚刚结束。他兴奋未退，当地外交官、外国记者全来了，英国广播公司采访了他。"我是尼泊尔照片卖得最贵的摄影师，别人一张 5 美元的时候，我已经卖到 100 美元。"

这是基绍尔第一次接触纪实摄影。展出的 20 多幅照片，都在一天之内拍摄完成。之后，他再没有去过约吉马拉。

基绍尔的技巧太纯熟了，尽管是匆匆之作，还是工整地交代了一个故事，戳中无数人的心。

"嗯，我不否认别人说记者从拍摄对象那里获利，但我想这些照片也许能改变他们的生活。"他想象着，有钱人端着法国红酒，欣赏他的照片，入睡前良心发现，决定帮助那些可怜人。

如果你带一本《孤独星球》（*Lonely Planet*）去尼泊尔旅行，住在外国游客云集的泰米尔区，观古庙，爬雪山，享受价廉味美的食物，喜悦于尼泊尔人双手合十的友善，也许你听说这里曾经发生长达 10 年的内战，但旅途匆匆，你无从窥见这个国家的伤口。

作为游客，你可能更喜欢基绍尔另一个系列的照片《生命之上》（*Larger Than Life*）。那是Panorama全景式相机拍摄的尼泊尔风土人情。"这些我拍了 10 年。"他最钟爱的照片之一是 5 个巴克塔布妇女的群像：身着传统服装，鲜艳多彩，手捧祭神用的稻谷鲜花和蜡烛，站立一排，神态端庄郑重，"如果不是去了很多次，跟她们非常熟悉，她们不会在镜头前如此自然"。

•• 尼泊尔摄影师基绍尔和满地美得透不过气来的照片。

•• 失踪者图片展。一双双眼睛望过来，生生把我钉在原地。

《生命之上》系列制成挂历，很好卖。

工作室里，基绍尔把《生命之上》系列一张张铺在地上展示。这时我才发现，对比这组下了10年工夫的照片，“失踪者”系列光线与构图精准，但笔触仍嫌浅淡。又因一天之内完成，拍摄者与被摄者的距离感，隐约可见。

“知道嘛，基绍尔。”面对满地美得叫人透不过气来的尼泊尔风情，我说，“如果我只看见这些照片，不会觉得尼泊尔贫穷或者悲伤，你把它拍得太美了……”

“哦，我告诉你，这里没有可怜人。”正在喝啤酒的基绍尔，忽然直起身子，“我看见的尼泊尔，就是美丽和快乐的……当然，每个国家都有悲伤的故事。”

“内战时你在哪里？”基绍尔的偶像是一名为马格南图片社[①]工作的印度摄影师，可是他认为，自己永远也不可能进入“战地记者”扎堆的马格南，也没有以此做目标。“内战时？我躺在床上。”他笑着说。战争对加德满都城内的破坏远不及周边县乡，他也没有想过要记录这段历史。

红十字会找到基绍尔拍摄失踪者，很可能是因为尼泊尔找不到纪实摄影师。拍照是个昂贵的兴趣，而尼泊尔是全世界最贫穷的国家之一。基绍尔家族三代以商业摄影谋生，风光片总是卖得比较好。

他的下一个拍摄计划仍是商业片，还希望有人资助他去欧洲拍时装。“当然，有机会，我还会去记录祖国的伤痛。”他喝光了那瓶啤酒。

离开基绍尔的工作室，街灯昏暗，土路泥泞。拐进路边一家书店，竟然全是英文书。有一名作家，我没记住名字，因为头衔印得比名字大很多——“第一个用英语写作的尼泊尔小说家”。上层书架，摆着阿富汗作家卡勒德·胡赛尼的《追风筝的人》，让人再次想起基绍尔说的，“每个国家都有悲伤的故事”。

---

① 世界知名且具有相当影响力的摄影经纪公司，成立于1947年，为了忠实呈现第二次世界大战后的影像纪实而成立。创办者都是当时知名的新闻摄影师，如布列松（Henri Cartier-Bresson）等人。

我无权评判基绍尔的摄影兴趣。商业照片的价值同样值得尊重。但是，会不会有一天，像他这样有能力的摄影师，感受到纪实的力量，继续发掘那个游客看不见的尼泊尔？十年内战之后的尼泊尔，没有马格南，还在等待胡赛尼。江山不幸诗人幸，但我以为，有诗人的江山，才算幸运——总是要有人为它做注脚，总是要有人为失散者牵一条回家的路。

加德满都旅店

一

22 岁的迪尼什 · 夏希收拾停当，准备上班。其实无所谓收拾，这间位于加德满都近郊的房子是租来的，本无长物。一张硬板床、一个衣柜和沙发。电器除了电灯，就只有一台二手卡式录音机。夏希没有太多时间听音乐，他还在学校进修英语和工程，希望将来能有份比旅店接待更好的工作。他床头竖着大大的世界地图。

锁门的时候，邻家狗儿跟了过来。搬来一年多，夏希大部分时间不在这里，跟邻居不熟，只有狗儿黏他。加德满都人，毕竟跟老家喜马拉雅山里人不太一样吧。所以，夏希爱跟天南地北投店的客人聊天。聊天的时候，他很注意对方的反应。

内战 10 年，尼泊尔失业率高，能在坎提普尔酒店（Kantipur Temple House）工作已经令人羡慕——尽管房租就花去他将近一半的薪水。可毕竟身处首都了！而就在他身处其中的这一年，国家经历了从未发生过的事情。240 年帝制结束了。共和了。首都的一切令他振奋，他相信自己的生活，会随着国家的变化滚滚向前。

市中心以东，一个幽静的院落。年近 50 的巴拉特 · 巴斯内特在饭店各处查看。其实也无所谓查看，因为一切按部就班。铜器擦亮，管弦调罢，姑娘小伙儿们换上演出服装，只等烛火初上，一夜鱼龙舞。

他喜欢在这里消磨时间。孩子们都在国外念书，他愿意留在尼泊尔。

饭店是黄褐色 3 层小楼，淡雅古朴。天井被回廊包围，向上走，拱门连通，木雕点缀，层层叠叠，宛若宫殿。客人们往往在走廊上驻足惊叹，一回头，才发现侍者被自己阻在身后，微笑着等你侧身。男女侍者都穿着尼泊尔传统服饰，但对巴斯内特而言，那就是他的日常衣着。

巴斯内特同时拥有这家饭店和夏希工作的坎提普尔酒店。饭店每晚上演加德满都谷地歌舞，男女对跳，表现劳动和爱情，热闹欢愉。饮食也是传统制造——铜盘盛米饭，周围一圈摆上七八个小碗小碟，依个人喜好拌入饭中。巴斯内特的吃法更“原汁原味”，直接用手抓。

150 年前，这里是尼泊尔王室御用神职人员的住所，废弃后改了饭店。现在还保留着一个百年炉灶。

改制这一年，局势还算稳定，旅游业仍是一个不坏的选择。

二

夏希走向小巴车站。迎面走来一名妇女，手里托着祭神用的铜盘。“年轻人，点一个，好运！”为什么不呢？夏希伸手指沾上铜盘里的粉末，眉间添上一个红点。

幸好今天不用去学校，不会见到毛主义青年团的同学。在他们看来，这是愚昧的。夏希听过毛派成员讲演，宗教不是一切，改变命运要依靠自己，这些话给了他莫大鼓舞。不过，远在家乡的父母，照例每天膜拜印度教神明——父母上了年纪，由他们去吧，他们也不干涉自己的“无神论”。

一年多没见到父母了。夏希来自尼泊尔西北加利果德省宇纳村，雪山背后就是中国西藏。加利果德是尼泊尔 75 省中距离首都最远的，至今没有公路贯通。

如果从加德满都坐车回老家，需要三天三夜。碰到雨季，最后一段山路注定被冲垮，彻底断绝交通。走空中航线，也要从机场再转山路。更何况，飞机票对于夏希而言，还很奢侈。

内战期间，家乡不少人加入毛派，结果都被政府军打死了。上次通电

•• 王权已经从整个国家的视野中消失，夏希每天还要面对前台上方的国王像。

•• 巴斯内特的饭店，每晚上演加德满都谷地歌舞，热闹欢愉。

话的时候（村里的公用电话），夏希告诉父母国王下台的消息，大家都很高兴，盼着毛派带来新的改变。“希望他们先把路修通吧。”夏希说。

巴斯内特记得自己坐在电视机前收看末代皇帝离开王宫的情形，感受很复杂。“我不反对变革，”他说，“但是我担心一切传统不复存在。这在其他国家发生过。”除了蓝灰袍、浅色马甲和头上的彩色小帽，巴斯内特胸前还佩戴一枚徽章，尼泊尔开国皇帝普里特维·纳拉扬·沙阿的头像。

“尼泊尔人应该为自己的历史骄傲。”有外国人问起，他常抚摸着徽章解释，“国王是团结的象征，我要告诉尼泊尔年轻人，正是由于沙阿国王统一了尼泊尔，英国人才没能真正殖民这个国家，印度也没能吞掉它，尼泊尔保持独立至今。”接着，他挤下眼睛自嘲，“当然，我的声音往往没人听得到”。

三

小巴停停走走，沿途揽客，敞开的车门上都挂着人。颠簸了半个小时，终于到达加德满都总站。夏希快步走向泰米尔区小巷深处的旅店，老板每晚 6 点会来转转。赶紧去换工作服，他解开白色衬衣，露出T恤上“毛派青年团”标记，罩上酒店制服——浅灰色麻质中长袍、马甲、花帽，照照镜子，夏希有点认不出自己。

旅店前身是一座寺庙。多层砖红塔式结构，黑色木雕窗框，古韵十足。院子很安静，佛像无语。入夜，佛像平台的灯光都不熄灭。

旅店另一特色在于环保。房间赠水，都以铜壶供应，不见塑料瓶。当然不使用空调。浴室留有水桶，鼓励客人蓄水冲厕。夏希听说老板年轻时到欧美旅行，学来了环保这一套。

旅店大堂贴着当地英文报纸对老板巴斯内特的介绍。他在采访中说，“当全世界开始禁用塑料袋的时候，尼泊尔刚刚开始使用塑料袋……”

夏希有时觉得很奇怪，观念如此超前的老板，为什么同时保留着落后的东西？他说的是自己每天最不情愿见到的国王画像。

国王已经从整个国家的视野中消失，夏希每天还要面对前台上方的3位国王：末代皇帝贾南德拉、前任比兰德拉国王、稍远处的开国君主普里特维·纳拉扬·沙阿。

毛派是不与国王妥协的。之前所谓的“君主立宪”是个骗局，贾南德拉在2005年又恢复了王室的绝对权力，誓言铲平毛派。如果没有客人问起，夏希不会主动介绍这些画像，“对画像的敬意更是强迫的——为什么要挂这些国王画像？只是老板喜欢”。

四

巴斯内特由司机开车，在街道上飞驰。暮色降临，加德满都白昼的喧嚣不再。他身边似乎越来越清净。毛派上台，富裕人士大多离开了尼泊尔，还把资产转走。昨晚宴席散时，一个阔太太跟他打招呼，巴斯内特开玩笑说自己是“最后一个抱有希望的人”。他喜欢自嘲，常常大笑。

现在的尼泊尔，谈论外国投资为时尚早，重要的是鼓励海外尼泊尔人回国投资。首先要稳定，有法制，再追求可持续发展。巴斯内特对形势自有看法。最为担忧的是，毛派早先对穷苦大众许下太多承诺，但改变不会一夜之间完成。如果不能让大众“保持满意”，局势会接着动荡。

外界质疑走出丛林的毛派是否有能力治国，他们身边有无专家，巴斯内特半带讥讽地说：“他们以为自己就是专家！”他两次求见毛派主席、新任总理普拉昌达，没有得到回复。

巴斯内特很想知道，毛派如何兑现给穷人“均分田地”的承诺，想知道普拉昌达如何回应有关印度移民的问题。印度移民涌入尼泊尔，新政府忌惮印度，不加限制地给予他们国籍，“无论如何改朝换代，我不能接受出卖主权”。

进到坎提普尔酒店，巴斯内特向前台嘱咐几句工作。一个额头点红、举止谦卑的年轻人当班，认真听着。在他头上，3幅国王画像擦得很干净，一字排开，展示由始至终尼泊尔王朝的历史。

哦，好像几天前有客人问，仍在旅店大堂保留国王画像，会不会引起员工反感。“如果你问他们，他们会说反感。”巴斯内特苦涩地摇摇头，“因为这么说是一种时髦。”他不知道，真正的时髦，是夏希的长袍下面T恤衫上印的普拉昌达头像。

一个憧憬美丽新世界，一个留恋前朝缤纷。一间旅店，两段时空的相遇。改制后的尼泊尔，一切才刚刚开始。

革命胜利以后

一

盖亚瓦利准时进来。胳膊下的黑色公文包，泥星点点。“我开摩托车来的，一直下雨，路不好走。”

他是尼泊尔毛派中央委员，负责接待媒体，这天安排我去的是加德满都谷地之外一个名叫比桑库（Bisankhu）的村庄——毛派曾经战斗的地方。

盖亚瓦利名片上的头衔是“尼泊尔政府电影发展委员会主席”。但他不属于武装派别，战争期间，跟随毛派去了不同地区。“我们制作了一部有关人民战争和总理普拉昌达的电影。”他介绍随行的合作人，“电影叫《红色》，已经公映了。你知道，到处是宝莱坞和好莱坞，尼泊尔自己制作的电影很难得。”

坐了半小时，盖亚瓦利还有会议要开，留下儿子果拉夫陪我进村，担当翻译。“现在会议很多，呵呵。”他起身告辞。我低头再次看看他的名片：“政府电影发展委员会主席”，大概相当于中国的广电总局官员吧。

一路上，果拉夫说起父亲的光荣历史。原来盖亚瓦利曾经在帕坦一所学校教书，加入毛派之后，四处闯荡，跟家人失去了联系。战时，果拉夫和妈妈留在加德满都，改名换姓，否认跟父亲的关系。政府军常常半夜破门，盘查身份。

如今，“白色恐怖”解除，果拉夫终于可以自豪地向人说起父亲。“如果我现在想找份工作，爸爸当然可以帮我，但我不愿这样。”这位“红二代”，明年要到印度深造。

二

出租车开出去大约需要一小时，停在路边等人接应。41岁的桑诺巴巴·比桑克圆肚滚滚，踩着雨点跑过来。他是“比桑库村发展委员会第八片区”片长。家族姓氏“比桑克”，就是“比桑库村的人”。

桑诺巴巴嗓音洪亮，爱把双手背在身后，黑红的面孔洋溢着革命的乐观。在车里，他迫不及待描述当年袭击警局的壮举，先用尼泊尔语对果拉夫讲，手舞足蹈。果拉夫翻译的时候，他就看着我的反应微笑，点头，又比画开枪的样子。“他们只两个人站岗，我们趁黑摸过去……交火，我前面的人倒下，我以为自己死定了……最后我们收缴了警察的枪支。”

比桑库村第八片大约400口人，内战期间帮助毛派游击队员运送武器，藏匿人员，鱼水情深。战后，桑诺巴巴荣升第八片区片长。

出租车又前行了一段，终于无路，只得徒步进山。

山路起伏，并不高，没有台阶。桑诺巴巴指着泥土里隐约可见的碎石块，这是毛派当年帮助村里人修的路。临时之作，已经损坏。行至高处，看清楚比桑库的位置——向下俯瞰加德满都，背靠莽莽森林，毛派游击队居高袭击城市，之后又得以迅速隐藏到林中。进可攻，退可守。“农村包围城市”，果然适合他们运用。

比桑库村民以种植水稻为生，但种出来的粮食只够吃两三个月。余下的生计，就要到水泥工厂去讨。绿色田地边缘，火柴棍般密密竖起烟囱，一眼望去，便有10多个。

一条碎石头路通向村庄。民居盘山而建，多用牛粪糊墙。望进去，漆黑一团，空徒四壁。门前大多散养着两三头羊，没有羊圈，村民聪明地把成捆青草倒挂，任羊儿自己吃。妇女们鲜红的纱丽在林间闪没，或挥舞着镰刀割草，或三三两两聚在屋檐下喝奶茶。

整个尼泊尔80%以上的人务农，其中一半人口挣扎在联合国划定的贫困线以下。土地掌握在极少数世袭地主手中，耕者只赚取微薄的酬劳。

毛派根据地的妇女们，鲜红的纱丽在林间闪没，或挥舞镰刀割草，或三三两两聚在屋檐下，与家人一起喝奶茶。

毛派根据地农民帕克塔，没有像村里大多数男人那样戴花色小帽，而是扣了一顶磨翻出毛的遮阳帽，侧面绣着英文字“George Armani”。

三

帕克塔·巴拉伊姆的床头，等高挂着 3 幅海报。从左至右：尼泊尔比兰德拉王室全家福、本区毛派议会候选人、印度教湿婆神。

尼泊尔人立志打烂一个旧世界，但旧世界的惯性，仍在参与新社会的运转。这种布置也有战术考量——内战期间，家里不挂国王、不挂神像的，很容易被政府当作毛派支持者。只是，革命胜利了，还在犹豫着要不要立即撕下来。

帕克塔穿着颜色变白的迷彩裤、灰汗衫，没有像村里大多数男人那样戴花色小帽，而是扣了一顶磨翻出毛的遮阳帽，侧面绣着英文字“George Armani”。他的家庭是这次基层之旅中毛派选定的样板人家。帕克塔在战争中立场坚定，表现良好。狭窄逼仄的卧室，一次掩护过 28 个毛派游击队员。半山腰那间小仓库，曾经用来藏匿毛派枪支。

作为回报，毛派在内战期间，开始把“土豪恶霸”的土地分给无地农民。帕克塔得到小仓库脚下的一块，用当地度量换算，大概 0.8 亩。

他家的房子是 3 层小楼，看上去只是几根木杆支起来的。沿吱吱作响的木梯爬上去，见到“藏 28 人”的卧室和厨房。再上第三层，堆放喂羊吃的秸秆，窗口也可以兼做瞭望哨。

整个村子没有医院。看病要走到村外，再搭车前往加德满都。急诊也不例外。

帕克塔对未来充满期待，但远不及片长桑诺巴巴乐观。他只想稳稳当当巩固所有。然而眼下，他获得不久的田地，面临再次失去的可能。

“听说，有关土地改革的法案，也许在议会通不过……”家里没有椅子，来了人都往门外一张木榻上坐。季雨过后，帕克塔抱来席子铺上，孩子们等不及蹿上去。

4 个月前，尼泊尔举行改制后的第一次议会选举结果，预告了未来局势的玄妙。毛派获得超过三分之一席位，却未达半数。这意味着，没有毛派支持，任何议题都难获得三分之二多数；反过来，毛派要想通过自己的政策主张，也必须拉到其他大党派的支持。毛派是丛林里杀出来的武装，跟那些传统大党可没什么交情。

帕克塔不明白，不是枪杆子里打出来的地吗？怎么还要到议会里耍嘴皮子，才知道能不能分？

毛派给予民众最大的承诺就是土地改革。可是，农村人口增长太快，现有土地已经不够分，土改方案能否在议会通过，都做不到皆大欢喜。

“要是通不过，你怎么办？”我问。

回答问题前，帕克塔会先看看站在旁边的桑诺巴巴，多数时候桑诺巴巴就替他答了。片长说，土地当然重要，但毛派还带来了更大的改变，“我们不再遭受阶级歧视。在学校里，农民的女儿和地主的孩子平起平坐。从前，贵族根本不碰我们的东西”。

帕克塔 13 岁的女儿比娜念八年级，学费全免。毛派鼓励妇女更多参与社会活动，给予女孩同样接受教育、继承财产等权利。在文盲众多的农村，帕克塔的下一代已经会讲英语。

几天前，制宪议会开了一整天会，严重超时，原因是毛派内部分歧，推不出自己的内阁人选。帕克塔没有电视，没有收音机，还不知道这个消息。听说之后，他轻叹一口气，目光转向别处。

不远处，两根电线杆之间，拉了一排毛派小纸旗风中轻摆。淋雨的缘故，红色的“镰刀锤子”褪成了黄色。

11

委内瑞拉

离奇之邦

1521 年

西班牙在委内瑞拉建立殖民地。

1810 年

拿破仑入侵西班牙，委内瑞拉借机独立。

1910 年

委内瑞拉发现石油，很快成为石油出口大国。

1992 年

查韦斯上校两次政变都以失败告终。

1998 年

查韦斯第一次当选总统，打破了两大传统政党轮流执政的局面，迅速得到穷人和中产阶级的支持。

2001 年

查韦斯连续颁布 49 项法案，重新分配土地和财富，引起商会与工会不满。

2002 年 4 月 11 日

石油工人和政敌发动政变，短暂监禁查韦斯。但查韦斯迅速获救，两天后复位。

2005 年 12 月

由于反对党杯葛选举，忠于查韦斯的党派成功在议会占据多数。

2006 年 12 月

查韦斯第三次连任。

2007 年

查韦斯在亲信占多数的议会中通过法案，国有化能源与电力部门。拒绝国有化的两家美国石油公司，资产被没收。

2009 年

担任总统近 10 年的查韦斯主导宪法修正案，获全民公投通过。他有望成为终身总统。

2011 年 6 月

查韦斯确认患癌，在古巴接受治疗。

2012 年 10 月

查韦斯第四次当选委内瑞拉总统。

2013 年 3 月 5 日

查韦斯病逝。

2013 年 4 月

查韦斯指定的接班人马杜罗，以微弱优势在选举中获胜。但结果遭到反对派质疑。

2015 年 1 月

马杜罗称获得中国 200 亿美元投资。由于通货膨胀，国际油价下跌，委内瑞拉经济陷入严重困境。

2015 年 9 月

中国向委内瑞拉贷款 50 亿美元。

查韦斯有疾

一

去过一些偏僻的地方，从不似加拉加斯这般离奇。

600 万人口的首都，初到者被严格限定在汽车玻璃背后。

出租车里，你刚一亮出相机，司机惊恐地用右手按住；你想下车走几步，人们说，连手表都别戴；穿过市中心，好心人提醒你，千万别向警察问路，他们会借口查证件敲诈……

遇到堵车，你要立即检查车门是否锁死。加拉加斯的汽油比矿泉水还便宜，旧车破车发动了就上路。一旦有车坏在路上，后边堵成长龙，无异劫匪眼中肥到无法动弹的绵羊。一次大堵车，有人骑摩托而来，连抢 100 多辆，使馆牌照的也不放过。

在非洲草原看动物的时候，导游叮嘱，摇上窗子，关死车门，不准擅自下车——可在社会主义委内瑞拉的首都竟也有这样的"Safari"[①]。

加拉加斯成了世界公认的"犯罪之都"。1998 年以来，犯罪率不断上升。2012 年 8 月的记录显示，一个月里至少有 451 人命丧枪口。

劫匪多是少年。从年长的手中接过枪，"长大了，自己找食物吧"，就这样，他们踌躇满志地离开了贫民窟。据说这些年轻人时兴在打劫之后，奖励自己一副古驰（Gucci）墨镜。

总统查韦斯（Hugo Chávez）曾经在电视讲演中大嘴说，穷人肚子饿了

---

① "Safari"一词原本解释为野外狩猎，现在已演变为以观赏野生动物为目的的旅行。

去抢，不算犯法。贫困人口是查韦斯的大票仓，政府为贫民窟免费供水供电，甚至在一处半山贫民窟修建缆车，方便上下。但是，军警却不敢擅闯这些地方。

加拉加斯的贫民窟，像一种蔓生植物，兴起于城市四周的小山，哪里有缓坡，就依山绵延；哪里有山谷，就顺流直下。远远望去，它们似乎自有生命，知道向何处生长。一路走来，它们的规模又令人震撼，密密麻麻，挨挨挤挤，吞没加拉加斯四周的山头，虎视眈眈地看着脚下的城市，不舍昼夜。

这城市病了。

二

在这里，他是一切。

乌戈·查韦斯，1999 年开始担任委内瑞拉总统，三次胜选，2009 年通过宪法修正案，取消了总统连任限制，冀望成为这个国家的终身主宰。

是的，“主宰”比“总统”更能贴切地形容他的地位。几乎没人记得这个国家的外交部长是谁，教育部长姓什么，内政外交全都是查韦斯的印记，整个国家的政治生活概括成一个名字——查韦斯。

有人赞他是“反美斗士”，有人批他为“国际舞台上的小丑”。在首都加拉加斯，你的视线无法避开他的画像，他是一个标记，一个符号。“要么支持，要么反对，对待查韦斯，委内瑞拉人没有中间路线。”北京一名主管拉美事务的外交官说。

修宪公投前，支持他的人升起“Si”旗帜，就是英文中的“Yes”。反对他的人说“No”，在墙上喷漆“No Chavez”（不要查韦斯），或者“No Dictator”（不要独裁者）。简单而强烈的对立，阵营分明。

查韦斯提出“玻利瓦尔主义”“21 世纪新社会主义”，令试图释义的学者费尽言语，而人民对国家道路的选择，却成了对他个人“Yes or No”非此即彼的表态。回答这样的题目，需要情绪，需要好恶，却排斥理性判断。

“正是这样！没有人讨论政策得失，只讨论要不要查韦斯……查韦斯刻意制造了这样的情况，加深社会贫富阶层间的仇恨，这样才能争取到80%穷人的选票。”加拉加斯中央大学的教授艾德瓦多·所罗门（Eduardo Salomon）说。

我的翻译路易萨是特立尼达和多巴哥来的移民。每当汽车收音机里传来查韦斯雄浑低沉的讲演，她立即兴奋：“嘘，嘘！是查维！”支持者亲切地称他“查维”。路易萨说，查维就是上帝。

路易萨的祖国与委内瑞拉隔海相望，和哥伦比亚、秘鲁、厄瓜多尔等国移民一样，她获得了委内瑞拉身份的最重要条件（或者唯一条件），就是支持查韦斯。反对派指责政府每每在公投前制造大批“外援”，吸引“外援”来委内瑞拉的，是拉美地区最丰厚的最低工资保障、最短工作时间，“查维”还承诺给他们盖新房子。

•• 无处不在的查韦斯。

查韦斯上台那年，国际油价每桶 11 美元，2012 年价格已涨到 111 美元。这个翻天覆地的价格差，令查韦斯两手不空。全国贫困人口减少了一半，享受免费医疗的人多了一倍。他办学堂，办网吧，免费校餐，普及教育。每天还有 10 万桶原油半卖半送地运往古巴。

Altagracia 是全国第一个贫民别墅区。580 人从贫民窟搬进了独栋红砖小楼。社区水电费少到可忽略不计，打个电话就有古巴医生上门免费医疗。居民们很喜欢村口那句标语："和查韦斯一起掌管国家！"但这样的例子实在不多。绵延的贫民窟铁皮屋不知什么时候才能完全消失。遇到国际原油价格下跌，查韦斯式的利益分配立时陷入"小惠未遍"的窘境。

国家经济运行依靠鲁莽的设计，随意地分配。工农业脆弱，几乎所有商品都靠进口。委内瑞拉年度财政赤字占国民生产总值的 20%，列世界之最。"三个月缺糖，三个月无米"，是计划经济在委内瑞拉的写照。"有一阵，手纸都没了，谁在市场上看到，就打电话通知大家抢购。"加拉加斯居民艾维说，原材料上涨，政府却不放开价格，生产商干脆停产保本。政府开设的超市，凭票供应廉价食品，但买东西要凭运气，货架常常空空如也。

从超市转出来，我看见一处食品供应点外大排长龙，人们在等待政府的救济。门口横幅依次印有西蒙 · 玻利瓦尔①、米兰达②、切 · 格瓦拉③的头像，旁边写着"受拥戴的革命者"。

为了缓解供应紧张，政府派出"流动超市"，用货车在街头贩卖米、肉等基本食物。每辆白色车头都印着穿鲜红衬衣的查韦斯，高高挥手。"流动超市"前的人群有时等得不耐烦，高声催促，或是发现某种货品即将告

---

① Simón Bolívar，委内瑞拉杰出将领、政治家，对委内瑞拉、哥伦比亚、玻利维亚等国反抗西班牙统治，追求独立建国有重大贡献。

② Francisco de Miranda，拉丁美洲独立运动的先驱，曾任委内瑞拉第一共和国的领导。

③ Che Guevara，出生于阿根廷，著名的国际共产主义革命家、作家、游击队领导人。他是古巴革命的核心人物之一。古巴革命胜利后，他曾担任古巴政府高级领导人，后辞去职务，离开古巴到玻利维亚等国进行反对帝国主义的游击战。他的肖像已成为反主流文化与左翼运动的普世象征。

加拉加斯街头涂鸦，中间的单词是“石油”。委内瑞拉石油储量世界第一。

罄，也会发出骚动。在加拉加斯10天，唯一一次见到笑容，是一名妇女从“流动超市”买到东西，数着地下十几只袋子的时候。这可是石油储量超过沙特、世界第一的国家啊。

更让人意外的是，以“反美斗士”自居的委内瑞拉，每天生产的200万桶油中，有三分之二都运往了美国。从查韦斯执政开始至2011年，向美国卖出原油的收入共计3500亿美元。

并不是所有草根人士都心向查韦斯。同路易萨一起工作的出租车司机曼努尔，用有限的英语，响亮地告诉我，他不喜欢查韦斯，因为他“crazy”（疯狂）。即刻，路易萨和曼努尔在小小车厢里爆发了一场争执。

街头上演的“Yes or No”争持更加惨烈。2002年政变、石油工人大罢工，2004年学生上街，无不以流血收场。2009年10月，总统府几个街区之外，100多名学生在街上静坐两星期，要求查韦斯下台。

三

一个国家，领导者有人反对有人支持，是不是很正常呢？查韦斯可是民选总统，每次选举结果都完胜反对者，要求罢免他的提案从来通不过人民这一关。

选举、公投是查韦斯执政合法性的来源。可是在这里，民主的内容，变成了单纯的投票。“假设选举公正、公开，选出来的都是种族主义者、法西斯和分裂分子。”美国外交官理查德·霍布鲁克慨叹20世纪90年代的南斯拉夫，“这是个难题。”米洛舍维奇是人民选出来的。克罗地亚、斯洛文尼亚，选票都把好战者送进了总统府。战争不可避免。

《后美国世界》（*The Post American World*）作者法里德·扎卡利亚[①]，在早年他的另一本书《自由的未来》（*The Future of Freedom*）中，首先把这

① Fareed Zakaria，美国著名的印度裔记者、时事评论家和作家，《华盛顿邮报》专栏作家，并在CNN上主持《法里德·扎卡利亚的环球公共广场》（*Fareed Zakaria GPS*）。

种现象称作“不自由的民主”（illiberal democracy）。真正的民主是个套餐，不仅有显而易见的选举，还得有配套的司法独立、权力监督、言论自由、集会自由、信仰自由、私产保护，等。这些总称为“自由”的护航措施有比较隐蔽的弹性，不像选举那样，“有还是没有”一望便知。

中文里的“自由”，常让人想起“无拘无束”，甚至“无法无天”“随心所欲”，而扎卡利亚在这里讲的“自由”恰恰相反，是一套细致缜密的法律保障。有了这套保障，选票才有价值。可惜的是，扎卡利亚慨叹，“以选举为特征的民主”横扫全球，“自由”却还只在西方徘徊。

一天，查韦斯发现，加拉加斯市中心建起了一片高尔夫球场。他上电视怒斥高尔夫为“资产阶级运动，极其懒惰，打球的人连路都不走，用小车跑来跑去”（他不记得是切·格瓦拉把高尔夫引入了古巴）。国会立即通过新的《城市土地法》，政府可以充公任何一处“无用”的城市土地或者房产，两处高尔夫球场瞬时改作公园和贫困人口住房用地。

委内瑞拉国会中，查韦斯的支持者占了九成，足以通过或修改任何法律。他的政党向最高法院输送了 9 个终身法官，32 个替补。这还不放心，查韦斯 4 次获得“委任立法权”，可以不经立法机构审批，直接颁布法令。

又一日，查韦斯“无意间”经过加拉加斯一间即将竣工的大型商场，觉得碍眼，“会给本就繁忙的交通增加负担”，下令关张。商会一时无所适从，3000 个工作岗位一笔勾销。大半年过去，如今商场仍然矗立在市中心，街角有警察看守。

法制臣服于查韦斯的喜怒。其率性举动的背后，是打压反对派资产。议会里反对的声音越来越微弱，中产和富裕阶层不堪经济骚扰和政治打压，纷纷出国。一名由查韦斯直接提拔的官员说，起先他招架不住议事堂上反对派凌厉的攻势，“现在，他们都离开了”。

加拉加斯高档住宅人去楼空，但很快有查韦斯提拔的新贵入住。

查韦斯刚上台的时候，国内五大私营媒体集团还敢于发表批评总统的言论。查韦斯发现这些评论真的伤到自己的支持度后，开始奋起反攻。反对派媒体要么不再获发新牌照，要么被强令与国营媒体合并。查韦斯说，这些媒体“宣扬美国价值观”，必须“为了公众利益”打破私营媒体“霸权”。下一步，他打算把全国网络服务器收归国营公司，便于维持互联网的纯洁。

以投票为武器的查韦斯，似乎并非选举的信徒。他的反对者安东尼奥·雷泽马（Antonio Ledezma）赢得加拉加斯市长选举，总统即刻“空降”一名“政府长官”，令市长无法行使权利。安东尼奥决定在办公室绝食，呼吁美国介入调查。

没有自由，却长出民主嘴脸的委内瑞拉，不算稀有动物。

四

2011 年 6 月，查韦斯病了。他不在国内就医，飞去古巴。

关于他为什么不能在委内瑞拉治病，众说纷纭。有的说，委国医生大多受过良好教育，心向反对派，查韦斯怎么放心把手术刀交在他们手中？有的说，古巴医生水平高；更关键是，查韦斯病情影响国内政治，选在古巴治疗，可以避开打听风声、伺机作乱的反对派。还有人说，查韦斯的保镖都是古巴人，治病也要找古巴人，可见得他不信赖自己的人民。

查韦斯与癌症顽强斗争，勇气可嘉。但总统不敢在本国看病，也不敢公开病情。这样的查韦斯或许已经病了很久，这样的国家，病在腠理，还是肌肤，抑或已经是肠胃？①

① 查韦斯于 2013 年 3 月 5 日去世，继任者马杜罗（Nicolás Maduro）宣称继续推行查韦斯的政策。2015 年 12 月，委内瑞拉反对派在国会选举中赢得多数席位，16 年来第一次挫败查韦斯创立的执政党。

荒芜都市路

如果你生活在全世界犯罪率最高的城市，如果你生活在只谈主义吃不饱肚子的国家，如果你生活在贫富差距巨大、阶级仇恨火焰般高涨的国家，如果，你恰好是个年轻人……

艾维 · 史泰克曼（Ivy Stekam），21 岁。

“嘿，我只是好奇，你从哪里来的？”

餐厅里，艾维跟男友商量了很久，决定过来跟邻桌的我说话。在极少人讲英语、大部分人没有笑容的加拉加斯，艾维这一问，已经透露自己是个异数。

艾维的父亲是美国医学博士，她本人在美国上中学，在德国读大学，因为失恋万念俱灰，回祖国疗伤——半年后，遇到现在的男友，打算结婚。

“像我这样的学历，在委内瑞拉找份工作不难，可是我养不起自己……因为我们的经济太奇怪了。”她一连说了好几个“非常非常奇怪”。2008 年，国家通货膨胀达到 28%，拉美最高。从水泥到奶粉，全国的货品都是进口，本来就贵，再赶上涨价，工资立刻不够用了。

艾维这样的白领租不起房子，还跟父母、姐姐住在一起。“对年轻人来说，结婚是个经济选择。从前，不是这样的……”

她说的“从前”，指查韦斯执政前。委内瑞拉 20 世纪 10 年代发现石油，经济起飞，六七十年代进入黄金时期，加拉加斯像样的房子都是那个年代的遗存。90 年代国际油价暴跌，震荡委内瑞拉经济，查韦斯以“惩治腐败，救济穷人”为口号的政变，就发生在那个时候。

回到委内瑞拉，亲情、熟悉的食物代替了异域漂流，但也体验到了不曾想象的恐怖。艾维开车上街，堵车的时候，一只手无意识挂出车窗，手上戴着父亲送的名表。

“不一会儿，一个青年骑摩托车过来，黑洞洞的枪口伸进车窗，‘嘿，你的手表！’”现在说起来，艾维脸上挂着笑容，仿佛自己只是个可笑的倒霉蛋，“前几天，还碰到一次，我和男朋友停车说话，又有一支枪伸过来敲窗户，拿走了他的钱包、手机和手表。”

艾维分外怀念柏林的夜晚，免于恐惧的自由。

她在我的笔记本上写下，委内瑞拉的危机是“CRII”，钱的问题。极度富有的人，乘直升机来去，不理会下面是水深还是火热，什么进口物资都能买到；穷困人口有查韦斯照顾，夹在中间受委屈的，就剩下中产阶级。“假设1%委内瑞拉人是富豪，剩下19%的中产对阵80%的穷人，结果只能是中产放弃希望。”

海外归来，艾维暂时不会再离开。她说，既然选择留在这里，也会选择不要孩子，“实在不想孩子生活在这样的环境里”。

忽然间，大家都沉默了。

马娜·贝罗（Mana Bello），26岁。

中央大学的学生马娜不再参加反政府游行了。“现在的游行只是赶时髦，大家拿着相机出去，‘拍我啊，我在游行’……”

“从前我们有组织，有筹划。”2004年是她最后一次参加游行。队伍唱着国歌，行进到总统府对面，“国民警卫队朝我们丢石头，用警棍打我们，后来又开枪……”马娜当时和男友在一起，60岁的母亲也来助阵。但是枪声响起，“我看到好几个人受伤，赶紧跑起来，妈妈吓坏了，她根本没想到政府真的会开枪……”说起枪声，马娜没有太多恐惧，但说到“唱国歌”，她极力忍住了眼泪。

她不承认自己是被枪声吓住，才放弃游行。“对待这个政府，游行没用。”马娜说，“抗议示威只会令自己受伤，却帮不了别人。”

停止游行，她换了一种方式理解自己的国家——接近委内瑞拉的贫困人群。过去两年，她参加了一个社团组织，到警察都不敢轻易入内的贫民窟Fanaduspin VelSur做义工，教那里的孩子读书，参加体育活动，帮他们树立自信。进入贫民窟的铝皮房子，马娜几乎要哭了，她头一次见到这个国家穷人的生活如此艰难。许多孩子来接受辅导，只是因为一顿免费早餐，“他们家里没吃的”。

“我帮助他们，但不会说，‘我是社会主义分子，查韦斯在帮助你们’，我拒绝佩戴那些写着‘感谢政府’口号的帽子、徽章……我不跟孩子们谈论政治。”

“你是拒绝政治，还是拒绝查韦斯？”

“让我来告诉你，过去10年，这个国家所有的一切，一切的一切，都变成了政治，我们的对外关系也都变成了政治，委内瑞拉没有经历过这些，委内瑞拉没有经历过社会主义。”

两年的辅导课之后，马娜再没有回去过Fanaduspin VelSur。记忆中，那是个“美丽的小山，很多人热爱音乐”。曾经相处的孩子，有时还打来电话，这份情谊令她热泪盈眶。

我问马娜，可不可以去那里看看。“外国人？你自己？绝对不可以！”她坚决制止我去贫民窟的念头。

“为什么这个国家变得如此危险、如此对立？”

“因为查韦斯制造了仇恨！他让人们互相仇恨，只是出于社会地位不同。”马娜说，“查韦斯让穷人觉得是富人偷走了他们的财富、他们的机会。只要你比我有钱，我就恨你，为什么不想想你自己是否劳动了呢？”她的父母并不富裕，在石油公司从事基础工作，赚一份辛苦但稳定的工资。

马娜打算明年出国留学。周围的同学，大部分都打算离开。

“你们都走了，改变就永远不会发生了……”

“不，我们只是暂时离开，我们还要回来。”她非常肯定。

莱莉斯·莫利娜（Lelys Molina），22 岁。

在这座以学生运动著称的大学里，莱莉斯说，她的使命只是学习英语。经过游行队伍旁，她不会点一支蜡烛。经过校门口，也不会看一眼死于抗议的学生烈士的雕塑。

“国家分裂成两个阵营，太多的政治、太多的主义，我要自己的生活。”

同在校园，莱莉斯和学运积极分子们没什么交往，却也免不了偷偷打量。她说，支持查韦斯的学生，大多出身贫寒，“我发现他们不学习，只知道成天游行”。

莱莉斯最爱躲在自己的小世界里听音乐。可是，在委内瑞拉，听音乐也得绕开政治。查韦斯下令所有电台早上 6 点至晚 9 点，只准播放委内瑞拉传统音乐joropo。“难道他不知道，年轻人不听电台吗？我们在网上听英文歌。”莱莉斯说。

委内瑞拉网速很慢，但人们感觉不到太多限制。社交网络畅行无阻，查韦斯自己就是个推特狂人。“因为委内瑞拉过去是自由的，所以限制自由那一套，在这里行不通。”一名外国记者曾经对我说。这个结论或许下得太早，查韦斯正打算把所有服务器收归国有。

莱莉斯不过问政治，好恶却是有的：“我不喜欢查韦斯，因为他虚伪。他颁布的政策，总是琐碎可笑。”告别前，她在我的本子上悄悄写下：Las Mercedes，100 多个学生绝食两星期。去看看。

玛莉亚纳（Mariana），21 岁。

找玛莉亚纳工作的电视台，要经过两道军警线和两道路障。ANTV 在国会山庄里面，容易成为反对派冲击的对象。

国会山庄是西班牙殖民时期的建筑，古朴优雅，隔开外面那个奔跑在废气中的世界。电视里，中国国庆 60 周年成果展览正在举行。天井喷泉旁，电视直播国会内的辩论，各路记者在旁收看，包括反对派电视台。

“在委内瑞拉做记者，你可以采访任何人，报道任何事，这里的问题

•• 马娜·贝罗（左）：“我拒绝佩戴那些写着‘感谢政府’口号的帽子、徽章……我不跟孩子们谈论政治。”

•• 玛莉亚纳（右）：“‘民粹主义者’，我不太清楚是指什么……”

就是，太多自由！”玛莉亚纳眉毛一挑，自信满满。“自由”，她用的英文单词是“freedom”。

“那如何解释查韦斯关闭亲反对派的私营电视台RCTV？这算不算有违新闻自由？”

“那家反对派电视台每天都在歪曲事实，甚至在滚动字幕中，悬赏对总统发出追杀令，难道不应该关闭吗？”

玛莉亚纳举止优雅，超然自信，在众人中脱颖而出。“可能因为从小的教育。”她笑笑。父亲在国营石油巨擘委内瑞拉石油公司（Petróleos de Venezuela, S.A）做了20年工程师，玛莉亚纳从小学到大学本科，上的全都是专为石油公司高级员工开设的私立学校。

“私立学校和公立学校有什么区别？”

“公立学校不教英语和音乐，只教传统舞蹈，我们称之‘工人学校’。”查韦斯将石油公司国有化之后，在“平等”理念下，取消了“贵族学校”。

“你肯定觉得很遗憾了？”我问。

“不，现在的情况比原来强10倍！”玛莉亚纳睁大了眼睛，“因为任何人都有机会去任何学校，这样会提高社会的整体文化水平。”

“说说报道吧，国营电视台怎么做到平衡，可以批评政府吗？”

“我可以采访任何反对派人士，从不删减他们的讲话，我也亲眼去看穷人们的生活。我们不会激烈地批评政府，只是不想引发暴力，我们不是不可以批评查韦斯，只是每个电视台都有自己的底线……”

玛莉亚纳看到过反对派“撒谎”。一次反对派与查韦斯支持者爆发冲突，她负责报道支持者阵营，另一名同事拍摄反对派活动。同事拿回来的影像中，玛莉亚纳看到有人向军警投掷石块，冲击封锁线：“他们自称是和平示威，这让我很气愤。”

报道政府救助贫困人口的项目，令她十分感动。“我喜欢查韦斯，他理解人民的疾苦，他在这个国家存在是有原因的……当然，他并不完美。”

出于工作需要，玛莉亚纳每天都要阅读西方媒体报道，清楚它们如何看待自己的国家和领导人。“英文媒体有什么权力每次都在查韦斯的名字前加‘独裁者’？我给英国《卫报》写信了，但是他们没有回复。如果政府的 15 个项目令 15 个人高兴了，他们为什么不报道？”

她的声音提高了半度，神情不悦，旋即平静，甚至有些腼腆地问：“不过，他们常用一个词，‘民粹主义者’，我不太清楚是指什么……”

12

德国

重返正常

1949 年

德国分裂。美国、法国和英国占领的西区，成立德意志联邦共和国（联邦德国）；苏联占领的东区成立德意志民主共和国（民主德国）。

1950 年

中国与民主德国建交。

20 世纪 50 年代

联邦德国经济快速增长。

1961 年 8 月

民主德国修建柏林墙，阻止人员西逃。

1963 年 6 月

美国总统肯尼迪在西柏林市政厅发表《我是柏林人》的演说。

1972 年

中国与联邦德国建交。

1987 年 6 月

美国总统里根在勃兰登堡发表演说，呼吁苏联领导人戈尔巴乔夫“推倒这堵墙”。

1989 年

新民主德国政府放松旅游禁令，民主德国人大量出逃。11 月 9 日，柏林墙倒塌。

1990 年

两德统一，定都柏林。

东西相遇

形状如玩具的特拉贝特（Trabant）车，列成一排，等待“民主德国之旅”。

这种猫腰缩头才能坐进去的小车，全身塑料，只有两缸，曾经是民主德国人最普遍的交通工具，但从订购到取货最长要等上16年。柏林墙倒塌之后，特拉贝特车很长一段时间仍是民主德国人的日用品，20年间，渐渐变成收藏品。眼前这些残存的特拉贝特，多数保持军绿色，也有些换上了戏谑的豹纹。

“你去后面那辆大车办签证！”柏林新闻官克里斯蒂·坦兹勒（Christian Tensher）指着我说。

“签证？”

“哈哈，别太认真了！”说着，他塞过来一个苏式军用袋，里面是两瓶Wostok，以苏联火箭命名的饮料。

一辆运兵车被改装成了媒体登记处。车厢里挂满苏制军服。几个越南记者兴奋地试戴皮帽。坦兹勒递过来一张做旧的卡片：“德意志民主共和国（民主德国）通行证”，声称持有人可以去往西柏林。“拍照！”记者们手持一纸签证合影，坦兹勒给予鬼脸配合。

“纪念柏林墙倒塌20周年”的日子，政客齐聚，媒体云集。新闻中心为外国记者准备的特拉贝特车队，令记者本身成为路上风景，不断有行人举起相机，还招来了警车。“谁超速了？”坦兹勒通过无线电，向每一辆最高时速60公里的特拉贝特喊话，“啊，原来是有比我们更重要的车队要通过！”

20年后，同样是寒冷潮湿的11月，柏林一片嬉闹。俄罗斯套娃、翻毛帽子、民主德国警察制服，都是最热门的纪念品，镰刀斧头旗在地摊上飞舞。

空气中是香肠和热红酒（Gluhwein）的味道。施普雷河两岸，大喇叭里嘹亮抒情的音乐是英国红星凯蒂·玛露（Katie Melua）、美国乐队红辣椒（Red Hot Chili Pepper）的作品。露天大屏幕翻滚着时装、润肤露，还有纸巾广告。“这些歌曲不过是娱乐，跟纪念活动没什么关系。”前一天，跟柏林市政规划局的一个朋友走过这里，她告诉我，柏林政府快破产了，无力单独承办国际盛事，必须抓到一切广告和赞助。

“嘿嘿！签证呢？”特拉贝特塑料车盖忽然被人猛敲。一身军绿大衣的瘦高小伙，大帽宽皮带，掂着警棍，气氛陡然惊恐：“这里是查理检查站[①]！”

瞬间，全车都明白了，这是表演。小伙绷着满脸严肃，要来每张假签证，夸张地重重盖戳：“德意志民主共和国，2009 年 11 月 9 日。”

“要不要来点特别照顾。”他拍打警棍。一圈相机摄像机包围中，他不介意加演。“我们得走了，赶时间。”领队催促着，假警察不再开玩笑，逐一盖戳了事。

围墙存在的 28 年间，10 万人尝试各种办法越界。其中 1 万人逃脱，201 人遭射杀。查理检查站作为景点保留了下来。两边大街上，美国士兵和苏联士兵的画像仍高高地对峙着。

一条窄窄的铜线镶嵌在水泥地上，上面刻字：“柏林边界，1961—1989。”抬脚，就跨过。一切既轻又薄，好像 20 年前发生的东与西的分割与合并，不过是历史的一个玩笑。

但是，走在勃兰登堡广场，随便去问一个德国人，你就知道这个“玩笑”的分量。

---

① 查理检查站（Checkpoint Charlie）位于柏林市中心的腓特烈大街上，是冷战时期柏林围墙边民主德国与西柏林进出的一个检查点。该检查站通常为盟军人员和外交官使用。柏林围墙拆除后，此检查哨一度被拆除，而后又被复建，成为柏林旅游的重要景点。

柏林墙纪念处。

小伙绷着满脸严肃，要来每张假签证，夸张地重重盖戳：“德意志民主共和国，2009 年 11 月 9 日。”

苏珊娜·哈更独自来到这里，就是为了“看看节日的勃兰登堡门”。“当时我和丈夫被派到日本东京，在国有企业工作，国家信任我们，是少数可以出国的人……”她劝说丈夫从东京逃去联邦德国。但丈夫不愿意，命运的争执以离婚收场。苏珊娜带女儿潜回联邦德国。刚开始躲在远郊，不敢住柏林市。

离婚后3年，柏林墙倒塌，前夫已经在日本另组家庭。23年来，苏珊娜没有再婚，仍冠着夫姓。她说：“如果预知会发生什么，也许很多事情都改变了。”

日渐偏西，红色天光，像一块巨大的纱巾温柔包裹着柏林。勃兰登堡门的灯忽然亮了，顶上女神驾驭马车的雕塑，好像突然被吹了一口气，金光四射。马首永远朝东，指向俄罗斯或者苏联，因为柏林被认为是西方的最后一道防线。

地上的妇人，在节日的广场，慨叹东西分割的荒谬。苏珊娜的面孔圆润红亮，现着饱满的倔强。忽然，3个年轻人手拉手蹦跳着，走过我们身边。头上套着纸盒，醉汉一般绕出弧线。他们的嬉笑、尖叫，挽救了哀伤的徒劳。

两德统一后，苏珊娜立即搬回市区，“柏林人一定要回柏林的”。她现在在（没有了边界的）东柏林教授德语，女儿在西柏林学校教书。苏珊娜常向女儿提起，还是东边的教育质量高。“芬兰的学生水平全欧洲第一，因为他们拷贝了过去民主德国的方法。”苏珊娜这样认为。当年执意逃脱的身份，今天成了牢牢抓紧的认同。我问她心里是不是仍然刻着“东联邦德国”的分界。“两边的差距在缩小。”她笑笑，“统一当然是好事，你看，民主德国人默克尔当了总理！”

“谁能料到那天晚上的事情呢！”20年前那一天，23岁的戴维·吉尔从东柏林去外地开会。身为基督教家庭孩子，他向来被排斥在“体制”外，不能接受同等教育，永远不可能有晋升的机会。

他父亲是当地教会负责人。当时的民主德国，基督教势力是最大的反对派，从事地下抗争。统一之后，德国政府中第一批民主德国政治家，正是来自教会，也就是现在的“基督教民主联盟”（Deutschlands Christlich-Demokratische Union）前身，总理默克尔所属党派。

“晚上听说墙被拆了，第二天一早立即返回柏林，我在凿开的洞里来来回回走了好几遍，仍然不敢相信。”裹在黑大衣里的戴维，蓝色眼睛放出光亮。身边一个金色头发的小女孩拉扯他的衣角。“不好意思，我女儿要回家了。她们刚从美国回来，我妻子是美国人……”23岁的时候，戴维还没见过美国人。围墙倒下后，他去了美国念书，现在是一名律师。戴维仍带着东边人的一丝拘谨，温和亲切。女儿踩着单脚踏车离去，响亮地讲着英语。

20年后，走在柏林的每一个德国人，都是一张历史的碎片，随风飘荡。伸一伸手，你就可能触动一段错综曲折的人生。

广场角落里，一个戎装青年的照片吸引了我：大盖帽，双目炯炯，颈上挂着勋章。一个头发稀疏、上了年纪的人在旁边抽烟。他在推销这个青年军官的自传，英文注明写着“Gerhart Schirmer”，“二战”时期战功显赫的德军中校，遭英国人活捉，送到苏联军中关押了10年。他称，苏联人强迫他和其他几个人在萨克森豪森（Sachsenhausen）改装毒气室，伪造纳粹屠杀犹太人的现场。战后，德国人对犹太民族的负罪感比海深，这本自传成了禁书。

自行车边的人猛抽着烟，虽然海报是英文写的，他却无法与我交谈。我不知道他跟作者是什么关系。也许这个故事太过敏感无从核实，自行车前少有人问津。但是无论如何，它忽然让我想到，在柏林，纠结的不只是东西对峙的冷战。希特勒刚刚退出舞台，铁幕就已降下，那些年里，德国人连幕间休息的机会都没有。

“我在东，还是西？”走在柏林，我总是问，这里曾经是东柏林还是西柏林呢。除了刻意保留的几条街道——马克思大街（当时叫“斯大林大街”）笔直宽阔，列宁广场（现在改名为“联合国广场”），两边是一望无际、一模一样的公寓楼和毫无差别的窗户，方正、扁平、均衡、凌然。除此之外，对一个初来此地的匆匆过客，东西差异并不明显。看到一家法国餐馆“庆祝开业 25 周年”的横幅，我想这该是西柏林。博物馆云集之处，必定是东柏林。“因为占领区是美国人划的，他们对历史古迹不感兴趣！”有人揶揄。在民主德国主干道“林登（菩提）树下”，苏联的印记只剩了俄罗斯航空标志上的镰刀。

然而，东联邦德国的融合绝非无缝。上海作家陈丹燕曾经描写特拉贝特汽车行驶在联邦德国高速公路上的情形：

> 后面跟着的汽车鸣喇叭，要它让路，所以，它们常常是知趣地开在最慢的那条车道上。挂着联邦德国牌照的车唰唰地擦过它们的身边，用 140 迈的速度远远地把它甩在后面……虽然它们如愿自由行驶在联邦德国的高速公路上，随便可以在任何一个出口下高速公路，进入纽伦堡、斯图加特或者汉堡，但它们反而变得局促而不快……

边界初开，东西柏林经历了巨大的经济落差。20 年后，西柏林渐渐变为高档住宅区，东柏林则因为房租低廉，成为整个欧洲年轻艺术家的天堂。东柏林咖啡馆的早餐以丰盛和漫长著称，这里无人早起，半数人口都是艺术家。艺术家提供不了太多税收，柏林欠下很多外债，靠借贷发展。柏林墙倒下之初，世界为之兴奋，跨国企业摩拳擦掌，但是这里不具备商业城市的氛围，15 年后，索尼影视中心（Sony Center）黯然出售。西门子盘算了很久，终于也没有来。

失业率成了东西德国人互相指责的理由。联邦德国人抱怨民主德国人抢走工作，民主德国人抱怨资本主义打碎铁饭碗，让他们失去了安全感。连德国的中东移民都抱怨自由了的东欧移民过来抢生意。

“相比 10 年前，柏林墙倒塌后 20 年，东西德国人的差异还是在缩小。”住在西柏林的贡特拉 · 扬森到东柏林探望女儿，我们在一家餐厅邻桌，攀谈起来。1990 年，他尝试在东柏林投资，损失惨重。尽管如此，他还是认同国家统一是积极的一步。女儿雷娜特 · 赛博尔德 · 扬森生在联邦德国，留学美国主修音乐，现在和大多数艺术青年一样，居住东柏林。

“那么，你现在是东柏林人了？”我问。

“不！”雷娜特几乎要把嘴里的意大利菜吐出来，“Once Wessi，always Wessi（一朝联邦德国人，永远联邦德国人）！我不过是住在东边。”

她又重重摇头，说“Ossi”（民主德国人）和“Wessi”举止思维差异很大，不是同一种人。

“怎么不同？”

“怎么说呢，就是东边和西边，资本主义的人和社会主义的人，一看就知道了！东边的人不会独立思考，懒惰，还有些粗鲁……不过，我不是没有民主德国朋友啦，年轻人也在变，变得像我们……”

陈丹燕继续写道：

> 民主德国的知识分子说过：“我们并不是合并，是西边把我们吃了，可我们就卡在他们的喉咙口，让他们吐不出，咽不下……”说这话的人，在冰凉的蓝眼睛里闪烁着蛮横、耻辱、不屈和恼羞成怒。

二

柏林市政厅叫“红楼”（Rotes Rathalls），旁边是一大片草坪。不知哪位除草人今天犁出了一颗大大的心。

78 岁的戈尔巴乔夫和 56 岁的柏林市长克劳斯 · 沃维莱特[①]正在共同召开记者会。“我现在只代表自己。”戈尔巴乔夫首先解释。

历史风云轻轻收拢了额头的印记。20 年，对于俄罗斯，对于东欧，对于世界，意味着剧变、阵痛和分野。对于他个人，则是从苏维埃最年轻的总书记，变成西方奢侈手袋的广告主角。

---

① Klaus Wowereit，沃维莱特曾连任三届、13 年的柏林市长，是德国最有魅力的政治人物之一。在他担任市长期间，让柏林脱胎换骨，成为欧洲数一数二时尚新潮的城市。但后来因柏林新机场工程弊案频传、迟迟不能完工而下台。2001 年他首次问鼎市长宝座时公开表态：“我是同性恋，我觉得这样很好（Ich bin schwul, und das ist auch gut so）。”

一开口，他的声音意外地孱弱。间或用手掌托住脑袋，也许是长途飞行后，体力欠佳。讲俄语的女记者问他是否为柏林墙倒塌感到骄傲。

“与其说‘骄傲’，不如说‘惊讶’……我知道这一天会来，但没想到那么快。”戈尔巴乔夫打开话匣子，滔滔不绝。起初翻译还能逐段解释。后来他不再停顿，翻译头都不抬，飞快做笔记，一句话也插不进来。

戈尔巴乔夫一口气讲了20多分钟，抑扬顿挫，精神大振。直到一名官员走到他身后，轻拍耳语。“哦，我忘了自己一直在讲俄语！抱歉！啊，还有其他人提问？不止一个问题？你应该事先告诉我！”台下大笑，他也跟着笑起来。

翻译终于有机会开口。“那年早些时候，我到波兰视察。车窗外人们高喊‘我们是人民！戈尔巴乔夫，你要帮我们……’身边波兰总理问我是否听得懂他们说什么。我点头，是的，听懂了，他们说‘该结束了’……”

他很高兴看到今天俄罗斯允许德国老兵到库尔斯克①吊唁“二战”死难的战友。“那些人过去叫‘战犯’，这样的变化很好。”

“不过，现在北约和欧盟扩张的速度过快，甚至有时还不成熟。”他批评道，但口吻并不激烈，更像一个老人喋喋不休的光荣记忆，只是心情有些复杂，“那些东欧国家投向欧盟怀抱的时候，不该怀着仇恨苏联、仇恨俄罗斯的心情……”

市政厅门前告示写着“闭门会议，闲人免入”。近百人站在台阶下，举相机守候。“我们在等Gorby！”这些人大多年过半百，当年他们边打着拍子喊“Gorby！ Gorby！”边游行，欢庆柏林墙倒塌。“Gorby”是戈尔巴乔夫的昵称。

“都是他的功劳，我们听说他在这里，就留下来等！”一名老人说。

---

① “二战”时德苏两国于此地爆发大型会战。

三

柏林墙倒下一年之后，分裂的国家终于走到一起。然而德国国庆选在10月3日，不是11月9日，听说一个原因是，11月初天气通常很糟，不适合庆典。

“10周年的时候，我站在雨里，今晚又是大雨！我不去广场了。”一个柏林人告诉我，大多数当地人都选择在家收看20周年纪念晚会。

2009年的11月9日，柏林阴沉了一整天，傍晚大雨滂沱。美国国务卿希拉里喊出“晚上好，柏林”时，广场上欢呼的声音，大多来自游客。

“我是爱尔兰人，她是美国人，我们在捷克上学，然后来柏林过周末。”

“我是法国人，和妻子过来旅行。”

日本人把相机交给我帮他拍照。两个讲英语的女人在争论“Gorby”到底是谁的昵称。

美国学生团在身后嬉闹。雨伞遮挡视线，他们中爆发出“Put down this umbrella”[①]的搞怪喊声。

“看萨科齐！谁能告诉我他在说什么？”

“看希拉里！”大屏幕上的特写中，希拉里随音乐摇晃脑袋，“她真high……”

“下面，我荣幸请出一位冲破许多围墙、许多障碍的人——美国总统奥巴马！”希拉里致辞结尾，勃兰登堡门黄色的灯光陡然一变，湛蓝深邃。奥巴马出现在大屏幕上，指点柏林精神。20年前，28岁的奥巴马，即便不像法国总统萨科齐自述“凿过墙”，也应该穿过牛仔裤，唱过邦乔维乐队（Bon Jovi）为柏林墙写的《我们不是生来从命》（*We Weren't Born to Follow*）。

这时候，如果你站在舞台正前方，目光穿过里根发表《推倒这堵墙》

① “放倒这把伞”，戏仿“推倒这堵墙”名言。

演说的地方，穿过勃兰登堡门，会看到黑暗中东柏林迎面而来，最闪亮的地方，是星巴克咖啡馆招牌。

围墙时代，西柏林同样成为孤岛。美国向西柏林空运物资，大笔资金输血联邦德国。每当与欧洲关系出现问题，柏林就是美国议事的资本。

主持人现场采访当年的柏林人，美国学生团听不懂德语，开始感到无聊。“20年后，我只记得今夜的大雨。”其中一个打着寒战说。

尾声终于到来，1000块代表柏林墙的多米诺骨牌连续倒下，尖叫、呐喊、雀跃……烟花忽然从城门腾空，黑夜绚烂，万众默立，火花爆响。

终究有眼泪流下来。“很奇怪，我是因为这个夜晚美好而流泪。”海因策和托马斯是极少数特意跑来参加庆典的柏林人。“德国的纪念方式不是以10年计，通常是以15年计。上次是10周年的话，这次应该等到25周年大庆，然后是40周年，所以今晚的活动更像为游客安排的，不过结尾还是很动人，当那些骨牌倒下来的时候。”

“我们那时可是good guys（好人）。”20年前，他们是联邦德国边境警察，每天的工作是开飞机向边界东边投掷香蕉和药品。

“直到今天，你还会看到这么一张明信片，一名民主德国妇女举着黄瓜说，‘我爱吃香蕉’，因为民主德国当时没有香蕉，要靠我们扔过去。”

“1989年11月8日，我们几个聚在一起喝酒，我喝多了跟一个同事开玩笑，太累了，也许明天墙倒了，不用飞了。那个同事说，如果墙倒了，地球就是一张Disk[①]。第二天晚上，我从电视里看到，给那个同事打电话，他还在睡觉，我大喊：‘地球就是一张Disk！’”

海因策的眼睛又湿了。他说自己当时望着眼前发生的一切，却无法思考。“不知该怎样去想，怎样去解释，就看着那堵墙倒下……我用了20年，现在才想清楚……那就是，没人再愿意回到过去。”

20年后的这个夜晚，又冷又湿。游客潮水般退出，像一场电影刚刚散场，只剩主角的豪言壮语还在屏幕上微微发烫。

---

① 意思是地球应该是圆的，不是扁平碟片，相当于中文说太阳从西边出来。

“再来一杯Gluhwein。”海因策递过来热腾腾的红酒，“当年喝的也是这个。”

四

我爬上墙头，两只脚各踩在一个人的掌心。男记者们怂恿我站上去看看柏林墙隔离区。

我笨拙地挣扎了一番，得出以下结论：翻柏林墙，技术上并不难。如果有人帮忙，一下子就过去了。当年常有联邦德国小孩在墙边玩耍，不小心掉下去。难度在于穿越两墙之间的“死亡区”——十几米至百余米宽，处处岗楼。

墙建起来的时候，整个勃兰登堡门、议会大楼、瑞士使馆都被圈在民主德国一侧，经年荒废，而“死亡区”内的民房、教堂，大部分都炸平了。

分隔线一旦形成东西两个世界，最强大的军队立即沿线展开对峙。然后是各自炫耀经济成果。西柏林建起当时整个欧洲最豪华炫目的购物商场KaDeWe，意思是“到西方购物”。

德国总理默克尔回忆，少女时代第一次向往西柏林，就是想去KaDeWe（柏林人购物中心）“血拼”。柏林墙倒塌的那晚，她正在洗桑拿，跟妈妈说：“听说墙倒了，我们要去西边的凯宾斯基酒店吃生蚝！”

当时KaDeWe光是奶酪柜台就几公里长，可是到了东边，柜台里空空荡荡。庞然如城堡的KaDeWe，今天仍然是欧洲最高档的购物场所之一。“柏林墙倒塌20年”活动中，商场临时改名为“KaDeBe”，显示自己不再分东西。

商场外墙，巨幅海报上的员工们回忆着20年前的那个夜晚自己在干什么。有人回答“睡觉”，有人回答“那时我才7岁，真抱歉”。一个叫Gabriele Rumpf的人写道，自己跟男友在一起：“电视机静音，我们都说，这部电影真不错。”

财富对垒不够，还要较量生活方式。当时西欧各国把传媒中心建到了柏林墙边，展示自由世界的声音。政府鼓励年轻人移民西柏林，给住房补贴、结婚补助、生孩子补贴……这里一下子成了永不落幕的伍德斯托克音乐节，向围墙对面散发诱惑。

弗洛里安·茅斯巴赫（Florian Mausbach）走进咖啡馆，怀抱一大摞文件。我赶紧把咖啡杯推到一边。柏林建筑图册、会议发言稿、柏林墙纪念碑草图……瞬间铺满了桌子。“建筑是城市最好的纪录片。”弗洛里安·茅斯巴赫是德国政府建筑及规划委员会主席。我却一下子抽出订在一起的几页A4纸，黑白复印件印着简体中文：“丙辰清明记事”，松树、扇面衬底。这跟他带来的其他资料毫无瓜葛——要不是我知道弗洛里安在北京待过两年，一定以为是放错了。“丙辰”，1976年，我出生在那一年。文章标题是——来自莱茵河畔的战友。

我感到自己嘴角向上，克制住，努力不为威风凛凛的“战友”二字发笑。

茅斯巴赫生在联邦德国，长在“二战”后。20世纪六七十年代，西方青年的时髦是向东行，“那时我们都梦想社会主义。年轻时总要寻找公义和理想，宣泄自己的单纯。”他记得联邦德国年轻人喊着“胡——志——明——”去游行，哈瓦那和北京是圣地，甚至有人偷跑到东柏林。西柏林本身，也像100年前的巴黎，处处先锋之气，出现了欧洲最早的男扮女装表演。

1976年年初，茅斯巴赫33岁。社会主义中国与联邦德国刚刚在4年前建交。他带上新婚妻子，抛下建筑专业，志愿到中国外文出版社当一名德语专家，修改中国人翻译的德文。

我见过一张他在北京时的黑白照片：顶着八角列宁帽，粗布罩衫宽宽大大，看不见肩头。他侧对镜头坐在木桌前，满泻的暖阳里，像个老北京那样坐着打瞌睡。而眼前的他，棕色合身的西装、浅黄色暗格衬衣、斜格领带，暗示出一个建筑师的审美。他颧骨圆润，笑起来像个圣诞老人，嘴巴呈标准的半月形。

1976年初春，“四人帮”掀起的“批邓”和“反击右倾翻案风”

似一股寒流，袭击着由于刚刚失去敬爱的周总理而深深痛苦的亿万人民的心。报纸、杂志、广播连篇累牍地发出种种奇谈怪论，批判重新恢复工作不久、深受广大群众拥护的邓小平同志。这一切，引起了刚从德意志联邦共和国来我国帮助工作的弗洛里安·茅斯巴赫夫妇和蒂尔·布尔克哈特的关注。他们对这场斗争的背景疑惑不解。

文章作者吴瘦松，是毛斯巴赫的同事。

茅斯巴赫来到中国的时候，正是毛泽东去世前后政治斗争最微妙的时刻。他是邓小平坚定的支持者，也是他把“四人帮”这个词引入了德语。

茅斯巴赫夫妇在看了大字报的第二天，便向周围的中国同志提出一连串疑问：

“既然说是大辩论，为什么只有单方面的观点而不让相反的意见发表？”

“我认为邓的话没有错。”

“那些断章取义、歪曲原意的大批判，难道是正确的？为什么不允许邓小平同志出来讲话，不允许有不同的意见，那还有什么民主？”

面对这连珠炮似的提问，我们的同志只能尴尬地苦笑着。

……

单位里正奉命布置写“反击右倾翻案风”的大字报。一天下午，一名女同志正吃力地抄报纸，茅斯巴赫走近一看，扑哧笑了：“哦，原来你们的大字报也是照抄报纸啊！报上文章的观点你们都同意吗？”

看不惯弄虚作假的茅斯巴赫夫妇，再也忍受不住了。茅斯巴赫抽出一张白纸，用德文写了一行大字：“反潮流是马列主义的一个原则。”亲自把它贴在走廊的大批判栏上。

……

这下激怒了某些人。有人向他们提出警告，有人甚至向茅斯巴赫夫妇暗示：“你们要回去也可以。”

恶浊的政治空气使茅斯巴赫夫妇心情郁闷，无形的压力接踵而来，不得已，他们只好向领导表示，要求提前回国。

离开中国之前，毛泽东去世，“四人帮”倒台。这篇描写 1976 年情形的文章，在 1980 年邓小平完全掌权之后，由人民日报出版社发表。

我问他如何回头看自己在中国寻找的“纯真精神”。

“中国令我着迷，也令我困扰，在北京的那些年，把我从理想主义者变成了现实主义者。”

回到德国，茅斯巴赫重拾建筑专业。10 年之后，柏林墙倒塌，世界又变了。不过 33 年后，他拿出来的这篇中文报道的语言，却令一个中国来的记者发笑了。

围墙倒下后，茅斯巴赫主管东柏林改造。他和同事们争论了很久，最终只拆除两栋政府建筑，保留了马克思大街和列宁广场，同时斥巨资改造基础设施，改善排水和供暖系统。他的主张是：“柏林必须与自己的历史活在一起，哪怕是希特勒时代的遗迹。”但是出人意料，没有任何禁令，当时哪个建筑师都不敢再用石料和方正的窗户，东柏林时代的元素令人反感。

“譬如，窗户的线条必须松散。”他在纸上画起来，“当时似乎石头就象征束缚，玻璃和钢铁就象征民主。”

统一之后，柏林的新建筑都是斜线结构、轻质材料，“过去的风格”成了禁忌。茅斯巴赫从中国的经历中，学会了什么是“教条”，他隐隐感到，如果回避过去，德国人的新姿态里也包含着病态。

1996 年新建总统府时，他赞同设计师大胆使用黑色大理石。德国人先是震惊，但内心有些东西，也慢慢释放出来。“那感觉叫‘正常’。”茅斯巴赫长舒一口气。

“柏林墙倒下，‘解放’的不仅仅是民主德国人，联邦德国人同样如释重负。因为法英美军队也马上从西柏林撤出，整个德国结束了被占领的历史。”

茅斯巴赫那一代德国人常常问父母，“‘二战’时你在干什么”。他说两代人之间，会有情感上的“交通堵塞”。但两德统一，国家新生，内心的郁结渐渐释放，这在2006年德国举办世界杯足球赛时达到顶峰。“我们忽然可以打出国旗，忽然可以因德国人为荣，连土耳其移民都挥舞着德国国旗，世界都惊讶了。”

世界惊讶，但并不反感。希特勒完结，柏林墙倒塌，德国人不断道歉和自醒。“整个国家从对‘强大’的渴求，转为正常。没什么比正常更美好的了。”茅斯巴赫愉快地笑起来。他有一种举重若轻的天分，在任何极端的集体情绪中，都要努力回到心里那个平衡点。

东西柏林相遇，联邦德国青年与北京相遇，最后与自己的过去相遇，而不相忘。

五

2009年，我第一次去柏林。独自上路，雨夜庆典中，并没有见到其他中国人。或许有，但肯定没有多到引起注意。

5年后再来，是同一群年纪相仿的中国记者，受一家德国智库的邀请，参观欧盟与德国。除了两位前辈，同行的都是三四十岁的业界骨干，其中一半位居要职，一半离开主流媒体，正自己创业或者打算在互联网里弄潮。

2010年，中国国民生产总值已超过日本，成了全球第二。2011年的利比亚战争、2012年的伦敦奥运，见证了中国媒体对国际事务急剧膨胀的热忱。北非荒漠中，那场拉锯数月的战争，吸引了好几家媒体第一次投入“战地报道”。在伦敦，新闻中心放眼望去都是黑头发，听到的都是普通话。中国记者团的规模仅次于英国本地媒体，超过美国。

仿如一夜之间，我们还来不及看清自己，便涌向世界四处张望。新的东西相遇随处上演。

行程从欧盟总部所在地布鲁塞尔开始。第一天午餐刚开始，已经有同行提着满兜巧克力进来。中文版《孤独星球》告诉我们，比利时最出名的巧克力制造者，祖籍在瑞士。酒店前台摆着简体中文版购物指南，首页承诺中国人在比利时购物的体验，将是“帝王般的尊贵享受”。我感到自己嘴角有些向上翘。

“对华武器禁运，那只是象征性的，各种渠道总有人愿意做生意，我可以预言，有天它会掉进故纸堆里。”欧盟对华关系小组的一名官员如是说。

“自由市场地位，那是个伪命题。2016年中国将自动获得这个地位，问题只是要不要加速——我们需要人民币自由兑换作为交换条件。”

一整天听欧盟官员轮番谈论中国。会议室窗户望出去，古罗马式的屋顶上，浮雕被雨打湿了，漆黑的细枝微微颤动。

换上一个英国人。“前些日子接待了一个北京代表团。他们把我们教训得好像小学生。”

卢森堡议员：“我敢打赌，我们那里任何一个地方官员，要是能够有机会接待中国领导人，他会愿意在人行道上裸奔！”

“德国也一样，不过我们的人行道比你们宽一点。”德国组织者揶揄。

会议有了热烈友好的气氛。

终归要去看柏林墙。似乎过一段时间，就有艺术家会重新打扮一次残存的围墙。在车上隔着一段距离，我们就看见一块湿漉漉的绿色墙板上写着简体中文“办证”。大家笑成一团，乡愁四散。

细雨中，一个博学的同行问起，听说柏林有条街——朋友托他到那里购物，名字是“关于那些挑选国王的侯爵”。德国人一下子明白了：“你说的Kuddam（选帝侯大街）！”另一个同行凑过来说：“哦，‘裤裆大街’！”这条著名的商业街已经由音译中国化了。

那正是KaDeWe商场所在街道。5年前员工们的黑白照片早就不见了，一进门就是醒目的中文退税指南，耳边普通话此起彼伏。“到西方购物”，从东西德国时代一句暗藏杀机的意识形态战略，变成了今日中国豪情万丈的旅游攻略。

等电梯的时候，对面站着一个拖银色行李箱的中国游客。她一边核对购物清单，一边焦急地数着电梯下降的层数。那张脸上留着物质匮乏年代

•• 残存的柏林墙，惹人张望。

•• 湿漉漉的绿色墙板上，写着简体中文字“办证”。大家笑成一团，乡愁四散。

的饥渴，对机会稍纵即逝的焦虑。我看她的年纪，应该并未经历过那些日子，可一切印记分明，如基因般无法洗底。但她精致的衣着和化妆又装饰着一种近乎鲁莽的自信。不过，谁知道呢，她或许也会在我眼睛里看到熟悉的东西呢。

电梯门开，她推着四轮行李箱轰隆隆一头冲进去。跟进来的几乎全是同胞。门关上，一个瘦瘦的欧洲男子被中国人层层包裹，缩在中间，自己笑了。

德国墨卡托智库统计过欧洲人在谷歌上搜索关于“中国”的热门词汇：“长城”“创新”“统治世界”“中国菜”“吃狗肉”，等。他们也列出中国网民在百度上想知道的欧洲：“雅思”“屠犹”“足球”……但有一个句子，是中国人对欧洲各国必搜的，出现频率非常高：“买什么便宜？”

20年前，柏林墙西边的资本主义，理直气壮用物质去诱惑东边的人。而今天，在中国人面前，这种诱惑仅仅是为他们的旅途增添“帝王般的享受”。中国护照仍然处处需要签证，但中国钱包早已全球通用。

《东西相遇》是刘扬一本漫画书的名字。5年前，我在柏林采访过她。柏林墙倒塌后的4个月，13岁的刘扬被父母“骗”到西柏林。得知再也不回北京后，哭闹了三天三夜。当时年幼，对世间剧变无知无觉，她只记得在东柏林，相当于今天两欧元的价格就可以拉回一台洗衣机。“我跟妈妈四只手提满了从东柏林抢购的成果，落脚在西柏林，淘货去东边。”围墙初开，东柏林仍维持着社会主义的低价。

在柏林居住另一个13年后，她给自己的生活做了个总结，创作成《东西相遇》，用漫画对照德国人与中国人思维举止细微处的差异。德国人用眼睛旅行，中国人离不开相机。德国人直面问题，中国人绕道而行。德国人安静小声，中国人热热闹闹。

那年，在她令人晕眩的工作室——书架、长凳的线条全都刻意倾斜，你觉得地板在晃，于是走路姿势变得滑稽。这正是艺术家对闯入者的嘲弄。“你身后是另一位艺术家留下的作品——厕所。”她给我最初的印象是锋芒闪耀，眼波流转时仿佛提剑四顾。

那时她一个中国朋友都没有。“很自然的，我13岁离开了，长大的环境里面没有中国人。”刘扬欣喜于柏林多种族的混合，刚刚同一个南非朋友探险回来。交谈中，她倒是对我熟悉的中东、伊斯兰教问长问短，像一个典型的欧洲知识分子。

那年她为法兰克福书展设计中国会徽。不同以往，徽章不是单个字或图案，而是许多字，各不相同。“这代表中国的开放与变通。”她解释，然后眨眨眼睛，“还有一个原因，主办方给了太多设计要求，要把太多概念和要素放进去，我干脆全上了。”

5年后，她出现的时候，眼神不再如剑露锋芒，更像是火，一团壁炉里的火，仍然炽烈，但绝对安全，予人温暖。她已经是两个孩子的母亲。那么多年她没去过中国，中国却来到她身边——朋友介绍来的中国艺术家成了她的爱人。

工作邀约也把她带回中国。在一个县城，放映电影的时候，突然进来一群当地干部，吵闹喧哗还抽起了烟。刘扬站起来，要求对方安静些。朋友赶紧按住她坐下来，小声警告“这很危险”。她画了那么多中国人的漫画，善意的、自嘲式的批判，其实装不下现实的丑陋。

这次见面我们一直在讲“中国、中国”，追问到底什么才是“自己的东西”。实际上，“中国”并没有离开过她。前些年一个民主德国记者采访刘扬，聊起“社会主义”，两个人突然热络起来。熟悉的东西，总是会海浪般一次次兜回来。

不购物的时候，几个记者相约到民主德国博物馆。民主德国人还在，街道还在，房子还在，国却消失了。

没想到，在第一张照片面前，我整个人冻住了。5个幼儿园小孩，两到四岁的模样，坐成一排上厕所，裤子褪到脚边。都是卷发大眼睛，两个女孩穿着一模一样的小格子棉袄外罩粗布背带裙，3个男孩穿统一的格子棉袄外加背心。小棉袄鼓鼓囊囊的，大概室内供暖不足。

年纪小的更淘气，坐姿歪斜。看起来最大的那个女孩子最乖，望向镜头，双手交叠在一起。仔细凝视，你能看出她长大后的模样：温和、顺从、拘谨。

文字说明：

> 民主德国的幼儿园体系非常完善。为了让妇女们能够工作，国家建造了大量的托儿所和幼儿园。这也令国家可以在早期教育中，让孩子养成集体行为习惯，培养模范的社会主义公民。民主德国要求儿童尽早戒掉尿片，幼儿教师要求他们排队上厕所，坐长凳式便桶，要等到最后一个孩子排泄完毕，才允许其他人站起来……

我头脑里“轰”的一下。为什么我关于幼儿园的记忆，总是和那个房间有关：三面都修着长凳式、贴着白瓷砖的便桶，踩两级台阶上去。最上面铺着木板，暗红色，有时看见长长的裂纹。似乎没有“排队上厕所”，但一起去的几个小孩，总是等着老师过来帮擦屁股，或听见老师响亮地问“好了吗，好了吗——”所有小孩一起拉裤子，再一起牵手离开。

直到今天，虽然我的知识和经验会抵抗任何一种集体行为，但身体有时却不由自主跟随。一段人生的谜底忽然翻出来，就在眼前，我失语了。

民主德国博物馆的注解继续说，1999 年联邦德国心理学教授克里斯蒂安·法伊佛（Christian Pfeiffer）发表论文，指出民主德国在统一之后强烈排斥外国移民的情绪，与几代人养成的“集体如厕”行为有关。他们很容易抱团针对“异类”，而外国人就是最容易辨认的目标，尽管这个论点惹起民主德国人狂怒，斥之荒谬，反驳说民主德国要求早早戒掉尿片不过是经济原因。

东西德国人本是一家。“二战”结束后，德国被苏联和西方分而占之，1949 年德意志民主共和国、德意志联邦共和国分别建国，1961 年柏林墙竖起，40 年间，两边的人变得不再是一个模子里刻出来的。围墙倒塌后 20 多年，彼此还是立刻能从举止言谈里辨认出差异。这是何等的惊人和悲哀。

我关于幼儿园的另一个印象，是一团金黄蓬松的头发横亘眼前。当时一队外宾来参观，不记得是美国人、民主德国人还是联邦德国“战友”。小朋友们做游戏，用纸制梳子和剪刀给外宾理发。那时中国的大门刚刚打开，上海幼儿园里的一个小孩，第一次摸到“外国”。手指触到那个女人头发的时候，我屏住呼吸，心里像过电一样。

还有人在民主德国执政党党干部办公桌前坐下。笨重敦实的长方木桌，桌面是典型的机关摆设：一个盆栽，一部电话，玻璃板下压着内部电话表。坐在桌前，你就掌握了“权力”。背后墙上是三幅变幻的电子肖像：马克思、恩格斯和列宁，忽而雾化消失，转瞬又浮现上来。

电视屏幕循环播放着40周年国庆，也是民主德国最后一次阅兵的录像。主席台上，同一阵营的政治领导人整齐肃立。

还有一些史料，看起来令人艳羡：民主德国住房免费，物价低廉。当时时尚杂志上的新款成衣，剪裁得体，颜色缤纷，拿到今天也不过时。海滩上人人裸体，手拉手奔向夕阳。男女老幼光着身子，排队买烤香肠，毫无扭捏之态。

隔着一道墙，隔着一个时空，隔着博物馆的玻璃橱窗，这些照片看起来不正是墙西边茅斯巴赫同时代青年寻找的纯真、浪漫与公平？然而阅读文字说明，你才知道，那些时髦的衣服，仅仅是抄袭联邦德国款印在杂志上，现实中的民主德国人买不到像样的布料，不得不用塑料纸剪裁。海滩上的男女，与其说是为了实现性别解放或“不分阶级人人平等”的原则，不如说是寻求突破禁忌的舒畅。民主德国政府禁止天体海滩，但五分之四的人民定期裸泳，无声抗议，当时的文化部长只好劝谕同僚“闭上眼睛”。

那些美好的照片上，有听不见的窘迫。如果你走进重建的审讯室和关押政治犯的监狱，更会触及“美好”背后的严酷与残忍。当围墙倒下，民主德国人决堤而出的吼声在说，纯真、浪漫、公正的表象，是不能当饭吃的。博物馆展示的民主德国宣传海报上，工人、农民、医生笑得阳光灿烂，世界大同，而蜂拥过边界的那个雨夜，他们的笑容粗犷奔放、感人肺腑。正如民主德国建筑美学的变迁，原先的笑容线条规范，而冲出围墙的那一刻，他们脸上是无遮无拦、狂放的曲线。

智慧如中国人，头也不回地告别了那个物质匮乏的年代。恍如一夜之隔，我们雄赳赳气昂昂到西方购物，把西方人教训得好像小学生。然而，在那张集体上厕所的黑白照片前，我分明感到自己虽然告别了母体，脐带却没有剪断。心里面的“正常”，还有些淤塞。

13

列支敦士登

人人都爱殿下

1719 年

列支敦士登家族获取属地名称，成为神圣罗马帝国中的一个公国。

1866 年

列支敦士登成为完全独立国家。

1921 年

采用瑞士货币。

1939 年

“二战”爆发，列支敦士登保持中立。

1984 年

汉斯 · 亚当二世继位，成为列支敦士登大公。

2003 年 3 月

全民公投前，亚当二世以“不通过就全家迁移到奥地利”为要挟，获得国内大部分民众同意，通过了一项进一步扩大王权的法案。统治者必要时解散国会，拥有国家人事与法案最后通过权的至高权力。对大部分王权只是形式的欧洲国家来说，非常少见。

2004 年 8 月

亚当二世将日常国务交给王储处理，但自己仍担任国家元首。

2012年7月

全民公投要不要废除王室的立法否决权。结果在高投票率之下，大部分人选择“不限制”王权。

当时，受到2008年金融危机、全球银行保密体系持续受压等影响，列支敦士登的公共开支预算削减20%，“这是从未有过的，人们开始表达不满”。事实上，公投虽然失败，但7个月后，革新党和另一个不满现状的新党独立党在议会选举中，意外增加议席，打破了保守政党几乎独占议会的局面。

天堂里的风波

P先生不记得我了。

“中国记者？ 2012 年采访过我？”与我拨通电话时的兴高采烈相反，他应答如抽丝，经我一再提醒，终究记起来了，“哦，哦，我们聊过公投的事。”

他客气地答应见面，把一个假日的清晨留给我。到了见面那天，我们在卫星导航仪上输入P先生的住址，从瑞士东部开车去“世界上最小的国家之一”——列支敦士登。它夹在瑞士和奥地利之间，总面积 160 平方公里，北京朝阳区可以装下 3 个这么大的国家。

不见哨所，没有警卫，一块小铁牌提示：“你已入境。”跟 2012 年年初来时一样，列支敦士登宁静安详，绿草、深木、高山、雪峰。清晨，街上几乎没有行人，注目你的尽是银行。

3 年前，我为一场不寻常的热闹而来。部分列支敦士登人要求改革，限制国家元首汉斯 · 亚当二世（Hans-Adam II）大公的权力。这位年近七旬的君主，有权解散政府、任命法官，可以对议会或全民通过的任何提案说“不”。这在王室普遍不干政的欧洲十分罕见。国内反对者于 2003 年、2011 年两次筹备公投，都在大公威胁下无果而终。2012 年年初，他们终于征集到法定的 1500 个签名，得以付诸全民表决：对大公的否决权说“不”。P先生就是公投的主要推动者。

列支敦士登虽小，也分了 11 个行政区。P先生住在首都之外最大的城镇沙恩。我们一路留意两边门牌，到了眼前不禁笑起来：他的房子如此醒目，不可能错过。周围都是钢筋水泥小楼，P先生住宅却是全木结构平房，矮矮地趴在绿草地上。与我同来的瑞士建筑师说："一股左翼气息，住的人不是社会主义者，就是环保派。"

3年前，我在瑞士听说列支敦士登准备公投，立刻来了兴趣：列国虽小，人可是全世界最富裕的居民——查一下世界银行、联合国及美国中情局发布的数据，列支敦士登人均国内生产总值或人均国民收入，几乎年年进三甲。2012年人均国内生产总值世界第一（14.1万美元），是那一年中国的23倍（6092.78美元）。我向来以为，揭竿而起因为活不下去，这群"天堂里的人民"怎么也闹起来了？

P先生是革新党（Free List）党首。这个政党是议会中的极少数反对派，自我定位"中左翼、绿色环保"。从那年春天到夏季公投结束，我们通过很多次电话。他总是壮怀激烈，滔滔不绝，讲列支敦士登历史，讲他个人，如何走上背叛主流的道路。

那时他很高兴，有外国记者关心列支敦士登的事情。震动举国上下、可能改变历史的公投，在大牌英文媒体中不见只字片语——这个国家太小了！其中一次通话结尾，他来了豪情："请你一定再来，我们一起喝啤酒！"

3年后，我敲开P先生家的门，他的肢体语言带着距离和猜疑，很久才问我要不要来杯水。

"你到底想知道什么呢？外面的人是不会明白这里发生的事情。"

3年前，来列支敦士登的时候，没能遇见他，采访通过电话和邮件完成。我曾想象他的样子：个子不高，精力充沛，深色头发，目光热切。眼前这位，瘦削高挑，灰白头发剃得干净，只剩薄薄一层和稀疏的连鬓胡，蓝灰色眼睛从镜片背后打量我，神情有些刻板。这么说吧，我想象他是个生猛的盗火者，见了面发现，他更像是旁逸斜出的枝丫，在风雨中落寞。

在君主制次第灰飞烟灭的欧洲，列支敦士登大公历百年实权在握，其中一个原因是——国是他家买的。400多年前，列支敦士登家族买下两块直属德意志神圣罗马帝国的小庄园，合并为小型公国，一转身，地主有了政治身份，顶着大公头衔翩然坐上帝国议会。今天这个小公国的国名，仍然是列支敦士登家族姓氏。国民的身份意识，与王室家族不可分割。

“二战”后公国也曾拮据困顿。后来，在现任大公的父亲弗朗茨·约瑟夫二世（Franz Joseph II）治下，通过比瑞士更低的税赋、更开放的银行制度，吸引源源资金，再加上制造业没有松懈，一跃成为首富。

几十年来，人民富裕，社会稳定，“一小撮”闹革命的，始终得不到广泛支持。这一点，2012 年年初我在列支敦士登地标建筑、现代艺术馆转了一圈就有体会。纪念品商店职员简妮，20 出头，打记事起就一直生活在汉斯·亚当二世治下。

“我对目前的制度，没什么意见。向来如此，为什么要改呢？”她愉快地回忆起，在山间散步时遇见大公，“他连保镖都不带，还跟我打招呼。”

汉斯·亚当二世的公开形象更接近学者，花白头发，西服翩翩，热衷著书传播执政理念。列支敦士登街道上看不见他的画像，旅游纪念品上也没有。从大公的父亲开始，列支敦士登王室就以低调、亲民为人称道。简妮说，列支敦士登年轻人出国，最终大多选择回来，哪里都不如祖国的福利好。

艺术馆另一名工作人员鲁道夫来自奥地利，另一个经历过悠长帝制的中欧国家。“我不明白，那些人有什么不满意……”他嘟囔着。列国总人口 3.5 万，三分之一是鲁道夫这样的外来打工族。他们没有投票权，非常担心公投会改变现状。在他们眼中，拿到这个国家的入场券已经幸甚至哉，那些本地人在折腾什么？

“不，这些说法不代表所有人，你没有看到改变正在发生，”当我向P先生转述见闻，电话里他声音坚定，“就拿革新党来说，成立之初只有 25 个党员，这些年通过杂志、讲演、面对面说服民众，增加到两百多人。”2012 年公投前的形势，胜于以往。保皇党进步公民党（Progressive Citizens’ Party，德语简称FBP）搞了一次内部测试，竟然都有 13%的党员支持取消大公否决权。尽管，这些变化仍不足与大公获得的认同抗衡。

“你在街上看不见大公，他是一种隐形权力，议会政党行事，常常看他的脸色，说到底他能一票否决。”P先生介绍说，这几年大公经常上电视，评论政治，左右舆论。小到反对一家医院的兴建，推翻一桩涉及外商的法院裁决，大到2003年、2011年公投前抢先表态：胆敢废除否决权，整个家族搬回奥地利，抛弃列支敦士登。这个孩子气的威胁，果真动摇了大多数人的想法。

P先生直率坦诚，但3年前，他要求在报道中隐去全名。因为保皇党人要是看到他的名字出现在外国人笔下，会抛出“里通外国”的帽子。“那些人就是不信，要求改变的想法会来自列支敦士登本土。我是农夫的儿子，父母很早便教育我，人应该自由思考、自由探讨，这些想法不用到外国去搬。”

一个无人守卫边界、外交和国防交邻国代管的小国，与其说“到外国去搬”想法，不如说，它无法不与外部思潮水乳交融。40年前，欧洲学生运动烽火遍地，反战、性解放、环保，新观念惊涛拍岸，自称“六八一代”的P先生，和其他列支敦士登学生一道，在一项他们认定的不公正选举中，投下空白票以示叛逆。“那时候就有人想把我赶出国，说我是社会主义分子。”

在他看来，眼下限制王权运动的精神传承于此。列支敦士登位于自由的欧洲，周边都是民主国家，不可能任由封建君主扩大权力。“有人担心公投改变稳定，事实上，列支敦士登的稳定，来自我们使用的货币是瑞士法郎，低息政策吸引全球资金，谁主政都不会改变。倒是大公本人，在列支敦士登从不纳税。他真的会搬走吗？让我们试试。”

眼前的他，很难与3年前谈笑风生、斗志昂扬的那个人重合一体。我甚至有过片刻怀疑，是不是找错了人。坐在P先生与其他3户人家共用的客厅，看不到任何与他的政治生涯有关的痕迹。书架上满是素食菜谱、园艺花卉。木廊柱上挂了些照片，是孙女们从世界各地旅行寄来的。他自己动手设计了这座木屋。邻居们未必都是他的政治支持者，“我们很少谈公投，有许多别的话题可聊，或者换个角度去聊”。他淡淡一笑。

楼梯转角，整墙挂着一幅黑色肌肤、满头卷发的女性肖像。我记起来，他早年在非洲行医。“这出自一位著名摄影师，我很喜欢。”P先生说。

“你的想法跟大部分列支敦士登人不同，跟四方游历有关？”

“未见得。南非领袖曼德拉最早的民主启蒙，来自小时候看部落族人平等议事，而不是什么外来教化。”他仍然坚持，自己是“生于斯”的变革者。

硕大浑圆的石头烤炉占据客厅中央，外表贴满蓝色碎花瓷砖，古朴雅致，跟我在列支敦士登历史博物馆见到的古董相仿。临窗一角，摆着长条木桌和木椅，看起来像个啤酒吧。我坐在木桌前，一口一口举杯饮水，掩饰遭受冷遇的尴尬。

“公投失败之后，这些年你都在忙什么？”

“我还在行医。”P先生坐在对面，身体距离木桌有半尺多。他的正职是全科医生，副业才是议员、政党主席。记得当年公投前，朋友劝他，要是反对大公，没人再到你的诊所看病。“有些人是不来了，要来的还是来了。我还是干着本行。”

两年前，他卸下革新党议会代表的职务，“这跟公投失败没关系”。经历了这么一场震荡全国的运动，会不会走到哪里都受人瞩目？P先生摇头：“没有，我的生活一切正常。”

可是，我曾经听说，在列支敦士登，公然反对大公的人，去餐厅定位都会遭白眼。P先生似乎想挡住关于他私人生活的探究：“至少我没有觉得，或许是我感觉比较迟钝。”不过，他不再忌讳提到自己的全名比伯·弗里克（Pepo Frick），“现在都不重要了”，他挥挥手。而我已经习惯了像3年前那样，笔下称他为“P先生”。

公投尘埃落定，革新党接受失败。为了不扰民，他们承诺，未来10年，不再就同一话题发起运动。或许，P先生决定把与2012年有关的一切，锁进记忆中。

“公投之后，有没有再见到大公本人？”

P先生曾提到一个细节，令我惊奇。他反大公否决权的立场众所周知，但作为议会党派代表，每周进宫面见大公。

“你每星期都见到你反对的人？”

“是的，作为党派代表，我随时可以打电话到王宫，要求会面，通常第二、第三天就可以见到大公或他的儿子王储。”

电影里进宫面圣的情形浮现脑海，我试着问：“你得下跪吗？吻手吗？”面见列支敦士登大公，一般礼节性地称呼“殿下”。P是大公特权的反对者，拒绝行礼。第一次进宫，他问大公：“我的名字是比伯·弗里克，请问我该如何称呼您？”“叫我列支敦士登先生。”大公答道。从此，会面代表中只有他不用口呼“殿下”。“父母从小教导，别人如何对待你，取决于你是否允许他们那样做。如果列支敦士登大公变成独裁者，那是人民纵容他那样做。”

“但是，经过2012年公投，再见大公一定很尴尬，甚至充满火药味吧？”

“后来我见过他，国家那么小，我们总会在一些场合遇上。哦，见面时我们没有提到公投，他只问了问我家人好不好，我也问候了他的家人，仅此而已。”

P先生推动的公投，一旦成功，会把实权君主变为虚位元首。中文语境中，或许可以上升到“你死我活的斗争”，但大公事后没有召见他，见面也是客气寒暄。“外人是不能理解列支敦士登的，”P先生看看我的表情，又抛出这一句，“这里的人际关系跟你想的不同。”

也许吧。我来自960万平方公里、14亿人口的国家，上下五千年，腥风血雨分久必合。相形之下，列支敦士登的一切都太过轻飘乏味。

2012年公投前3个月，我第一次来到这里，找到发行量最大的报纸《祖国》（*Vaterland*）副主编、国内版主管贾妮·库布弗里（Janine Köpfli）。“发行量最大”的意思是，不到9000份。

报社会客室，电视频道锁定德国最大电视台德国第一电视台（ARD）。列支敦士登信息通畅，媒体不受审查。20年前报纸分属不同党派，都称“党报”，后来渐渐独立。《祖国》原本由保守政党创立，副主编贾妮却主张限制王权。

“媒体可以批评大公吗？”我问。

“可以，没人会因此坐牢，”她迟疑了一下，补充道，“但我不会直截了当地指责他，因为列支敦士登太小了，谁公开反对大公，在社会上会遭人白眼。我只能在字里行间间接表达意见，会心人能看懂。”

“既然大公那么受欢迎，为什么要改变现行制度呢？”

“因为在这个国家里，议会受人民监督，人民由法庭管束，只有大公的权力无人监督。”

32岁的贾妮一张娃娃脸，戴着圣诞雪花图案长袖手套，捧起一杯热烘烘的巧克力，香气游荡在会客间。《祖国》大楼黑铁结构，布局开阔，一眼望穿，不见编辑奔跑喊叫，一切安静井然，今日报纸头条是全国举行消防演习。

在列支敦士登发起变革，不必坐穿牢底，不必骨肉分离，一切似乎只是热巧克力杯里的风波。

“世界上无数人会对你们说，这是最富裕的地方，宛如天堂，还有什么不满意？废除了大公的否决权，你们的明天会更好吗？”

贾妮往椅子上靠了靠，缓缓说：“废除否决权，对我们的日常生活没什么影响，早晨起来太阳不会更亮。但重要的是，我们不想有个人坐在那里‘允许’改变发生，人民应该自行决定。大公的权力，是我们脖子上的一根绳索。”

实际上，大公很少动用他的否决权。议会进步公民党主席亚历山大·巴特林纳（Alexander Badliner）告诉我：“别听那些人瞎说，这里是大公与人民‘二元统治’，大公不是专制君主，他不曾动用否决权，干过什么对不起国民的事情。”

大公的父亲否决过一桩有关狩猎的提案。大公本人2003年否决同性恋伴侣权利，2011年重申禁止本国妇女堕胎。这些事听起来像个老派家长干的，跟抓人开枪、压制舆论的经典“暴政”形象相比，太小儿科。更何况，列支敦士登近80%人口信奉天主教，他的禁令又获得宗教道德支持。

可是，正如P先生指出的“隐形威权”，大公的脸色，民众的膜拜，约束着异议者的胆量。

贾妮是如何变成少数反对者的？她想想说，或许跟她在瑞士苏黎世大学念书有关。瑞士同学们拿她开玩笑，“这姑娘来自西欧最后一个封建帝国”。列支敦士登只有商科大学，半数年轻人都到国外，特别是周边德语国家念书。他们回来的时候，或许长出了非本土的念头。

我向贾妮提到那一年地球另一端如火如荼的“阿拉伯之春”。“千万别说我们在搞那种‘革命’，”她连忙摆手，“列支敦士登的社会关系是克制的，不外露的。这里只有120个警察，从来没有发生过示威游行。”

“那你们现在搞的是？”

“温柔的尝试，”娃娃脸上露出笑容，“也许需要20年，改变才会到来。”

贾妮最后向我推荐了P先生：“他是公投的关键人物，人很值得尊重。”

这次见面，P先生处处纠正我，以普世认知套用列支敦士登的情况，完全错误。

“用‘斗争’来形容我们的运动，错了。我们在民主中，改变只会静悄悄发生。”

“那年公投，我们连游行都没搞过，这里的人不会喊口号。”

通常而言，经济发展到一定程度，人们会要求更加透明、更多参与感的政治体制。列支敦士登已经没有“绝对意义上的穷人”，就连收入相对较低的10%的人群，都获得国家补贴，有车有房。P先生说，粗略一分，60%的列支敦士登国民为中产阶级，30%的高收入者大多从事金融业。但反对大公否决权的人，很难以收入、年龄、性别划分，“只是一群思想超群的人”。

然而，这群人太少了。列支敦士登屡次公投失败，展现了一种令人困惑的景象：当经济达到一定水准时，人们对变革上层建筑的要求就会减弱。又如，另一个国民最富裕的国家卡塔尔，实行的是绝对君主制，超然稳定。新加坡有繁荣无自由，也证明了经济非政治变革的充分条件，甚至不是必要条件。

我问P先生对3年前公投结果是否失望。

“用‘失望’来形容我的感受，错了，”接着，他哀叹一声，“我不理解我的人民。”

2012年7月，列支敦士登全民公决投票率高达到82.9%。其中76.4%不同意限制大公权力，只有23.6%赞成变革。也就是说，大多人站出来维护王权。“投票结果出乎意料，我们本来打算收到70%赞成票的。”P先生低下脑袋。

我忽然不知怎么接下文了——他的预估真是乐观得过头。他总是暗示我不理解列国内部事务，而他自己，似乎也像个外国人。

这时，同来的瑞士建筑师加入对话。他说，从前以为瑞士人和列支敦士登人差不多，讲同样的语言，用同样的货币。但当他来到这里做工程项目，才发现“你们更像奥地利人”。千百年来，奥地利大地上的王朝公国，此起彼伏，盛极一时，奥匈帝国半个世纪的荣光与传奇似乎从未远离，往事沉淀在血液里，封建意识游荡在现代国家的呼吸中。今日实行代议制民主制度的奥地利，早就不见了王室，但人际关系中身份等级依然分明，个体不习惯做决定，遇事第一反应必是“问我的长官”。瑞士建筑师在列支敦士登人身上，同样看到个体精神的缺失。

P先生难得大笑起来。“是这样的，坦白说，我也不理解自己的同胞，怎么就不明白自己的公民权利？生活富足了，就放弃了思考。”

坐在瑞士人、列支敦士登人中间的中国人，却忽然明白了——不同国家、民族，负载着不同体量、不同长度的历史。经济发展推高个体意识，但历史的惯性总要压过一头，或者说，两者交战不断。

列支敦士登的历史说来简单，却处于复杂的时空影响中。地理上，它在西欧民主国家之中，所以1921年就立宪，建立代议制民主框架。然而，即便如此，它摆脱不了自己纵向的时间轴——帝制。400年来，列支敦士登王室不间断的统治，成了全国人民的“母乳”，自我认同的一部分。它又不像英国、法国或者德国王室，在跌宕的战争、社会矛盾中，很早就被迫交出了权力。而同样避开战火的瑞士人，从历史的开端，就不曾有统一的君王，直到今天仍是民众参与度最高的民主国家。

列支敦士登王室同样在大战变局中中立，战后嫁接了现代经济手段，获得巨大成功，旧家族迎来新的拥戴。列支敦士登王室还自信地发展了自己的执政理论。汉斯·亚当二世著书介绍各行政区的自治经验，批评美国宪法治国还不够民主，未来所有政府应该转型为“服务公司”，除外交、教育、交通，全部交由私营公司。

一次接受斯坦福大学胡佛中心访问时，主持人要求他评论中国的改革，经济冲先政改滞后，“算一笔明智的交易吗？”大公点头称是，非如此不可。他说20世纪80年代接触过中国高官，当时他们已经意识到一些问题将来不得不改。

回顾2012年，P先生仍然相信，当时有理由乐观。他要我谨记，公投最初的发起者，并不是他或其他政党，而是“普通人”。这一点，同世界各地的中产变革如出一辙，传统政党不再是领潮者，但他们的加入会迅速扩大变革的规模。

当时，受到2008年金融危机、全球银行保密体系持续受压等影响，列支敦士登政府预算缩减20%，“这是从未有过的，人们开始表达不满”。事实上，公投虽然失败，但7个月后，革新党和另一个不满现状的新党独立党（The Independent）在议会选举中，意外增加议席，打破了保守政党几乎独占议会的局面。

“也许要等上很多年，但这一天还是会到来的。”P先生的眼睛又亮起来，“写邮件给我，我会乐意跟你讨论所有跟列支敦士登有关的问题。”

临走前，我借用他的洗手间，发现里面挂着大大小小许多镜框：多种语言写成的“Free List”：阿拉伯语、日语、法语、西班牙语……

“那是早年间，大概2001年议会选举的时候，我们想出来的点子，用各种语言撰写党派名字做宣传，表现我们是个具有国际视野的政党，结果呢，非常失败，列支敦士登人只想要本土化政党，那次我们输得很惨……”他把这些标语统统收进厕所。

临近中午，现代艺术馆门前广场上游客渐渐多起来，很容易认出成群结队的中国人。年纪五六十岁，多是退休夫妇组团出游。交谈之下，得知他们正在游历欧洲十国。中国游客的庞大数目，大大降低了个人消费门槛，一万多元人民币游遍诸国，包机票吃住。列支敦士登博物馆已经有了中文简介和广告，纪念品商店门口，也飘扬着简体中文条幅，显示中国人已经是这里的常客。

不远处山腰上，坐落着大公的城堡，俯瞰王城。博物馆展出的尽是大公私藏，一个名为“宝库”的展室，内里完全黑色，只有小射灯打出黄金宝石耀眼的光芒。不过，列支敦士登家族最炫的艺术品，都在奥地利首都维也纳。那里曾是列家长期居住地，获得大公称号的头 100 年里，家族成员根本没来小公国看过一眼。

“这个国家很小，很贵。”两个手挽手的沈阳妇女告诉我。她们只打算在这里逛一小时，照照相，就去瑞士买手表，“不敢在这儿吃午饭，比瑞士还贵”。明知不会有答案，我还是鼓起勇气问她们有没有听过“列支敦士登大公”和这里的政治制度。对面两张面孔上腾起一片惘然：“列支，什么？”她们还说不全“列支敦士登”的名字。

14

瑞士

直接民主的示范

1291 年

阿尔卑斯山中部河谷的 3 个村落自愿结盟，共御外敌，成为瑞士联邦的起源和雏形。历经几个世纪，联盟逐步扩大。

1798 年

拿破仑率法军进入瑞士，瑞士联邦瓦解。拿破仑扶持海尔维第共和国，瑞士成为统一的中央集权国家，但依附于法国。

1803 年

拿破仑在瑞士人的抵制下，废除海尔维第共和国，恢复瑞士联邦制。

1815 年

拿破仑战争结束,《维也纳会议》确认瑞士为永久中立国。

1874 年

宪法确认以全民公投为特征的直接民主。

1891 年

宪法新增全民公投程序。符合一定条件，公民有权要求重新审议议会通过的法案。

1979 年

经全民公投，首都伯尔尼的法语区独立，成为新的汝拉州。

2007 年

右翼政党成为瑞士国会第一大党，瑞士排斥外来移民倾向加重。

总统府在哪儿?

瑞士首都伯尔尼，布局有几分像北京，条条大道通向权力中心：国会在山上，遥遥一望，庄严所在。外观是欧洲最常见的大石头房子青铜顶，咱们摆飞禽走兽的地方，他们一字排开竖起象征“公平”“正义”的神像。

国会也是个景点。不开会时随便参观，开会时有序旁听。接待我们的导游杰西卡，20 出头，历史系毕业生，表情平静得像国际新闻里的瑞士。等了一会儿，凑齐 10 个人，存包、登记证件后，就可以进入一国的最高立法机构了。

历史上的瑞士，跟今天富庶祥和的面貌大相径庭，曾经是贫穷蛮荒之地。一帮桀骜不驯的农民，烧杀掠夺对外扩张。13 世纪阿尔卑斯山中部河谷的 3 个村落，为保护贸易公平自愿结盟，联手对抗周遭列强。15 世纪一场以少胜多的战斗中，瑞士农人击杀人强马壮的勃艮第公爵，名声大噪，成为欧洲最抢手的雇佣兵。后来，父子兄弟各为其主对阵厮杀的残酷，特别是枪炮的发明，终结了莽夫为胜的年代。到了 19 世纪，瑞士联邦决定禁止雇佣兵产业，转而中立。

外国人进入瑞士国会无须预约，跟本地人一样出示证件即可。我随机加入的参观团赶上德语时段，一起来的伯尔尼朋友萨宾娜，不断替我翻译成英语。导游还特别关照说，我可以随时用英语提问，而且国会简介的印刷品也有一份中文版。

国会大厅里，迎面而来的两组雕塑，交代了国家缘起。一是最早结盟的 3 条河谷代表，手按在“独立宣言”上起誓，状似“桃园三结义”，不过粗服乱发的 3 个人挺直站着，没有跪下。

另一尊是13世纪的沙场英雄，以肉身抵挡奥匈帝国骑兵的长矛，打开对方阵型缺口后，呼喊着后边的瑞士步兵向前冲。杰西卡说他的遗言是“请照顾我的妻儿”，萨宾娜却轻声耳语：“流传的说法是，他喊了一声：‘哪个混蛋推了我一把？’”民间幽默大抵相似，于庄严处听嬉笑声。话说回来，正是冷兵器时代农人的骁勇善战，吸引来了周边更多村落的加入，瑞士联盟才得以渐渐扩大。

结盟之后，唯一武力征服过瑞士的是拿破仑。法国大革命期间，瑞士成了法军混战的舞台。拿破仑称帝后，在瑞士制造出“海尔维第共和国”（Helvetic Republic），强推中央集权制度。自治惯了的农人不服，各地揭竿而起，直至拿破仑皇帝放手。与此同时，法国大革命传播的自由平等理念，也在瑞士留下了影响，待到1848年欧洲革命再次冲击时，瑞士把目光投向了当时的希望之土美利坚，搬来美国宪法做参考，国会也采用的是众参两院制，奠定了现代国家的政治框架。

虽然法国与瑞士接壤，又有一段管治交集，但却最终沿袭了各自的历史道路，走向深浅不同的民主。法国至今还是欧洲国家中中央集权度较高的，宪法赋予总统相当大的权力。再如帝制悠长的奥地利，等级观念依旧渗透社会生活。而瑞士历史上从来没有过皇上帝王，“人人平等”的精神内化到日常生活和政治体制。因此，当我们说起“西方民主”时，有时一概而论，实际上，欧洲大地上的民主滋味，像它的美食一样具有强烈的地域特色。

这时，杰西卡指指头上：石头穹顶内，彩色玻璃拼出了瑞士25州州徽，簇拥成圈。然而，有一个红色盾形标志，孤悬一角，像是给完美的圆圈打了个补丁，又像是工整的作业本上抹了涂改液。

那是汝拉州，1978年从伯尔尼分离出去了。国会建筑的历史显然更早，汝拉州徽是后来凿上去的。30多年来，瑞士人也没打算粉饰一番，就这样叫外国游客看。

19世纪时，瑞士各州初定，但汝拉人对划分很不满意。大部分居民是讲法语的罗马天主教徒，却被归进以讲德语的新教徒为主要人口的伯尔尼。

经过长期抗争，汝拉最终独立。但故事并没有完结，汝拉南部的一小部分人选择了留在伯尔尼，因为他们是讲法语的新教徒。大部分愿意走，少部分愿意留，一个也不能不照顾。

杰西卡是伯尔尼本地人，这段历史发生在她出生前，讲起来看不出有什么好恶。50 岁的萨宾娜记得汝拉要求独立时曾有过一段动荡，还发生过恐怖袭击，或许正因如此，全体瑞士人才最终支持了汝拉的分离吧。

“你们不认为这段历史令人尴尬吗？”

萨宾娜耸耸肩：“这是历史。”

在我眼中，汝拉州徽醒目在外，像美人脸上的一块疤，但瑞士人展示的方式，却当它是树上自然生长的一个节。

“汝拉闹独立成功了，要是其他村子仿效，都吵着独立，瑞士不就分裂了吗？”我问导游。颜面或许其次，维持国家统一的根基会受到威胁吗？

我们正一路从大厅走向其他展厅，杰西卡指指天花板：“看到我头上的吊灯没，还有大厅其他地方的吊灯？”

“看到了，好多灯泡，不过有些不亮了，正想建议你们去修修呢。”

她笑了。每个灯泡代表一个村子，也就是两千多个行政区划，“一些村子没有了，就要把灯熄灭，瑞士人自己选择与其他村或州合并，他们知道怎样组合可以避免关税、提高行政效率，各州高度自治，对它们好，也就是对国家好”。换句话说，维护瑞士统一的根基，正是“自愿”和“自治”，汝拉的分离加深了瑞士人对这一观念的认同。

不论外人如何替瑞士人忧天，这个国家的边界自 1815 年中立以来没有变动过。周围强大的外来势力——法国、德国、奥地利、意大利，自那以后从没能把“瑞士的一部分”吸进去。

我心里翩然奏响穆索尔斯基《图画展览会》中贯穿全曲的《漫步》：所见非凡，浮想翩翩，心中一层一层起了涟漪。

很快，我们转到了上下议院大厅。除座位数量不同外，两院的样子差不多，木桌木椅，质朴无华。众议员由选民直接选举，来自不同党派；参议员代表各州，由当地选民推举，每州两个席位。参议院会议厅，汝拉州的两个木椅成色较新，装饰图案更简洁现代，明显是后来添加的。

众院大厅里，杰西卡请大家传阅两个厚厚的本子。原来每个议员发言的每一句话，都会被记录下来。这两本是今年以来的现场记录。两院大厅还安装了直播摄像头，记者、公众都可以同步收看。

我读不懂本子上的笔记，萨宾娜叫我留意其中不同文字。瑞士有4种官方语言：德语、法语、意大利语和罗曼什语[①]。多民族、多语言的国家很多，瑞士的奇特之处在于，不推广普通话，也没有普通话可推广。即便在庄严的国会，议员们也是操不同方言，笔录员飞速切换。现场配同声传译，但议员大多精通两三种语言，不需要翻译，沟通无碍。当他们宣誓成为议员时，誓词都是用不同语言念出来的。

杰西卡提醒，大厅四角还有4个人物雕塑，分别代表瑞士不同族群：德意志人、法兰西人、意大利人，还有占总人口1%的罗曼什人（古罗马人后裔）。虽然人口比例悬殊，但4座人像等高，代表地位和权利均等。罗曼什族几乎全部能讲流利的瑞士德语或其他官方语言，瑞士政府还是资助他们成立了自己的媒体，德语频道中每天也有固定时间播放罗曼什语节目。

不过，虽然国际形象中立，瑞士国内政治绝非一片和谐。左右两派议员势同水火，他们的衣柜、阅报室、休息区截然分开，议事大厅入口也开了两道门。

导游告诉大家，可以随便坐到246个众议员的座位上去。面前桌子上放着铭牌，告诉你正坐在哪个议员的“屁股”上。“糟糕。”萨宾娜做个怪脸，“我们居然坐在瑞士人民党（Swiss People’s Party，德语简称SVP）的席位上！我最讨厌这帮极端右翼，天天喊着不要全世界，瑞士也能活……”

排外情绪近些年在整个欧洲都有复苏，瑞士人民党也成功推动了政府为移民设定上限。但当比他们更极端的政党提出将移民限制在0.2%的时候，瑞士人才猛然惊醒，在公投中以大比例否决。

---

① 罗曼什语是古罗马拉丁语的遗绪，并采用了大量的德文。根据2000年瑞士政府的普查，使用者大约有3万人，大多聚集在瑞士东南部的格劳宾登（Graubünden）。

说到这里，杰西卡强调，两院是最高立法机构，但并非“最终决定者”。虽然借鉴美国宪法，但瑞士农人仍觉得代议制民主不够彻底，跟他们排斥“集权”“强人”的牛脾气还不够贴合，于是加入了本国特色：直接民主，全民公投。

任何众参两院通过的提案，异议者百日内凑齐5万个签名，就可付诸全民公投，有机会翻案。集齐10万个签名，就有机会修改宪法。

瑞士人的政治生活热闹了。要不要加入联合国，公投；要不要接纳外来移民，公投；清真寺能不能盖尖顶，公投；表兄妹能不能结婚，公投；养鸡笼子的间隔多宽，公投……800万瑞士公民成了全球的投票冠军，大小诸事，全都付之众议。包括各级选举在内，瑞士人平均每年投票5到7次，每次就3到5个提案打勾画叉。

这不乱套了吗？我想到“国无宁日”4个字。说给杰西卡听，她想了下，写给我一个网址，上面可以查到1891年宪法确认以来的全民公投记录，“你会看到，公投并没有影响瑞士宪法的稳定性”。

萨宾娜连连点头，公投雏形是瑞士农人的举剑表决。她家里还有老照片证明，几十年前，成年男子聚集在村落空地，高举佩剑表决众人之事。

这个结论并未立即消除我心中的疑惑：人民总能做出最正确的选择吗？我习惯相信，少数头脑清醒的伟人贤哲，才能在众人昏昏的年代，指出启明星的方向。

大概是这个中国人的问题太多，团里一个中年男人边走边向我解释，最近一次瑞士公投，是关于要不要更多的带薪休假。结果多数人认为，假期太多会妨碍经济运行，到头来对个人也没什么好处，于是投下了否决票。“我们习惯了对国家政策做出选择、做出决定，所以对权力也有责任感。给钱放假都不要，很多外国人不能理解瑞士民意。”

他带着12岁的儿子前来。虽然一家人住在新加坡，但常常收到瑞士本地政府寄来的公投选票，所以回国休假时要带孩子见识下这里的政治运行。

我心中的涟漪再次震荡。不要更多带薪休假，人民大概真的把自己当成主人了。

国会走廊尽头是个简单的办公室，总统问政处。瑞士总统不是 1 个人，而是 7 个人，轮流坐庄，一人当一年总统。七人班子其实是 7 个部长，各司两三个部。目前轮值总统是女性，问政处门楣上的“总统”一词改成阴性。我向导游提出一个问题，团里好几个瑞士人笑出来：

“请问，总统府在哪里呢？”

“瑞士没有总统府啊！”

“没有？那总统住在哪里？”

“住在自己家里啊！”

“谁付他们的房租呢，政府吗？”

“他们自己领工资，当然自己付啊！”

瑞士没有白宫、爱丽舍宫或者克里姆林宫，只设了一个礼宾府，供 7 个总统举行外事活动。权力在民，总统基本上就是个“值班的”。他们的办公室就在国会一角。

萨宾娜说，有次她在国会旁边的超市采购，前面有个大个子挡住去路，她左蹭右蹭，终于挪到大个子前面，回头一看，是总统自己在买奶酪——没有保镖，没有随从。在这里坐公车，经常碰到某个部长，甚至总统自己夹着公文包上班。

离开国会前，导游指着墙上巨幅油画，问谁能找出其中错误。原来讲法语的画师不甘循规，在瑞士版《江山如此多娇》的画布上，幽默了一下——峭壁上，同样颜色画了一尾大鱼，仔细看才分辨出。鱼登陆了，这样的恶作剧，留给参观者哈哈一笑，作者也没有被拉出去砍头。毕竟，他触怒了谁呢？这里没有不许开玩笑的权威。

萨宾娜继续告诉我，瑞士不但没有个体权威，国家权力机关也被大卸八块：国会在伯尔尼，最高法院在琉森，最高纪检委在贝林佐纳，最高经济仲裁庭在圣加仑……各州分得联邦权力的一块，谁也称不上是“中心城市”。

按照导游杰西卡给的网址，我查到从 1891 年至 2013 年 2 月，瑞士共有 412 次收集签名、准备修宪的情况发生，其中 301 次成功征集到 10 万个签名。但真正走向公投的才 182 次。另外有 90 次是政府在公投前就妥协了，听取民意修改了法律，不再需要投票。有 4 次，最高法院裁定公投内容与国际法抵触或侵犯人权，中止了程序。还有 6 次，因为超时获判无效。到头来，122 年间，宪法一共只修改了 19 处。

另外，“直接民主”的原则并非“简单多数”，而是以“双重多数”，避免人们做出愚蠢的选择（比如战争）。涉及修宪，除了获得全民多数，还需取得以各州为单位的“州多数”，这一程序赋予公投结果更多理性。

是不是瑞士小国寡民，直接民主才找到合适的土壤？卡扎菲的利比亚人口 560 万，少于瑞士的 800 万，也号称采用直接民主，到头来却是独裁者“温情脉脉的面纱”。委内瑞拉人的公投，赋予查韦斯终身连任权，更像是维护统治的工具。他们的“直接民主”少了瑞士版的两大基础：坚定的法律保障和严格的程序限定。克里斯 · 科巴克（Kris W. Kobach）在《公投：瑞士的直接民主》（*The Referendum: Direct Democracy in Switzerland*）一书中指出，瑞士以罕见的直接民主，实现了罕见的稳定和富裕，“与其说它是个特例，不如称之为先锋”，它的经验不无可取之处。

瑞士国会之旅，于我是一场观念的冲击。瑞士本没有灿烂悠久的文明可供夸耀，因地缘而嫁接欧洲现代文明，因中立不断吸纳贤士，带入先进的思想与技术。农人最早的自治精神，无意中形成了个体意志为上的哲学，到了现代政治中，以公投方式体现出来。瑞士的存在，证明了另一种可能：人民的理性值得信赖，“大一统”的牢靠，来自个体的平等与自由，而不是谁要谁牺牲一些权利。

国会之旅，对萨宾娜也有收获。她对本国历史政治习以为常，但和我一起去，第一次回答外国人提出的问题，备感新鲜。我问的那句“总统府在哪里？”，被她当作笑话，每次见到其他瑞士人，必说：“你知道吗？周在国会问‘总统府在哪里？’……”是我少见多怪呢，还是你们瑞士人太特殊？权力金字塔的顶端，居然没有人坐在那里发号施令。

15

英国

革命的起点

1215 年

英王约翰被迫与反叛贵族签订协议，限制王权，停止乱征税，后人称协议为《大宪章》。虽然第一次发布只维持了数星期，但约翰国王死后多次重新发布，使它成为永久法律、日后英国政治秩序的基石。不少国家宪法，包括美国宪法，都起源于《大宪章》。

1230—1249 年

“议会”雏形出现在亨利三世统治时期。

1558—1603 年

伊丽莎白一世女王统治时期。其间，英国击败西班牙舰队，确认全球海上霸权。

1593 年

莎士比亚作品首次出版。

1837—1901 年

维多利亚女王成为大不列颠及爱尔兰联合王国君主，后加入新头衔“印度女皇”。维多利亚时代，英国工业、文化、政治、科学与军事蓬勃发展，帝国版图大幅扩张。

1866 年

伦敦工人举行大规模游行，在海德公园门口遭警察阻拦，就地讲演。6 年后，这个角落成为法定自由讲区“演讲角”。

1940 年

丘吉尔出任英国首相。“二战”期间，伦敦等英国城市遭到德军疯狂空袭。

1952 年

伊丽莎白二世女王继位。作为虚君，她延续了伊丽莎白一世的座右铭“观而不语”，不干涉政治。

1956 年

英国干预埃及苏伊士运河危机失败，大英帝国海外版图开始崩溃。

2010 年

英国首次举办首相选举的电视辩论。

2012 年

伊丽莎白二世女王庆祝登基 60 周年钻禧。伦敦举办夏季奥运会。

英伦四章

海德公园无话儿

海德公园演讲角啊。

1884年夏，诗人威廉·莫里斯（William Morris）和朋友开着敞篷小车，插着小红旗，到这里宣扬社会主义。听众不少，躁动不安。“我很紧张，不知道为什么……我准备好了，警察会过来抓人……”他在给友人的信中写道。一天，警察终于抓他进局，盘查3天，罚款1个先令。演讲角初开，并未享受彻底自由。

1902年，32岁的列宁是海德公园演讲角的常客。他为学英语而来。靠狱中自学的英语翻译了一整本书，却从没听过、没讲过一个英语单词。初到伦敦，听不明讲不清。列宁在回忆录中说，于是跟同志们去海德公园，站在前排听讲。他追随一个爱尔兰讲者，因为“他的口音容易懂些”。激辩现场，列宁见到无神论者、商店小贩、救世军等英国众生相。他没有谈自己的感受，不过描述了同行的人对伦敦这个资本主义重镇充满好奇，“脸上露出光彩”。

1945年冬，演讲角外4个卖左派报纸的小贩被抓，乔治·奥威尔写文章打抱不平。这时距离海德公园一角辟为自由集会区已经过去70多年，但乔治·奥威尔说，英国的言论自由常常被高估，需要不断斗争。

记得20世纪90年代，有位中文作家写过，抱着儿子逛海德公园，在众声喧哗中感受民主气氛。现在终于轮到21世纪的我，坐上驶向海德公园的巴士。偏安剑桥一年，来伦敦的机会不多，海德公园演讲角，却是不可动摇的朝圣之旅。老伦敦马丁劝我，别去了，尽剩些宣传宗教的。我不太相信，猜想马丁对家门口的景点缺乏热情。谁也不能拦着我去演讲角的雄心。

海德公园漫无边际，演讲角在东北。一下车就到，不收门票。人不算多啊。不见“肥皂盒上的民主”——过去讲者大多踩着装肥皂的木箱振臂一呼，也没有人山人海的听众，开口的那位也就原地一站吐气发声，或兜转四处派发传单，又或自带铝梯，一支开，一攀高，滔滔兴起。

说什么呢？这位说末日快来了，大家快信耶稣。那位说，伊斯兰教最崇高。左边竖着牌子“上帝只有一个，奥运会崇拜古希腊那帮傻子众神，是基督徒就抵制奥运”。右边一位打扮似判官，捧出《圣经》，争辩第几页第几行到底启示了什么。围着的四五个人中，有一个不服气，手指快戳到讲者脸上：“你说第几页？不可能，我告诉你……”谁也说服不了谁，谁也搬不动谁的神，到最后只有各自伤神。

转来转去，好容易找到一位讲时政的，登在铝梯上睥睨四方，一张口“小布什祸害全人类”。什么年头了，奥巴马一任都干完了。听了几分钟，推理简单，阴谋论连篇，这水平还比不上北京的哥。不过，到底是英国人，揶揄成性，见一中年听众衬衣一半在裤腰里，一半在外，讲者指指他说：“嘿，你怎么半裸着就来我的派对呢？”众人哄笑。对方当然不服，你来我往什么段子都出来了。到海德公园就看了场斗嘴？

盘桓半小时后，我决定到对面草坪吃个冰激凌。绿草如茵，每一个树影下，都是一幅游春图。拖家带口的，情侣成双的，书本相伴的，或卿卿我我或静静谧谧，哪管几步之遥有人在喊末日到来。

演讲角真的衰落了。为什么？19世纪中后期，一波又一波工人运动冲击英国社会，要求一个自由讲话之所的愿望越来越具体。1866年7月的一天，一拨游行工人在海德公园门前遭警察拦截，他们冲过封锁线，摆开阵势就地宣讲——似乎每段历史都有这么一个无心插柳的开始。6年之后，这个地方以法律形式定为自由讲区，无须警局批准，任何人可以占地为王即兴抗议。就是这一方角落，日后成为英国社会主义运动阵营，也是近代言论自由的标地。其他国家澳大利亚、新加坡、泰国等相继仿效，在公园辟出一角，供胸中肿胀的人一吐块垒。

乔治·奥威尔的年代，演讲角是英国最自由的地方，但自由的尺度是逐渐争取来的。他说，应该把公园扩大到全国。今天，在英国，要发表政治观点，多少个电视电台频道等着Call-in高谈阔论，发一条推特，写一篇博客，转瞬收到若干回复。要看意见交锋，打开议会直播频道，卡梅伦、米利班德辩得脸红脖子粗，好像两只说着优雅英语的公鸡发出最强音：

“这个国家不会原谅他们！（对着议长讲，不用“你们”，直接指鼻子太粗鄙）我们举办奥运会，我们增加工作，他们干了什么，留下什么，至今还不道歉！”

“他令整个国家丧失信心！他说要提振经济，现在是什么样子！”

两厢大臣要员起哄架秧，议长木槌敲得山响：“Order！ Order！（肃静！肃静！）”

演讲角几乎见不到年轻人。他们要上班要健身要还房贷追时尚，好容易到了星期天——电影《去也门钓鲑鱼》（*Salmon Fishing in the Yemen*）里，英国男主角见到穆斯林在清真寺前祷告，喃喃自语：“他们周末上清真寺，我们周末都改去Tesco（超市）了。”

意识形态大开大合的年代已经过去，还有多少值得争辩。当然，今日英国不是没有集会，没有抗议，只是阵地转向了海德公园之外。“占领华尔街”风靡全球之时，伦敦圣保罗教堂门前那条街也坐卧了不少年轻人。只是演讲角在今日英国不再特殊，人们可以在任何地方发出声音。

原来演讲角的没落，不是民主的失落，而是争取言论自由的先驱们，任务完成洗洗睡了。

英国皇家海军学院的一个军官告诉我，20世纪90年代他接待一队伊拉克军官。他们来到伦敦，一不逛摄政街，二不看莎士比亚，点名要到演讲角。当他们看到随便一个英国百姓，叉开腿挺起胸就可以骂政府，羡慕感动涕泗横流，摄像机拍干了几节电池。

我仍不甘，就在宗教广告和笑骂斗贫中离开演讲角。总能遇到个把忧国忧民口才了得的英国人吧？

好容易找到一位讲时政的，登在铝梯上睥睨四方，一张口“小布什祸害全人类”。

忽然，演讲区边缘看见一名老者支小马扎端坐，胸前挂着大大的纸牌：“It’s going to get worse（势必每况愈下）。”终于有人关心社会问题了！是养老金吗，是教育制度吗，是媒体“窃听门”吗，是欧债危机吗？……

我一个箭步冲过去，屏住呼吸左拍右拍，终于捕捉到老人严肃深邃壮心未已的神态，放下相机问：“请问您反映的问题是什么？”

老者清清嗓子：

“糖尿病。”

五英镑里的平等

演出开始了。皇家阿尔伯特大厅，红色天鹅绒旗帜低垂，上绣一个近130岁的名字：BBC Proms（BBC夏季音乐逍遥季）。仿佛一有声音震动，就会掉落灰尘。金色包厢，暗红软座，雕梁画栋，乐声浩荡。

开场前几分钟，我才赶到，包厢里的香槟底朝天了，青葡萄没了大珠剩了小珠。坐定俯身一看，最靠近舞台的前沿阵地，却是两三百个站着挨着、不穿礼服姿势随意的“杂民”。传说在这个“站区”可以躺下听音乐，实际上人多的时候，坐卧几乎不可能，也不礼貌。

我的朋友安德鲁就在其中。他介绍我来看这出埃尔加（Edward William Elgar）的《基督使徒》（*The Apostles*）：“有清唱团，声音上扬，非常适合阿尔伯特的穹顶。”安德鲁的门票 5 英镑，我的包厢入场券 32 英镑。不是手头宽裕，而是订晚了，别无选择。安德鲁更谈不上拮据，算个伦敦中上阶层。但作为纯粹乐迷和不事张扬的英国人，买站票不但不丢人，还是一份身体力行的骄傲。英国人最憎显摆，老贵族有双新皮鞋，得先交给仆人磨出点旧相再自己穿。女王得闲在御花园做些木工，表明自己不是个“无用之人”。花 5 英镑而来，内行人在乎音乐本身，不是包厢里的葡萄美酒。

除了安德鲁这样“站立的中产”，阿尔伯特音乐厅设立站区的初衷，是让蓝领工人有机会均享艺术财富。时至今日，未必个个蓝领对古典音乐产生了兴趣，但是当他们只花 5 英镑走进这个地方，会发现无论贫富，在精神世界里可以平等。

站票未必累人，反而自有乐趣。《基督使徒》清唱段落歌声飞扬，轻轻滑落在音乐厅最高层，称为“环形看台”的那一圈。环形看台是另一个站区，安德鲁说，一次他站在那里听拉尔夫·威廉姆斯（Ralph Vaughan Williams）的弦乐变奏，音乐一层层漂浮上来，仿佛身处教堂穹顶。

跟安德鲁还看过一次 5 英镑的莎剧《理查三世》。鼎鼎大名的环球莎士比亚剧场[①]，站票区在舞台与环形坐席之间，没有顶棚——闲看暮云舒卷，但也可能大雨泽被。英国人总说，淋雨才是真正的英国体验，而站立，

---

① Globe Theatre，最初的环球剧场由莎士比亚所在“宫内大臣剧团”（Lord Chamberlain’s Men）于 1599 年建造，1613 年毁于火灾。1614 年环球剧场重建，但 30 年后又关闭。1997 年，一座现代仿造的环球剧场落成，名为“莎士比亚环球剧场”或“新环球剧场”。

正经是莎士比亚时代人们看戏的方式。

那天站在距离舞台最近的地方，累了，下巴架在台上，哪个包厢都不如我视野清晰，捕捉到名角马克·里朗斯（Mark Rylance）念错台词时眼神一闪。下半场一开，大雨接踵而至。站区有个人，被戴着“急救”绿箍的人员抬出去，其他观众无声无息，没一个打伞（打伞会遮住视线，有经验的穿防水服而来），脚下雨滴汇成小溪的声音，应和着台上死生婉转、大忠大奸的剧情。

皇家歌剧院也常有廉价站票，西区剧场未必有站区，但边缘座位的价格绝对“承受得起”。安德鲁不无得意地炫耀，下个月看皇家芭蕾舞团名角艾琳娜·科约卡茹（Alina Cojocaru）的《天鹅湖》10 英镑，明年听多明戈唱《威尔第》15 英镑……

排队，显示英国人的服从性。站着看戏，显示艺术在英国人中的草根性。顶级音乐水准的Proms，金钱门槛很低，BBC 3 台还全况转播、一再重播，不过那些掏腰包看现场的，是不会满足于听收音机，所以完全不用担心皇家阿尔伯特坐不满。而无论金融风暴怎么吹，哪个政客也不敢砍掉不赚钱的BBC 3。

中场休息，几个“杂民”突然敲锣打鼓唱起来：“你们捐了 34000 多镑！ 34000 多镑！”包厢站区欢声雷动，仿佛大家一起干成了一件旷世工程。捐款队是站区乐迷自发组成，散场时他们负责在门口，特别是包厢出口，敲着水桶鼓励募捐。34000 多镑是今年夏季音乐会收到的捐款总数。这不仅为赔钱的艺术带来报酬，他们的工作本身，就是对音乐厅常年低价娇宠的回馈。

5 英镑里的平等，催生了一大批爱好艺术的人们，反过来，广泛的群众基础又养活了英国文化艺术。

英国大部分博物馆免费，出名的还每周一两次开到深夜。撒切尔夫人时代削减政府支出，博物馆运营经费从哪里来？除了开办连锁纪念品商店，很大一部分是靠志愿者管理。降低金钱门槛，培养了一大批愿意为艺术奉献热忱与精力，而且有相当水准的观众。泰特现代美术馆的无薪实习，都排到好几年之后了，申请者大多是美院科班学生。

“上班的地方临近国家美术馆，吃完午餐溜进去看一圈画，再回去上班。”

“博物馆那么多，又免费，总是不知怎么的就走了进去。有时出去买菜，过了好久老公打电话来问：‘你在哪里？’‘喔，我在博物馆呢。’……”

这是两个英国人向我描述他们生活中的博物馆。免费不是省去几个英镑的问题，而是它与日常生活间突然没了隔阂。

蜜罐里的英国人，艺术对他们而言，不在殿堂，而在街道拐角。

穷得奥运会都不敢大手大脚的英国政府，不是没有试过少往文化事业上撒钱，无奈民意难违。而政府埋单的文化盛宴菜单上，还充满批评、背叛、独立思考之原料。它提升民众的素质，才能保障有质量的民主。更何况，艺术熏陶的投入无法量化，“辣妹”乐队最红的时候，为国家创下的年税收，超过了英国整个钢铁产业。

•• 阿尔伯特音乐厅，最靠近舞台的前沿阵地，却是两三百个站着挨着、不穿礼服姿势随意的“杂民”。

惹得起国王，惹不起大众

168岁的《世界新闻报》（*News of the World*）终于走到尽头。

坐拥传媒帝国的默多克，哑然受挫。

都说是“窃听风暴”导致《世界新闻报》一夜关张，但值得琢磨的是，窃听丑闻对这张全球最好卖的英文报纸原本并不构成致命打击。

它不怕得罪王室。《世界新闻报》一名编辑2006年被控偷听英国王室成员电话留言。“未来国王”威廉打给弟弟哈里的留言外传，哈里吸毒成为《世界新闻报》头条。编辑因此入狱一年，但报纸仍在运作。

它也不怕招惹权贵。《世界新闻报》涉嫌监听的名单，据说有4000多人，包括前首相布朗、英国足球协会主席、无数演艺名流……报纸对此似有准备，成立赔偿基金，拿得出证据的窃听受害者可以获赔金钱。

它还敢叫英国国会议员“闭嘴”。传英国前首相布莱尔曾通过继任者布朗，要求国会议员沃森停止追问《世界新闻报》的窃听丑闻。几任英国首相，与《世界新闻报》的交情都不浅。

谁让它那么受欢迎呢？关门那一天，都还有750万零售读者（揭露“窃听丑闻”的英国《卫报》发行量大约33万份）。《世界新闻报》创刊定位是满足“刚识字的工人阶级”，售价低廉。“前手机”年代，类似“窃听”的争议手法已经为《世界新闻报》所用，譬如披露警察局未经公开的记录、街头妓女口述，等。

20世纪初，《世界新闻报》老板乔治·瑞德（George Riddell）有天碰到另一份报纸总编弗雷德里克·格林伍德（Frederick Greenwood），向对方介绍自己的报纸。过了几天，他问格林伍德：“我的报纸怎么样？”格林伍德回答：“看了，然后扔进垃圾桶，但转念又怕我的厨师会看到，我就烧了它！”

别以为权贵阶层“看不起”就等于“不看”，暗地偷窥《世界新闻报》的不在少数——从阅读隐私获得“罪恶的快感”。香港作家陈冠中形容“犯罪的快感”（Guilty Pleasure）应该是“永远嫌自己不够瘦的女人偷吃哈根达斯，或者电影学院老师躲在家里看《霹雳娇娃》"。

讽刺的是，虽然职业操守欠佳，《世界新闻报》的准确性居然一流。因为他们不惜手段"掌握"到真实情况，可信度很高。

这么一份有着强大"群众基础""上面有人"的报纸，究竟惹了谁才会招致杀身大祸？

一个普通的13岁女孩，米利·道勒（Milly Dowler）。媒体披露，米利遭绑架，《世界新闻报》涉嫌雇佣私人侦探，窃听她的手机留言。侦探擅自删除了几条旧记录，以便显示新信息。这一举动误导警方，以为米利还活着。米利最终被撕票。

还有英国驻阿富汗、伊拉克阵亡将士的家属，伦敦地铁袭击案死者家人，为了拿到第一手资料，《世界新闻报》也将他们的对话列为新闻来源。

这两件事掀起伦敦7月热潮，英国公众怒了——用来揭权贵名人老底的"下三烂"手段居然用到我们普罗大众的头上！每一个《世界新闻报》的读者都可能成为受害者！

如何对待名流权贵，在英国可以有所争议，一旦触怒公众，《世界新闻报》的真正金主——广告商就跑光了。默多克提议最后一期，免费给公益团体登广告，结果连公益团体都不肯沾《世界新闻报》的边！

最重要的底线不是"该不该窃听"，而是绝不能伤害公众。首相卡梅伦自正身形，大声疾呼："现在我们讨论的不是名人影星，而是谋杀受害者，恐怖袭击死难者。"

默多克集团准备扩张前，"窃听丑闻"再嚣尘上，无论动机为何，推手是谁，至少说明，在英国，也许惹得起国王，却惹不起大众——尽管大众曾经为"窃听"而窃喜，曾经为"窃听"而掏一份报纸钱。

洋版《官场现形记》

英国人觉悟真低。一出挖苦自家政府的话剧《是的，首相先生》（*Yes, Prime Minister*），自20世纪80年代演了30年，扩充成电视剧、广播剧，今年又添新料，重返舞台，全英巡演。戏中首相自辩："我是人民选出来的，我要什么就代表人民要什么。"既然如此，人民何苦寻官府的开心？更加匪夷所思的是，20 世纪 80 年代此剧初登舞台，时任首相的撒切尔夫人不但不怒，反而公开热捧，还帮着写了几句台词，与民同乐。最近，首相卡梅伦也自认粉丝，还说唐宁街 10 号的生活与剧情雷同。这句话在周三首相例行答辩会上，被议员抓了把柄追问不休，卡梅伦干笑着奉劝对方："要有点幽默感。"

英国首相真惨。不但供全国人民娱乐，关起门来还常遭秘书修理，阁员也不一定买账。幸好官场待久了，防人手段自然不弱，找来"特别顾问"出谋划策。百密一疏，媒体无孔不入，不依不饶，电话随时打进办公室，逼得首相钻了桌子。

英国首相真倒霉。经济不振、欧元危机，还有环境议题凑热闹。好不容易出现金主，某斯坦国开出天文数字，愿救欧洲于水火之中。斯坦国外长驾到签约，英国首相百般逢迎，休提帝国当年勇。初谈万事大吉，签字前夜斯坦外长却突然提出要找个花季少女陪睡。首相府这下可乱了套。经济利益与良心道德，私密手段与公众知情权，一团乱麻搅到首相跪地求神。国库空虚，民主、道德似乎沦为笑谈。斯坦国大使哈罗毕业，牛津深造，底色算是英国人，此时却以斯坦国价值观戏弄英国官府脆弱幼稚的道德底线："什么人权，你们不曾在意过伊拉克阿富汗女孩……""大使，如果有人要找斯坦国的女孩呢？""只要不是我的女儿。"究竟谁的底线更低？

平心而论，剧中英国首相不过具备一般政客都会犯的毛病：野心比能力大，私欲比公益重要。成天呓语要是英国救了欧元，自己就该成为欧盟主席。选举前做的一切，就是为了上位，上位之后，全部目标就是保位。当局面终于搅黄，哭着喊着要找女王请辞。二号秘书终于看破，冷冷道："首相，其实您的位子保不住，对百姓并不是坏事。"唐宁街大小人物，都被一根看不见的绳索牵制，那就是民意。一切都是为了取悦民意。媒体或理直气壮，或死缠烂打，也是因为公众舆论后盾坚强。

难道英国人不怕剧中一切发生在现实中？邻座一名中年女观众说，窥到“门背后的一切”很兴奋，“这些事情当然可能发生在现实中，可是你看看他们的下场！”另一位朋友说：“英国百姓必须笑啊，不然只剩下哭了！”英国幽默与政治的关系暧昧绵长，约翰·梅尔（John Meyer）撰文，幽默对政治是一剂安慰，可化解紧张，松弛对立，“让事情看起来仍在掌控之中”。这么说，娱乐民众也可以是政治漏洞的包庇犯！

走出剧场，4 月冷雨扑面。我打了个寒战，心想：说到底，英国人真傻，花上十几或几十英镑，穿戴整齐跑到剧场里笑两个小时。而我们，只要免费点击微博，时有新料。四面八方，不相识的人们，不约而同，发出又酸又痛的偷笑。

谢主隆恩？

一

浓云低压，冷风兜面，女王伊丽莎白二世登基60周年庆典之泰晤士河巡游，撞了个“非常英国”的天气。泰晤士河11公里游船路线，两岸全部对公众开放。好多英国人头天夜里就支起帐篷，围炉烧烤，占一个绝佳观景点。

河两岸窗户里，阳台上，矮墙头，爸爸的肩膀，妈妈的怀抱，齐齐探出脑袋张望河面。船还没来，香槟已经打开。临河人家挂出彩球花纸，户户都在举办派队。航线沿途，路面上根本走不动。女王纸面具，女王雨披，女王花伞。女王无处不在。

马丁前几天发来邮件，问我要不要来伦敦看巡游。“你知道，我是个共和派[①]。”他费了好几个段落解释这件事，话锋一转，“不过，难得一见那么多游船，一千多艘，而且就在我家附近，但我肯定不挥小国旗，不喊女王万岁……”说了半天就一个意思：不看白不看。我当然去。

这两年英国大事不断、喜事连连。威廉结婚、女王钻禧、伦敦奥运。老朽的帝国，引领新的时髦，不断提供大众其乐融融、集体狂欢的机会。

媒体调查说，钻禧前夕，英国王室和女王本人的支持率达到历史最高。人们说：女王形象好，庄严、典雅，威而不怒；女王不贪不腐，王室公共开支需要纳税人供养，但女王私人开销，来自家传财产投资，新王妃

① 共和派（Republican）这里指英国主张废除王室、建立共和制度的人。

凯特买衣服经常讨价还价。女王平易近人，还很幽默。伊丽莎白二世参加一个活动，讲演时一名听众的手机响，全场愕然不知所措。女王从容道："怎么不接呢，可能是个很重要的人呢。"女王信仰坚定，操守坚毅。《旗帜晚报》（*London Evening Standard*）标题为是时候说感谢的文章说，尽管 4 个王子公主中 3 个离了婚，女王的婚姻从一而终，这也成为人们拥戴她的原因。

女王真没什么让人不满意的。更何况在钻禧这样大局为重的时刻。戴安娜那档子事早随风飘散了。

王室对民众的爱戴也信心十足。除了水面上几艘快艇护驾，很多河段两岸根本没有警戒。临河居民楼阳台客满，窗户洞开，齐腰的河岸栏杆前也不见警察巡逻。满载王室全部重要成员的"查特韦尔精神号"，无遮无挡地在两岸欢呼声中逆流而上。

整个英国，也许除了苏格兰，沉浸在那种叫作"Royal Fever"（发烧般宠爱王室）的气氛里。庆典期间，6600 条街道改作步行区，供人们尽兴欢娱。大城小镇，女王不能亲临的地方，人们树起真人大小的纸板模型，"女王"陪他们野餐看他们畅饮。真的跟发烧似的，人们兴奋得涨红了脸。

女王没什么让人不满意的了，除了她的存在本身。

英国历史上盛产女王，不是玩什么男女平等，而是宗教两派相争的结果。

欧洲第一个女王出在西班牙。英格兰第一个女王是血腥玛丽，执政短短 5 年，时间相当于中国明代中期。玛丽继位者是同父异母的妹妹伊丽莎白一世。那时英国社会极不乐见女性执政，但玛丽承诺恢复父亲亨利八世挣脱的罗马天主教，得到天主教徒武装支持。伊丽莎白一世又决意回归新教，新教徒竞相拥立。

宗教改革家诺克斯（John Knox），讨伐玛丽女王不惧流亡。他写下《第一响号角》（*The First Blast of the Trumpet Against the Monstruous Regiment of Women*），称女性执政天理难容。没想到，后来继位的是同样信仰新教的伊丽莎白一世。诺克斯回国几次被拒之后，托人带信给伊丽莎白一世，说她是“神佑”特例。于是，诺克斯摇身一变，又成了伊丽莎白女王的第一吹鼓手。

英吉利鼎盛时期，是两个女人的时代。创业者伊丽莎白一世，拓疆者维多利亚女王。伊丽莎白一世带领匆匆拼凑的英国水师，与西班牙百万雄兵干了一仗，居然以少胜多，走向扩张之路，直至欧洲最强最富。在位63年的维多利亚女王，顺风顺水继承了一个工业强国，以君主立宪下顺理成章的无为而治，见证了大英帝国版图的急速膨胀。然而，不见了两位先祖的光荣与幸运，现任女王伊丽莎白二世走过的，却是英帝国不折不扣的下坡路。

“二战”后，殖民地独立浪潮惊涛拍岸。始于伊丽莎白二世的父亲乔治六世，印度、缅甸、斯里兰卡相继独立。伊丽莎白二世初登王位，苏伊士运河危机爆发，英国弃守埃及，后人多将此视为帝国衰弱的真正信号。1957年的马来西亚，20世纪60年代的非洲诸国，1994年的南非，1997年的中国香港。帝国版图，如沙滩上作画，终为潮流吞没，倏忽不见影踪。

作为虚君，伊丽莎白二世不干政。她的处世座右铭是“观而不语”（“I see, and say nothing”）。据说她对政治自有判断，私下里有时直言不讳，比如再三要求布莱尔审慎出兵伊拉克。但在公开场合，她能做的只是60年来一再颔首微笑。

二

伦敦塔桥桥开两扇，千帆竞发。“查特韦尔精神号”翩然飘过。压阵的是伦敦爱乐乐团，甲板上黑衣少女们迎着风，和着雨，湿漉漉庄严高歌《天佑吾皇》，脸上闪动着圣洁的光辉。

铺天盖地的颂声中，《观察者报》（*The Observer*）专栏作家凯瑟琳·班尼特（Catherine Bennett），像《皇帝的新装》里那个小孩，质问公众一个简单的事实：凭什么感激女王？我们的成就与她毫无关系！

她大吼一声：女王是半人半神了吗？

女王从不流汗。女王从不打喷嚏。她的帽子永远不会被风吹走。她简直是微微离地滑行，不用走路。

媒体把女王吹成“包治百病”了。可是这个女人跟我们英国今天取得的成就，到底有什么关系呢——除了恰好活在这个时代？

拍马屁的伦敦市长说，以人均GDP增长来衡量，伊丽莎白二世无疑是英国史上最成功的国王。哦，我们还可以用“伦敦市长的表现”“土产草莓的质量”，或者“社会流动性”“禽流感发病率”“碳排放量”“星期天去教堂的人数”来衡量，恐怕她就不是了。归根结底，这个女人的成功在于“什么都没说”（say nothing）。

那个忠实摇尾的BBC，生造了一个无比谄媚的词“新伊丽莎白人”，指60年来为社会做出突出贡献的英国人。那些在科技、医药、艺术等领域带来进步的人，是女王沾了他们的光，而非相反！

英国人也许怀疑有些国家的人是不是真的相信他们的领导人拥有超能力，见到领导人时哭天抢地。今天，英国人相信一个从来不流汗、完美无缺的女王，风里雨里放声高歌，在全世界看来，我们不比那些人好多少。

让天佑女王，但英国人不需要谢主隆恩。

班尼特小姐并不孤独。游船当天，伦敦也有近百“共和派”游行示威，要求废除不合时宜的君主制。可是，班尼特有些苛刻却不失清醒的责问，注定抵不过看巡游的诱惑、野餐的诱惑、找个借口在阳台喝香槟开派对的诱惑。最大的诱惑，莫过于同千万人一起，熏然陶然，不假思索。“入伙”的快感，哪国人、哪个年代都不曾缺乏。

“查特韦尔精神号”经过我和马丁站立的地方。欢呼声潮水一样淹没耳朵。我踮着脚却怎么样也没看见女王。船上有查尔斯、威廉、哈里，凯特一袭耀眼红衣。

“没有女王？”马丁不信。我们把数码相片放大到几乎成了马赛克，确认伊丽莎白二世、菲利普亲王、卡米拉刚才没在船头。可能风大，去了下层休息。马丁稍稍遗憾，却又松了口气：看了游船，却没跟女王照面，“共和派”名节得以保留。什么便宜都占了。

大声说

不到英国不知道，“讲话”原来兹事体大。

《金融时报》专栏作家西蒙·库柏（Simon Kuper）撰文说，英国“体制内”的人物最擅长“说漂亮话”，英语说得比世界上任何其他阶层的人都光鲜。他们夸夸其谈，小心翼翼绕开不懂的东西；又富有幽默感，一开口就令人愉悦。

即便是普通英国人闲聊，三句话不能逗乐对方，也已经是失败的寒暄。一次打车，出租车司机的手机响起来，铃声是一位女士响亮的招呼“Taxi——”我笑着对司机说，这个铃声真适合你啊！司机答：“我还在寻找这位女士。”

“说漂亮话”成了全民追求，想必讲话是社会生活中很重要的一件事。《国王的演讲》中，乔治六世为人熟知，库柏说，就是因为他为了把话说好，付出极大的努力——国王也不例外。

西敏寺英国议会下院那个布满绿皮长凳的房间，大概是全世界曝光率最高的下院。美国众参两院也经常上电视，但画面一般是议员各自表述，安静投票。英国议会下院简直像个菜市场，发言就是吵架，吵群架，指着鼻子逼供，喋喋不休追问，政治是件直来直去、无所遁形的事情。

英国议会对公众和游客开放。起先最想看的，是每星期三“首相问答”（Prime Minister’s Questions）现场。一打听，竟是“非卖品”，要找当地议员索取入场券。我只是在剑桥上学的外国学生，没有投票权，剑桥郡议员助理还是很快回复邮件，抱歉说夏季休会前的票派完了，建议在网上登记议会游。在英国，艺术一半靠政府养，博物馆不收门票，政府却得可怜巴巴地养活自己，拿不到议员赠票的话，参观议会得花上10来镑。

Parliament（议会），源于法语的Parlement，意思是“说话的地方”。这个直白的称呼，透露出历史沿革。1236年之前，英国国王跟幕僚开会，叫Council（咨询），幕僚们都是国王的亲信。到了亨利三世时期，跟国王开会改叫“人人说话”，一词之变，王权换了姿态。

引发这个改变的是钱。连年征战，王室名下的地产入不敷出，国王需要更多税收，填补军费开支。亨利三世是第一个要求子民定时纳税的。这时候限制王室权力、保护私有财产的《大宪章》已经签订十几年，亨利三世不得不邀请出钱的人参与政策制定——这些人是庄园主、下层教士，也有各郡各镇的富商。

亨利三世本来对召见“三教九流”不情不愿，后来发现，给有钱人说话的权利，他们就更愿意支持自己，这桩买卖实在值得。到了继任者爱德华一世的时候，“要收税，先开会”，Parliament成了国王绕不开的地方。

亨利三世不得已而为之的变通，维护了王权绵延，但也许没有想过，权力像泼出去的水，收不回来，且继续流失。到英国议会走一圈，你会发现，活生生就是国王声音越来越小和平民声音越来越大的历史。

亨利三世以降，议会的权力逐渐扩展、以法律形式被固定下来。贸然挑战这种权力的，比方查理一世干扰议会活动，终被议会召集的军队抓起来，以叛国罪论绞。到了今天，君主的话语权被彻底剥夺——每年女王亲临上院的讲话，不是自己想说什么就说什么，而是念政府写的稿子！往极端了讲，如果政府提供的是处死她的决定，女王也得照念不误。

名义上“率土之滨，莫非王臣”，但英国君主300年来没有否定过议会做出的决定。普天之下，就算还是王土，我花10英镑进入的下议院，却是女王终身不可踏足的禁地。导游说，如果女王胆敢走过来，下院大门将毫不留情地在她面前狠狠关上。下议院英文是House of Commons，“平民或庶民之所”。国王的归国王，庶民的归庶民。

挑战君权，不仅发生在下院，也发生在个体即兴的性格彰显中。大英帝国鼎盛时期的维多利亚女王，要在议会塑一座自己的雕像，请来名匠操刀。石雕坐像三四米高，目视远方，姿态伟岸。揭幕当天，女王发现作品太过真实，暴露了自己超大码的脚，还有痴肥的双下巴！女王怒不可遏，派人天涯海角捉雕塑家回来修改。最后钦差在意大利找到他，正喝酒晒太阳。听明来意，雕塑家打了个哈欠说，这里很舒服，不回英国了。天子呼来不上船！堂堂女王居然也就罢手，一点办法没有。巨足肥颊的雕像，至今安放在西敏寺，供游人讪笑。

到了艺术家对王权说不的时候，这权的气数大概也将尽了。彼时，文艺复兴在欧洲已经传播了 200 多年，个体意识轰轰烈烈地复苏。

终于走进英国政要唇枪舌剑、磨破嘴皮的这个房间，世界上不少国家议会的蓝本。执政党、在野党分坐两厢，每一个人的座位与对方党派主管相同事务的人，直直相对，死死互盯，“别对我撒谎”。古时候议员佩剑出入，搞出过不少人命，主持秩序的议长能活下来已是侥幸。所以，直到今天，每次议长就座，都由几个人架上去，象征性地表示“不是我自愿的”，是为一乐。今天没有了真刀真枪，议员们的发言，时而猛刺时而缠斗，好似隔空舞剑。起哄声、满堂彩此起彼伏，跺地板、拍椅背排山倒海。

在这里，议员们不得不讲得漂亮。除了面对反对党秋风扫落叶般的盘问，电视频道不停直播、重播，他们说的每一句话，直接进入选民的耳朵；他们摇摆身躯、振臂疾呼，又要选民看到自己如何使出浑身解数。

下院每周三有一次“首相问答”。首相汇报工作，接受反对派磁盘扫描般的拷问。某月某日做的减税承诺兑现了吗？去年你是不是说过这句话？失业率升到多少？奥运会要追加预算？首相出国访问花了多少钱？为什么要跟这个国家签那个协议？……

每一次问答，对首相来说，就是过一次鬼门关，不知哪句话说错，就成了隔天报纸头条、下届选举死穴。前首相布莱尔在自传里坦承，最怕周三下午的问答。首相问答不准看小抄，头天晚上和当天上午必须认真备课，布莱尔曾经还为此更改晋见女王的时间，触怒龙颜。为免疲态，午饭不敢多吃，只在首相府到国会的路上，啃一根香蕉。每次问答穿同一双皮鞋，保证手肘撑在圣经木盒上站立发言的时候感到舒服。

首相议员们如此卖力，选民也不见得感恩。跟一个门卫聊天，他说："那帮'西敏寺小子'（Westminster boys），自以为聪明，给几张橄榄球球票就搞定我们了，我们可比他们有主意。"英国民众可以直上议会，填一张绿色卡片，要求面见本区议员。只要议会记录上这名大臣或议员没有正在出席的会议，就一定得出来见选民。

国王的声音从下院消失，草根阶层汇入，又变乱了议会的口音——不再是清一色上流社会的贵族腔英语（Poshaccent）。20 世纪 70 年代工党大部分议员出身工人家庭，保守党中也不乏"野心勃勃的年轻人"（从底层晋升者）。教育均等、竞争公平，社会流动性增加。今天，首相卡梅伦出身显贵，却听不出浓重的贵族腔；工党党魁艾德·米利班德家世良好，说话也不端着。

"二战"中议院挨炸，修复完成时，丘吉尔说："我们建造议会，议会再匡正我们。"说话的空间建好了，政治清明就不是一句空谈。下议院门前诸多首相雕塑，不成文的习俗是，新首相上任之前，要碰一下偶像的脚，求得好运。当然，丘吉尔的鞋子磨得最亮。

也许是议会吵架已够激烈，英国大选到了 2010 年，才有首相候选人电视辩论，比美国晚了 50 年。那一年前后，伊朗，以及中国的台湾、香港扎堆初试领导人电视辩论。这些地方的人们第一次可以躺在沙发上，收看"官老爷们"使出浑身解数，或肉麻或笨拙或激昂地向自己表白。

美国乔治城大学历史学教授史蒂夫认为，承接古希腊的精神，民主之本质，就是人人能公开大声辩论："去，去市场，去街头，大声说你的想法！这就是民主最直接的表达！"

"君子讷于言而敏于行"，"说话"于我们不算头等大事。但现实是，很多事情没有说明、没有解释，于是连"行"也变得语焉不详。

•• 伦敦大本钟。2012 年为纪念英女王登基 60 周年，改名为“伊丽莎白塔”。

选举

——观剑桥中国学生会主席竞选

英伦初冬，剑桥中国学生会主席选举，像一出宣传已久的话剧，在万众期待中开场。候选人站在同一舞台，顶光投下他们长长的内心独白。他们中的每一个，带着成长背景、性格印记、对未来的不同解读，分饰这一代“中国少年”的角色。

这出话剧上演前最好的广告，是前主席自动宣布连任引起反弹，有27年历史的中国学联遭剑桥大学注销。剑桥校刊以“中国式民主”为题，报道“未选举，就当选”之事。前主席的反对者和她的支持者在网站、校园持续互攻，终于成就投票日紫禁之巅胜负一仗。

我庆幸自己见证了这一次选举。与许知远两年前观察的剑桥中国学生会选举不同，这一幕并非轰轰烈烈而来，无可奈何而去，比我更年轻的这一代，分明少了包袱和压力，多了勇气与常识，他们要自己判断未来。

起初，我心存偏见。中国学生确实如许知远描述，是“公共生活中的隐形人”，事不关己，也不热衷。排队入场时，耳边传来的对话是关于“昨晚打牌”或“某个牌子到底是哪个国家的”。但后来现场观众的反应证明，他们显然有自己的主张。

工程系讲演厅几乎满座，据说到场有三四百人。入场证件检查异乎严格，现场不准摄影。监督选举的是多名黑袍高帽的外方校监，有的照看讲台，有的站在各个出口，控制出入，严肃庄重。

3名主席候选人中，西装革履的Y第一个登场。他引用了湖南老乡曾国藩的“醒世言”，但迅速指出，剑桥学联只是学生组织，不过问政治，更要避谈民主。Y亮出准备好的幻灯片，说明自己的工作重点将是组织剑桥中国学生聚餐、郊游、找工作、办春晚。照片中不经意出现一张合影，身后有学生私语："那个是中国驻英大使。"

他的竞选讲演中庸、和善，但乏动人之处。前排观众在玩iPad。

轮到C上台。周围有人交头接耳："这不是个小孩吗？"你上中学时候，班上是不是总会有一个头脑灵光、成绩令人羡慕嫉妒恨的理科天才？清瘦敏捷，很早就戴眼镜，认识久了才发现他也读朦胧诗、听贝多芬？医药博士生二年级的C，模样就可以归到这一类。

C一张口就要"为万世开太平"，令人暗暗捏把汗。这样的竞选理想会不会获得掌声口号，却没有人严肃对待？

但了解C的人，会知道我的担心多余。他原来是学联娱乐部部长，挑战前主席属于"党内斗争"。他并不缺乏"从政经验"。

C是主席候选人中唯一没有念稿的，只准备了几张提示卡在手里。完全不同于Y的"服务型学联"，他直踏雷区："我们是什么人？是读书人，读书人要思考未来做什么……走出校园，我们就是光，要去照亮社会的灰暗角落……为什么我们的社会里，跌倒了没有人扶，为什么主席可以自己说连任就连任……我们的责任就是去改变世界……"

台下响起一个孤独的掌声。更多掌声跟进。C自己一愣，接下来却更加有信心。

3名候选人在讲稿中都引用了名言。Y以曾国藩开场，C表达了对张载、鲁迅和丘吉尔的认同。女性前主席则自称是孔子和邓亚萍的粉丝，还引用了拜伦和马克思主义者罗莎·卢森堡的话。

C用鲁迅的话"中国人对未成之事总是苛责备至，对既成之事总是委曲求全"，来形容自己出头反对并不容易。

他的讲演妙趣横生，挖苦起来不动声色："英雄以德服人，巾帼英雄也不例外。"台下掌声笑声不断。

C同样承诺为中国学生组织活动、寻找工作。他说，可能有人质疑自己能否兑现，"我以一个普通青年的身份，告诉你可以的"，暗讽其他对手家族背景强大。来自浙江的C提到，学联并不是要让中国学生禁锢在自己的小圈子里，他将继续组织中西音乐会、文化讨论会。幻灯片结尾是他弹钢琴的照片。

C有时侧对台下，来回踱步，仿佛在同另一个自己对话。相信他在上台之前，曾在宿舍里这样练习讲演。他不知道这件“未成之事”命运几何。有报道说，他虽然一开始反对前主席自动连任，但在主席转换说法、要求“支持她继续工作”时，还是举手同意了。后来又直接找剑桥校监，“家丑外扬”，导致学联收到注销警告。还有所谓“迎新砸场”事件。个中是非，当事人各自表述。无论如何，如果你在剑桥学联选举现场，不得不钦佩这个年轻人的眼界和胸怀。他提到“读书人”的使命，直指每一个选民内心。他说，该摒弃中国学联以往一方胜选之后，另一方全盘退出的陋习，欢迎前主席的团队和她本人加入新的学联。

C赢得掌声最热烈的时候，是他宣布增设“退订学联邮件”功能——赋予选民选择不喜欢的自由。

笑声掌声冷却之后，前主席登场。这个身处风暴中心、面对千夫指的山东女孩令人充满好奇。她曾就读剑桥国际政治专业，称“民主不是无政府主义的瞎闹”，后转工程系，在剑桥迎来送往了近千中国官员要人，竞选前后都有学者支持她的电邮“被曝光”。之前有一名跟她通过电话的中国记者告诉我，很奇怪，为什么这位前主席在英国待了9年，讲话却一副国内官腔，比如一再强调采访她只能“正面宣传”。第一次见到她的形象，是学校图书馆外张贴的竞选海报。照片上的她眉目清秀，意气风发，像小时候画片上见的三好学生标准像。

前主席上台，打扮精致，持重端庄。她首先讲了一段英语，并派发英文讲稿。这时我才发现，原来座中有少数非华裔，他们也来投票选中国学联主席？旁边有中国学生告诉我，派发英文稿的巴基斯坦人前几天向她拉票。为什么帮一个中国女生助选，巴基斯坦人以实相告，前主席许诺，如果巴人投她的票，她就带着中国学生票仓支持这个人竞选剑桥另一个社团主席。

前主席以回顾三年工作成就开篇。刚说了几句，台下猛一嗓子英语："Stop lying！"她稍停，即恢复讲演。

为了学联工作，前主席说她和团队"牺牲了学业、家庭，甚至健康"，"为了获取祖国人民对海外学子的新春问候，让大家在冬天感受春天的温暖，我们很多同学过节的时候过家门而不入"。她自掏腰包，请电视台在国内奔走，为剑桥春晚拍片。去年春节，她要讨一封教育部部长贺信，"在最寒冷的冬天里，在北京站了一早晨"。她受了委屈，教育部人员说，"剑桥要温暖，哈佛怎么办，英国学生要温暖，美国学生怎么办"，但她不屈不挠，在寒风中站了一天，"终于站到了贺信"。讲到这里，这个20出头的女孩几乎热泪盈眶，台下却笑成一团，嘘声四起。

"我们学联搞春晚没权，没钱，没时间，一台春晚，方方面面，不知道要克服多少困难。"据媒体报道，她的团队在竞选之前已经投入2012年春晚的准备。前主席还当场宣布，一旦当选将成立学联基金会，个人捐赠两万英镑"启动资金"。

她列出自己参选的"五大优势"。其中一条，"我们团队保全大局，孤注一掷，只推举我一人竞选主席，而不竞选副主席、秘书长、财长等职位，也就是说，如果我落选，我们整个团队，在未来学生会里不会有一席之地"。台下嘘声再起。

她显然意识到有必要强化自己的性别优势，引用一名德国女革命家（英文稿中注明是罗莎·卢森堡）的话："如果街道上只剩下一个人，那个人一定是女人。"她的解释是，这句话证明"女人很少成为机会主义者，女人很少趋利避害。相反，她们生性温和宽容，容易相处，团结众人"。

我没有找到这些句子间的逻辑。也没有搜索到罗莎·卢森堡的原话，却找到了罗莎说过的另一段话："未经选举，没有新闻和集会自由，没有表达意见的自由，生命在公共空间如行尸走肉，只有官僚主义生龙活虎。"

讲演最后，前主席要求观众允许她"用有点倔强但充满真情的头颅鞠躬……"现场再次被笑声引爆，几十个声音同时重复"头颅——"

讲演超出规定时间，监选人过来示意“时间到”，她没有理会。终于言尽，她在台上站了好几秒钟，手持麦克风，嘴唇轻微抽动。也许预感到，这是自己最后一次作为学联主席站在舞台中央。

在那凝固的最后几秒里，我为这个女孩感到难过——她至少是自己的信徒。如果眼前真是一幕话剧，她也许可以多站一会儿，来一段内心独白：凭自己的人脉、财力、利益承诺，怎么可能会输？自己如此真诚，现场为什么有人发笑？为什么有人起哄？究竟错在哪里？

舞台上，还有重要的第四个人。他让我想起领袖有时并非天生，而是生于对事件的反应。M是副主席职位竞选者。

“听说主席自动当选，我当时的反应是一笑；知道有反对的声音，还是付诸一笑；知道社团被大学注销，我仍是付诸一笑……”他站在舞台一角娓娓道来。

他的“三笑”代表了大多数人对“既成之事”的委曲求全。“直到收到一封Bcc（抄送）邮件。”M终于拍案而起。“我想我和大多数人一样，大部分时候选择做容易的事情。我们可以冷眼旁观，但当我了解真相，就选择做正确的事情。所以我站在这里，发出自己的声音……”

不清楚他指的“Bcc邮件”是什么。是不是一名中国学生转给我的那封广为流传的邮件，内容是呼吁前主席“行动起来”，“让C有点民族自尊心”，指他勾结外国人搞民主选举，“整自己的同胞”云云。邮件署名是“关心学联的部分剑桥中国人”。

直到选举结束，结果公布，网上还出现了“C一伙选举舞弊”与驳斥这种说法，公布英国校方如何监选唱票计票细节的“帖战”。剑桥学联成立20多年来，其实对于选举是习惯了的，突然出现的连任风波才是意外。

因反复核对证件，投票过程漫长。讲演时间已过，不断有刚刚下课的师生加入。计票在清场之后进行。出门时，我听到一个男生问另外两个中国女生，你们没投前主席吧？女生答：“那一定是没有的啦。”同行的中国学生说，看来C赢定了。我再次“保守”，难说啊，现场效果好，不一定比得过人家票仓坚固。

竞选结果在学联网站公布。C、Y和前主席分别得票177、77、65。“三笑”的M以246票当选副主席。这个结果扭转了整个事件的意义，把我的“保守估计”击得粉碎。这一幕话剧真正的主角，是台下观众。他们有选票，他们没有做看客。

后　记

正午横穿开罗市。埃及出租车没有空调，窗户大开，热风汹涌直入，后座上的我，感觉自己像一块干衣机里的抹布。

回顾写作这本书的 3 年，2014 年 6 月的那一刻最先扑上心头，皮肤都跟着微烫。那时刻，距离下一个采访，1 小时；距离上一次来埃及，3 年；距离第一次到中东，14 年。

沙漠热风猛然唤醒 14 年前初相遇的感受。开罗大学 10 个月的留学生活，也是我头一次出国——好奇、莽撞、欢欣。尼罗河桨声艳影，金字塔相看不厌。看世界是一场贪心的出发，要搜齐美景珍奇，做记忆的书签。

12 年前，再去中东。巴勒斯坦、以色列引我遇见死亡和宗教。在地狱天堂之间，我看见人的狰狞、人的光芒。不幸教我谦卑，谦卑教我盛接更丰盛的心灵。

接下来，隔上一两年，都会回中东，但原因几乎雷同——旧的冲突，新的鲜血。

2011 年年初，以震惊世界的方式，中东召唤我回到出发的原点：突尼斯、埃及、巴林、利比亚……一站接一站，地覆天翻。那不再是我熟悉的、纠缠于远古争端的中东，它裂开所有的纹路叫我观察，它爆发惊人的能量向我预言：崭新的变革正在发生。然而，一夜华彩过后，更长的噩梦在等待。踢走旧制度，竟是这场变革最容易的开篇，接下去，是没有教科书的运动。

正午横穿开罗的那个我，辞去了所有工作，不用向任何人交代。再次上路，仅仅是为自己寻一个答案。“旅行的终点，我们回到出发的地方，并第一次认识它。”这是美国宇航员登月纪录片片头的一句。“它”，指地球。我与中东，岂不是也有这样循环往复、宛若初见的缘分。行走世界的旅程从那里出发，终有一天回去，以全新的眼光打量它。

这些年来，我对旅途的感受在变，写作形式在变。这本书的记录由中东落笔，但观察范围早就荡开去，为这个时代正在经历的逆转、混乱与动荡，做普遍描绘。

国际关系专家们常常认为，中东事务之于中国犹如隔岸观火，关联不大。其实，中东的命运底色，于中国人并不陌生，都是封建、殖民半殖民一路走来，坚船利炮震碎古老文明繁华腐朽的长梦：法国士兵轰掉埃及狮身人面像鼻子后 50 年，中英鸦片战争爆发；拿破仑撤军，埃及统治者穆罕默德·阿里开始西化改革，与中国“洋务运动”可有一比。近代以来，中东文明、中央王国都在解答同样的问题：如何看待一个强势的西方？如何看待自己辉煌的过往？如何看待传统与现代？百年沧桑变幻，都绕不开这些情意结。

中国人好论成败，然而成败最经不起时间考验。历史不在意欢呼或鞭挞，它多棱镜般的颜色、谜一般的命运，期待注视与思考。阿拉伯社会变革始于 2010 年年末，展示了无穷侧面：中产革命缺乏组织，“穷人政党”与中产对立，选票被曲解为民主政治唯一手段，旧势力在新变局中的影响，民主转型中的威权怀旧，威权手段在新变局中的笨拙，先进生产力第一次不为统治者垄断，民主大门该不该向地下组织敞开，革命神圣感与神圣感的消散，法治缺失民主无以维系，国际干预的法律模糊地带……变革中有太多值得探讨的话题、值得汲取的教训，简单归于成败，不知是因为禁忌重重，还是思维惰性？我们关上电视、看完微博骂仗之后洗洗睡去，很少心平气和地探寻得失原委。

无论如何，在这个时代，变革不可违、不可逆。威权的冻土缓缓挪移边界，“变”的因子覆手为雨。不论自下而上，还是自上而下，它不再是一种选择，而是一种必须。只有更好地了解变革，才能为它到来的形式、代价做更周全的准备。

行走与书写的过程中，渐渐领悟：所有看世界的旅程，都为我埋下另一场回归，那就是人生出发的原点——中国。为了认识它，我必须一再出发。

要感谢在路上与我分享生命故事的人。感谢刘玉梅和谢浩然分享尼泊尔与委内瑞拉的照片。感谢与我同行，赠我友情的人。

2012 年本书一稿在女儿初生的啼哭中写就。而终稿，又伴随着另一个小生命降临。首尾由“新生”相接，似乎应和了本书的主题——变革。

常常在新生儿的面孔上，窥见人类成长的历史。当女儿凝视第一次出现的事物，比如天花板上一台吊扇旋转，脸上交替闪过惊讶、茫然、欣喜、慌张——仿如今天的我们，仰望变革忽至，大象腾飞，但无法预知它们要带我们去哪里，未来的世界又是什么模样。